Great French Tales of Fantasy

Contes fantastiques célèbres

A Dual-Language Book

Edited and Translated by
STANLEY APPELBAUM

D0939680

DOVER PUBLICATIONS, INC.
Mineola, New York

Copyright

Bibliographical Note

This Dover edition, first published in 2006, contains the full French text of six stories originally published between 1822 and 1890 (see the Introduction for specific data), together with new English translations. Stanley Appelbaum conceived of the volume, made the selection, did the translations, and wrote the Introduction and the footnotes.

Library of Congress Cataloging-in-Publication Data

Great French tales of fantasy = Contes fantastiques célèbres : a dual language book / edited and translated by Stanley Appelbaum.
    p. cm.
    Title: Contes fantastiques célèbres.
    English and French.
    "Contains the full French text of six stories originally published between 1822 and 1890."
    ISBN 0-486-44713-8 (pbk.)
    1. Short stories, French—Translations into English. 2. Short stories, French. 3. French fiction—19th century—Translations into English. 4. French fiction—19th century. I. Title: Contes fantastiques célèbres. II. Appelbaum, Stanley.
PQ1278.G78 2005
843'.087660807—dc22

                             2005054930

Manufactured in the United States of America
Dover Publications, Inc., 31 East 2nd Street, Mineola, N.Y. 11501

CONTENTS

Introduction

The nineteenth century is generally considered as the golden age of the French short story (*conte, nouvelle, récit*, . . .), which had made fitful, though significant, progress since the medieval period, passing through such phases as the Boccaccio-inspired narratives of the sixteenth century and the philosophical parables of the eighteenth. During its great century, a place of honor was held by the *conte fantastique*, five of whose preeminent exponents[1] are represented in this volume by highly regarded examples of the genre.

The inspiration for French fantasy tales of the Romantic period often came from the *Arabian Nights* (known in France since the early eighteenth century); from more recent native works, such as Cazotte's *Le diable amoureux;* and, beginning in 1829, from the translated works of the German master E. T. A. Hoffmann (1776–1822).[2] The Romantic-era stories included here are those by Nodier (some of whose best work precedes the Hoffmann craze), Gautier, and Mérimée (the latter two continued to write fantasy even later).

After something of a gap in mid-century, during which the predominant Realist mode largely precluded fantasy, the genre resumes, sometimes with even greater narrative finesse and more intense psychological insights, in the work of the Symbolists, Decadents, and even some Naturalists. In this period Poe, whose stories had been brilliantly rendered by Baudelaire between 1852 and 1865, became a major model for authors. Villiers de l'Isle-Adam and Maupassant are the spokesmen here for the latter part of the century. (The stories are arranged chronologically by date of first publication, not by date of author's birth.)

As is well known, the *conte fantastique*, glorified by the Surrealists and deftly handled by other twentieth-century French writers, has continued to be a significant and clearly recognized genre amid the gratifying diversity of French literature.

---

1. The other great nineteenth-century names are Balzac and Nerval, who appear in other Dover dual-language volumes (which do not, however, include tales that are strictly fantastic or supernatural).   2. *Le diable amoureux* was a 1772 fantastic tale by Jacques Cazotte (1729–1792). Hoffmann's work is featured in two Dover dual-language volumes.

Charles Nodier

Nodier has been called "ahead of his time," "the most wonderful creator in the French Romantic era," and "the true founder of French fantasy literature." "Trilby" is one of his major works, repeatedly singled out for discussion even in general literary reference books. **Life.** Jean-Charles-Emmanuel Nodier, born in 1780 in Besançon (in the Jura mountains of eastern France, near Switzerland), was the illegitimate son of an eminent Jacobin criminal judge and a servant woman. Precocious, he delivered a public address at age eleven. During the Reign of Terror, he was horrified, and emotionally scarred for life, by the executions he witnessed in Besançon. After local schooling (he became an expert in entomology, and an assistant librarian at the school, and he was already attracted to "secret societies"), he lived in Paris off and on beginning in 1800. His first novel appeared in 1802. The following year, he was jailed for 36 days for having composed an ode attacking Napoleon. In 1808, he became a teacher in the Jura, and married, remaining chiefly in the provinces until 1813, when he was named as a government secretary and librarian in Laibach (now Ljubljana) in what was then the Napoleonic puppet state Illyria (basically Dalmatia, but including other parts of latter-day Yugoslavia); in Illyria he became fascinated by the local folklore, which was imbued with some of the most extreme beliefs to be found in Europe, such as that in vampirism.[3]

After nine months at Laibach, Nodier returned to Paris, where he practiced journalism. In 1814, he welcomed the Bourbon Restoration under Louis XVIII. His long but intermittent career as a writer of fantasy (he wasn't always able to devote his full time to fiction) began in 1818. An extremely pleasurable trip to Scotland in 1821—followed later that year by the publication of *Promenade de Dieppe aux montagnes d'Écosse* (Excursion from Dieppe to the Mountains of Scotland; this travel account included reminiscences of a strikingly pretty ferrywoman)—was the inspiration for his 1822 story "Trilby" (see discussion below). In 1824, a turning point in his life, he became director of the prestigious Parisian library, the Bibliothèque de l'Arsenal, which became his home, as well; there he presided for years over one of the most important literary salons, captaining the early Romantic movement and nurturing many young talents, including the dazzling genius Victor Hugo, who broke away in 1828 to conduct a circle of his own. The

---

3. In 1820, Nodier was co-adaptor for the stage of the short novel *The Vampyre*, by Lord Byron's physician John William Polidori, which Polidori had completed from Byron's sketchy beginnings in 1816, when Byron and the Shelleys, at their villa across the lake from Geneva, had amused themselves with inventing horror stories (Mary Shelley's contribution ultimately became *Frankenstein*). Vampirism also occurs in Nodier's 1821 story "Smarra; ou, les démons de la nuit" (Smarra; or, The Demons of the Night).

marriage in 1830 of Nodier's sole surviving daughter left him with severe neurasthenia.

Nodier continued to write *contes fantastiques*, the chief of which (also set in Scotland) is the lengthy 1832 "La Fée aux Miettes" (The Crumb Fairy); but he also wrote numerous learned philological and other nonfictional works, such as a critique of dictionaries of French. Beginning in 1820 he participated in the ongoing series of *Voyages pittoresques et romantiques dans l'ancienne France* (Picturesque and Romantic Travels in Old France), which made the Parisian public conscious of many neglected cultural treasures in the provinces that were crying out for conservation. In 1833 Nodier was elected a member of the Académie Française (when he died in 1844, his replacement was Mérimée). His last *conte fantastique* appeared posthumously.

"Trilby." This story was first published by Ladvocat, Paris, in 1822 as a separate small volume, with the title "Trilby,/ou/le Lutin d'Argail./ Nouvelle Écossoise" (Trilby; or, The Elf of Argyll. A Scottish Tale) and the motto "Amour et charité" (Love and Charity), which occurs in the story, representing a major theme. (See the Appendix to this volume for Nodier's two informative prefaces to the story.) "Trilby" can be taken at face value as a supernatural haunting, or it can be read, without unduly straining the interpretation, as a psychoanalytical study of repressed libido, with the mind's "censor" refashioning the loved one in dreams into the semblance of a non-human figure familiar to the dreamer from everyday folklore, and with the monk Ronald embodying the dreamer's own guilt complex. ("Smarra" is largely concerned with dreams and nightmares, and Nodier wrote an essay on that subject in 1831. Gnosticism and the occult also influenced his work.)

The dreamlike subject matter of "Trilby" is more suitable than that of other stories by Nodier to his discursive, amiable style (already somewhat old-fashioned at the time), characterized by long and intricate complex sentences. But this doesn't signify monotony: his prose is consciously musical; his descriptions of nature are incisive as well as charming; and several of Trilby's love speeches are glowingly ardent, the soul of Romanticism in any acceptation of the term. The story borrows a number of elements from earlier Gothic novels, such as the fanatical monk, the graveyard, the mysterious paintings, and the hidden family relationships; but, in turn, it adds a rather extensive ethnography of Scotland.

The Scottish Proper Names. Most of the place names in the English translation of the story (chiefly localities between Glasgow and Loch Lomond) have here been verified in the tenth edition of *The Times Atlas of the World* (Plate 55 and Index) or on internet maps, and are spelled in this translation as they are there. The following terms, not found in these sources, have been borrowed here from the 1895 translation, "Trilby the Fairy of Argyle," by Minna Caroline Smith, published by Lamson, Wolffe and Company, Boston: the place name Innisfail, and the kelpie name Shoupelties.

Théophile Gautier

Gautier's vast oeuvre was by no means restricted to fantasy, but he cultivated the genre for 34 years, longer than any other nineteenth-century French writer, and at least one literary historian has proclaimed his *contes fantastiques* to be his best work. "La morte amoureuse" is usually listed among his finest fantasy stories.

Life. Pierre-Jules-Théophile Gautier was born in Tarbes (in southwestern France) in 1811. His father, a tax collector, was transferred with his family to Paris in 1814, and in the capital Théophile attended the finest secondary schools, meeting Nerval among others. Some early poems appeared in 1825. In 1829, while he was thinking of becoming a painter (pictorial effects were to feature prominently in his writing), he met Victor Hugo and fell under his spell. At the boisterous premiere of Hugo's arch-Romantic play *Hernani* in 1830, Gautier, in a dandified bright-red waistcoat, was conspicuous among the playwright's supporters; in the same year, he published a book of verse. His debut as a prose writer, in 1831, was with a *conte fantastique* (his last fantasy story, the major work "Spirite," was written in 1865).

From 1830 to 1833, Gautier belonged to the Petit Cénacle, a fellowship of art-for-art's-sake creative men of which Nerval was also a member; in 1834, he moved near to Nerval's residence in the austere artists' colony on the Impasse du Doyenné which they helped to make famous.

Gautier's celebrated transvestite novel *Mademoiselle de Maupin*, whose preface was a ringing manifesto for his view of art, appeared in 1835 and 1836. "La morte amoureuse" was first published in 1836. In the same year, Gautier visited Belgium; he was to travel extensively all his life (in practically every country of western Europe, Algeria, Greece, and the Levant), his most famous trip being his first one to Spain, in 1840, from which he brought back his most popular and influential travel account, *Tra los montes* (Beyond the Mountains; aka *Voyage en Espagne*), published in volume form in 1843.

Meanwhile, he had immersed himself in journalism, becoming a leading drama critic by 1837. Another phase of his activity, which would last for years, was supplying librettos (scenarios) for ballets; the first two of these, and the most famous, were the imperishable perennial *Giselle*, in 1841, and *La Péri*, in 1843, both starring the matchless Italian ballerina Carlotta Grisi, for whom Gautier nourished a lifelong "impossible love" that was reflected in his writing. In 1844 he entered into a liaison (lasting over two decades, with lapses) with Carlotta's sister Ernesta, a singer.[4] Their two daughters were Judith Gautier (1845–1917, a writer specializing in Far Eastern themes, and a champion of Wagner) and Estelle Gautier (1847–1914), who was at one time engaged to Villiers de l'Isle-Adam.

In 1845, Gautier met Baudelaire, who was later to dedicate *Les fleurs du mal* to him, calling him an "impeccable poet." By the time that Gautier pub-

---

4. Donizetti composed starring roles for their cousins Giuditta and Giulia Grisi.

lished his own major collection of poetry, *Émaux et camées*, in 1852 (he made additions and revisions until 1872), he had left behind him what he now felt to be the youthful extravagances of Romanticism, and (as the volume title suggests) he was concerned with quieter lyric poems of varied but always flawless technique, each of which was meant to be a work of art as delicate, durable, and cool as an enamel or a cameo. *Émaux et camées* delighted Baudelaire, and was a crucial influence on the chilly Parnassianists, who were shortly to dominate the French poetic scene. At the same time, the ex-revolutionary Gautier was associating himself unmistakably with the more conservative elements of the Second Empire; in 1855 he abandoned other journalistic activities to work for the official government newspaper. In 1858–1859, he published a six-volume history of recent French drama. Between 1861 and 1863, his popular swashbuckling historical novel *Le capitaine Fracasse* appeared in installments (he had been promising it to publishers for decades). In 1868, he became personal librarian to Princess Mathilde Bonaparte (1820–1904; daughter of Jérôme, the quondam king of Westphalia, and cousin of Louis-Napoléon), who maintained an important literary salon. Gautier died of a heart ailment in 1872. He had written plays, narrative poems, and art criticism in addition to the works already mentioned. He had made four unsuccessful attempts to be elected to the Académie Française. He was one of the most representative nineteenth-century French authors, though he probably hadn't achieved true greatness.

In his fantasy writing, Gautier was strongly influenced by E. T. A. Hoffmann between 1831 and 1841, after which that influence waned. Another German inspirer was Achim von Arnim (1781–1831), whose stories and novels feature truly supernatural phenomena that can't be explained rationally. Gautier was also fascinated by various types of occultism, including Mesmer's magnetism; his stories often deal with animated art objects, the use of drugs, and the intervention of the devil.

"La morte amoureuse." This story was first published in the periodical *La Chronique de Paris* (Paris Chronicle) on June 23 and 26, 1836. In 1839, Gautier included it in the volume *Une larme du diable* (A Tear Shed by the Devil), published by Desessart (Paris); and, in 1845, in the volume *Nouvelles* (Stories), published by Charpentier (Paris).

The priest's double life, and certain details, are indebted to Hoffmann's 1815–1816 Gothic novel *Die Elixiere des Teufels* (The Devil's Elixirs). The name of Father Serapion is an *hommage* to Hoffmann's four-volume story collection *Die Serapionsbrüder* (The Serapion Brotherhood; 1818–1821), which also contains references to vampirism. (As mentioned in the section on Nodier, above, the vampire was already known to French audiences; the word had entered French, from the Serbian, in 1746.)[5]

---

5. Earlier nineteenth-century vampires don't observe as many taboos (e.g., avoiding daylight) as later ones. The total Dracula complex of vampire "lore" was largely a creation of Stoker and others.

But "La morte amoureuse" is also full of Gautier's own constant pre-occupations: an obsession with sex and death; multiple personalities, schizophrenia, and the phenomenon of observing oneself from the outside; the maleficent, hypnotic power of women's glowing eyes (also present in Mérimée's stories "La Vénus d'Ille," "Colomba," and "Carmen"); resurrection through the power of love (a folktale motif also alluded to in *Giselle*); and the world of dreams as a second existence.

As always, Gautier's prose is lucid and elegant, with many painterly effects, and the heartfelt story moves along unflaggingly.

Prosper Mérimée

Everyone agrees that the short story was the most appropriate form of expression for Mérimée. Only a few of his stories contain supernatural elements,[6] but "La Vénus d'Ille" is so outstanding that it belongs in any fantasy anthology. In a letter of 1857, Mérimée called it his own masterpiece; later critics have called it one of the most successful fantasy stories ever written.

Life. Mérimée was born in Paris in 1803, the son of a minor painter and art teacher. One of his mother's grandmothers was the fairy-tale writer Jeanne-Marie Leprince de Beaumont (1711–1780), author of "La Belle et la Bête" (Beauty and the Beast). After Mérimée's secondary schooling ended in 1819, he studied law, taking his degree in 1823. In 1822, he began a lengthy friendship with the 21-years-older Stendhal, and wrote a play. In 1824, he published a few articles on Spanish theater.

In 1825, under the name of a fictitious Spanish actress (the first of his many mystifications), Mérimée brought out the handful of plays that constitute *Le théâtre de Clara Gazul*, the first published Romantic plays, inspired by Stendhal. (The enlarged 1830 edition included the highly influential 1829 play *Le carrosse du Saint-Sacrement* [The Carriage of the Holy Sacrament], about the eighteenth-century actress and adventuress "La Périchole.") In 1827, he fooled even experts when, in *La guzla* (a Slavic string instrument), he passed off his own compositions as translations of Illyrian folk ballads (on Illyria, see the section on Nodier, above); some were translated into their own languages, in that belief, by Pushkin, Mickiewicz, and Mary Shelley (whom Mérimée once wooed after she was widowed). There is a trace of vampirism in *La guzla*. It has been said that this work introduced the prose poem into

---

6. "Lokis" (written 1868, published 1869) is about a (literal) son of a bear who crushes his newly wed bride; "Djoûmane" (written 1870, published posthumously; Mérimée's last story) involves magicians and a lengthy dream that is confused with reality; in "Il Viccolo di Madama Lucrezia" (1846) and "La chambre bleue" (The Blue Room; written 1866, published posthumously) Mérimée hoaxes the reader: the elements of apparent horror and the supernatural are shown to be illusory, perfectly explainable rationally.

French literature, preceding Aloysius Bertrand's *Gaspard de la nuit* (published posthumously in 1842).

In 1829, Mérimée's only novel appeared, the fairly true-to-history *Chronique du règne de Charles IX* (Chronicle of the Reign of Charles IX), centering on the Saint Bartholomew's massacre of the Huguenots in 1572. In the same year, 1829, he published "Mateo Falcone," a story of stupendous force and concision.[7]

In 1830, on his first trip to Spain, a country he found enormously congenial, Mérimée met the Montijo family, who were to play a large part in his life. The Bourbon monarchy came to an end in that year, and in 1831 he was rewarded for the liberal views he had espoused during the Restoration with important positions in several ministries ("cabinet" departments). In 1834, at a very young age for the post, he was appointed as the second nationwide inspector-general of historical monuments (the position had only been created in 1830), responsible for the registry and conservation of old buildings and other cultural treasures. Mérimée took the job very seriously, retaining it until 1860 (right through the major political upheavals beginning in 1848; he gave up making personal tours of inspection after 1852). In 1834, he toured the south; in 1835, the west; in 1837, Auvergne; in 1839, Corsica (each of these four tours was followed by a published report one year later, respectively; in Corsica, he was able to verify his vision of the land in "Mateo Falcone." As inspector-general, Mérimée was responsible for preserving an astonishing number of the most renowned ancient and medieval buildings in France, including the basilica at Vézelay and the Palace of the Popes in Avignon; he also fostered the career of the notorious architect/restorer Eugène Viollet-le-Duc (1814–1879), though he didn't personally approve of his protégé's marked propensity for restoring edifices "like new," falsifying them permanently with his own fanciful inventions. Even aside from his numerous tours of inspection, and his even earlier trips to Spain and England, Mérimée traveled widely throughout his life: to Italy, Greece, Turkey, Germany, and Scotland.

The miscellaneous 1833 volume *Mosaïque* brought together the stories Mérimée had written between 1829 and 1832. He wrote eight further stories between 1833 and 1846, including "La Vénus d'Ille" (1837; see discussion below), "Colomba" (1840; another story set in Corsica, but now inspired directly by the 1839 tour; a number of critics regard it as his best work, while others denigrate it), and the world-famous "Carmen" (1845; he added an unnecessary concluding section on the Gypsy language in 1847). In 1844 Mérimée was elected to the Académie Française, replacing Nodier.

After Mérimée's young friend Eugenia de Montijo married Louis-Napoléon in 1853, becoming Empress Eugénie, the emperor named Mérimée a senator, and thenceforth the author played the associated roles of

---

7. It can be found in the Dover dual-language volume *Nineteenth-Century French Short Stories* (Appelbaum, ed.), 2000 (ISBN 0-486-41126-5).

a conservative aristocrat and (as Hugo put it) court jester to the empress. Between 1846 and 1866, he wrote no fiction, turning instead to "the truth": factual studies of aspects of Spanish, Russian, and ancient Roman history. (His last three short stories, 1866–1870, are all mentioned in footnote 6, above.) He also taught himself some Russian (he became a personal friend of Turgenev), and turned out some passable translations of Pushkin and Gogol. In general, he had a jaundiced view of authorial life, and didn't consider writing (especially fiction writing) as his basic occupation.

A sufferer from severe asthma later in life, Mérimée was a pioneer wintertime habitué of Cannes, where he died in 1870.

Mérimée had a strong sex drive, had many mistresses, and maintained some very lengthy liaisons (the very shortest, possibly lasting only one night and ending with a bedroom fiasco, was with George Sand in 1833; soon thereafter she found consolation with Alfred de Musset). But his mistresses tended to disappoint him, or even desert him, sooner or later, and his many marriage proposals never came to fruition. All his life, he knew how to bridle his emotions and disguise his feelings in society.

"La Vénus d'Ille." The story was first published in *La Revue des Deux Mondes* (The Review of Both Worlds), Paris, on May 15, 1837. In 1841, it appeared in a volume along with "Colomba" and one other story. The narrator of "La Vénus d'Ille" is a learned inspector of monuments, a linguist, and an amateur draftsman, like Mérimée himself (who had visited Perpignan, Ille, Sarabonne, and Boulternère on his tour of the Midi in 1834), but older and crustier; a number of characters and family names in the story are based on actual people he had met. Moreover, he, too, was constantly "wounded by Venus" in real life, and he was always fascinated by lawless violence.

Overabundant sources for the plot have been suggested by scholars, more than Mérimée could have known or used. There really was a cult of Venus in the Pyrenees in Roman times, which aroused local "patriotic" curiosity in Mérimée's day; and at least three partial statues of Venus in southern French collections are said to have been seen by him. He himself later stated that he had been influenced by a medieval legend found in a vaguely named source; by the satirical work *Philopseudes* (The Habitual Liar) by Lucian of Samosata (in Syria; ca. 125–ca. 192), in which a statue beats up people (the epigraph to the story is quoted from that work)[8] and (for the motif of the ring) by one of the many writers called "Pontanus." But the plot motifs are so universally widespread that, as mentioned, a plethora of possible sources have been named; some critics claim that they all go back ultimately to the writings of William of Malmesbury (ca. 1093–1143).

Some of Mérimée's indispensable contributions were: to furnish a perfect story line, superbly paced; to narrate the story in the first person (a frequent procedure in fantasy stories, establishing "authenticity") and in his best

8. In correct Greek in this volume, not mangled as in the French editions one sees (including the pretentious Pléiade).

poker-faced, taut, unsentimental manner, interlarding it with ironic "black humor" and lively dialogue, which is sometimes quite folksy; to supply a wealth of realistic traits, making the supernatural element stand out, and allowing some leeway for a rational explanation (he himself was irreligious, but rather superstitious: "God doesn't exist, but the devil may"); and to include some Poe- and Conan Doyle-like clue hunting and deductions.

Stendhal, much more of an impassioned Romantic than his younger friend, found "La Vénus d'Ille" somewhat schematic and dry, and was bored by the archeological and linguistic discussions, but wrongly so: they are not intrinsically boring to interested readers; they establish the professional qualifications of the narrator and the thoroughgoing wrongheadedness of the local amateur; and they furnish a number of striking examples of irony: the Venus *is* turbulent; she *is* the lover to be dreaded (*cave amantem*); and so on.

It has been pointed out that the "Eutyches" ("favored by fortune") in the fictional sculptor's name is a Greek equivalent of the French name "Prosper," and that the "Myron" begins with an M, like "Mérimée."

Villiers de l'Isle-Adam[9]

Though he was "caviar to the general" in his own lifetime, Villiers's reputation steadily increased in the twentieth century. He was acclaimed by the Surrealists as a kindred spirit, André Breton praising his "black humor," and he is now hailed as the father of Symbolism. One specialist in the study of French fantasy literature has called the story "L'intersigne" one of the masterpieces of the genre.

Life. Jean-Marie-Mathias-Philippe-Auguste, comte de Villiers de l'Isle-Adam, was born at Saint-Brieuc, Brittany, in 1838. He was undoubtedly of old noble ancestry, though he may not have been descended, as he firmly believed, from supreme military leaders of the fifteenth and sixteenth centuries. The family fortunes, which may not have been great at the time, were swept away in the 1789 Revolution, and Villiers's feckless father, a marquis, was unable to save his son from virtual destitution. Having attended schools in Brittany from 1847 to 1851, Villiers arrived in Paris in 1855. There, for nearly thirty years, he lived in proud poverty, working at journalism and odd jobs, and a fixture in the best literary coffeehouses and salons, where he charmed his friends with histrionically delivered narratives and sallies of acerbic wit. Closest to him, perhaps, of the many authorial giants he consorted with was Mallarmé, whom he first met in 1864. Villiers's family encouraged his desire

---

9. Villiers de l'Isle-Adam is his full surname. Because he had so many Christian names (and chose different ones to use in different circumstances), many scholars and editors omit them all, even on the title pages of his works. Another practice, which will be observed in this Introduction, is to refer to him as "Villiers" only, for the sake of brevity.

to write, and one well-to-do aunt financed his vanity publications until her death in 1871.

He published his first poems in 1858; his first novel, in 1862; his first play, in 1865. Retreats to the abbey of Solesmes (famous for its plainchant tradition) in 1862 and 1863 left him permanently religious, though not an active practitioner. From October 1867 to March 1868, he directed the journal *Revue des Lettres et des Arts*. Its 25 issues contained work by a galaxy of now-famous writers, and "L'intersigne" originally appeared within its pages. In 1869 and 1870, along with Judith Gautier and her writer husband Catulle Mendès, Villiers, who was very musical, made a pilgrimage to Wagner's home on Lake Lucerne; Wagner didn't take to him, and in the latter year the French visitors had trouble getting home, because the Franco-Prussian War had broken out.

Villiers first enjoyed public success, and some relief from indigence, with the 1883 appearance of *Contes cruels*.[10] (Calmann Levy, of Paris, finally published the stories after six years of stalling; at first he had regarded them as articles and essays rather than narratives.) The volume assembled 28 items, most of which, like "L'intersigne," had been written between 1867 and 1877. Among the literati, Mallarmé stated that the book was written "in a truly godlike language throughout," and it was lauded by such men as Maurice Maeterlinck and Jules Laforgue. Joris-Karl Huysmans, in his famous Decadent novel *À rebours* (Against the Grain), published in 1884 (a year after *Contes cruels*), based his protagonist Des Esseintes on Villiers; Des Esseintes specifically enjoys reading the *Contes cruels*! (Villiers was to publish a volume of *Nouveaux contes cruels,* and a volume of *Histoires insolites* [Strange Stories], both in 1888.)

Among his most highly regarded later works are the philosophical closet drama *Axël* (completed 1885; published posthumously in 1890) and the science-fiction novel *L'Ève future,* in which the "Eve of the future" is a female android. Beginning in 1881, Villiers went into politics, but was never elected or nominated to any legislative or diplomatic post; he once even announced his candidacy for the vacant throne of Greece. A perennial bachelor, he never succeeded in his ingenuous attempts to marry into money (including an engagement to Estelle Gautier in 1867); in 1879 he made his housekeeper his mistress, marrying her and legitimizing their son while dying of cancer in 1889.

"L'intersigne." *Intersigne* is said to be a term from Villiers's native Brittany for an interpersonal vision announcing to one party the imminent

---

10. Literally, "cruel tales," but "painful tales" may convey the meaning better. There is no sadism in the book, but most of the stories can lead to bitter reflections. They aren't all supernatural, moreover; some are satires on various aspects of bourgeois existence; others are sardonic laments over the indignities that a sensitive author's self-esteem is bound to suffer at the hands of publishers, editors, and critics. The sacredness of art is always upheld, while strong doubts are cast on the value of technological progress.

death of the other. The story was first published in Villiers's own Parisian weekly, the *Revue des Lettres et des Arts*, in the issues of December 29, 1867, and January 5 and 12, 1868, as the second of two *histoires moroses*—which were the first two stories he ever published. (On the 1883 volume *Contes cruels*, in which it was later included, see above.) An original first chapter of "L'intersigne," later wisely omitted, was a polemic against scientific positivism.

As it now stands, the story is both spare and atmospheric, though it also abounds with spiritualistic, Roman Catholic, and philosophical observations. The language is occasionally difficult, featuring some extremely recherché words.[11] Villiers's italicization of certain key words and phrases, alerting the reader to their overtones, was intentional, and is followed in this English translation. The influence of Poe is apparent, especially when the narrator's first vision makes the presbytery resemble the house of Usher; but Villiers successfully integrates all influences into his strong Breton local color. Literary investigators have denied a real-life resemblance between Villiers's uncle, the dedicatee of the story, and Father Maucombe, whose name (meaning something like "evil ravine") is also thought to reflect the tomblike nature of his residence. On the other hand, the narrator strikingly resembles the author in numerous ways.

Guy de Maupassant

Among Maupassant's six novels, assorted novellas, and (more or less) three hundred short stories, only a small portion are *contes fantastiques* strictly speaking (though there is an element of uncanniness even elsewhere), yet they stand out amid his oeuvre, especially one of his great masterpieces, the story "Le Horla" (1886, revised 1887),[12] and he has been called a leading exponent of the genre. His fantasy stories, like "Le Horla" and the two included here, are not so much supernatural fiction as extreme studies in obsession and madness, subjects of supreme personal interest to him. His mother suf-

---

11. Especially the ultra-elusive words *écreboissées* and *freusée* (which are blithely ignored even in an annotated edition that glosses words which can be found in a one-volume dictionary!) Taking his cue from the (less than ideal) translation of *Contes cruels* by Robert Baldick (Oxford University Press, London, 1963), in which those words are rendered as "thickets" and "Rookery," respectively, the present translator has grudgingly used "coppices" and "colony of rooks." Indubitably, *freux* is the word for rook (the bird in the crow family), but one wouldn't normally expect rooks to utter shrill falsetto cries (did another bird, or some spirit, infiltrate their colony?). (There are no annotations in Baldick's version, and he doesn't translate the lengthy Latin epigraph.) 12. "Le Horla" is not included here because it has already appeared in a Dover dual-language volume: Maupassant, *Best Short Stories/Les meilleurs contes* (1996; ISBN 0-486-28918-4). Yet another story by the author can be found in the Dover volume cited in footnote 7, above.

fered from depression, his younger brother Hervé (1856–1889) was insane for the last two years of his life, and the writer himself underwent slow mental disintegration due either to heredity or to years of dissipation (very specifically, he had contracted syphilis by 1877), though he was notoriously brawny and athletic, a fine physical specimen.[13]

Life. The aristocrat Henri-René-Albert-Guy de Maupassant was born in 1850 in Normandy, either in the city of Fécamp or in the Château de Miromesnil. His parents separated in 1860, after which he and his brother were raised by their intellectual mother. Between 1863 and 1869, Guy attended schools in Yvetot and Rouen (the story "Qui sait?" is partially set in the latter city); then he studied law. Flaubert, another Norman and a friend of Guy's mother, took a sincere interest in the young man and guided him in his early literary pursuits. Maupassant served in the Franco-Prussian War of 1870, the inspiration for a number of later stories, violently anti-German. In 1872, he entered the civil service, working in the naval and education ministries until 1878.

In 1874, through Flaubert, Maupassant met Zola, who was to lead him into Naturalism and was to be important in his career. Maupassant published his first story, using a pseudonym, in 1875—as it happened, a macabre story, "La main écorchée" (The Flayed Hand). He was actually the possessor of a flayed hand, which he had received as a gift from Swinburne after saving the English poet from drowning at Étretat in 1866. Maupassant's breakthrough as a writer came in 1880 with "Boule de Suif" (Butterball), which was part of the multiauthor collection (named after a small town near Paris where Zola had a home) *Les soirées de Médan* (The Evening Entertainments at Médan). Oddly enough, the bulk of his output, testifying to prodigious energy and drive, was produced during the next ten years.

His numerous collections of stories (most of which had been published earlier in periodicals) include: *La maison Tellier* (The Tellier Bordello; 1881), *Mademoiselle Fifi* (1882), *Miss Harriet* (1884), *Toine* (1886), *Le Horla* (1887), and *L'inutile beauté* (Useless Beauty; 1890). His novels include: *Une vie* (A Life; 1883), *Bel-Ami* (1885), *Pierre et Jean* (1888; often considered his finest), and *Fort comme la mort* (As Strong as Death;[14] 1889).

His works were extremely popular as soon as they appeared, and have remained so. In view of their large number and great diversity, it is hard to reduce them to a few common denominators, but it can be justly said that they almost all reflect a pervasive pessimism and disdain for the world. The realistic and naturalistic stories are filled with sadism, morbidity, perversion, and cruelty. The fantasy stories, often narrated in the first person, reflect a mind accessible to the mysteries of life and anxiously searching itself for signs of madness. Generally avoiding standard supernatural paraphernalia, they fea-

---

13. From 1882 to 1884, he audited the lectures on hysteria given by the great nerve specialist Jean-Martin Charcot (1825–1893), one of the masters of Freud.   14. A reference to Song of Solomon 8:6.

ture the erosion of the mind and crises of identity. They were influenced by Hoffmann, Poe, Turgenev, and Villiers, and they parallel such contemporary cultural phenomena as the cruel novels of Octave Mirbeau and the paintings of Redon and Moreau.

After years of hard work, travel, womanizing (he never married, but had three illegitimate sons), and otherwise punishing his body with *le plaisir* (his eyes gave him trouble from the 1880s on), he became severely depressed, and partially paralyzed, by 1890. In the following year, he was unable to continue writing. In 1892, he attempted suicide and entered an asylum, where he died mad in 1893.

Maupassant's prose style was supple, correct, and extremely lucid. The construction of his short stories was emulated worldwide, even in its occasional unfortunate tendency to dazzle the reader with flashy "surprise endings" (à la O. Henry).

"Un cas de divorce." This story was first published in the Parisian magazine *Gil Blas* on August 31, 1886, only two months after the drowning of King Ludwig II of Bavaria, who is prominently mentioned in it. It was the earliest-written of the stories included in the later collection *L'inutile beauté,* published by Victor Havard, Paris, in April of 1890. (This volume of stories was the last to appear in Maupassant's lifetime.) "Un cas de divorce," the next-to-last item in the volume, was added to it at a late stage, in place of another story which Maupassant had promised, but never wrote. The orchid fancier in the story reflects the author's own obsessiveness, and his penchant for ultrasophisticated refinement.

"Qui sait?" This story was first published in the April 6, 1890, issue of *L'Écho de Paris,* and was included later that month in *L'inutile beauté,* as the final item in that volume. More intricate, eventful, and baffling than "Un cas de divorce," which is basically a straightforward clinical study of dementia, "Qui sait?" features, like other Maupassant stories, normally inanimate objects that prey on their owners, plunging them into the unreal.

Great
French Tales
of Fantasy

Contes
fantastiques
célèbres

CHARLES NODIER

Trilby; ou, le lutin d'Argail

Il n'y a personne parmi vous, mes chers amis, qui n'ait entendu parler des *drows* de Thulé et des *elfs* ou lutins familiers de l'Écosse, et qui ne sache qu'il y a peu de maisons rustiques dans ces contrées qui ne comptent un follet parmi leurs hôtes. C'est d'ailleurs un démon plus malicieux que méchant et plus espiègle que malicieux, quelquefois bizarre et mutin, souvent doux et serviable, qui a toutes les bonnes qualités et tous les défauts d'un enfant mal élevé. Il fréquente rarement la demeure des grands et les fermes opulentes qui réunissent un grand nombre de serviteurs; un destination plus modeste lie sa vie mystérieuse à la cabane du pâtre ou du bûcheron. Là, mille fois plus joyeux que les brillants parasites de la fortune, il se joue à contrarier les vieilles femmes qui médisent de lui dans leurs veillées, ou à troubler de rêves incompréhensibles, mais gracieux, le sommeil des jeunes filles. Il se plaît particulièrement dans les étables, et il aime à traire pendant la nuit les vaches et les chèvres du hameau, afin de jouir de la douce surprise des bergères matinales, quand elles arrivent dès le point du jour, et ne peuvent comprendre par quelle merveille les jattes rangées avec ordre regorgent de si bonne heure d'un lait écumeux et appétissant; ou bien il caracole sur les chevaux qui hennissent de joie, roule dans ses doigts les longs anneaux de leurs crins flottants, lustre leur croupe polie, ou lave d'une eau pure comme le cristal leurs jambes fines et nerveuses. Pendant l'hiver, il préfère à tout les environs de l'âtre domestique et les pans couverts de suie de la cheminée, où il fait son habitation dans les fentes de la muraille, à côté de la cellule harmonieuse du grillon. Combien de fois n'a-t-on

2

CHARLES NODIER

Trilby; or, The Elf of Argyll

There is no one among you, my dear friends, who has never heard tell of the drows of Thule[1] and of the elves or household brownies of Scotland, or who is unaware that there are few rural houses in those regions which fail to include a goblin among their guests. It must be said that he's a demon more mischievous than malevolent, and more playful than mischievous, at times eccentric and willful, often gentle and helpful, with all the good qualities and all the faults of a spoiled child. He rarely frequents the dwelling of magnates and the wealthy farms that employ a grand number of servants; a more modest vocation links his mysterious life to the hut of the shepherd or woodcutter. There, a thousand times happier than the showy parasites of fortune, he amuses himself by playing tricks on the old women who speak badly of him during their evening gatherings, or by disturbing the slumbers of young girls with incomprehensible but charming dreams. He's especially at home in stables and barns, and he enjoys milking the hamlet's cows and goats at night, in order to enjoy the sweet surprise of the early-rising milkmaids when they arrive at the break of day and are unable to understand by what miracle the carefully aligned bowls brim over at that early hour with a foaming, appetizing milk; or else he caracoles on the horses, which whinny with joy, as he rolls the long curls of their floating manes around his fingers, polishes their shiny cruppers, or washes their thin, sinewy legs with water as pure as crystal. During the winter, he prefers above all else the neighborhood of the domestic hearth and the soot-covered sides of the fireplace, where he makes his home in the cracks in the wall, beside the harmonious

---

1. Thule was an ancient Greco-Roman name for the furthest northwestern island(s) of Europe, often identified with Iceland, here with the Shetland Islands and northern Scotland, of which the *drows* were legendary dwarfs.

pas vu Trilby, le joli lutin de la chaumière de Dougal, sautiller sur le
rebord des pierres calcinées avec son petit *tartan* de feu et son plaid
ondoyant couleur de fumée, en essayant de saisir au passage les étincelles qui jaillissaient des tisons et qui montaient en gerbe brillante
au-dessus du foyer! Trilby était le plus jeune, le plus galant, le plus
mignon des follets. Vous auriez parcouru l'Écosse entière, depuis
l'embouchure du Solway jusqu'au détroit de Pentland, sans en trouver un seul qui pût lui disputer l'avantage de l'esprit et de la gentil-
lesse. On ne racontait de lui que des choses aimables et des caprices
ingénieux. Les châtelaines d'Argail et de Lennox en étaient si éprises
que plusieurs d'entre elles se mouraient du regret de ne pas posséder
dans leurs palais le lutin qui avait enchanté leurs songes, et le vieux
laird de Lutha aurait sacrifié, pour pouvoir l'offrir à sa noble épouse,
jusqu'au claymore rouillé d'Archibald, ornement gothique de sa salle
d'armes; mais Trilby se souciait peu du claymore d'Archibald, et des
palais et des châtelaines. Il n'eût pas abandonné la chaumière de
Dougal pour l'empire du monde, car il était amoureux de la brune
Jeannie, l'agaçante batelière du lac Beau, et il profitait de temps en
temps de l'absence du pêcheur pour raconter à Jeannie les sentiments
qu'elle lui avait inspirés. Quand Jeannie, de retour du lac, avait vu s'é-
garer au loin, s'enfoncer dans une anse profonde, se cacher derrière
un cap avancé, pâlir dans les brumes de l'eau et du ciel la lumière errante du bateau voyageur qui portait son mari et les espérances d'une
pêche heureuse, elle regardait encore du seuil de la maison, puis ren-
trait en soupirant, attisait les charbons à demi blanchis par la cendre,
et faisait pirouetter son fuseau de cytise en fredonnant le cantique de
saint Dunstan, ou la ballade du revenant d'Aberfoïl, et dès que ses
paupières, appesanties par le sommeil, commençaient à voiler ses
yeux fatigués, Trilby, qu'enhardissait l'assoupissement de sa bien-
aimée, sautait légèrement de son trou, bondissait avec une joie d'enfant dans les flammes, en faisant sauter autour de lui un nuage de paillettes de feu, se rapprochait plus timide de la fileuse endormie, et
quelquefois, rassuré par le souffle égal qui s'exhalait de ses lèvres à intervalles mesurés, s'avançait, reculait, revenait encore, s'élançait
jusqu'à ses genoux en les effleurant comme un papillon de nuit du
battement muet de ses ailes invisibles, allait caresser sa joue, se rouler
dans les boucles de ses cheveux, se suspendre, sans y peser, aux anneaux d'or de ses oreilles, ou se reposer sur son sein en murmurant
d'une voix plus douce que le soupir de l'air à peine ému quand il
meurt sur une feuille de tremble:
    «Jeannie, ma belle Jeannie, écoute un moment l'amant qui t'aime

snuggery of the cricket. How many times has Trilby, the pretty elf of Dougal's cottage, been seen hopping on the edge of the charred stones with his little fiery-red tartan and his billowing smoke-colored plaid, trying to seize as he passes them the sparks that were flying from the brands and rising above the hearth in a bright shower! Trilby was the youngest, most elegant, most dainty of brownies. You could have traversed all of Scotland, from the Solway Firth to the Pentland Firth, without finding a single one who could rival him in wit and gentility. Only pleasant things and ingenious whims were told of him. The ladies of the manors of Argyll and Lennox were so taken with him that several of them were dying of regret because they didn't possess in their palaces the elf who had enchanted their dreams; and the aged laird of Luss, to be able to make a present of him to his noble wife, would even have sacrificed the rusty claymore of Archibald, that Gothic ornament of his armory; but Trilby was uninterested in the claymore of Archibald, and in the palaces and the great ladies. He wouldn't have abandoned Dougal's cottage for the chance to rule the world, because he was in love with dark Jeanie, the fetching ferry-woman of Loch Fyne, and from time to time he would take advantage of the fisherman's absence to tell Jeanie about the feelings she had aroused in him. When Jeanie, returning from the lake, had seen the wandering lamp of the roving boat which carried her husband (and his hopes for a good catch) entering a deep cove, hiding behind a protruding headland, and growing pale in the mists of water and sky, she would keep on looking from the threshold of her house, then would go inside with a sigh, stir up the coals that were half-whitened by the ashes, and make her laburnum-wood spindle pirouette while she hummed the canticle of Saint Dunstan, or the ballad of the ghost at Aberfoyle; and as soon as her eyelids, made heavy by sleep, began to veil her weary eyes, Trilby, emboldened by his beloved's drowsiness, would lightly hop out of his hole, leap with childish joy into the flames, making a cloud of fiery spangles jump up around him, approach the sleeping spinner more timidly, and sometimes, reassured by the even breathing exhaled from her lips at regular intervals, he would move forward, retreat, return, and dash all the way to her knees, brushing them like a night moth with the silent beating of his invisible wings; he'd go up to caress her cheek, roll around in the curls of her hair, suspend himself weightlessly from the gold rings in her ears, or rest on her bosom, while murmuring in a voice softer than the sigh of the barely stirring breeze when it dies away on an aspen leaf:

"Jeanie, my lovely Jeanie, listen for one moment to the lover who

et qui pleure de t'aimer, parce que tu ne réponds pas à sa tendresse. Prends pitié de Trilby, du pauvre Trilby. Je suis le follet de la chaumière. C'est moi, Jeannie, ma belle Jeannie, qui soigne le mouton que tu chéris, et qui donne à sa laine un poli qui le dispute à la soie et à l'argent. C'est moi qui supporte le poids de tes rames pour l'épargner à tes bras, et qui repousse au loin l'onde qu'elles ont à peine touchée. C'est moi qui soutiens ta barque lorsqu'elle se penche sous l'effort du vent, et qui la fais cingler contre la marée comme sur une pente facile. Les poissons bleus du lac Long et du lac Beau, ceux qui font jouer aux rayons du soleil sous les eaux basses de la rade les saphirs de leur dos éblouissant, c'est moi qui les ai apportés des mers lointaines du Japon, pour réjouir les jeux de la première fille que tu mettras au monde, et que tu verras s'élancer à demi de tes bras en suivant leurs mouvements agiles et les reflets variés de leurs écailles brillantes. Les fleurs que tu t'étonnes de trouver le matin sur ton passage dans la plus triste saison de l'année, c'est moi qui vais les dérober pour toi à des campagnes enchantées dont tu ne soupçonnes pas l'existence, et où j'habiterais, si je l'avais voulu, de riantes demeures, sur des lits de mousse veloutée que la neige ne couvre jamais, ou dans le calice embaumé d'une rose qui ne se flétrit que pour faire place à des roses plus belles. Quand tu respires une touffe de thym enlevée au rocher, et que tu sens tout à coup tes lèvres surprises d'un mouvement subit, comme l'essor d'une abeille qui s'envole, c'est un baiser que je te ravis en passant. Les songes qui te plaisent le mieux, ceux dans lesquels tu vois un enfant qui te caresse avec tant d'amour, moi seul je te les envoie, et je suis l'enfant dont tes lèvres pressent les lèvres enflammées dans ces doux prestiges de la nuit. Oh! réalise le bonheur de nos rêves! Jeannie, ma belle Jeannie, enchantement délicieux de mes pensées, objet de souci et d'espérance, de trouble et de ravissement, prends pitié du pauvre Trilby, aime un peu le follet de la chaumière!»

Jeannie aimait les jeux du follet, et ses flatteries caressantes, et les rêves innocemment voluptueux qu'il lui apportait dans le sommeil. Longtemps elle avait pris plaisir à cette illusion sans en faire confidence à Dougal, et cependant la physionomie si douce et la voix si plaintive de l'esprit du foyer se retraçaient souvent à sa pensée, dans cet espace indécis entre le repos et le réveil où le cœur se rappelle malgré lui les impressions qu'il s'est efforcé d'éviter pendant le jour. Il lui semblait voir Trilby se glisser dans les replis de ses rideaux, ou l'entendre gémir et pleurer sur son oreiller. Quelquefois même, elle avait cru sentir le pressement d'une main agitée, l'ardeur d'une bouche brûlante. Elle se plaignit enfin à Dougal de l'opiniâtreté du

loves you and who weeps from love for you, because you make no response to his affection. Take pity on Trilby, poor Trilby. I am the
brownie of your cottage. It is I, Jeanie, my lovely Jeanie, who take care
of the sheep that you adore, and who give its wool a sheen that rivals
silk and silver. It is I who support the weight of your oars to spare your
arms, and who drive into the distance the water they have barely
touched. It is I who uphold your boat when it inclines beneath the effort of the wind, and who make it whip against the tide as if on a gentle slope. The blue fish in Loch Long and Loch Fyne, those which
make the sapphires of their dazzling backs shine in the sunbeams beneath the shallow waters of the boat harbor—it's I who brought them
from the distant seas of Japan to delight the eyes of the first daughter
you will give birth to, whom you'll see half darting out of your arms as
she follows their nimble movements and the varied reflections on their
shiny scales. The flowers that you are surprised to find beside your path
in the morning during the dreariest season of the year—it's I who go
and purloin them for you from enchanted countrysides whose existence you don't even suspect, and where I'd be dwelling, if I had so
wished, in pleasant homes, on beds of velvety moss that are never covered by snow, or in the fragrant calyx of a rose which withers only to
make place for more beautiful roses. When you smell a sprig of thyme
snatched from the boulder, and you all at once feel your lips surprised
by a sudden movement, like the spurt of a bee that's flying away, it's a
kiss that I steal from you as I go by. The dreams you like the most, those
in which you see a child caressing you so lovingly—I alone send them
to you, and I am the child whose burning lips your lips press in those
sweet nocturnal visions. Oh, make the happiness of our dreams come
true, Jeanie, my lovely Jeanie, delightful enchantment of my thoughts,
object of my cares and hopes, of my distress and ecstasy, take pity on
poor Trilby, and show some love for the brownie of the cottage!"

Jeanie was fond of the brownie's games, and his caressing flattery,
and the innocently erotic dreams he brought her in her sleep. For
some time she had taken pleasure in that illusion without disclosing it
to Dougal, and yet those very gentle features and that very plaintive
voice of the household spirit often came back to her mind during that
uncertain interval between slumber and wakefulness when one's
heart, despite itself, recalls the impressions it has striven to avoid during the day. She seemed to see Trilby sliding into the folds of her curtains, or to hear him moaning and weeping on her pillow. At times she
had even thought she felt the pressure of an agitated hand, the heat
of burning lips. Finally she complained to Dougal of the obstinacy of

démon qui l'aimait et qui n'était pas inconnu au pêcheur lui-même,
car ce rusé rival avait cent fois enchaîné son hameçon ou lié les mailles
de son filet aux herbes insidieuses du lac. Dougal l'avait vu au-devant
de son bateau, sous l'apparence d'un poisson énorme, séduire d'une
indolence trompeuse l'attente de sa pêche nocturne, et puis plonger,
disparaître, effleurer le lac sous la forme d'une mouche ou d'une
phalène, et se perdre sur le rivage avec le *Hope-Clover* dans les
moissons profondes de la luzerne. C'est ainsi que Trilby égarait
Dougal, et prolongeait longtemps son absence.

Pendant que Jeannie, assise à l'angle du foyer, racontait à son mari
les séductions du follet malicieux, qu'on se représente la colère de
Trilby, et son inquiétude, et ses terreurs! Les tisons lançaient des
flammes blanches qui dansaient sur eux sans les toucher; les charbons
étincelaient de petites aigrettes pétillantes, le farfadet se roulait dans
une cendre enflammée et la faisait voler autour de lui en tourbillons
ardents.

«Voilà qui est bien, dit le pêcheur. J'ai vu passer ce soir le vieux
Ronald, le moine centenaire de Balva, qui lit couramment dans les
livres d'église, et qui n'a pas pardonné aux lutins d'Argail les dégâts
qu'ils ont faits l'an dernier dans son presbytère. Il n'y a que lui qui
puisse nous débarrasser de cet ensorcelé de Trilby, et le reléguer
jusque dans les rochers d'Inisfaïl, d'où nous viennent ces méchants esprits.»

Le jour n'était pas arrivé que l'ermite fut appelé à la chaumière de
Dougal. Il passa tout le temps que le soleil éclaira l'horizon en méditations et en prières, baisant les reliques des saints, et feuilletant le
Rituel et la Clavicule. Puis, quand les heures de la nuit furent tout à
fait descendues, et que les follets égarés dans l'espace rentrèrent en
possession de leur demeure solitaire, il vint se mettre à genoux devant
l'âtre embrasé, y jeta quelques frondes de houx bénit, qui brûlèrent
en craquetant, épia d'une oreille attentive le chant mélancolique du
grillon qui pressentait la perte de son ami, et reconnut Trilby à ses
soupirs. Jeannie venait d'entrer.

Alors le vieux moine se releva, et prononçant trois fois le nom de
Trilby, d'une voix redoutable: «Je t'adjure, lui dit-il, par le pouvoir que
j'ai reçu des sacrements, de sortir de la chaumière de Dougal le
pêcheur, quand j'aurai chanté pour la troisième fois les saintes litanies
de la Vierge. Comme tu n'avais jamais donné lieu, Trilby, à une plainte
sérieuse, et que tu étais même connu en Argail pour un esprit sans
méchanceté; comme je sais d'ailleurs par les livres secrets de
Salomon, dont l'intelligence est en particulier réservée à notre

the demon who loved her, and who was not unknown to the fisherman himself, for that crafty rival had a hundred times entangled his hook or tied the meshes of his net to the insidious weeds in the lake. Dougal had seen him preceding his boat, in the guise of an enormous fish, leading him with deceptive indolence to expect his nighttime haul, only to submerge, disappear, and skim over the lake in the form of a fly or moth, losing himself on shore with the "hope clover" in the tall plantings of alfalfa. It was in that way that Trilby used to lead Dougal astray, extending his absence from home by long stretches.

While Jeanie, seated at the corner of the hearth, was reporting to her husband the blandishments of the mischievous brownie, just imagine how angry Trilby was, how worried and terrified! The brands spurted forth white flames, which danced over them without touching them; the coals sparkled with little crackling plumes; the sprite was rolling in kindled ashes, making them fly all around him in burning eddies.

"This is very opportune," said the fisherman. "This evening I saw passing by old Ronald, the hundred-year-old monk from Balvaig, who reads church books fluently, and who hasn't forgiven the elves of Argyll for the damage they did to his manse last year. He's the only one who can rid us of that enchanted Trilby, and send him off to the cliffs of Innisfail, from which those evil spirits come to us."

Day had not yet arrived when the hermit was summoned to Dougal's cottage. He spent the whole time that the sun illuminated the horizon in meditation and prayer, kissing the relics of the saints and leafing through the *Ritual* and *Solomon's Little Magic Key*. Then, when night had completely fallen, and the sprites who had been wandering in space returned to take possession of their lonely dwellings, he knelt down before the blazing hearth and threw into it a few twigs of consecrated holly, which snapped as they burned. With attentive ear he kept on the alert for the melancholy song of the cricket, which foresaw the loss of its friend, and he recognized Trilby by his sighs. Jeanie had just come in.

Then the aged monk stood up and, uttering Trilby's name three times in a fear-inspiring voice, he said: "I conjure you, by the power I have received from the sacraments, to leave the cottage of Dougal the fisherman once I have chanted for the third time the holy litanies of the Virgin. Since, Trilby, you have never laid yourself open to a serious charge, and you were even known in Argyll as a spirit devoid of malevolence; since I know, furthermore, from Solomon's secret books, the comprehension of which is especially reserved to our

monastère de Balva, que tu appartiens à une race mystérieuse dont la destinée à venir n'est pas irréparablement fixée, et que le secret du ton salut ou de ta damnation est encore caché dans la pensée du Seigneur, je m'abstiens de prononcer sur toi une peine plus sévère. Mais qu'il te souvienne, Trilby, que je t'adjure, au nom du pouvoir que les sacrements m'ont donné, de sortir de la chaumière de Dougal le pêcheur, quand j'aurai chanté pour la troisième fois les saintes litanies de la Vierge!»

Et le vieux moine chanta pour la première fois, accompagné des répons de Dougal et de Jeannie dont le cœur commençait à palpiter d'une émotion pénible. Elle n'était pas sans regret d'avoir révélé à son mari les timides amours du lutin, et l'exil de l'hôte accoutumé du foyer lui faisait comprendre qu'elle lui était plus attachée qu'elle ne l'avait cru jusqu'alors.

Le vieux moine prononçant de nouveau par trois fois le nom de Trilby: «Je t'adjure, lui dit-il, de sortir de la chaumière de Dougal le pêcheur, et afin que tu ne te flattes pas de pouvoir éluder le sens de mes paroles, car ce n'est pas d'aujourd'hui que je connais votre malice, je te signifie que cette sentence est irrévocable à jamais . . .

— Hélas! dit tout bas Jeannie.

— A moins, continua le vieux moine, que Jeannie ne te permette d'y revenir.»

Jeannie redoubla d'attention.

«Et que Dougal lui-même ne t'y envoie.

— Hélas! répéta Jeannie.

— Et qu'il te souvienne, Trilby, que je t'adjure, au nom du pouvoir que les sacrements m'ont donné, de sortir de la chaumière de Dougal le pêcheur, quand j'aurai chanté deux fois encore les saintes litanies de la Vierge.»

Et le vieux moine chanta pour la seconde fois, accompagné des répons de Dougal et de Jeannie qui ne prononçait plus qu'à demi-voix, et la tête à demi enveloppée de sa noire chevelure, parce que son cœur était gonflé de sanglots qu'elle cherchait à contenir, et ses yeux mouillés de larmes qu'elle cherchait à cacher. «Trilby, se disait-elle, n'est pas d'une race maudite; ce moine vient lui-même de l'avouer; il m'aimait avec la même innocence que mon mouton; il ne pouvait se passer de moi. Que deviendra-t-il sur la terre quand il sera privé du seul bonheur de ses veillées? Était-ce un si grand mal, pauvre Trilby, qu'il se jouât le soir avec mon fuseau, quand, presque endormie, je le laissais échapper de ma main, ou qu'il se roulât en le couvrant de baisers dans le fil que j'avais touché?»

monastery at Balvaig, that you belong to a mysterious race whose future destiny is not irrevocably determined, and that the secret of your salvation or damnation is still hidden in the mind of the Lord, I refrain from pronouncing a harsher sentence on you. But keep it in mind, Trilby, that I conjure you, in the name of the power I have been given by the sacraments, to leave the cottage of Dougal the fisherman once I have chanted for the third time the holy litanies of the Virgin!"

And the ancient monk chanted for the first time, accompanied by the responses of Dougal and those of Jeanie, whose heart was beginning to palpitate with a dire emotion. She felt some regret for having revealed to her husband the timid love the elf felt for her, and the exile of her accustomed guest from their home made her realize that she was more attached to him than she had thought hitherto.

Once more uttering Trilby's name three times, the aged monk said: "I conjure you to leave the cottage of Dougal the fisherman, and so that you won't imagine that you can elude the meaning of my words, because I've known your craftiness for a long time, I inform you that this sentence can never be revoked . . ."

"Alas!" said Jeanie very quietly.

"Unless," the aged monk continued, "Jeanie allows you to return."

Jeanie paid much closer attention.

"And unless Dougal himself invites you here."

"Alas!" Jeanie repeated.

"And keep in mind, Trilby, that I conjure you, in the name of the power given me by the sacraments, to leave the cottage of Dougal the fisherman once I have chanted two more times the holy litanies of the Virgin."

And the aged monk chanted for the second time, accompanied by the responses of Dougal and those of Jeanie, who was now pronouncing them in an undertone only, her head half swathed in her black hair, because her heart was swollen with sobs she was trying to contain, and her eyes moist with tears she was trying to conceal. "Trilby," she was saying to herself, "doesn't belong to an accursed race; this monk himself has just admitted it; he loved me just as innocently as my sheep does; he couldn't get along without me. What in the world will become of him when he's deprived of the sole happiness of his evenings? Poor Trilby, was it so wrong for him to play with my spindle in the evening when, nearly asleep, I'd let it fall from my hand, or to roll around in the thread that I had touched, covering it with kisses?"

Mais le vieux moine répétant encore par trois fois le nom de Trilby, et recommençant ses paroles dans le même ordre: «Je t'adjure, lui dit-il, au nom du pouvoir que les sacrements m'ont donné, de sortir de la chaumière de Dougal le pêcheur, et je te défends d'y rentrer jamais, sinon aux conditions que je viens de te prescrire, quand j'aurai chanté une fois encore les saintes litanies de la Vierge.»

Jeannie porta sa main sur ses yeux.

«Et crois que je punirai ta rébellion d'une manière qui épouvantera tous tes pareils! Je te lierai pour mille ans, esprit désobéissant et malin, dans le tronc du bouleau le plus noueux et le plus robuste du cimetière!

— Malheureux Trilby! dit Jeannie.

— Je le jure sur mon grand Dieu, continua le moine, et cela sera fait ainsi.»

Et il chanta pour la troisième fois, accompagné des répons de Dougal. Jeannie ne répondit pas. Elle s'était laissée tomber sur la pierre saillante qui borde le foyer, et le moine et Dougal attribuaient son émotion au trouble naturel que doit faire naître une cérémonie imposante. Le dernier répons expira; la flamme des tisons pâlit; une lumière bleue courut sur la braise éteinte et s'évanouit. Un long cri retentit dans la cheminée rustique. Le follet n'y était plus.

«Où est Trilby? dit Jeannie en revenant à elle.

— Parti, dit le moine avec orgueil.

— Parti!» s'écria-t-elle, d'un accent qu'il prit pour celui de l'admiration et de la joie. Les livres sacrés de Salomon ne lui avaient pas appris ces mystères.

A peine le follet avait quitté le seuil de la chaumière de Dougal, Jeannie sentit amèrement que l'absence du pauvre Trilby en avait fait une profonde solitude. Ses chansons de la veillée n'étaient plus entendues de personne, et, certaine de ne confier leurs refrains qu'à des murailles insensibles, elle ne chantait que par distraction ou dans les rares moments où il lui arrivait de penser que Trilby, plus puissant que la Clavicule et le Rituel, avait peut-être déjoué les exorcismes du vieux moine et les sévères arrêts de Salomon. Alors, l'œil fixé sur l'âtre, elle cherchait à discerner, dans les figures bizarres que la cendre dessine en sombres compartiments sur la fournaise éblouissante, quelques-uns des traits que son imagination avait prêtés à Trilby; elle n'apercevait qu'une ombre sans forme et sans vie qui rompait çà et là l'uniformité du rouge enflammé du foyer, et se dissipait à la moindre agitation de la touffe de bruyères sèches qu'elle faisait siffler devant le feu pour le ranimer. Elle laissait tomber son fuseau, elle abandonnait son

But the aged monk, once again repeating Trilby's name three times and resuming his words in the same order, said: "I conjure you, in the name of the power given to me by the sacraments, to leave the cottage of Dougal the fisherman, and I forbid you ever to return, except on the terms I have just imposed on you, once I have chanted the holy litanies of the Virgin one more time."

Jeanie raised her hand to her eyes.

"And trust me, I shall punish any revolt on your part in a way that will frighten all your fellow beings! I shall bind you for a thousand years, disobedient evil spirit, in the trunk of the knottiest and sturdiest birch tree in the graveyard!"

"Unfortunate Trilby!" said Jeanie.

"I swear this by my mighty God," the monk continued, "and it will be as I said."

And he chanted for the third time, accompanied by Dougal's responses. Jeanie didn't utter any. She had dropped onto the projecting stone that rims the hearth; the monk and Dougal attributed her emotion to the natural excitement that such an imposing ceremony must produce. The last response died away; the flame of the brands grew pale; a blue light ran across the extinguished embers and vanished. A long cry resounded in the rustic fireplace. The brownie was no longer there.

"Where is Trilby?" asked Jeanie, coming around.

"Gone," said the monk proudly.

"Gone!" she exclaimed, in a tone which he took for one of admiration and joy. Solomon's sacred books hadn't instructed him about such mysteries.

The brownie had hardly left the threshold of Dougal's cottage when Jeanie realized bitterly that the absence of poor Trilby had turned it into a profound solitude. Her evening songs were no longer heard by anyone, and, certain as she was that she was confiding their refrains merely to insentient walls, she now sang only absentmindedly or at the rare moments when it occurred to her that Trilby, more powerful than the *Magic Key* and the *Ritual,* had perhaps baffled the aged monk's exorcisms and Solomon's severe decrees. At such times she would stare at the hearth and try to make out, in the odd figures which the ash draws on the dazzling glow in dark compartments, some of the features that her imagination had lent to Trilby; she perceived only a formless, lifeless shadow that in places interrupted the uniformity of the blazing red of the hearth, and that was dissipated at the slightest stirring of the clump of dry heather that she made to hiss in front of the fire to stir it up. She dropped her spindle, she abandoned her

fil, mais Trilby ne chassait plus devant lui le fuseau roulant comme pour le dérober à sa maîtresse, heureux alors de le ramener jusqu'à elle et de se servir du fil à peine ressaisi pour s'élever à la main de Jeannie et y déposer un baiser rapide, après lequel il était si prompt à retomber, à s'enfuir et à disparaître, qu'elle n'avait jamais eu le temps de s'alarmer et de se plaindre. Dieu! que les temps étaient changés! que les soirées étaient longues, et que le cœur de Jeannie était triste!

Les nuits de Jeannie avaient perdu leur charme comme sa vie, et s'attristaient encore de la secrète pensée que Trilby, mieux accueilli chez les châtelaines d'Argail, y vivait paisible et caressé, sans crainte de leurs fiers époux. Quelle comparaison humiliante pour la chaumière du lac Beau ne devait pas se renouveler pour lui à tous les moments de ses délicieuses soirées, sous les cheminées somptueuses où les noires colonnes de Staffa s'élançaient des marbres d'argent de Firkin, et aboutissaient à des voûtes resplendissants de cristaux de mille couleurs! Il y avait loin de ce magnifique appareil à la simplicité du triste foyer de Dougal. Que cette comparaison était plus pénible encore pour Jeannie, quand elle se représentait ses nobles rivales, assemblées autour d'un brasier dont l'ardeur était entretenue par des bois précieux et odorants qui remplissaient d'un nuage de parfums le palais favorisé du lutin! quand elle détaillait dans sa pensée les richesses de leur toilette, les couleurs brillantes de leurs robes à quadrilles, l'agrément et le choix de leurs plumes de *ptarmigan* et de héron, la grâce apprêtée de leurs cheveux, et qu'elle croyait saisir dans l'air les concerts de leurs voix mariées avec une ravissante harmonie!

«Infortunée Jeannie, disait-elle, tu croyais donc savoir chanter! Et quand tu aurais une voix plus douce que celle de la jeune fille de la mer que les pêcheurs ont quelquefois entendue le matin, qu'as-tu fait, Jeannie, pour qu'il s'en souvînt? Tu chantais comme s'il n'était pas là, comme si l'écho seul t'avait écoutée, tandis que toutes ces coquettes ne chantent que pour lui; elles ont d'ailleurs tant d'avantages sur toi: la fortune, la noblesse, peut-être même la beauté! Tu es brune, Jeannie, parce que ton front découvert à la surface resplendissante des eaux brave le ciel brûlant de l'été. Regarde tes bras: ils sont souples et nerveux, mais ils n'ont ni délicatesse ni fraîcheur. Tes cheveux manquent peut-être de grâce, quoique noirs, longs, bouclés et superbes, lorsque, flottant sur tes épaules, tu les abandonnes aux fraîches brises du lac; mais il m'a vue si rarement sur le lac, et n'a-t-il pas oublié déjà qu'il m'a vue?»

Préoccupée de ces idées, Jeannie se livrait au sommeil bien plus tard que d'habitude, et ne goûtait pas le sommeil même sans passer

thread, but Trilby no longer drove the rolling spindle in front of him as if to steal it from his mistress, only to bring it back to her happily and to use the thread, as soon as it was grasped again, to lift himself up to Jeanie's hand and plant a swift kiss on it, after which he was so quick to fall back down, flee, and disappear that she had never had the time to be alarmed and complain. Lord, how times had changed! How long the evenings were, and how sad Jeanie's heart was!

Jeanie's nights, like her whole life, had lost their charm and were saddened even further by the secret thought that Trilby, welcomed more warmly by the Argyll ladies of the manor, was living there peacefully and made much of, with no fear of their proud husbands. What a humiliating comparison with the cottage on Loch Fyne he must be making at every moment of his delightful evenings, in those sumptuous fireplaces where black columns of Staffa stone sprang up from the silvery marbles of Firkin, ending in resplendent crystal vaults of a thousand colors! What a gulf there was between those magnificent fittings and the simplicity of Dougal's dreary hearth! How much more painful that comparison was for Jeanie when she pictured her noble rivals gathered around a brazier whose heat was maintained by aromatic precious wood which filled the palace favored by the elf with a cloud of fragrance; when she enumerated in her mind the richness of their attire, the bright colors of their checked dresses, the elegant grace of their ptarmigan and heron plumes, the genteel charm of their hairdos, and when she thought she could perceive in the air their concerted voices wed to a ravishing harmony!

"Unhappy Jeanie," she'd say to herself, "and you thought you knew how to sing! Even if you had a voice sweeter than that of the young mermaid whom the fishermen have sometimes heard of a morning, what did you do, Jeanie, to make him remember it? You used to sing as if he weren't there, as if the echo alone had been listening to you, whereas all those coquettes sing for him alone; besides, they have so many advantages over you: wealth, nobility, perhaps even beauty! You are dark, Jeanie, because your brow, open to the shining surface of the water, defies the burning sky of summer. Look at your arms: they're supple and wiry, but they're neither delicate nor blooming. Your hair perhaps lacks grace, though it's black, long, curly, and superb when you abandon it, floating on your shoulders, to the cool breezes of the lake; but he saw me on the lake so seldom, and hasn't he already forgotten he saw me?"

Preoccupied with these thoughts, Jeanie went to bed much later than had been her wont; she didn't even enjoy her sleep, but advanced

de l'agitation d'une veille inquiète à des inquiétudes nouvelles. Trilby
ne se présentait plus dans ses rêves sous la forme fantastique du nain
gracieux du foyer. A cet enfant capricieux avait succédé un adolescent
aux cheveux blonds, dont la taille svelte et pleine d'élégance le dis-
putait en souplesse aux joncs élancés des rivages; c'étaient les traits
fins et doux du follet, mais développés dans les formes imposantes du
chef du clan des Mac-Farlane, quand il gravit le Cobler en brandis-
sant l'arc redoutable du chasseur, ou quand il s'égare dans les boulingrins d'Argail, en faisant retentir d'espace en espace les cordes de la
harpe écossaise; et tel devait être le dernier de ces illustres seigneurs,
lorsqu'il disparut tout à coup de son château après avoir subi
l'anathème des saints religieux de Balva, pour s'être refusé au
paiement d'un ancien tribut envers le monastère. Seulement les regards de Trilby n'avaient plus l'expression franche, la confiance in-
génue du bonheur. Le sourire d'une candeur étourdie ne volait plus
sur ses lèvres. Il considérait Jeannie d'un œil attristé, soupirait amèrement, et ramenait sur son front les boucles de ses cheveux, ou l'enveloppait des longs replis de son manteau; puis se perdait dans les
vagues ombres de la nuit. Le cœur de Jeannie était pur, mais elle souf-
frait de l'idée qu'elle était la seule cause des malheurs d'une créature
charmante qui ne l'avait jamais offensée, et dont elle avait trop vite
redouté la naïve tendresse. Elle s'imaginait, dans l'erreur involontaire
des songes, qu'elle criait au follet de revenir, et que, pénétré de reconnaissance, il s'élançait à ses pieds et les couvrait de baisers et de
larmes. Puis, en le regardant sous sa nouvelle forme, elle comprenait
qu'elle ne pouvait plus prendre à lui qu'un intérêt coupable, et dé-
plorait son exil sans oser désirer son retour.

Ainsi se passaient les nuits de Jeannie, depuis le départ du lutin; et
son cœur, aigri par un juste repentir ou par un penchant involontaire,
toujours repoussé, toujours vainqueur, ne s'entretenait que de mornes
soucis qui troublaient le repos de la chaumière. Dougal, lui-même,
était devenu inquiet et rêveur. Il y a des privilèges attachés aux
maisons qu'habitent les follets! Elles sont préservées des accidents de
l'orage et des ravages de l'incendie, car le lutin attentif n'oublie jamais, quand tout le monde est livré au repos, de faire sa ronde nocturne autour du domaine hospitalier qui lui donne un asile contre le
froid des hivers. Il resserre les chaumes du toit à mesure qu'un vent
obstiné les divise, ou bien il fait rentrer dans ses gonds ébranlés une
porte agitée par la tempête. Obligé à nourrir pour lui la chaleur
agréable du foyer, il détourne de temps en temps la cendre qui s'a-
moncelle; il ranime d'un souffle léger une étincelle qui s'étend peu à

from the agitation of a restless evening to distresses newer still. Trilby no longer appeared in her dreams in the fantastic shape of the graceful fireside dwarf. That capricious child had given place to an adolescent with blonde hair, whose svelte, highly elegant body rivaled in suppleness the tall rushes of the lake shore; his features were the fine and gentle ones of the brownie, but they had developed into the imposing countenance of the chief of Clan MacFarlane when he climbs the Cobbler, brandishing the fearsome bow of the hunter, or when he wanders over the braes of Argyll, every so often making the strings of his Scottish harp resound; and that's how the last of those famous lords must have looked when he suddenly disappeared from his castle after receiving the anathema of the holy monks of Balvaig for refusing to pay an ancient tribute to the monastery. Only, Trilby's glances no longer had the frank expression, the naïve trustfulness of a happy person. That smile, so thoughtlessly candid, no longer flew over his lips. He would gaze at Jeanie with a saddened eye, he'd heave a bitter sigh, and he'd pull his curls down over his forehead or cover it with the long folds of his cloak; then he'd become lost in the vague night shadows. Jeanie's heart was pure, but it was painful for her to think that she was the sole cause of the unhappiness of a charming creature who had never offended her, but whose naïve affection she had dreaded too hastily. In the involuntary delusion of dream, she imagined that she was summoning the brownie to come back, and that, full of gratitude, he was dashing to her feet and covering them with kisses and tears. Then, looking at him in his new guise, she understood that her interest in him could now be only a guilty one, and she lamented his exile without the courage to wish for his return.

That is how Jeanie's nights were spent after the elf's departure; and her heart, embittered by a just repentance or by an involuntary inclination which was constantly repressed but constantly victorious, fed merely on dismal cares which troubled the repose of the cottage. Dougal himself had become restless and lost in dream. There are privileges enjoyed by homes in which brownies dwell! They are kept safe from the accidents of storm and the ravages of fire, for the attentive elf never forgets, after everyone has gone to bed, to make his nightly rounds of the hospitable residence which affords him shelter from the winter cold. He tightens the thatching of the roof whenever a stubborn wind pulls it apart, or else he puts a tempest-battered door back on its shaken hinges. Needing to maintain the pleasant warmth of the fireplace for his own sake, from time to time he disperses the ash that has accumulated; with a light puff he rekindles a spark, which

peu sur un charbon prêt à s'éteindre, et finit par embraser toute sa
noire surface. Il ne lui en faut pas davantage pour se réchauffer; mais
il paie généreusement le loyer de ce bienfait, en veillant à ce qu'une
flamme furtive ne vienne pas à se développer pendant le sommeil in-
souciant de ses hôtes; il interroge du regard tous les recoins du
manoir, toutes les fentes de la cheminée antique; il retourne le four-
rage dans la crèche, la paille sur la litière; et sa sollicitude ne se borne
pas aux soins de l'étable; il protège aussi les habitants pacifiques de la
basse-cour et de la volière, auxquels la Providence n'a donné que des
cris pour se plaindre, et qu'elle a laissés sans armes pour se défendre.
Souvent le chatpard, altéré de sang, qui était descendu des montagnes
en amortissant sur les mousses discrètes son pas qui les foule à peine,
en contenant son miaulement de tigre, en voilant ses yeux ardents qui
brillent dans la nuit comme des lumières errantes, souvent la martre
voyageuse qui tombe inattendue sur sa proie, qui la saisit sans la
blesser, l'enveloppe comme une coquette d'embrassements gracieux,
l'enivre de parfums enchanteurs, et lui imprime sur le cou un baiser
qui donne la mort, souvent le renard même a été trouvé sans vie à côté
du nid tranquille des oiseaux nouveau-nés, tandis qu'une mère immobile dormait la tête cachée sous l'aile, en rêvant à l'heureuse histoire
de sa couvée tout éclose, où il n'a pas manqué un seul œuf. Enfin l'aisance de Dougal avait été fort augmentée par la pêche de ces jolis
poissons bleus qui ne se laissaient prendre que dans ses filets; et
depuis le départ de Trilby, les poissons bleus avaient disparu. Aussi
n'arrivait-il plus au rivage sans être poursuivi des reproches de tous les
enfants du clan des Mac-Farlane, qui lui criaient:
«C'est affreux, méchant Dougal! C'est vous qui avez enlevé tous les
jolis petits poissons du lac Long et du lac Beau; nous ne les verrons
plus sauter à la surface de l'eau, en faisant semblant de mordre à nos
hameçons, ou s'arrêter immobiles, comme des fleurs couleur du
temps, sur les herbes roses de la rade. Nous ne les verrons plus nager
à côté de nous quand nous nous baignons, et nous diriger loin des
courants dangereux, en détournant rapidement leur longue colonne
bleue»; et Dougal poursuivait sa route en murmurant; il se disait
même quelquefois: «C'est peut-être en effet une chose bien ridicule
que d'être jaloux d'un lutin; mais le vieux moine de Balva en sait là-
dessus plus que moi.»
    Dougal enfin ne pouvait se dissimuler le changement qui s'était fait
depuis quelque temps dans le caractère de Jeannie, naguère encore si
serein et si enjoué; et jamais il ne remontait par la pensée au jour où
il avait vu sa mélancolie se développer sans se rappeler au même

gradually spreads over a coal that is ready to go out, and which finally sets its entire black surface aglow. That's all he needs in order to get warm; but he pays a generous rent for that favor, by making sure that a furtive flame doesn't grow out of control while his hosts are sleeping free of care; he casts a glance at every nook and cranny of the dwelling, at every crack in the ancient fireplace; he stirs up the fodder in the manger, the straw of the litter; and his cares aren't confined to worrying about the barn; he also protects the peaceful inhabitants of the farmyard and coop, to whom Providence has given only cries to lament with, but has left weaponless to defend themselves. Often the bloodthirsty bobcat which had come down from the hills, deadening on discreet mosses the sound of its steps (though he scarcely treads on them), repressing his tigerlike cry, veiling his burning eyes that shine in the night like wandering lamps; often the roaming marten, which falls unexpectedly on his prey, seizes it without wounding it, envelops it like a coquette in graceful embraces, intoxicates it with bewitching aromas, and presses on its neck a death-dealing kiss; often the fox himself has been found lifeless alongside the tranquil nest of the new-born chicks, while their motionless mother was sleeping with her head tucked under her wing, dreaming of the happy story of her completely hatched brood, not one egg missing. Lastly, Dougal's prosperity had been greatly increased by hauling up those pretty blue fish which let themselves be caught in his nets alone; and ever since Trilby's departure, the blue fish had disappeared. And so he no longer reached shore without being hounded by the reproaches of all the sons of Clan MacFarlane, who shouted at him:

"It's awful, you wicked Dougal! You're the one who has taken away all the pretty little fish from Loch Long and Loch Fyne; we will no longer see them jumping on the surface of the water, pretending to bite at our hooks, or stopping motionless, like sky-colored flowers, on the pink grasses of the boat harbor. We will no longer see them swimming beside us when we bathe, guiding us far from dangerous currents by swiftly changing the direction of their long blue column."
And Dougal would continue down his path grumbling; at times he thought to himself: "It may very well be extremely ridiculous to be jealous of an elf; but the old monk from Balvaig knows a lot more about such things than I do."

Finally Dougal could no longer fail to see the change that for some time had come over Jeanie's nature, not long ago so serene and playful; and he never brought his thoughts back to the day when he had seen her gloominess developing without his simultaneously recalling

instant les cérémonies de l'exorcisme et l'exil de Trilby. A force d'y réfléchir, il se persuada que les inquiétudes qui l'obsédaient dans son ménage, et la mauvaise fortune qui s'obstinait à le poursuivre à la pêche, pourraient bien être l'effet d'un sort, et sans communiquer cette pensée à Jeannie dans des termes propres à augmenter l'amertume des soucis auxquels elle paraissait livrée, il lui suggéra peu à peu le désir de recourir à une protection puissante contre la mauvaise destinée qui le persécutait. C'était peu de jours après que devait avoir lieu, au monastère de Balva, la fameuse vigile de saint Colombain, dont l'intercession était plus recherchée qu'aucune autre des jeunes femmes du pays, parce que, victime d'un amour secret et malheureux, il était sans doute plus propice qu'aucun des autres habitants du séjour céleste aux peines cachées du cœur. On en rapportait des miracles de charité et de tendresse dont jamais Jeannie n'avait entendu le récit sans émotion, et qui depuis quelque temps se présentaient fréquemment à son imagination parmi les rêves caressants de l'espérance. Elle se rendit d'autant plus volontiers aux propositions de Dougal, qu'elle n'avait jamais visité le plateau de Calender, et que, dans cette contrée nouvelle pour ses yeux, elle croyait avoir moins de souvenirs à redouter qu'auprès du foyer de la chaumière, où tout l'entretenait des grâces touchantes et de l'innocent amour de Trilby. Un seul chagrin se mêlait à l'idée de ce pèlerinage; c'est que l'ancien du monastère, cet inflexible Ronald dont les exorcismes cruels avaient banni Trilby pour toujours de son obscure solitude, descendrait probablement lui-même de son ermitage des montagnes, pour prendre part à la solennité anniversaire de la fête du saint patron; mais Jeannie, qui craignait avec trop de raison d'avoir beaucoup de pensées indiscrètes et peut-être jusqu'à des sentiments coupables à se reprocher, se résigna promptement à la mortification ou au châtiment de sa présence. Qu'allait-elle, d'ailleurs, demander à Dieu, sinon d'oublier Trilby, ou plutôt la fausse image qu'elle s'en était faite? et quelle haine pouvait-elle conserver contre ce vieillard, qui n'avait fait que remplir ses vœux et que prévenir sa pénitence?

«Au reste, reprit-elle à part soi, sans se rendre compte de ce retour involontaire de son esprit, Ronald avait plus de cent ans à la dernière chute des feuilles et peut-être est-il mort.»

Dougal, moins préoccupé, parce qu'il était bien plus fixé sur l'objet de son voyage, calculait ce que devait lui rapporter à l'avenir la pêche mieux entendue de ces poissons bleus dont il avait cru ne voir jamais finir l'espèce; et comme s'il avait pensé que le seul projet d'une pieuse visite au sépulcre de saint abbé pouvait avoir ramené ce peuple

the exorcism ceremonies and Trilby's exile. By dint of reflecting on it, he became convinced that the troubles besieging him in his household, and the bad luck at fishing which was dogging him, might well be the result of a spell; without communicating that idea to Jeanie in terms that might increase the bitterness of the worries she seemed prey to, he gradually suggested to her his desire to have recourse to a powerful protection against the ill fortune that was hounding him. In only a few more days there was to take place, at the monastery in Balvaig, the famous vigil of Saint Columbanus, whose intercession was more sought after than any other by the local young women, because, as a victim of a secret, unhappy romance, he was surely more favorable than any other inhabitant of the heavenly realms to the hidden sorrows of the heart. Miracles of charity and affection were reported of him which Jeanie had never heard narrated without feeling emotion, and which for some time had frequently turned up in her thoughts amid the flattering dreams of hope. She was even happier to accede to Dougal's suggestions because she had never visited the tableland of Callander, and because, in that region so new to her, she thought she'd have fewer memories to fear than beside the hearth in her cottage, where all things spoke to her of Trilby's touching charms and innocent love. Only one sorrow was mingled with her thoughts of that pilgrimage: that the old man of the monastery, the inflexible Ronald whose cruel exorcism had banished Trilby forever from her obscure solitude, would probably come down in person from his mountain hermitage to participate in the yearly celebration of the eve of the patron saint's day; but Jeanie, who was afraid, with only too much justification, of having many indiscreet thoughts and perhaps even guilty emotions to reproach herself with, became quickly resigned to the mortification or punishment brought about by his presence. Besides, what was she going to request of God other than to forget Trilby, or rather the false image of him that she had created in her mind? And what hatred could she harbor for that old man, who had only carried out her wishes and forestalled her penitence?

"Furthermore," she continued in her mind, without noticing this involuntary turn her thoughts were taking, "Ronald was over a hundred when the leaves last fell, and he may be dead."

Dougal, less worried because he was much surer of the purpose of his journey, was calculating his future income from the improved netting of those blue fish, whose race he had thought would never die out; and, as if he imagined that the mere prospect of a pious visit to the holy abbot's tomb might have brought that wandering species back to the

vagabond dans les eaux basses du golfe, il les sondait inutilement du regard, en parcourant le petit détour de l'extrémité du lac Long, vers les délicieux rivages de Tarbet, campagnes enchantées dont le voyageur même qui les a traversées, le cœur vide de ces illusions de l'amour qui embellissent tous les pays, n'a jamais perdu le souvenir. C'était un peu moins d'un an après le rigoureux bannissement du follet. L'hiver n'était point commencé, mais l'été finissait. Les feuilles, saisies par le froid matinal, se roulaient à la pointe des branches inclinées, et leurs bouquets bizarres, frappés d'un rouge éclatant, ou jaspés d'un fauve doré, semblaient orner la tête des arbres de fleurs plus fraîches ou de fruits plus brillants que les fleurs et les fruits qu'ils ont reçus de la nature. On aurait cru qu'il y avait des bouquets de grenades dans les bouleaux, et que des grappes mûres pendaient à la pâle verdure des frênes, surprises de briller entre les fines découpures de leur feuillage léger. Il y a dans ces jours de décadence de l'automne quelque chose d'inexplicable qui ajoute à la solennité de tous les sentiments. Chaque pas que fait le temps imprime alors sur les champs qui se dépouillent, ou au front des arbres qui jaunissent, un nouveau signe de caducité plus grave et plus imposant. On entend sortir du fond des bois une sorte de rumeur menaçante qui se compose du cri des branches sèches, du frôlement des feuilles qui tombent, de la plainte confuse des bêtes de proie que la prévoyance d'un hiver rigoureux alarme sur leurs petits, de rumeurs, de soupirs, de gémissements, quelquefois semblables à des voix humaines, qui étonnent l'oreille et saisissent le cœur. Le voyageur n'échappe pas même à l'abri des temples aux sensations qui le poursuivent. Les voûtes des vieilles églises rendent les mêmes bruits que les profondeurs des vieilles forêts, quand le pied du passant solitaire interroge les échos sonores de la nef, et que l'air extérieur qui se glisse entre les ais mal joints, ou qui agite le plomb des vitraux rompus, marie des accords bizarres au sourd retentissement de sa marche. On dirait quelquefois le chant grêle d'une jeune vierge cloîtrée qui répond au mugissement majestueux de l'orgue; et ces impressions se confondent si naturellement en automne, que l'instinct même des animaux y est souvent trompé. On a vu des loups errer sans défiance à travers les colonnes d'une chapelle abandonnée, comme entre les fûts blanchissants des hêtres; une volée d'oiseaux étourdis descend indistinctement sur le faîte des grands arbres ou sur le clocher pointu des églises gothiques. A l'aspect de ce mât élancé, dont la forme et la matière sont dérobées à la forêt natale, le milan resserre peu à peu les orbes de son vol circulaire, et s'abat sur sa pointe aiguë comme sur un pal d'armoiries. Cette idée

shallow waters of the bay, he was always futilely sounding their depths with his eyes as he passed along the little bend at the far end of Loch Long, approaching the delightful banks at Tarbet, an enchanted countryside never forgotten even by a traveler who has crossed it with a heart empty of the love-engendered illusions which beautify any region. It was a little less than a year after the severe banishment of the brownie. Winter hadn't begun, but summer was on the wane. The leaves, gripped by the morning cold, were curling up at the tips of the bowed branches, and their odd bouquets, tinged with a conspicuous red or sprinkled with a tawny gold, seemed to be adorning the treetops with fresher flowers or shinier fruit than the flowers and fruit they have received from nature. You'd have thought there were clusters of pomegranates on the birches, and that bunches of ripe grapes were hanging from the pale green of the ash trees, surprised to be gleaming amid the delicate tracery of their light foliage. In these declining autumn days there is some inexplicable thing which adds to the solemnity of all one's feelings. At that season, every step that time takes imprints upon the fields which are growing bare, or upon the brow of the yellowing trees, a new, more serious and more imposing, sign of infirmity. From the depths of the woods you can hear emerging a sort of threatening sound made up of the cry of dry branches, the rustling of falling leaves, the mingled laments of the beasts of prey alarmed for their young by forebodings of a harsh winter: noises, sighs, moans, sometimes like human voices, which surprise the ear and grip the heart. Even when sheltered by houses of worship, the traveler can't escape the sensations that pursue him. The vaulted ceilings of the old churches emit the same sounds as the depths of the ancient forests, when the footsteps of the lone passerby awakens the resonant echoes of the nave, and when the wind from outside, penetrating the disjointed boards or shaking the lead of the broken stained glass, weds odd chords to the muffled reverberation of its gusts. At times this resembles the high-pitched chanting of a young virginal nun responding to the majestic roar of the organ; and these impressions become so naturally confused in autumn that they often deceive even animal instincts. Wolves have been seen roaming unwarily amid the columns of a deserted chapel, as if amid the whitening trunks of beech trees; a flock of bewildered birds lands, making no distinction, on either the tops of tall trees or the pointed spire of Gothic churches. Seeing that tall, slender pole whose shape and material were stolen from his own native forest, the kite gradually diminishes the orbits of his circular flight and alights on its sharp tip as if on an armorial pale. Such thoughts might have put Jeanie on her guard against the

aurait pu prémunir Jeannie contre l'erreur d'un pressentiment douloureux, quand elle arriva sur les pas de Dougal à la chapelle de Glenfallach, vers laquelle ils s'étaient dirigés d'abord, parce que c'est là qu'était marqué le rendez-vous des pèlerins. En effet, elle avait vu de loin un corbeau à ailes démesurées s'abaisser sur la flèche antique, et s'y arrêter avec un cri prolongé qui exprimait tant d'inquiétude et de souffrance qu'elle ne put s'empêcher de le regarder comme un présage sinistre. Plus timide en s'approchant davantage, elle égarait ses yeux autour d'elle avec un saisissement involontaire, et son oreille s'effrayait au faible bruit des vagues sans vent qui viennent expirer au pied du monastère abandonné.

C'est ainsi que, de ruines en ruines, Dougal et Jeannie parvinrent aux rives étroites du lac Kattrine; car, dans ce temps reculé, les bateliers étaient plus rares, et les stations du pèlerin plus multipliées. Enfin, après trois jours de marche, ils découvrirent de loin les sapins de Balva, dont la verdure sombre se détachait avec une hardiesse pittoresque entre les forêts desséchées ou sur le fond des mousses pâles de la montagne. Au-dessus de son revers aride, et comme penchées à la pointe d'un roc perpendiculaire d'où elles semblaient se précipiter vers l'abîme, on voyait noircir les vieilles tours du monastère, et se développer, au loin, les ailes des bâtiments à demi écroulés. Aucune main humaine n'avait été employée à y réparer les ravages du temps depuis que les saints avaient fondé cet édifice, et une tradition universellement répandue dans le peuple attestait que, lorsque ses restes solennels achèveraient de joncher la terre de leurs débris, l'ennemi de Dieu triompherait pour plusieurs siècles en Écosse et y obscurcirait de ténèbres impies les pures splendeurs de la foi. Aussi c'était un sujet de joie toujours nouveau pour la multitude chrétienne que de le voir encore imposant dans son aspect, et offrant pour l'avenir quelques promesses de durée. Alors des cris de joie, des clameurs d'enthousiasme, de doux murmures d'espoir et de reconnaissance venaient se confondre dans la prière commune. C'est là, c'est dans ce moment de pieuse et profonde émotion qu'excite l'attente ou la vue d'un miracle, que tous les pèlerins à genoux récapitulaient pendant quelques minutes d'adoration les principaux objets de leur voyage: la femme et les filles de Coll Cameron, un des plus proches voisins de Dougal, de nouvelles parures qui éclipseraient dans les fêtes prochaines la beauté simple de Jeannie; Dougal, un coup de filet miraculeux qui l'enrichirait de quelque trésor contenu dans une boîte précieuse que sa bonne fortune aurait menée intacte à l'extrémité du lac; et Jeannie, le besoin d'oublier Trilby, et de ne plus y rêver; prière que son cœur ne pouvait

delusion of a painful foreboding when, following Dougal's steps, she reached the chapel at Glen Falloch, toward which they had traveled at the outset, because it was the designated assembly point of the pilgrims. In fact, she had seen from afar a crow with enormous wings lowering itself onto the ancient spire and coming to rest there with a prolonged cry expressive of so much distress and suffering that she couldn't help regarding it as an inauspicious omen. Becoming more timid as she drew nearer, she let her eyes wander all around with an involuntary shock, and her ears were frightened by the feeble sound of the windless waves which die away at the foot of the deserted monastery.

And so, from one ruin to another, Dougal and Jeanie arrived at the narrow banks of Loch Katrine; for, in those remote days, ferrymen were harder to find, and the pilgrims' resting places more numerous. Finally, after walking for three days, they espied from afar the fir trees of Balvaig, whose dark green stood out with picturesque boldness against the dried-out forests or against the background of pale moss of the mountain. Above its arid ridge, and as if leaning on the tip of a perpendicular crag from which they seemed to plunge into the abyss, could be seen the blackness of the monastery's ancient towers and, in the distance, the extended area of the semi-collapsed wings of the buildings. No human hand had been employed there in repairing the ravages of time ever since the holy men had founded that edifice, and a legend known to the entire populace affirmed that, whenever its solemn remains finally covered the soil with their debris, the Enemy of God would be triumphant in Scotland for several centuries, obscuring the pure splendors of the faith with impious darkness. And so it was a cause for ever-renewed joy to the Christian multitude to see it still an imposing sight, offering some promise of durability for the future. Then cries of joy, shouts of enthusiasm, and soft murmurs of hope and gratitude were mingled with the communal prayer. It was then, in that moment of pious and deep emotion which is aroused by the expectation or the sight of a miracle, that all the kneeling pilgrims summed up during a few minutes of prayer the principal aims of their journey: the wife and daughters of Coll Cameron, one of Dougal's closest neighbors, wished for new finery that would eclipse Jeanie's simple beauty at the next festivities; Dougal, for a miraculous draft of fishes that would make him richer thanks to some treasure contained in a precious casket which his good luck would carry intact to the far end of the lake; and Jeanie felt the need to forget Trilby and never dream of him again—a prayer which her heart was nevertheless unable to avow completely and

cependant avouer tout entière, et qu'elle se réservait de méditer encore au pied des autels, avant de la confier sans réserve à la pensée attentive du saint protecteur.

Les pèlerins arrivèrent enfin au parvis de la vieille église, où un des
plus anciens ermites de la contrée était ordinairement chargé d'attendre leurs offrandes et de leur présenter des rafraîchissements et un
asile pour la nuit. De loin, la blancheur éblouissante du front de l'ana-
chorète, l'élévation de sa taille majestueuse qui n'avait pas fléchi sous
le poids des ans, la gravité de son attitude immobile et presque
menaçante, avaient frappé Jeannie d'une réminiscence mêlée de
respect et de terreur. Cet ermite, c'était le sévère Ronald, le moine
centenaire de Balva.

«J'étais préparé à vous voir», dit-il à Jeannie avec une intention si
pénétrante, que l'infortunée n'aurait pas éprouvé plus de trouble en
s'entendant publiquement accuser d'un péché. «Et vous aussi, bon
Dougal, continua-t-il en le bénissant: vous venez chercher avec raison
les grâces du Ciel dans la maison du Ciel, et nous demander contre les
ennemis secrets qui vous tourmentent les secours d'une protection
que les péchés du peuple ont fatiguée, et qui ne peut plus se racheter
que par de grands sacrifices.»

Pendant qu'il parlait de la sorte, il les avait introduits dans la longue
salle du réfectoire; le reste des pèlerins se reposaient sur les pierres
du vestibule, ou se distribuaient, chacun suivant sa dévotion particulière, dans les nombreuses chapelles de l'église souterraine. Ronald se
signa et s'assit, Dougal l'imita; Jeannie, obsédée d'une inquiétude invincible, essayait de tromper l'attention obstinée du saint prêtre en
laissant errer la sienne sur les nouveaux objets de curiosité qui s'of-
fraient à ses regards dans ce séjour inconnu. Elle observait avec une
curiosité vague le cintre immense des voûtes antiques, la majestueuse
élévation des pilastres, le travail bizarre et recherché des ornements,
et la multitude des portraits poudreux qui se suivaient dans des cadres
délabrés sur les innombrables panneaux des boiseries. C'était la première fois que Jeannie entrait dans une galerie de peinture, et que ses
yeux étaient surpris par cette imitation presque vivante de la figure de
l'homme, animée au gré de l'artiste de toutes les passions de la vie.
Elle contemplait émerveillée cette succession de héros écossais, différents d'expression et de caractère, et dont la prunelle mobile, toujours fixée sur ses mouvements, semblait la poursuivre de tableaux en
tableaux, les uns avec l'émotion d'un intérêt impuissant et d'un atten-
drissement inutile, les autres avec la sombre rigueur de la menace et
le regard foudroyant de la malédiction. L'un d'eux, dont le pinceau

which she kept in reserve until further meditation at the foot of the altar before she could recommend it unconditionally to the attentive mind of her saintly protector.

The pilgrims finally reached the forecourt of the old church, where one of the eldest hermits in the area was usually assigned to await their offerings and afford them refreshments and a lodging for the night. From afar the dazzling whiteness of the anchorite's brow, the height of his majestic form not yet bowed by the weight of his years, the gravity of his motionless and almost threatening stance, had struck Jeanie with a reminiscence in which respect and terror were mingled. That hermit was the severe Ronald, the hundred-year-old monk of Balvaig.

"I was sure I'd see you here," he said to Jeanie with such penetrating meaningfulness that the unhappy woman wouldn't have been more distressed if she heard herself publicly accused of a sin. "And you, too, my good Dougal," he continued as he gave him his blessing, "you have rightly come in quest of heaven's grace in heaven's house, and to seek of us, in order to combat secret enemies, the aid of a protection which the sins of the populace have wearied and which is no longer able to renew itself except through major sacrifices."

While he was saying this, he had led them into the long refectory hall; the other pilgrims were resting on the stones of the vestibule, or were dispersing, each according to his own special devotion, into the numerous chapels of the underground crypt. Ronald made the sign of the cross and sat down; Dougal did the same; Jeanie, afflicted with an invincible restlessness, was trying to elude the stubborn attention of the holy priest by letting her own mind wander over the new curiosities presented to her eyes in that unfamiliar abode. With a vague curiosity she contemplated the immense arching of the ancient vaults, the majestic loftiness of the pilasters, the odd, labored workmanship of the ornament, and the great number of dusty portraits aligned in dilapidated frames along the innumerable panels of the woodwork. It was the first time that Jeanie had set foot in a painting gallery, or that her eyes had been surprised by that almost living imitation of the human figure, enlivened according to the artist's wishes by every passion of life. In amazement she studied that succession of Scottish heroes, differing in expression and in character, whose shifting pupils, always staring at her movements, seemed to follow her from picture to picture, some with a feeling of powerless interest and futile affection, others with the somber rigor of a threat and the blazing gaze of a curse. One of them, whose resurrection, so to speak, had been

d'un artiste plus hardi avait pour ainsi dire devancé la résurrection, et qu'une combinaison, peu connue alors, d'effets et de couleurs paraissait avoir jeté hors de la toile, effraya tellement Jeannie de l'idée de le voir se précipiter de sa bordure d'or et traverser la galerie comme un spectre, qu'elle se réfugia en tremblant vers Dougal, et tomba interdite sur la banquette que Ronald lui avait préparée.

«Celui-là, dit Ronald qui n'avait pas cessé de converser avec Dougal, est le pieux Magnus Mac-Farlane, le plus généreux de nos bienfaiteurs, et celui de tous qui a le plus de part à nos prières. Indigné du manque de foi de ses descendants dont la déloyauté a prolongé pour bien des siècles encore les épreuves de son âme, il poursuit leurs partisans et leurs complices jusque dans ce portrait miraculeux. J'ai entendu assurer que jamais les amis des derniers Mac-Farlane n'étaient entrés dans cette enceinte sans voir le pieux Magnus s'arracher de la toile où le peintre avait cru le fixer, pour venger sur eux le crime et l'indignité de sa race. Les places vides qui suivent celle-ci, continua-t-il, indiquent celles qui étaient réservées aux portraits de nos oppresseurs, et dont ils ont été repoussés comme du ciel.

— Cependant, dit Jeannie, la dernière de ces places paraît occupée . . . Voilà un portrait au fond de cette galerie, et si ce n'était le voile qui le couvre . . .

— Je vous disais, Dougal, reprit le moine, sans prêter d'attention à l'observation de Jeannie, que ce portrait est celui de Magnus Mac-Farlane, et que tous ses descendants sont dévoués à la malédiction éternelle.

— Cependant, dit Jeannie, voilà un portrait au fond de cette galerie, un portrait voilé qui ne serait pas admis dans ce lieu saint si la personne qui doit y être représentée était aussi chargée d'une éternelle malédiction. N'appartiendrait-il pas par hasard à la famille des Mac-Farlane comme la disposition du reste de cette galerie semble l'annoncer, et comment un Mac-Farlane . . . ?

— La vengeance de Dieu a ses bornes et ses conditions, interrompit Ronald; et il faut que ce jeune homme ait eu des amis parmi les saints . . .

— Il était jeune! . . . s'écria Jeannie.

— Eh bien! dit durement Dougal, qu'importe l'âge d'un damné? . . .

— Les damnés n'ont point d'amis dans le ciel», répondit vivement Jeannie en se précipitant vers le tableau.

Dougal la retint. Elle s'assit. Les pèlerins pénétraient lentement dans la salle et resserraient peu à peu leur cercle immense autour du

anticipated by the brush of a more daring artist, and whom a combination of effects and colors, uncommon at that time, seemed to have projected out of the canvas, frightened Jeanie so greatly with the idea she might see him dash out of his gilded frame and cross the gallery like a ghost, that she tremblingly sought refuge with Dougal and dropped in bewilderment onto the bench that Ronald had prepared for her.

"That man," said Ronald, who had kept on conversing with Dougal, "is the pious Magnus MacFarlane, the most generous of our benefactors, and the one among them all who is most often in our prayers. Angered by the lack of faith shown by his descendants, whose disloyalty has prolonged the sufferings of his soul for many more centuries, he pursues their partisans and their accomplices even in that miraculous portrait. I've heard it stated as a fact that the friends of the most recent MacFarlanes never entered these walls without seeing the pious Magnus detach himself from the canvas on which the painter had thought he had fixed him, in order to avenge on their persons the crime and indignity of his race. The empty places following this one," he went on, "represent the locations reserved for the portraits of our oppressors, and from which they were ejected, as they were from heaven."

"And yet," said Jeanie, "the last of those places seems to be occupied . . . There's a portrait at the end of this gallery, and if it weren't for the cloth covering it . . ."

"As I was telling you, Dougal," the monk resumed, paying no heed to Jeanie's remark, "this portrait is that of Magnus MacFarlane, and all his descendants are doomed to eternal malediction."

"And yet," said Jeanie, "there's a portrait at the end of this gallery, a covered portrait which wouldn't be allowed in this holy place if the person it must depict were thus burdened by an eternal malediction. Might he not by chance belong to the MacFarlane family, as the arrangement of the rest of this gallery seems to indicate? And how would a MacFarlane . . ."

"God's revenge has its limits and its conditions," Ronald interrupted, "and that young man must have had friends among the saints . . ."

"He was young!" Jeanie exclaimed.

"Well?" said Dougal roughly. "What does the age of an eternally damned man matter?"

"The damned don't have friends in heaven," Jeanie replied briskly, dashing toward the picture.

Dougal restrained her. She sat down. The pilgrims were slowly entering the hall and gradually drawing their immense circle more

siège du vénérable vieillard qui avait repris avec eux son discours où il l'avait laissé.

«Vrai, vrai! répétait-il, les mains appuyées sur son front renversé, de terribles sacrifices! nous ne pouvons appeler la protection du Seigneur par notre intercession que sur les âmes qui la demandent sincèrement et comme nous, sans mélange de ménagements et de faiblesse. Ce n'est pas tout que de craindre l'obsession d'un démon et que de prier le Ciel de nous en délivrer. Il faut encore le maudire! Savez-vous que la charité peut être un grand péché?

— Est-il possible?» répondit Dougal.

Jeannie se retourna du côté de Ronald et le regarda d'un air plus assuré qu'auparavant.

«Infortunés que nous sommes, reprit Ronald, comment résisterions-nous à l'ennemi acharné à notre perte si nous n'usions pas contre lui de toutes les ressources que la religion nous a réservées, de tout le pouvoir qu'elle a mis entre nos mains? A quoi nous servirait de prier toujours pour ceux qui nous persécutent, s'ils ne cessent de renouveler contre nous leurs manœuvres et leurs maléfices! La haire sacrée et le cilice rigoureux des saintes épreuves ne nous défendent pas eux-mêmes contre les prestiges du mauvais esprit; nous souffrons comme vous, mes enfants, et nous jugeons de la rigueur de vos combats par ceux que nous avons livrés. Croyez-vous que nos pauvres moines aient parcouru une si longue carrière sur cette terre si riche en plaisirs, dans une vie si recherchée pour eux en austérités et en misères, sans lutter quelquefois contre le goût des voluptés et le désir de ce bien temporel que vous appelez le bonheur? Oh! que de rêves délicieux ont assailli notre jeunesse! que d'ambitions criminelles ont tourmenté notre âge mûr! que de regrets amers ont hâté la blancheur de nos cheveux, et de combien de remords nous arriverions chargés sous les yeux de notre Maître, si nous avions hésité à nous armer de malédictions et de vengeances contre l'esprit du péché! . . .»

A ces mots, le vieux Ronald fit un signe, la foule s'aligna sur le banc étroit qui courait comme une moulure sur toute la longueur des murailles, et il continua:

«Mesurez la grandeur de nos afflictions, dit Ronald, par la profondeur de la solitude qui nous environne, par l'immense abandon auquel nous sommes condamnés! Les plus cruelles rigueurs de votre destinée ne sont du moins pas sans consolation et même sans plaisirs. Vous avez tous une âme qui vous cherche, une pensée qui vous comprend, un autre *vous* qui est associé de souvenir ou d'intérêt ou d'espérance à votre passé, à votre présent ou à votre avenir. Il n'y a point

closely around the seat of the venerable old man, who had resumed his speech to them where he had left it off.

"Truly, truly," he repeated, his hands resting on his tilted-back forehead, "terrible sacrifices! We can call down the Lord's protection, by our intercession, only upon those souls who request it sincerely, as we ourselves do, with no admixture of mollycoddling and weakness. It isn't enough to fear being possessed by a demon and to pray to heaven to rid us of him. We must also curse him! Are you aware that charity can be a great sin?"

"Is that possible?" Dougal asked.

Jeanie turned around to face Ronald and looked at him with a more reassured expression than previously.

"Unfortunate beings that we are," Ronald continued, "how could we resist the enemy bent on our ruin unless we used against him every resource that religion has provided for us, all the power it has placed in our hands? What would we gain by constantly praying for those who persecute us, if they never cease renewing their machinations and evil spells against us? The sacred sackcloth and the harsh hair shirt of our holy trials do not defend us in themselves against the workings of the evil spirit; we suffer like you, my children, and we estimate the severity of your combats by those we have undergone. Do you think that our poor monks have spent such a long time on this earth that is so rich in pleasures, leading a life in which they have sought for so many austerities and pains, without sometimes struggling against the taste for sensual delights and the desire for that temporal good which you call happiness? Oh, all the delicious dreams that have assailed our youth! All the criminal ambitions that have tormented our maturity! All the bitter regrets that have turned our hair white before its time! And all the remorse with which we would arrive laden before the eyes of our Master, if we had hesitated to arm ourselves with curses and acts of revenge against the spirit of sin! . . ."

Saying this, aged Ronald made a sign and the crowd lined up on the narrow bench that ran like a molding all along the walls. Then he continued.

"Measure the extent of our afflictions," Ronald said, "by the depth of the solitude that surrounds us, by the immense forlornness to which we are condemned! The cruelest rigors of your fate are at least not without consolation and even pleasures. You all have another soul that seeks you out, a mind that understands yours, a second self that is linked to your past, present, or future by memories or interest or hope. There is no goal forbidden to your thoughts, no space cut off

de but interdit à votre pensée, point d'espace fermé à vos pas, point de créature refusée à votre affection; tandis que toute la vie du moine, toute l'histoire de l'ermite sur la terre s'écoule entre le seuil solitaire de l'église et le seuil solitaire des catacombes. Il n'est question, dans le long développement de nos années invariablement semblables entre elles, que de changer de tombeau, et de marcher du chœur des prêtres à celui des saints. Ne croiriez-vous pas devoir quelque retour à un dévouement si pénible et si persévérant pour votre salut? Eh bien! mes frères, apprenez à quel point le zèle qui nous attache à vos intérêts spirituels aggrave de jour en jour l'austérité de notre pénitence! Apprenez que ce n'était pas assez pour nous d'être soumis comme le reste des hommes à ce démon du cœur, dont aucun des malheureux enfants d'Adam n'a pu défier les atteintes! Il n'y a pas jusqu'aux esprits les plus disgraciés, jusqu'aux lutins les plus obscurs qui ne se fassent un malin plaisir de troubler les rapides instants de notre repos et le calme si longtemps inviolable de nos cellules. Certains de ces follets désœuvrés surtout, dont nous avons, avec tant de peines et au prix de tant de prières, débarrassé vos habitations, se vengent cruellement sur nous du pouvoir qu'un exorcisme indiscret nous a fait perdre. En les bannissant de la demeure secrète qu'ils avaient usurpée dans vos métairies, nous avons omis de leur indiquer un lieu d'exil déterminé, et les maisons dont nous les avons repoussés sont elles seules à l'abri de leurs insultes. Croiriez-vous que les lieux consacrés eux-mêmes n'ont plus rien de respectable pour eux, et que leur cohorte infernale n'attend, au moment où je vous parle, que le retour des ténèbres pour se répandre en épais tourbillons sous les lambris du cloître? L'autre jour, à l'instant où le cercueil d'un de nos frères allait toucher le sol du caveau mortuaire, la corde se rompt tout à coup en sifflant comme avec un rire aigu, et la châsse roule, grondant, de degrés en degrés sous les voûtes. Les voix qui en sortaient ressemblaient à la voix des morts, indignés qu'on ait troublé leur sépulture, qui gémissent, qui se révoltent, qui crient. Les assistants les plus rapprochés du caveau, ceux qui commençaient à plonger leurs regards dans sa profondeur, ont cru voir les tombes se soulever et flotter les linceuls, et les squelettes agités par l'artifice des lutins jaillir avec eux des soupiraux, s'égarer sous les nefs, se grouper confusément dans les stalles ou se mêler comme des figures bouffonnes dans les ombres du sanctuaire. Au même moment, toutes les lumières de l'église . . . Écoutez!»

On se pressait pour écouter Ronald. Jeannie seule, les doigts passés

from your steps, no being to whom you may not show affection; whereas the entire life of a monk, the entire history of a hermit on earth, is spent between the lonely threshold of the church and the lonely threshold of the catacombs. In the long course of our years, which are invariably all alike, it is merely a matter of changing tombs and moving on from the priests' choir to that of the saints. Don't you think you owe some repayment to a devotion so painful and so watchful over your salvation? Well, brothers, let me tell you to what an extent the zeal that attaches us to your spiritual interests makes the austerity of our penitence more burdensome every day! Let me tell you: it wasn't enough for us to be subjected like all other men to that demon of the heart whose attacks none of the unfortunate children of Adam has ever been able to defy! Even the most abject spirits, even the most obscure elves, take an unholy pleasure in disturbing the fleeting instants of our repose, and the calm, so long inviolable, of our cells. Some of these idle goblins especially, from whom we have cleansed your homes with so many pains and at the cost of so many prayers, take a cruel revenge on us for the power that an imperfect exorcism has made us lose. When banishing them from the secret abode they had usurped on your farms, we have neglected to assign them a specific place of exile, and the homes from which we have ejected them are the only ones free of their insults. Do you think that even consecrated places any longer constitute a deterrent for them, or that their hellish cohort at this very moment when I'm addressing you, isn't awaiting the return of darkness to disperse itself beneath the ceilings of the cloister in dense eddies?

"The other day, at the very moment when the coffin of one of our brothers was about to touch the bottom of the burial vault, its rope suddenly broke, whistling as if with a high-pitched laugh, and the coffin rolled noisily down the steps beneath the ceiling vaults. The voices that emerged from the vault were like the voices of the dead, indignant at having their tombs disturbed, moaning, shocked, yelling. The bystanders closest to the burial vault, those who were beginning to gaze down into its depths, thought they saw the tomb covers raised and the shrouds billowing, and the skeletons, moved by the artifice of the elves, escaping with them through the spaces in the walls, wandering down the naves, collecting into confused groups in the choir stalls, or mingling like comic figures in the shadows of the sacrarium. At the same moment, all the lamps in the church . . . Listen!"

The people were thronging to hear Ronald. Only Jeanie, her fingers

dans une boucle de ses cheveux, l'âme fixée à une pensée, écoutait et n'entendait plus.

«Écoutez, mes frères, et dites quel péché secret, quelle trahison, quel assassinat, quel adultère d'action ou de pensée a pu attirer cette calamité sur nous. Toutes les lumières du temple avaient disparu. Les torches des acolytes, dit Ronald, lançaient à peine quelques flammèches fugitives qui s'éloignaient, se rapprochaient, dansaient en rayons bleus et grêles, comme les feux magiques des sorcières, et puis montaient et se perdaient dans les recoins noirs des vestibules et des chapelles. Enfin, la lampe immortelle du Saint des Saints . . . Je la vis s'agiter, s'obscurcir et mourir. Mourir! La nuit profonde, la nuit tout entière, dans l'église, dans le chœur, dans le tabernacle! La nuit descendue pour la première fois sur le sacrement du Seigneur! La nuit si humide, si obscure, si redoutable partout; effrayante, horrible sous le dôme de nos basiliques où est promis le jour éternel! . . . Nos moines éperdus s'égaraient dans l'immensité du temple, agrandi encore par la profondeur de la nuit; et trahis par les murailles qui leur refusaient de tous côtés l'issue étroite et oubliée, trompés par la confusion de leurs voix plaintives qui se heurtaient dans les échos et qui rapportaient à leurs oreilles des bruits de menace et de terreur, ils fuyaient épouvantés, prêtant des clameurs et des gémissements aux tristes images du tombeau qu'ils croyaient entendre pleurer sur leur lit de pierre. L'un d'eux sentit la main glacée de saint Duncan, qui s'ouvrait, s'épanouissait, se fermait sur la sienne, et le liait à son monument d'une étreinte éternelle. Il y fut retrouvé mort le lendemain. Le plus jeune de nos frères (il était arrivé depuis peu de temps, et nous ne connaissions encore ni son nom ni sa famille) saisit avec tant d'ardeur la statue d'une jeune sainte dont il espérait le secours, qu'il l'entraîna sur lui, et qu'elle l'écrasa de sa chute. C'était celle, vous le savez, qu'un habile sculpteur du pays avait ciselée nouvellement, à la ressemblance de cette vierge du Lothian qui est morte de douleur parce qu'on l'avait séparée de son fiancé. Tant de malheurs, continua Ronald en cherchant à fixer le regard immobile de Jeannie, sont peut-être l'effet d'une pitié indiscrète, d'une intercession involontairement criminelle; d'un péché, d'un seul péché d'intention . . .

— D'un seul péché d'intention! . . . s'écria Clady, la plus jeune des filles de Coll Cameron.

— D'un seul!» reprit Ronald avec impatience.

Jeannie tranquille et inattentive n'avait pas même soupiré. Le mystère incompréhensible du portrait voilé préoccupait toute son âme.

«Enfin, dit Ronald en se levant, et en donnant à ses paroles une expres-

in one of her curls, her soul riveted to a single thought, was listening but no longer hearing.

"Listen, my brothers, and tell me what secret sin, what betrayal, what murder, what adultery in deed or thought could have drawn that calamity down on us. All the lights in the church had disappeared. The torches of the acolytes," Ronald said, "were scarcely emitting a few fleeting tongues of flame that grew distant, drew close, and danced in thin blue beams like the magic fires of witches, and then ascended and were lost in the black crannies of the vestibules and chapels. Finally, the eternal light of the Holy of Holies . . . I saw it waver, darken, and die. Die! Deep night, total night, in the church, in the choir, in the tabernacle! Night that had descended for the first time upon the Lord's sacrament! Night so damp, so dark, so fearsome everywhere, but especially frightening and horrible beneath the dome of our basilicas in which eternal day is promised! . . . Our dumbfounded monks were straying in the immense space of the church, which was made even larger by the deepness of the night; and, deceived by the walls, which on all sides denied them the narrow, forgotten exit; thwarted by the confusion of their own plaintive voices, which were striking against the echoes and transmitting to their ears sounds of menace and terror, they fled in fright, attributing outcries and groans to the dismal images on the tombs, which they thought they could hear weeping on their stone beds. One of them felt the icy hand of Saint Duncan opening, expanding, and closing on his own hand, binding him to his monument in an eternal grasp. He was found there dead the next day. The youngest of our brothers (he had arrived only shortly before, and we still don't know either his name or his family) seized so ardently the statue of a young female saint whose aid he hoped for that he pulled it down on himself and it crushed him in its fall. As you know, it was the one that a skillful local sculptor had recently carved, in the likeness of that Lothian maiden who died of grief because her family had broken off her engagement. All these misfortunes," Ronald continued, trying to attract Jeanie's fixed gaze, "may be the result of an indiscreet compassion, of an involuntarily criminal intercession, of a sin, of a single sin of intention . . ."

"Of a single sin of intention! . . ." exclaimed Clady, Coll Cameron's youngest daughter.

"A single one!" Ronald resumed impatiently.

Jeanie, calm and inattentive, hadn't even sighed. The incomprehensible mystery of the covered portrait was preoccupying her soul entirely.

"Finally," said Ronald, arising and lending his words a solemn

sion solennelle d'exaltation et d'autorité, nous avons marqué ce jour pour frapper d'une imprécation irrévocable les mauvais esprits de l'Écosse.
— Irrévocable! murmura une voix gémissante qui s'éloignait peu à peu.
— Irrévocable, si elle est libre et universelle. Quand le cri de malédiction s'élèvera devant l'autel, si toutes les voix le répètent . . .
— Si toutes les voix répètent un cri de malédiction devant l'autel!» reprit la voix.
Jeannie gagnait l'extrémité de la galerie.
«Alors tout sera fin et les démons retomberont pour jamais dans l'abîme.
— Que cela soit fait ainsi!» dit le peuple. Et il suivit en foule le redoutable ennemi des lutins. Les autres moines, ou plus timides, ou moins sévères, s'étaient dérobés à l'appareil redoutable de cette cruelle cérémonie; car nous avons déjà dit que les follets de l'Écosse, dont la damnation éternelle n'était pas un point avéré de la croyance populaire, inspiraient plus d'inquiétude que de haine, et un bruit assez probable s'était répandu que certains d'entre eux bravaient les rigueurs de l'exorcisme et les menaces de l'anathème dans la cellule d'un solitaire charitable ou dans la niche d'un apôtre. Quant aux pêcheurs et aux bergers, ils n'avaient qu'à se louer pour la plupart de ces intelligences familières, tout à coup si impitoyablement condamnées; mais, peu sensibles au souvenir des services passés, ils s'associaient volontiers à la colère de Ronald, et n'hésitaient pas à proscrire cet ennemi inconnu qui ne s'était manifesté que par des bienfaits.
L'histoire de l'exil du pauvre Trilby était d'ailleurs parvenue aux voisins de Dougal, et les filles de Coll Cameron se disaient souvent dans leurs veillées que c'était probablement à quelqu'un de ses prestiges que Jeannie avait été redevable de ses succès dans les fêtes du clan, et Dougal de ses avantages à la pêche sur leurs amants et sur leur père. Maineh Cameron n'avait-elle pas vu Trilby lui-même, assis à la proue du bateau, jeter à pleines mains, dans les nasses vides du pêcheur endormi, des milliers de poissons bleus, le réveiller en frappant la barque du pied, et rouler de vague en vague, jusqu'au rivage, dans une écume d'argent? . . . «Malédiction! . . .» cria Maineh. «Malédiction! . . .» dit Feny. «Ah! Jeannie seule a pour vous le charme de la beauté! pensa Clady; c'est pour elle que vous m'avez quittée, fantôme de mon sommeil que je n'ai que trop aimé, et si la malédiction prononcée contre vous ne s'accomplit pas, libre encore de choisir entre toutes les chaumières de l'Écosse, vous vous fixerez pour toujours à la chaumière de Jeannie! Non vraiment!»

expression of rapture and authority, "we have set aside this day to deliver an irrevocable curse on the evil spirits of Scotland."

"Irrevocable!" murmured a moaning voice that gradually faded into the distance.

"Irrevocable, if it is freely delivered by one and all. When the cry of malediction is raised before the altar, if every voice repeats it . . ."

"If every voice repeats a cry of malediction before the altar!" that same voice said, returning.

Jeanie was almost at the end of the gallery.

"Then all will be over and the demons will be cast back into the abyss forever."

"So be it!" said the crowd. And they followed the dread enemy of elves in a throng. The other monks, either more timid or less severe, had absented themselves from the fearsome array of that cruel ceremony; because, as we've already said, the sprites of Scotland, whose eternal damnation was not an established tenet in folk belief, inspired more anxiousness than hatred, and a quite trustworthy rumor had spread that some of them were sitting out the rigors of exorcism and the threats of anathema in the cell of some charitable anchorite or in the niche of some apostle. As for the fishermen and shepherds, in general they were actually glad to possess those household allies, now so pitilessly condemned all at once; but, scarcely regarding the memory of past favors, they readily shared in Ronald's wrath, and didn't hesitate to proscribe that unknown enemy who had made himself known only as a benefactor.

Besides, the story of poor Trilby's exile had reached Dougal's neighbors, and Coll Cameron's daughters often said to one another during their evening discussions that it was probably to some magic spell of his that Jeanie had owed her successes at clan festivities, and that Dougal had owed his superiority in fishing over their suitors and their father. Hadn't Maineh Cameron seen Trilby himself seated at the prow of the boat, throwing thousands of blue fish from his full hands into the empty nets of the sleeping fisherman, awakening him by stamping on the boat, and then rolling from wave to wave all the way to the shore, in a silvery foam? . . . "Malediction!" cried Maineh. "Malediction!" said Feny. "Ah, Jeanie alone charms you with her beauty!" thought Clady. "You left me for *her,* you phantom of my slumbers whom I loved all too well; and if the curse spoken over you isn't successful, though you'll be free to make your choice of any cottage in Scotland, you'll always select Jeanie's cottage! Oh, no!"

«Malédiction!» répéta Ronald avec une voix terrible. Ce mot coûtait à prononcer à Clady, mais Jeannie entra, si belle d'émotion et d'amour, qu'elle n'hésita plus. «Malédiction!. . .» dit Clady.

Jeannie seule n'avait pas été présente à la cérémonie, mais la rapidité de tant d'impressions vives et profondes avait d'abord empêché qu'on remarquât son absence. Clady s'en était cependant aperçue, parce qu'elle ne croyait pas avoir en beauté d'autre rivale digne d'elle. Nous nous rappelons qu'un vif intérêt de curiosité entraînait Jeannie vers l'extrémité de la galerie des tableaux au moment où le vieux moine disposait l'esprit de ses auditeurs à remplir le devoir cruel qu'il imposait à leur piété. A peine la foule se fut écoulée hors de la salle, que Jeannie, frémissant d'impatience, et peut-être préoccupée malgré elle d'un autre sentiment, s'élança vers le tableau voilé, arracha le rideau qui le couvrait, et reconnut d'un regard tous les traits qu'elle avait rêvés. — C'était lui. — C'était la physionomie connue, les vêtements, les armes, l'écusson, le nom même des Mac-Farlane. Le peintre gothique avait tracé au-dessous du portrait, selon l'usage de son temps, le nom de l'homme qui y était représenté:

JOHN TRILBY MAC-FARLANE

«Trilby!» s'écrie Jeannie éperdue, et, prompte comme l'éclair, elle parcourt les galeries, les salles, les degrés, les passages, les vestibules, et tombe au pied de l'autel de saint Colombain, au moment où Clady, tremblante de l'effort qu'elle venait de faire sur elle-même, achevait de proférer le cri de malédiction. «Charité, cria Jeannie en embrassant le saint tombeau; AMOUR ET CHARITÉ», répéta-t-elle à voix basse. Et si Jeannie avait manqué du courage de la charité, l'image de saint Colombain aurait suffi pour le ranimer dans son cœur. Il faut avoir vu l'effigie sacrée du protecteur du monastère pour se faire une idée de l'expression divine dont les anges ont animé la toile miraculeuse; car tout le monde sait que cette peinture n'a pas été tracée d'une main d'homme, et que c'était un esprit qui descendait du ciel pendant le sommeil involontaire de l'artiste pour embellir du sentiment d'une piété si tendre, et d'une charité que la terre ne connaît pas, les traits angéliques du bienheureux. Parmi tous les élus du Seigneur, il n'y avait que saint Colombain dont le regard fût triste et dont le sourire fût amer, soit qu'il eût laissé sur la terre quelque objet d'une affection si chère que les joies ineffables promises à une éternité de gloire et de bonheur n'aient pas pu la lui faire oublier, soit que, trop sensible aux peines de l'humanité, il n'ait conçu dans son nouvel état que l'indici-

"Malediction!" Ronald repeated in a terrifying tone. It was an effort for Clady to utter that word, but when Jeanie returned, so beautiful in her emotion and love, she no longer hesitated. "Malediction!" Clady said.

Jeanie alone hadn't been present at the ceremony, but the swift succession of so many vivid and profound impressions had at first prevented anyone from noticing her absence. All the same, Clady had been aware of it, because she didn't think she had any other rival for beauty worthy of her. You will recall that a keen pang of curiosity had drawn Jeanie toward the end of the picture gallery just when the aged monk was preparing his listeners' minds to perform the cruel duty he was imposing on their piety. Scarcely had the crowd drifted out of the hall when Jeanie, quivering with impatience, and perhaps a prey to another feeling despite herself, dashed toward the covered picture, pulled off the curtain that covered it, and recognized at a glance all the features she had dreamed of.—It was he.—There stood the familiar face, the clothing, the weapons, the escutcheon, the very name of the MacFarlanes. The Gothic painter had written at the bottom of the portrait, following the custom of his day, the name of the man depicted in it:

JOHN TRILBY MACFARLANE

"Trilby!" Jeanie exclaimed in distraction, and, rapid as lightning, she traversed the galleries, halls, stairs, passages, and vestibules, and fell at the feet of Saint Columbanus's altar, just when Clady, trembling with the self-struggle she had just endured, had finally uttered the cry of malediction. "Charity!" cried Jeanie, embracing the holy tomb. "LOVE AND CHARITY," she repeated in low tones. And even if Jeanie had been deficient in the courage of charity, the image of Saint Columbanus would have sufficed to rekindle it in her heart. You have to have seen the sacred effigy of the protector of the monastery to conceive of the divine expression with which the angels have enlivened the miraculous canvas; because everyone knows that that picture wasn't painted by a human hand: a spirit came down from heaven during the artist's involuntary slumbers to beautify the angelic features of the holy man with a feeling of such tender piety, and a charity not known on earth. Among all the Lord's elect, only Saint Columbanus had those sad eyes and that bitter smile, either because he left behind on earth some beloved person so dear that the ineffable joys inherent in an eternity of glory and happiness had been unable to make him forget his love, or because, too sensitive to the pains of mankind, he conceived in his new state only the unspeakable

ble douleur de voir les infortunés qui lui survivent exposés à tant de périls et livrés à tant d'angoisses qu'il ne peut ni prévenir ni soulager. Telle doit être en effet la seule affliction des saints, à moins que les événements de leur vie ne les aient liés par hasard à la destinée d'une créature qui s'est perdue et qu'ils ne retrouveront plus. Les éclairs d'un feu doux qui s'échappaient des yeux de saint Colombain, la bienveillance universelle qui respirait sur ses lèvres palpitantes de vie, les émanations d'amour et de charité qui descendaient de lui, et qui disposaient le cœur à une religieuse tendresse, affermirent la résolution déjà formée de Jeannie; elle répéta dans sa pensée avec plus de force: «AMOUR ET CHARITÉ».

«De quel droit, dit-elle, irais-je prononcer un arrêt de malédiction? Ah! ce n'est pas du droit d'une faible femme, et ce n'est pas à nous que le Seigneur a confié le soin de ses terribles vengeances. Peut-être même il ne se venge pas! Et s'il a des ennemis à punir, lui qui n'a point d'ennemis à craindre, ce n'est pas aux passions aveugles de ses plus débiles créatures qu'il a dû remettre le ministère le plus terrible de sa justice. Comment celle dont il doit un jour juger toutes les pensées . . . ! comment irais-je implorer sa pitié pour mes fautes, quand elles lui seront dévoilées par un témoignage, hélas! que je ne pourrai pas contredire, si pour des fautes qui me sont inconnues . . . si pour des fautes qui n'ont peut-être pas été commises, je profère ce cri terrible de malédiction qu'on me demande contre quelque infortuné qui n'est déjà sans doute que trop sévèrement puni?»

Ici Jeannie s'effraya de sa propre supposition, et ses regards ne se relevèrent qu'avec effroi vers le regard de saint Colombain; mais rassurée par la pureté de ses sentiments, car l'intérêt invincible qu'elle prenait à Trilby ne lui avait jamais fait oublier qu'elle était l'épouse de Dougal, elle chercha, elle fixa des yeux et de la pensée la pensée incertaine du saint des montagnes. Un faible rayon du soleil couchant, brisé à travers les vitraux, et qui descendait sur l'autel chargé des couleurs tendres et brillantes du pinceau animées par le crépuscule, prêtait au bienheureux une auréole plus vive, un sourire plus calme, une sérénité plus reposée, une joie plus heureuse. Jeannie pensa que saint Colombain était content, et, pénétrée de reconnaissance, elle pressa de ses lèvres les pavés de la chapelle et les degrés du tombeau, en répétant des vœux de charité. Il est possible même qu'elle se soit occupée alors d'une prière qui ne pouvait pas être exaucée sur la terre. Qui pénétrera jamais dans tous les secrets d'une âme tendre, et qui pourrait apprécier le dévouement d'une femme qui aime?

Le vieux moine, qui observait attentivement Jeannie, et qui, satis-

sorrow of seeing his unfortunate survivors exposed to so many perils and a prey to such great anguish, which he can neither prevent nor console. Indeed, that must be the only affliction saints feel, unless the events of their life have by chance linked them to the destiny of a being who became lost to them, never more to be found again. The flashes of gentle fire emitted by Saint Columbanus's eyes; the universal benevolence that breathed on his lips, which palpitated with life; the emanations of love and charity that flowed down from him, opening one's heart to a religious affection, strengthened the resolution Jeanie had already made; in her mind she repeated more forcefully: "LOVE AND CHARITY."

"What right would I have," she said, "to utter a decree of malediction? Ah! It's beyond the rights of a weak woman, and it isn't to us that the Lord has entrusted the care of his terrible acts of revenge. Perhaps he doesn't even take revenge! And if he has enemies to punish, he who has no enemies to fear, it isn't to the blind passions of his feeblest creatures that he must have handed over the most awesome ministry of his justice. How can a woman, all of whose thoughts he must judge some day . . . ! How could I implore his pity for my faults when they're revealed to him by testimony which I won't be able to contradict, alas, if for faults unknown to me . . . if for faults that may not even have been committed, I utter that awful cry of malediction demanded of me against some unfortunate being who no doubt has already been all too severely punished?"

At that point Jeanie was frightened by her own supposition, and it was only with fright that she raised her eyes toward the eyes of Saint Columbanus; but, reassured by the purity of her feelings (for the irresistible interest she took in Trilby had never made her forget that she was Dougal's wife), she sought out, gazing with her eyes and mind, the uncertain decision of the mountain saint. A weak beam of the setting sun, refracted by the stained glass and descending upon the altar, which was laden with the tender and bright colors of the brush, heightened by the twilight, lent the blessed saint a more vivid aureole, a more tranquil smile, a more restful serenity, a happier joy. It seemed to Jeanie that Saint Columbanus was pleased, and, filled with gratitude, she pressed her lips to the paving stones of the chapel and the steps of the tomb, repeating vows of charity. It's even possible that at that moment she was occupied with a prayer that couldn't be granted on earth. Who will ever penetrate all the secrets of a tender soul, and who could fully evaluate the devotion of a loving woman?

The aged monk, who was observing Jeanie attentively, and who,

fait de son émotion, ne doutait pas qu'elle n'eût répondu à son espérance, la releva du saint parvis et la rendit aux soins de Dougal qui
se disposait à partir, déjà riche en imagination de tous les biens qu'il
fondait sur le succès de son pèlerinage et sur la protection des saints
de Balva.

«Malgré cela, dit-il à Jeannie en apercevant la chaumière, je ne puis
pas cacher que cette malédiction m'a coûté, et que j'aurai besoin de
m'en distraire à la pêche.»

Quant à Jeannie, c'en était fait pour elle. Rien ne pouvait plus la
distraire de ses souvenirs.

Le lendemain d'un jour où la batelière avait conduit jusque vers le
golfe de Clyde la famille du laird de Roseneiss, elle retournait vers
l'extrémité du lac Long à la merci de la marée qui faisait siller son
bateau à une égale distance des syrtes d'Argail et de Lennox, sans
qu'elle eût besoin de recourir au jeu fatigant de ses rames; debout sur
la berge étroite et mobile, elle livrait aux vents ses longs cheveux noirs
dont elle était si fière, et son cou d'une blancheur que le soleil avait
faiblement nuancée sans la flétrir s'élevait avec un éclat singulier au-
dessus de sa robe rouge des manufactures d'Ayr. Son pied nu, imposé
sur un des côtés du frêle bâtiment, lui imprimait à peine un balance-
ment léger qui repoussait et rappelait la vague agitée, et l'onde excitée
par cette résistance presque insensible revenait bouillonnante, s'élevait en blanchissant jusqu'au pied de Jeannie, et roulait autour de lui
son écume fugitive. La saison était encore rigoureuse mais la température s'était sensiblement adoucie depuis quelque temps, et la
journée paraissait à Jeannie une des plus belles dont elle eût conservé
le souvenir. Les vapeurs qui s'élèvent ordinairement sur le lac, et s'é-
tendent au-devant des montagnes sous la forme d'un rideau de crêpe,
avaient peu à peu élargi les losanges flottants de leurs réseaux de
brouillards. Celles que le soleil n'avait pas encore tout à fait dissipées
se berçaient sur l'occident comme une trame d'or tissue par les fées
du lac pour l'ornement de leurs fêtes. D'autres étincelaient de points
isolés, mobiles, éblouissants comme des paillettes semées sur un fond
transparent de couleurs merveilleuses. C'étaient de petits nuages humides où l'orangé, le jonquille, le vert pâle, luttaient suivant les accidents d'un rayon ou le caprice de l'air contre l'azur, le pourpre et le
violet. A l'évanouissement d'une brume errante, à la disparition d'une
côte abandonnée par le courant, et dont l'abaissement subit laissait un
libre passage à quelque vent de travers, tout se confondait dans une
nuance indéfinissable et sans nom qui étonnait l'esprit d'une sensation
si nouvelle qu'on aurait pu s'imaginer qu'on venait d'acquérir un sens;

satisfied with her emotion, had no doubt that she had fallen in with his hopes, raised her from the holy floor and restored her to the care of Dougal, who was preparing to leave, already rich in his imagination with all the wealth he expected from the success of his pilgrimage and the protection of the saints of Balvaig.

"Despite all that," he said to Jeanie on espying their cottage, "I can't hide from you the fact that that curse was hard on me, and that I'll have to get it out of my mind by fishing."

As for Jeanie, she was too far gone. Nothing anymore could take her mind off her memories.

The day after a day on which the ferrywoman had carried the family of the laird of Roseneath to the Clyde estuary, she was returning toward the far end of Loch Long at the mercy of the tide, which was making her boat gain headway at an equal distance between the quicksands of Argyll and Lennox without her needing to have recourse to the exhausting plying of her oars; standing up in the narrow, moving vessel, she loosed to the winds her long black hair she was so proud of; her neck, of a whiteness that the sun had slightly tanned without discoloring it, was held erect, with a singular glow, above her red dress of Ayrshire cloth. Her bare foot, planted on one gunwale of the frail craft, caused it to roll ever so slightly, repelling and summoning back the agitated waters; and the waves, excited by that barely perceptible resistance, returned in a boil and, turning white, rose as far as Jeanie's foot, washing their fleeting foam around it. The season was still harsh, but the temperature had mounted noticeably for some time, and the day seemed to Jeanie one of the most beautiful she could remember. The vapors that usually arise on the lake, spreading out in front of the mountains like a crepe curtain, had gradually broadened the drifting lozenges of their networks of mist. Those which the sun had not yet fully dispersed were rocking in the west like a gold tissue woven by the fairies of the lake to adorn their festivities. Others were sparkling with isolated, shifting dots, as dazzling as spangles scattered over a transparent background of wonderful colors. They were little moist clouds in which orange, jonquil, and pale green contended with azure, purple, and violet, depending on how a sunbeam chanced to strike or the breeze saw fit to blow. Whenever a wandering mist vanished, or a shoreline left behind by the current disappeared, causing a sudden dip that left a free passage for some wind blowing crossways, everything merged into an indefinable, nameless nuance which surprised the mind with a sensation so new that you might have imagined you had acquired an additional sense; and

et pendant ce temps-là, les décorations variées du rivage se succédaient sous les yeux de la voyageuse. Il y avait des coupoles immenses qui couraient au-devant d'elle en brisant sur leurs flancs circulaires tous les traits du soleil couchant, les unes éclatantes comme le cristal, les autres d'un gris mat et presque effacé comme le fer, les plus éloignées à l'ouest cernées à leur sommet d'auréoles d'un rose vif qui descendaient en pâlissant peu à peu sur les flancs glacés de la montagne, et venaient expirer à sa base dans des ténèbres faiblement colorées qui participaient à peine du crépuscule. Il y avait des caps d'un noir sombre qu'on aurait pris de loin pour des écueils inévitables, mais qui reculaient tout à coup devant la proue et découvraient de larges baies favorables aux nautoniers. L'écueil redouté fuyait, et tout s'embellissait après lui de la sécurité d'une heureuse navigation. Jeannie avait vu de loin les barques errantes des pêcheurs renommés du lac Goyle. Elle avait jeté un regard sur les fabriques fragiles de Portincaple. Elle contemplait encore avec une émotion qui se renouvelait tous les jours sans s'affaiblir cette foule de sommets qui se poursuivent, qui se pressent, qui se confondent, ou ne se détachent les uns des autres que par des effets inattendus de lumière, surtout dans la saison où disparaissent sous le voile monotone des neiges, et la soie argentée des sphaignes, et la marbrure foncée des granits, et les écailles nacrées des récifs. Elle avait cru reconnaître à sa gauche, tant le ciel était transparent et pur, les dômes du Ben-More et du Ben-Neathan; à sa droite, la pointe âpre du Ben-Lomond se distinguait par quelques saillies obscures que la neige n'avait pas couvertes, et qui hérissaient de crêtes foncées la tête chauve du roi des montagnes. Le dernier plan de ce tableau rappelait à Jeannie une tradition fort répandue dans ce pays, et que son esprit, plus disposé que jamais aux émotions vives et aux idées merveilleuses, se retraçait alors sous un aspect nouveau. A la pointe même du lac, monte vers le ciel la masse énorme du Ben-Arthur, surmontée de deux noirs rochers de basalte dont l'un paraît penché sur l'autre comme l'ouvrier sur le socle où il a déposé les matériaux de son travail journalier. Ces pierres colossales furent apportées des cavernes de la montagne sur laquelle régnait Arthur le géant, quand des hommes audacieux vinrent élever aux bords du Forth les murailles d'Édimbourg. Arthur, banni de ses hautes solitudes par la science d'un peuple téméraire, fit un pas jusqu'à l'extrémité du lac Long, et imposa sur la plus haute montagne qui s'offrit devant lui les ruines de son palais sauvage. Assis sur un de ses rochers et la tête appuyée sur l'autre, il tournait des regards furieux sur les remparts impies qui usurpaient ses domaines et qui le séparaient pour

during that time the varied decorations of the shore succeeded one another as the journeying woman watched. There were immense cupolas running before her, refracting on their circular flanks every dart of the setting sun, some brilliant as crystal, others of a matte, nearly unobtrusive, gray like iron, the most distant ones in the west encircled at their summit by aureoles of bright pink which descended, gradually paling, onto the icy sides of the mountain and died away at its base in feebly tinted shadows that hardly participated in the twilight. There were headlands of a somber black that at a distance might have been taken for unavoidable reefs, but which suddenly retreated before the prow, disclosing wide bays propitious to mariners. The dreaded reef fled, and everything after it was beautified by the safety of a felicitous navigation. Jeanie had seen from afar the wandering boats of the famous fishermen of Loch Goil. She had cast a glance at the fragile mills of Portincaple. She was still contemplating, with an emotion renewed daily but never lessening, that crowd of peaks which pursue one another, crowd upon one another, become confused, or become separate to the view merely through unexpected effects of light, especially in the season when, beneath the monotonous veil of the snows, the silvery silk of the sphagnum moss, the dark-colored marbling of the granite rocks, and the mother-of-pearl scales of the reefs all disappear. She had seemed to recognize on her left, so transparent and pure was the sky, the domes of Ben More and Beinn Lochain; on her right, the rough tip of Ben Lomond could be made out, thanks to some dark projecting spots which the snow hadn't covered, and which were making the bald head of that king of mountains bristle with dark, spiky ridges. The furthest background plane of that picture recalled to Jeanie a legend widespread in that region, one that her mind, more than ever open to vivid emotions and wondrous ideas, was now refashioning in a new light. At the very end of the lake, there ascends to heaven the enormous mass of Ben Arthur, surmounted by two black basalt rocks, one of which seems to lean on the other like an artisan on the stand where he has placed the materials of his daily work. Those colossal stones were brought from the caverns of the mountain on which Arthur the giant reigned, when bold men came to raise the walls of Edinburgh on the banks of the Firth of Forth. Arthur, expelled from his lofty solitude by the skills of a rash populace, took one step all the way to the end of Loch Long, and deposited on the highest mountain he saw before him the ruins of his savage palace. Seated on one of his rocks, with his head resting on the other, he would dart furious glances at the impious ramparts that were usurp-

toujours du bonheur et même de l'espérance; car on dit qu'il avait
aimé sans succès la reine mystérieuse de ces rivages, une de ces fées
que les anciens appelaient des nymphes et qui habitent des grottes
enchantées où l'on marche sur des tapis de fleurs marines, à la clarté
des perles et des escarboucles de l'Océan. Malheur au bateau aven-
tureux qui effleurait en courant la surface du lac immobile, quand la
longue figure du géant, vague comme une vapeur du soir, s'élevait
tout à coup entre les deux rochers de la montagne, appuyait ses pieds
difformes sur leurs sommets inégaux, et se balançait au gré des vents
en étendant sur l'horizon des bras ténébreux et flottants qui finissaient
par l'embrasser d'une large ceinture. A peine son manteau de nuages
avait mouillé ses derniers plis dans le lac, un éclair jaillissait des yeux
redoutables du fantôme, un mugissement pareil à la foudre grondait
dans sa voix terrible, et les eaux bondissantes allaient ravager leurs
bords. Son apparition, redoutée des pêcheurs, avait rendu déserte la
rade si riche et si gracieuse d'Arroqhar, quand un pauvre ermite, dont
le nom s'est perdu, arriva un jour des mers orageuses d'Irlande, seul,
mais invisiblement escorté d'un esprit de foi et d'un esprit de charité,
sur une barque poussée par une puissance irrésistible, et qui sillonnait
les vagues soulevées sans prendre part à leur agitation, quoique le
saint prêtre eût dédaigné le secours de la rame et du gouvernail. A
genoux sur le frêle esquif, il tenait dans ses mains une croix et regardait le ciel. Parvenu près du terme de sa navigation, il se leva avec di-
gnité, laissa tomber quelques gouttes d'eau consacrée sur les vagues
furieuses, et adressa au géant du lac des paroles tirées d'une langue
inconnue. On croit qu'il lui ordonnait, au nom des premiers compagnons du Sauveur, qui étaient des pêcheurs et des bateliers, de rendre aux pêcheurs et aux bateliers du lac Long l'empire paisible des
eaux que la Providence leur avait données. Au même instant du moins
le spectre menaçant se dissipa en flocons légers comme ceux que le
souffle du matin roule sur l'onde invisible, et qu'on prendrait de loin
pour un nuage d'édredon enlevé au nid des grands oiseaux qui
habitent ses rivages. Le golfe entier aplanit sa vaste surface; les flots
mêmes qui s'élevaient en blanchissant contre la plage ne re-
descendirent point: ils perdirent leur fluidité sans perdre leur forme
et leur aspect et l'œil encore trompé aux contours arrondis, aux mouvements onduleux, au ton bleuâtre et frappé de reflets changeants des
brisants écailleux qui hérissent la côte, les prend de loin pour des
bancs d'écume dont il attend toujours le retour impossible. Puis le
saint vieillard tira sa barque sur la grève, dans l'espérance peut-être
qu'elle y serait retrouvée par le pauvre montagnard, pressa de ses bras

ing his domain and cutting him off forever from happiness and even from hope; for it is said that he had courted in vain the mysterious queen of those shores, one of those fairies whom the ancients called nymphs and who live in enchanted grottoes, where they walk on carpets of sea flowers, in the glow of pearls and ocean carbuncles. Woe to the daring boat that swiftly skimmed the surface of the still lake when the tall figure of the giant, vague as evening mist, suddenly arose between the two rocks on the mountain, rested his shapeless feet on their uneven summits, and swayed with the winds while extending to the horizon shadowy, floating arms that finally encompassed it in a wide embrace! Scarcely had his mantle of cloud dipped its last folds in the lake when a lightning flash would shoot from the phantom's dreadful eyes, a bellow like thunder would roar in his terrible voice, and the leaping waters would ravage their banks. His appearances, dreaded by the fishermen, had caused the boat harbor of Arrochar, so rich and charming, to become deserted, when an impoverished hermit, whose name is lost, arrived one day from the stormy seas of Ireland, alone but invisibly escorted by a spirit of faith and a spirit of charity, on a boat propelled by an irresistible power, cleaving the high waves without participating in their agitation, even though the holy priest had disdained the aid of oar or rudder. Kneeling on the frail skiff, he held a cross in his hands and looked up to heaven. When he had almost reached the goal of his voyage, he arose with dignity, let a few drops of holy water fall onto the furious waves, and addressed words in an unknown language to the giant of the lake. It is believed that he was ordering him, in the name of the Lord's first companions, who were fishermen and boatmen, to restore to the fishermen and boatmen of Loch Long the peaceful governance of the waters which Providence had given them. At all events, at that very instant the threatening specter was dissolved into light flakes like those which the morning breeze wafts over the invisible waters, and which might be taken from afar for a cloud of eiderdown raised from the nests of those great birds which inhabit their banks. The entire bay smoothed out its vast surface; the very waves that had been rising against the beach, turning white, failed to redescend: they lost their fluidity without losing their shape and appearance, and eyes still deceived by their rounded contours and undulating movements, and by the bluish tone, touched by iridescent reflections, of the scaly shoals with which the shoreline bristles, take them from afar for banks of foam, whose impossible reflux they still expect. Then the saintly old man beached his boat (perhaps in hopes that it would be found there by the poor

enlacés le crucifix sur sa poitrine, et gravit d'un pas ferme le sentier du rocher jusqu'à la cellule que les anges lui avaient bâtie à côté de l'aire inaccessible de l'aigle blanc. Plusieurs anachorètes le suivirent dans ces solitudes, et se répandirent lentement en pieuses colonies dans les campagnes voisines. Telle fut l'origine du monastère du Balva, et sans doute celle du tribut que s'était longtemps imposé envers les religieux de ce couvent la reconnaissance trop vite oubliée des chefs du clan des Mac-Farlane. Il est facile de comprendre par quelle liaison secrète l'histoire de cet exorcisme ancien et de ses conséquences bien connues du peuple se rattachait aux idées habituelles de Jeannie.

Cependant les ombres d'une nuit si précoce, dans une saison où tout le règne du jour s'accomplit en quelques heures, commençaient à remonter du lac, à gravir les hauteurs qui l'enveloppent, à voiler les sommets les plus élevés. La lassitude, le froid, l'exercice d'une longue contemplation ou d'une réflexion sérieuse, avaient abattu les forces de Jeannie, et, assise dans un épuisement inexplicable à la poupe de son bateau, elle le laissait dériver du côté des boulingrins d'Argail vers la maison de Dougal en dormant à demi, quand une voix partie de la rive opposée lui annonça un voyageur. La piété seule qu'inspire un homme égaré sur une côte où n'habitent pas sa femme et ses enfants, et qui va leur laisser compter beaucoup d'heures d'attente et d'angoisses dans l'espérance toujours déçue de son retour, si l'oreille du batelier se ferme par hasard à sa prière; cet intérêt que les femmes surtout portent à un proscrit, à un infirme, à un enfant abandonné, pouvait seul forcer Jeannie à lutter contre le sommeil dont elle était accablée pour retourner sa proue, depuis si longtemps battue des eaux, vers les joncs marins qui bordent le long golfe des montagnes.

«Qui aurait pu le contraindre à traverser le lac à cette heure, disait-elle, si ce n'était le besoin d'éviter un ennemi, ou de rejoindre un ami qui l'attend? Oh! que ceux qui attendent ce qu'ils aiment ne soient jamais trompés dans leur espérance; qu'ils obtiennent ce qu'ils ont désiré! . . .»

Et les lames si larges et si paisibles se multipliaient sous la rame de Jeannie qui les frappait comme un fléau. Les cris continuaient à se faire entendre, mais tellement grêles et cassés, qu'ils ressemblaient plutôt à la plainte d'un fantôme qu'à la voix d'une créature humaine, et la paupière de Jeannie, soulevée avec effort du côté du rivage, ne lui dévoilait qu'un horizon sombre dont rien de vivant n'animait la profonde immobilité. Si elle avait cru apercevoir une figure penchée sur le lac et qui étendait contre elle des bras suppliants, elle n'avait pas

mountaineer), clutched the crucifix to his breast in his folded arms, and with firm steps ascended the rocky path till he reached the cell that the angels had built for him alongside the inaccessible eyrie of the white eagle. Several anchorites followed him into that solitude, slowly expanding into pious colonies in the neighboring countrysides. Such was the origin of the monastery of Balvaig, and no doubt that of the tribute bestowed on the monks of that cloister for a long time by the too-soon-forgotten gratitude of the chiefs of Clan MacFarlane. It's easy to understand by what secret connection the story of that ancient exorcism, and of its consequences so well known by the populace, became linked to Jeanie's customary thoughts.

Meanwhile, the shades of such an early nightfall, at a season when the entire reign of daylight is over in a few hours, began to ascend from the lake, climb the surrounding heights, and veil the loftiest peaks. Weariness, chill, and the maintenance of a long meditation or serious reflection had diminished Jeanie's strength, and, sitting in inexplicable exhaustion at the stern of her boat, she let it drift in the direction of the braes of Argyll, toward Dougal's house; she was half asleep when a voice coming from the opposite bank informed her there was a traveler. Only that pity which is inspired by a man stranded on a shore where his wife and children do not dwell, a man who will make them count many an hour of anguished waiting in the ever-disappointed hope of his return, in case the ferryman's ears are by chance closed to his request; only that interest which women, especially, take in an exile, an infirm man, or a deserted child—only this could have forced Jeanie to combat the slumber that overwhelmed her, and to turn her prow, wave-beaten for so long, toward the sea rushes that edged the long mountain inlet.

"What could have impelled him to cross the lake at this hour," she said, "except the need to avoid an enemy or meet a waiting friend? Oh! May those who await a loved one never be disappointed of their hope! May they obtain what they have desired!"

And the wide, wide, peaceful billows were churned up beneath Jeanie's oar, which was striking them like a flail. The shouts continued to be heard, but in such feeble, broken tones that they were more like a ghost's lament than a human being's voice; and Jeanie's eyelids, raised with an effort in the direction of the shore, revealed to her merely a somber horizon whose profound motionlessness was enlivened by no living being. If she had seemed to discern a figure stooping over the lake and holding out suppliant arms to her, it wasn't long before she had identified the alleged stranger as a dead stump

tardé à reconnaître dans le prétendu étranger une souche morte qui balançait sous le poids des frimas deux branches desséchées. S'il lui avait semblé un instant qu'elle voyait circuler une ombre à peu de distance de son bateau, parmi les brumes tout à fait descendues, c'était la sienne que la dernière lumière du crépuscule horizontal peignait sur le rideau flottant, et qui se confondait de plus en plus avec les immenses ténèbres de la nuit. Sa rame, enfin, frappait déjà les fûts sifflants des roseaux du rivage, quand elle en vit sortir un vieillard si courbé sous le poids des ans qu'on aurait dit que sa tête appesantie cherchait un appui sur ses genoux et qui ne maintenait l'équilibre de son corps chancelant qu'en se confiant à un jonc fragile qui cependant le supportait sans fléchir; car ce vieillard était nain, et le plus petit, selon toute apparence, qu'on eût jamais vu en Écosse. L'étonnement de Jeannie redoubla lorsque, tout caduc qu'il paraissait, il s'élança légèrement dans la barque et prit place en face de la batelière, d'une manière qui ne manquait ni de souplesse ni de grâce.

«Mon père, lui dit-elle, je ne vous demande point où vous vous proposez de vous rendre, car le but de votre voyage doit être trop éloigné pour que vous puissiez espérer d'y arriver cette nuit.

— Vous êtes dans l'erreur, ma fille, lui répondit-il; je n'en ai jamais été aussi près, et depuis que je suis dans cette barque, il me semble que je n'ai plus rien à désirer pour y parvenir, même quand une glace éternelle la saisirait tout à coup au milieu du golfe.

— Cela est étonnant, reprit Jeannie. Un homme de votre taille et de votre âge serait connu dans tout le pays s'il y faisait son habitation, et à moins que vous ne soyez le petit homme de l'île de Man dont j'ai entendu souvent parler à ma mère, et qui a enseigné aux habitants de nos parages l'art de tresser avec des roseaux de longs paniers dont les poissons (retenus par quelque pouvoir magique) ne peuvent jamais retrouver l'issue, je répondrais que vous n'avez point de toit sur les côtes de la mer d'Irlande.

— Oh! j'en avais un, ma chère enfant, qui était bien voisin de ce rivage, mais on m'en a cruellement dépossédé!

— Je comprends alors, bon vieillard, le motif qui vous ramène sur les côtes d'Argail. Il faut y avoir laissé de bien tendres souvenirs pour quitter dans cette saison et à cette heure avancée les riants rivages du lac Lomond, bordés d'habitations délicieuses, où abonde un poisson plus exquis que celui de nos eaux marines, et un whiskey plus salutaire pour votre âge que celui de nos pêcheurs et de nos matelots. Pour revenir parmi nous, il faut aimer quelqu'un dans cette région des tempêtes, que les serpents eux-mêmes désertent à l'approche des hivers.

waving two dry branches beneath the weight of the hoarfrost. If she had imagined for an instant that she saw a shadow circulating not far from her boat, amid the mists which had fully descended, it was her own, which the last horizontal ray of twilight painted on the floating curtain, and which was blending more and more with the immense darkness of the night. Finally, her oar was already striking the whispering stalks of the shoreline reeds, when she saw emerging from them an old man so bowed beneath the weight of his years that you would have said his heavy head was seeking the support of his knees; he was only maintaining the equilibrium of his tottering body by trusting to a fragile rush, which nevertheless was holding him up without bending—because that old man was a dwarf, and, from all appearances, the smallest one ever seen in Scotland. Jeanie's surprise increased when, feeble as he seemed, he jumped lightly into the boat and sat down facing the ferrywoman in a manner devoid neither of agility nor of gracefulness.

"Father," she said, "I won't ask you where you intend to go, because your destination must be too distant for you to hope to reach it tonight."

"You're mistaken, daughter," he replied; "I've never been this close to it, and ever since I boarded this boat, I have felt as if I have nothing more to desire in the way of reaching it, even if an eternal ice sheet suddenly imprisoned the boat in the middle of the inlet."

"It's amazing," Jeanie replied. "A man of your size and age would be known throughout the area if you lived here, and, unless you're the little fellow of the Isle of Man whom I heard my mother talk about so often, the one who taught the dwellers hereabouts to plait from reeds those long baskets whose openings the fish (restrained by some magic power) can never find again, I'd declare that you have no residence on the coasts of the Irish Sea."

"Oh, I had one, my dear girl, which was very close to this shore, but I was cruelly evicted from it!"

"Then, my good old man, I understand the reason that brings you back to the coasts of Argyll. You must have left behind extremely dear memories here, if you're abandoning, at this season and at this late hour, the smiling shores of Loch Lomond, which are ringed with delightful homes and enjoy an abundance of fish more delicious than those of our own brackish waters, and a whiskey more beneficial to your years than that drunk by our own fishermen and sailors. To want to return among us, you must love someone in this stormy region, which even the snakes abandon when winter approaches. They slither

Ils se glissent vers le lac Lomond, le traversent en désordre comme un clan de maraudeurs qui vient de lever l'impôt noir, et cherchent à se réfugier sous quelques rochers exposés au midi. Les pères, les époux, les amants ne craignent pas cependant d'aborder des contrées rigoureuses quand ils s'attendent à y rencontrer les objets auxquels ils sont attachés; mais vous ne pourriez songer sans folie à vous éloigner cette nuit des bords du lac Long.

— Ce n'est pas là mon intention, dit l'inconnu. J'aimerais cent fois mieux y mourir!

— Quoique Dougal soit fort réservé sur la dépense, continua Jeannie qui n'abandonnait pas sa pensée, et qui n'avait prêté qu'une légère attention aux interruptions du passager, quoiqu'il souffre, ajouta-t-elle avec un peu d'amertume, que la femme et les filles de Coll Cameron, qui est moins aisé que nous, me surpassent en toilette dans les fêtes du clan, il y a toujours dans sa chaumière du pain d'avoine et du lait pour les voyageurs; et j'aurais bien plus de plaisir à vous voir épuiser notre bon whiskey qu'à ce vieux moine de Balva qui n'est jamais venu chez nous que pour y faire du mal.

— Que m'apprenez-vous, mon enfant? reprit le vieillard en affectant le plus grand étonnement. C'est précisément vers la chaumière de Dougal le pêcheur que mon voyage est dirigé; c'est là, s'écria-t-il en attendrissant encore sa voix tremblante, que je dois revoir tout ce que j'aime, si je n'ai pas été trompé par des renseignements infidèles. La fortune m'a bien servi de me faire trouver ce bateau! . . .

— Je comprends, dit Jeannie en souriant. Grâces soient rendues au petit homme de l'île de Man! Il a toujours aimé les pêcheurs.

— Hélas! je ne suis pas celui que vous pensez! Un autre sentiment m'attire dans votre maison. Apprenez, ma jolie dame, car ces lumières boréales qui baignent le front des montagnes, ces étoiles qui tombent du ciel en se croisant et qui blanchissent tout horizon, ces sillons lumineux qui glissent sur le golfe et qui étincellent sous votre rame; la clarté qui s'avance, qui s'étend et vient trembler jusqu'à nous depuis ce bateau éloigné, tout cela m'a permis de remarquer que vous étiez fort jolie; apprenez, vous disais-je donc, que je suis le père d'un follet qui habite maintenant chez Dougal le pêcheur; et si j'en crois ce qu'on m'a raconté, si j'en crois surtout votre physionomie et votre langage, je comprendrais à peine à l'âge où je suis parvenu qu'il eût pu choisir une autre demeure. Il n'y a que peu de jours que j'en suis informé, et je ne l'ai pas vu, le pauvre enfant, depuis le règne de Fergus. Cela tient à une histoire que je n'ai pas le temps de vous raconter, mais

to Loch Lomond, cross it in disorder like a clan of marauders that have just collected 'black taxes,' and try to hide under a few rocks that have a southern exposure. But fathers, husbands, and sweethearts aren't afraid of facing harsh regions when they expect to find their loved ones there. All the same, if you aren't crazy, you can't be dreaming of getting past the shores of Loch Long tonight."

"I don't intend to," said the stranger. "I'd prefer a hundred times to die here!"

"Even though Dougal is very canny when it comes to expenses," continued Jeanie, whose mind was still running in the same channels, and who hadn't paid much attention to her passenger's interruptions, "even though," she added with a tinge of bitterness, "he allows the wife and daughters of Coll Cameron, a man less well off than we are, to be better dressed than I am at the clan festivities, there's always oat bread and milk in his cottage for wayfarers; and I'd much prefer to see *you* draining the last of our good whiskey than that old monk from Balvaig, who has never come to our home except to do mischief there."

"What's this you're telling me, my girl?" the old man replied, feigning the greatest astonishment. "It's precisely to the cottage of Dougal the fisherman that my journey is taking me. It's there," he exclaimed, adding more tenderness to his trembling voice, "that I'm to see again all that I love, if I haven't been deceived by incorrect information. I was truly lucky to have found this boat! . . ."

"I understand," said Jeanie with a smile. "Let me give thanks to the little fellow from the Isle of Man! He has always loved fishermen."

"Alas, I'm not the person you think I am! It's another feeling that attracts me to your house. Let me inform you, my pretty lady—for these northern lights that bathe the brow of the mountains; these stars that fall from the sky, crisscrossing and turning all the horizon white; this luminous wake gliding over the inlet and sparkling under your oar; the light that proceeds, spreads, and reaches us tremblingly from that distant boat; all of this has enabled me to notice that you are extremely pretty—let me inform you, as I was saying, that I am the father of a sprite who is now living in the home of Dougal the fisherman; and if I'm to believe what I've been told, especially if I believe your face and speech, at the age I've reached I would scarcely understand his ever choosing a different residence. It was only a few days ago that I learned about it, and I haven't seen him, the poor child, since Fergus was king. It's connected with a story I don't have time to tell you, but

jugez de mon impatience ou plutôt de mon bonheur, car voilà le rivage.»

Jeannie imprima au bateau un mouvement de retour, et jeta sa tête en arrière en appuyant une main sur son front.

«Eh bien, dit le vieillard, nous n'abordons pas?

— Aborder! répondit Jeannie en sanglotant. Père infortuné! Trilby n'y est plus!...

— Il n'y est plus! et qui l'en aurait chassé? Auriez-vous été capable, Jeannie, de l'abandonner à ces méchants moines de Balva qui ont causé tous nos malheurs?...

— Oui, oui, dit Jeannie, avec l'accent du désespoir, en repoussant le bateau du côté d'Arroqhar. Oui, c'est moi qui l'ai perdu, qui l'ai perdu pour toujours!...

— Vous, Jeannie, vous si charmante et si bonne! Le misérable enfant! Combien il a dû être coupable pour mériter votre haine!...

— Ma haine! reprit Jeannie en laissant tomber sa main sur la rame et sa tête sur sa main. Dieu seul peut savoir combien je l'aimais!...

— Tu l'aimais! s'écria Trilby en couvrant ses bras de baisers (car ce voyageur mystérieux était Trilby lui-même, et je suis fâché d'avouer que si mon lecteur trouve quelque plaisir à cette explication, ce n'est probablement pas celui de la surprise!), tu l'aimais! ah! répète que tu l'aimais! ose le dire à moi, le dire pour moi, car ta résolution décidera de ma perte ou de mon bonheur! Accueille-moi, Jeannie, comme un ami, comme un amant, comme ton esclave, comme ton hôte, comme tu accueillais du moins ce passager inconnu. Ne refuse pas à Trilby un asile secret dans ta chaumière!...»

Et en parlant ainsi, le follet s'était dépouillé du travestissement bizarre qu'il avait emprunté la veille aux Shoupeltins du Shetland. Il abandonnait au cours de la marée ses cheveux de chanvre et sa barbe de mousse blanche, son collier varié d'algue et de criste marine qui se rattachait d'espace en espace à des coquillages de toutes couleurs, et sa ceinture enlevée à l'écorce argentée du bouleau. Ce n'était plus que l'esprit vagabond du foyer, mais l'obscurité prêtait à son aspect quelque chose de vague qui ne rappelait que trop à Jeannie les prestiges singuliers de ses derniers rêves, les séductions de cet amant dangereux du sommeil qui occupait ses nuits d'illusions si charmantes et si redoutées, et le tableau mystérieux de la galerie du monastère.

just imagine how impatient, or rather how happy, I am, because here is the shore!"

Jeanie made the boat veer from its course, and threw back her head, resting one hand on her brow.

"Well," said the old man, "aren't we going to land?"

"Land!" replied Jeanie, sobbing. "Unfortunate father! Trilby isn't here any more! . . ."

"Not here any more! Who could have driven him away? Jeanie, could you have been capable of abandoning him to those malicious monks of Balvaig who have caused all our woes? . . ."

"Yes, yes," said Jeanie, in tones of despair, as she turned the boat in the direction of Arrochar. "Yes, I'm the one who ruined him and lost him forever! . . ."

"You, Jeanie, you, so charming and kind! The wretched child! How guilt-laden he must have been to deserve your hatred! . . ."

"My hatred!" replied Jeanie, letting her hand drop on the oar, and her head on her hand. "Only God can know how much I loved him! . . ."

"You loved him!" exclaimed Trilby, covering her arms with kisses (for that mysterious wayfarer was Trilby himself, and I admit sadly that, if my reader takes any pleasure in that declaration, it's probably not the pleasure of being surprised!). "You loved him! Oh, tell me again that you loved him! Have the courage to say it to me, to say it for me, because your resolve will decide whether I am to be lost or made happy! Jeanie, welcome me as a friend, as a lover, as your slave, as your guest, at any rate the way you welcomed that unknown passenger. Don't deny Trilby a secret asylum in your cottage! . . ."

And while saying those words, the sprite had divested himself of the odd disguise he had borrowed the day before from the Shoupelties[2] of the Shetlands. He abandoned to the flowing of the tide his hempen hair and his beard of white moss; his collar, which was variegated with seaweed and crithmum,[3] and which was fastened here and there with multicolored seashells; and his belt, which had been stripped from the silvery bark of the birch. Now he was merely the vagabond spirit of the hearth, but the darkness lent his appearance some vague element which reminded Jeanie all too well of the unusual marvels of her most recent dreams, of the seductions of that dangerous sleepytime lover who had filled her nights with such charming but dreaded illusions—and of the mysterious picture in the monastery gallery.

---

2. Generally identified as water-dwelling pony-demons that drown those tempted to ride them. 3. *Crithmum maritimum,* a plant growing on sandy West European shores.

«Oui, ma Jeannie, murmurait-il d'une voix douce mais faible comme celle de l'air caressant du matin quand il soupire sur le lac; rends-moi le foyer d'où je pouvais t'entendre et te voir, le coin modeste de la cendre que tu agitais le soir pour réveiller une étincelle, le tissu aux mailles invisibles qui court sous les vieux lambris, et qui me prêtait un hamac flottant dans les nuits tièdes de l'été. Ah! s'il le faut, Jeannie, je ne t'importunerai plus de mes caresses, je ne te dirai plus que je t'aime, je n'effleurerai plus ta robe, même quand elle cédera en volant vers moi au courant de la flamme et de l'air. Si je me permets de la toucher une seule fois, ce sera pour l'éloigner du feu près d'y atteindre, quand tu t'endormiras en filant. Et je te dirai plus, Jeannie, car je vois que mes prières ne peuvent te décider, accorde-moi pour le moins une petite place dans l'étable; je conçois encore un peu de bonheur dans cette pensée, je baiserai la laine de ton mouton, parce que je sais que tu aimes à la rouler autour de tes doigts; je tresserai les fleurs les plus parfumées de la crèche pour lui en faire des guirlandes, et lorsque tu rempliras l'aire d'une nouvelle litière de paille fraîche, je la presserai avec plus d'orgueil et de délices que les riches tapis des rois; je te nommerai tout bas: «Jeannie, Jeannie!...» et personne ne m'entendra, sois-en sûre, pas même l'insecte monotone qui frappe dans la muraille à intervalles mesurés, et dont l'horloge de mort interrompt seule le silence de la nuit. Tout ce que je veux, c'est d'être là; et de respirer un air qui touche à l'air que tu respires; un air où tu as passé, qui a participé de ton souffle, qui a circulé entre tes lèvres, qui a été pénétré par tes regards, qui t'aurait caressée avec tendresse si la nature inanimée jouissait des privilèges de la nôtre, si elle avait du sentiment et de l'amour!»

Jeannie s'aperçut qu'elle s'était trop éloignée du rivage, mais Trilby comprit son inquiétude et se hâta de la rassurer en se réfugiant à la pointe du bateau. «Va, Jeannie, lui dit-il, regagne sans moi les rives d'Argail où je ne puis pénétrer sans la permission que tu me refuses. Abandonne le pauvre Trilby sur une terre d'exil pour y vivre condamné à la douleur éternelle de ta perte; rien ne lui coûtera si tu laisses tomber sur lui un regard d'adieu! Malheureux! que la nuit est profonde!»

Un feu follet brilla sur le lac.

«Le voilà, dit Trilby, mon Dieu, je vous remercie! j'aurais accepté votre malédiction à ce prix!

— Ce n'est pas ma faute, dit Jeannie, je ne m'attendais point, Trilby, à cette lumière étrange, et si mes yeux ont recontré les vôtres ... si vous avez cru y lire l'expression d'un consentement dont, en

"Yes, my Jeanie," he was murmuring in a voice that was sweet but as feeble as that of the caressing morning breeze when it sighs over the lake, "restore to me the hearth from which I was able to hear and see you, that modest corner among the ashes that you poked up every evening to rekindle a spark, the fabric with invisible meshes which runs beneath the old ceilings, and which provided me with a floating hammock on warm summer nights. Oh, if it must be, Jeanie, I will no longer bother you with my caresses, I will no longer tell you I love you, I will no longer brush up against your dress, even when it billows out in my direction in the draft of the fire or the air. If I take the liberty of touching it one single time, it will be to move it away from the flame that is about to reach it when you fall asleep during your spinning. And I'll tell you more, Jeanie, since I see that my prayers are unable to prevail upon you: at least grant me a little place in the stable; I can still conceive of a little happiness in that thought. I'll kiss the wool of your sheep, because I know you like to roll it around your fingers; I'll weave the most fragrant flowers in the manger to make garlands for it, and whenever you fill the threshing floor with a new litter of fresh straw, I'll tread on it with more pride and delight than on the rich carpets of kings; I'll speak your name very softly—'Jeanie, Jeanie!'—and no one will hear me, I promise you, not even that monotonous insect which ticks in the wall at regular intervals, and whose death watch alone interrupts the silence of the night. All that I want is to be around, and to breathe air that touches the air you breathe; air through which you have passed, which has shared in your respiration, which has circulated between your lips, which has been penetrated by your glances, which might have caressed you lovingly if inanimate nature could enjoy the privileges of *our* nature, if it had feelings and could love!"

Jeanie noticed that she had rowed too far from the shore, but Trilby understood her anxiety and hastened to set her mind at ease by taking refuge in the prow of the boat. "Go on, Jeanie," he said, "regain without me the banks of Argyll, which I cannot enter without the permission that you deny me. Desert poor Trilby in a land of exile, to live there condemned to the eternal sorrow of losing you; it will give him no pain if you let a farewell glance fall his way! The unfortunate fellow! How dark the night is!"

A will-o'-the-wisp flashed over the lake.

"There it is!" said Trilby. "God, I thank you! I would have accepted your curse at that price!"

"It isn't my fault," said Jeanie; "I didn't at all expect that strange light, Trilby, and if my eyes met yours . . . if you thought you could read in them the expression of a consent whose consequences I

vérité, je ne prévoyais pas les conséquences, vous le savez, l'arrêt du redoutable Ronald porte une autre condition. Il faut que Dougal lui-même vous envoie à la chaumière. Et d'ailleurs votre bonheur même n'est-il pas intéressé à son refus et au mien? Vous êtes aimé, Trilby, vous êtes adoré des nobles dames d'Argail, et vous devez avoir trouvé dans leurs palais . . .

— Les palais des dames d'Argail! reprit vivement Trilby. Oh! depuis que j'ai quitté la chaumière de Dougal, quoique ce fût au commencement de la plus mauvaise saison de l'année, mon pied n'a pas foulé le seuil de la demeure de l'homme; je n'ai pas ranimé mes doigts engourdis à la flamme d'un foyer pétillant. J'ai eu froid, Jeannie, et combien de fois, las de grelotter au bord du lac, entre les branches des arbustes desséchés qui plient sous le poids des frimas, je me suis élevé en bondissant, pour réveiller un reste de chaleur dans mes membres transis, jusqu'au sommet des montagnes! combien de fois je me suis enveloppé dans les neiges nouvellement tombées, et roulé dans les avalanches, mais en les dirigeant de manière à ne pas nuire à une construction, à ne pas compromettre l'espérance d'une culture, à ne pas offenser un être animé! L'autre jour, je vis en courant une pierre sur laquelle un fils exilé avait écrit le nom de sa mère; ému, je m'empressai de détourner l'horrible fléau, et je me précipitai avec lui dans un abîme de glace où n'a jamais respiré un insecte. Seulement, si le cormoran, furieux de trouver le golfe emprisonné sous une muraille de glace qui lui refuse le tribut de sa pêche accoutumée, le traversait en criant d'impatience pour aller ravir une proie plus facile au Firth de Clyde ou au Sund du Jura, je gagnais, tout joyeux, le nid escarpé de l'oiseau voyageur, et sans autre inquiétude que de le voir abréger la durée de son absence, je me réchauffais entre ses petits de l'année, trop jeunes encore pour prendre part à ses expéditions de mer, et qui, bientôt familiarisés avec leur hôte clandestin, car je n'ai jamais manqué de leur porter quelque présent, s'écartaient à mon approche pour me laisser une petite place parmi eux au milieu de leur lit de duvet. Ou bien, à l'imitation du mulot industrieux qui se creuse une habitation souterraine pour passer l'hiver, j'enlevais avec soin la glace et la neige amoncelées dans un petit coin de la montagne qui devait être exposé le lendemain aux premiers rayons du soleil levant, je soulevais avec précaution le tapis des vieilles mousses qui avaient blanchi depuis bien des années sur le roc, et au moment d'arriver à la dernière couche, je me liais de leurs fils d'argent comme un enfant de ses langes, et je m'endormais protégé contre le vent de la nuit sous mes courtines de velours; heureux, surtout, quand je m'avisais que tu avais

truthfully didn't foresee, still you know that dread Ronald's decree has another condition attached to it. Dougal himself must invite you to the cottage. And, besides, doesn't your very happiness depend on his refusal and mine? You are loved, Trilby, you are adored by the noblewomen of Argyll, and in their palaces you must have found . . ."

"The palaces of the ladies of Argyll!" Trilby replied briskly. "Oh, ever since I left Dougal's cottage, even though it was at the outset of the worst season of the year, my feet haven't trodden the threshold of a human dwelling; I haven't warmed my stiff fingers at the flame of a crackling hearth. I've been cold, Jeanie, and many a time, tired of shivering at the lakeshore among the branches of dry bushes bending under the weight of the hoarfrost, I've jumped up in order to reawaken a remnant of warmth in my numb limbs, jumping all the way to the mountaintops! Many a time I've wrapped myself in the freshly fallen snows and rolled in the avalanches, but directing them in such a way as to keep from damaging a building, blighting the hopes of a planted field, or harming a living creature! The other day, as I ran by I saw a stone on which an exiled son had inscribed his mother's name; touched by this, I hastened to make away with that horrible scourge, and I hurled myself with it into an icy abyss where no insect ever breathed. Only when some cormorant, furious at finding the bay imprisoned beneath a cap of ice and denying him his customary tribute of fish, crossed over it, crying out with impatience, to go and seize an easier prey at the Firth of Clyde or at the Sound of Jura, I would climb very happily to the roving bird's nest in the high rocks, and with no other worry than seeing it cut short its term of absence, I would warm myself among its fledglings of that year, which were still too young to participate in its maritime expeditions and which, soon growing accustomed to their clandestine guest (for I never failed to bring them some present), would move aside as I approached, leaving me a small space among them in the middle of their bed of down. Or else, emulating the industrious field mouse, which digs itself an underground dwelling in which to spend the winter, I would carefully remove the ice and snow that had piled up in a little recess of the mountain, a recess that would be exposed the next day to the first rays of the rising sun; I would cautiously lift the carpet of old mosses that had grown white for many years on the rock, and just when I reached the final layer, I'd tie myself up in their silvery threads like a baby in its swaddling clothes, and I'd go to sleep protected from the night wind by my velvety curtains; I was especially happy when it occurred to me that you might have trodden

pu les fouler en allant payer la dîme du grain ou du poisson. Voilà, Jeannie, les superbes palais que j'ai habités, voilà le riche accueil que j'ai reçu, depuis que je suis séparé de toi, celui de l'escarbot frileux que j'ai quelquefois, sans le savoir, dérangé au fond de sa retraite, ou de la mouette étourdie qu'un orage subit forçait à se réfugier près de moi dans le creux d'un vieux saule miné par l'âge et le feu, dont les noires cavités et l'âtre comblé de cendre marquent le rendez-vous habituel des contrebandiers. C'est là, cruelle, le bonheur que tu me reproches. Mais, que dis-je? Ah! ce temps de misère n'a pas été sans bonheur! Quoiqu'il me fût défendu de te parler, et même de m'approcher de toi sans ta permission, je suivais du moins ton bateau du regard, et des follets moins sévèrement traités, compatissants à mes chagrins, m'apportaient quelquefois ton souffle et tes soupirs! Si le vent du soir avait chassé de tes cheveux les débris d'une fleur d'automne, l'aile d'un ami complaisant la soutenait dans l'espace jusqu'à la cime du rocher solitaire, jusque dans la vapeur du nuage errant où j'étais relégué, et la laissait tomber en passant sur mon cœur. Un jour même, t'en souvient-il? le nom de Trilby avait expiré sur ta bouche; un lutin s'en saisit, et vint charmer mon oreille du bruit de cet appel involontaire. Je pleurai alors en pensant à toi, et les larmes de ma douleur se changèrent en larmes de joie: est-ce près de toi qu'il m'était réservé de regretter les consolations de mon exil?

— Expliquez-vous, Trilby, dit Jeannie qui cherchait à se distraire de son émotion. Il me semble que vous venez de me dire ou de me rappeler qu'il vous était défendu de me parler et de vous rapprocher de moi sans ma permission. C'était en effet l'arrêt du moine de Balva. Comment se fait-il donc que maintenant vous soyez dans mon bateau, près de moi, connu de moi, sans que je vous l'aie permis? . . .

— Jeannie, pardonnez-moi de vous le répéter, si cet aveu coûte à votre cœur! . . . Vous avez dit que vous m'aimiez!

— Séduction ou faiblesse, égarement ou pitié, je l'ai dit, reprit Jeannie, mais auparavant, mais jusqu-là je croyais que le bateau devait être inaccessible pour vous, comme la chaumière . . .

— Je ne le sais que trop! Combien de fois n'ai-je pas tenté inutilement de l'appeler près de moi! l'air emportait mes plaintes, et vous ne m'entendiez pas!

— Alors, comment puis-je comprendre? . . .

— Je ne le comprends pas moi-même, répondit Trilby, à moins, continua-t-il d'un ton de voix plus humble et plus tremblant, que vous n'ayez confié le secret que je vous ai surpris par hasard à des cœurs fa-

on them on your way to pay your tithe of grain or fish. Those, Jeanie, are the magnificent palaces I've dwelt in; that is the rich hospitality I've received, ever since I was separated from you: that of the chilly dung beetle, which I've sometimes unwittingly disturbed at the bottom of its retreat, or of the dazed seagull, which a sudden storm forced to take shelter near me in the hollow of an old willow riddled by age and fire, a tree whose black cavities and ash-filled hearth signal the customary meeting place of smugglers. That, cruel one, is the happiness with which you reproach me. But what am I saying? Ah, those wretched times have not been devoid of happiness! Though I was forbidden to address you, and even to approach you without your permission, at least I followed your boat with my eyes, and sprites who were less severely treated, and who had pity on my sorrows, sometimes carried your breath and your sighs to me! If the evening breeze had blown out of your hair the remains of an autumn flower, the wing of an obliging friend would hold it up in the air until it reached the summit of the lonely crag, or the vapor of the drifting cloud, to which I was relegated, and as he passed by, would drop it on my heart. In fact, one day (do you remember?), the name of Trilby had died away on your lips; an elf seized it and came to charm my ears with the sound of that involuntary summons. Then I wept thinking of you, and the tears of my sorrow changed to tears of joy. Was it when near you again that I was destined to miss the consolations I had in my exile?"

"Explain yourself, Trilby," said Jeanie, who was trying to take her mind off her emotion. "It seems to me that you have just told me, or reminded me, that you were forbidden to address me or approach me without my permission. That, in fact, was the decree of the monk of Balvaig. How is it, then, that you are now in my boat, near me, known to me, without my having permitted it? . . ."

"Jeanie, forgive me for repeating it to you, if that confession pains your heart . . . you said you loved me!"

"Whether I was seduced or weak, distracted or compassionate, I did say it," Jeanie replied, "but I said it earlier; until then, I thought the boat was inaccessible to you, like the cottage . . ."

"I'm only too well aware! How often I've tried in vain to call it to me! The breeze carried away my laments and you didn't hear me!"

"Then, how am I to understand . . . ?"

"I don't understand it myself," Trilby replied, "unless," he continued in a humbler and more trembling tone of voice, "unless you perchance confided the secret with which I've found you out to favoring hearts, to protective friends who, despite the impossibility of repeal-

vorables, à des amitiés tutélaires, qui, dans l'impossibilité de révoquer entièrement ma sentence, n'ont pas renoncé à l'adoucir . . .

— Personne, personne, s'écria Jeannie épouvantée; moi-même je ne savais pas, moi-même je n'étais pas sûre encore . . . et votre nom n'est parvenu de ma pensée à mes lèvres que dans le secret de mes prières . . .

— Dans le secret même de vos prières, vous pouviez émouvoir un cœur qui m'aimât, et si devant mon frère Colombain, Colombain Mac-Farlane . . .

— Votre frère Colombain! si devant lui . . . et c'est votre frère! Dieu de bonté! . . . prenez pitié de moi! pardon! . . . pardon! . . .

— Oui, j'ai un frère, Jeannie, un frère bien-aimé, qui jouit de la contemplation de Dieu, et pour qui mon absence n'est que l'intervalle pénible d'un triste et périlleux voyage dont le retour est presque assuré. Mille ans ne sont qu'un moment sur la terre pour ceux qui ne doivent se quitter jamais.

— Mille ans, c'est le terme que Ronald vous avait assigné, si vous rentriez à la chaumière . . .

— Et que sont mille ans de la plus sévère captivité, que serait une éternité de mort, une éternité de douleur, pour l'âme que tu aurais aimée, pour la créature trop favorisée de la Providence qui aurait été associée pendant quelques minutes aux mystères de ton cœur, pour celui dont les yeux auraient trouvé dans tes yeux un regard d'abandon, sur ta bouche un sourire de tendresse! Ah! le néant, l'enfer même n'aurait que des tourments imparfaits pour l'heureux damné dont les lèvres auraient effleuré tes lèvres, caressé les noirs anneaux de tes cheveux, pressé tes cils humides d'amour, et qui pourrait penser toujours, au milieu des supplices sans fin, que Jeannie l'a aimé un moment! Conçois-tu cette volupté immortelle! Ce n'est pas ainsi que la colère de Dieu s'appesantit sur les coupables qu'elle veut punir! Mais tomber, brisé de sa puissante main, dans un abîme de désespoir et de regrets où tous les démons répètent pendant tous les siècles: «Non, non, Jeannie ne t'a pas aimé!» Cela, Jeannie, c'est une horrible pensée, un inconsolable avenir! Vois, regarde, consulte; mon enfer dépend de toi.

— Songez du moins, Trilby, que l'aveu de Dougal est nécessaire à l'accomplissement de vos désirs, et que sans lui . . .

— Je me charge de tout, si votre cœur répond à mes prières. O Jeannie! . . . à mes prières et à mes espérances! . . .

— Vous oubliez! . . .

— Je n'oublie rien! . . .

ing my sentence altogether, haven't given up their attempt to mitigate it . . ."

"I've told no one, no one!" Jeanie exclaimed in fright. "I didn't know it myself, I was not yet sure myself . . . and your name arose from my mind to my lips only in the secrecy of my prayers . . ."

"In the very secrecy of your prayers, you were able to stir a heart that was able to love me, and if it was in front of my brother Columbanus, Columbanus MacFarlane . . ."

"Your brother Columbanus! If it was in front of him . . . and he's your brother! God of mercy! . . . take pity on me! Forgive me! . . . forgive me! . . ."

"Yes, I have a brother, Jeanie, a beloved brother, who enjoys the sight of God, and for whom my absence is merely a painful interval during a sad, perilous journey, the homecoming from which is almost certain. A thousand years are only a moment on earth for those who are never to part."

"A thousand years—that's the term which Ronald had sentenced you to, should you return to the cottage . . ."

"And what are a thousand years of the strictest captivity, what would an eternity of death be, an eternity of sorrow, to the soul which you had loved, to that creature, all too favored by Providence, which had been admitted for just a few moments to the mysteries of your heart, to the one whose eyes had found in your eyes a look of abandonment, an affectionate smile on your lips! Ah, nothingness, hell itself, would have only imperfect torments for the happy damned man whose lips had brushed your lips, caressed the black ringlets of your hair, pressed your love-moist lashes, and who could always remember, in the midst of his endless tortures, that Jeanie had loved him for a moment! Can you imagine that immortal pleasure? That isn't how the wrath of God bears down on the guilty ones it wishes to punish! But to plunge, shattered by his mighty hand, into an abyss of despair and regrets, where all the demons were to repeat for all the centuries: 'No, no, Jeanie never loved you!'—that, Jeanie, is a horrible thought, a future without consolation! See, look, take advisement: my hell depends on you."

"At any rate, Trilby, remember that Dougal's consent is necessary to the fulfillment of your desires, and that without him . . ."

"Leave it all to me, if your heart responds to my prayers. O Jeanie—to my prayers and hopes! . . ."

"You're forgetting . . . !"

"I'm forgetting nothing! . . ."

— Dieu! cria Jeannie . . . tu ne vois pas! . . . tu ne vois pas . . . tu es perdu! . . .

— Je suis sauvé . . . , répondit Trilby en souriant.

— Voyez . . . , voyez . . . , Dougal est près de nous.» En effet, au détour d'un petit promontoire qui lui avait caché un moment le reste du lac, la barque de Jeannie se trouva si près de la barque de Dougal que, malgré l'obscurité, il aurait infailliblement remarqué Trilby, si le lutin ne s'était précipité dans les flots à l'instant même où le pêcheur préoccupé y laissait tomber son filet.

«En voici bien d'une autre», dit-il en le retirant, et en dégageant de ses mailles une boîte d'une forme élégante et d'une matière précieuse qu'il crut reconnaître à sa blancheur si éclatante et à son poli si doux pour de l'ivoire incrusté de quelque métal brillant, et enrichi de grosses escarboucles orientales dont la nuit ne faisait qu'augmenter la splendeur. «Imagine-toi, Jeannie, que depuis le matin je ne cesse de remplir mes filets des plus beaux poissons bleus que j'aie jamais pêchés dans le lac; et, pour surcroît de bonne fortune, je viens d'en retirer un trésor; car si j'en juge par le poids de cette boîte et par la magnificence de ses ornements, elle ne contient rien moins que la couronne du roi des îles, ou les joyaux de Salomon. Empresse-toi donc de la porter à la chaumière, et reviens en hâte vider nos filets dans le réservoir de la rade, car il ne faut pas négliger les petits profits, et la fortune que saint Colombain m'envoie ne me fera jamais oublier que je suis né un simple pêcheur.»

La batelière fut longtemps sans pouvoir se rendre compte de ses idées. Il lui semblait qu'un nuage flottait devant ses yeux et obscurcissait sa pensée, ou que, transportée d'illusion en illusion par un songe inquiet, elle subissait le poids du sommeil et de l'accablement au point de ne pouvoir se réveiller. En arrivant à la chaumière, elle commença par déposer la boîte avec précaution, puis s'approcha du foyer, détourna la cendre encore ardente, et s'étonna de trouver des charbons enflammés comme à la veillée d'une fête. Le grillon chantait de joie sur le bord de sa grotte domestique, et la flamme vola vers la lampe qui tremblait dans la main de Jeannie, avec tant de rapidité que la chambre en fut subitement éclairée. Jeannie pensa d'abord que sa paupière était frappée enfin à la suite d'un long rêve par la clarté du matin; mais ce n'était pas cela. Les charbons étincelaient comme auparavant; le grillon joyeux chantait toujours, et la boîte mystérieuse se trouvait toujours à l'endroit où elle venait d'être placée, avec ses compartiments de vermeil, ses chaînes de perles et ses rosaces de rubis.

«Je ne dormais pas! dit Jeannie. Je ne dormais pas! . . . Fortune dé-

"My God!" cried Jeanie, "you don't see! . . . you don't see . . . you're lost! . . ."

"I'm saved . . . ," Trilby replied with a smile.

"Look . . . , look . . . , Dougal is near us." And indeed, as it rounded a little promontory that had momentarily hidden the rest of the lake from her, Jeanie's boat was suddenly so close to Dougal's boat that, in spite of the darkness, he would have noticed Trilby without fail if the elf hadn't plunged into the waters at the very instant when the preoccupied fisherman was dropping his net into them.

"Here's a bigger surprise!" he said as he pulled it up, and disengaged from its meshes a casket of elegant shape and precious material, which he thought he could identify by its very brilliant whiteness and very soft sheen as ivory inlaid with some shiny metal and encrusted with large Oriental carbuncles whose splendor was only increased by the night. "Just imagine, Jeanie, ever since this morning I haven't ceased filling my nets with the most beautiful blue fish I've ever taken from the lake; and to top off my good luck, I've just hauled a treasure out of it; for, if I can judge by the weight of this casket and the magnificence of its decoration, it contains nothing less than the crown of the king of the isles, or the jewels of Solomon. So hurry up and carry it to the cottage, and hasten back to empty our nets into the fish tank in the boat harbor, because it doesn't do to neglect small profits, and the luck that Saint Columbanus is sending me will never make me forget that I was born a simple fisherman."

For a long time the ferrywoman was unable to think clearly. She felt as if a cloud were drifting before her eyes and darkening her mind, or as if, carried from one illusion to another by a restless dream, she were undergoing the weight of sleep and exhaustion to the point of being unable to wake up. Arriving at the cottage, she first set down the casket carefully, then she approached the hearth, poked aside the still-hot ash, and was surprised to find glowing coals as if on the eve of some feast day. The cricket was singing joyously on the edge of its domestic grotto, and the flame flew up so rapidly to the lamp that trembled in Jeanie's hand that the room was suddenly illuminated by it. At first Jeanie thought that her eyelids had finally been touched by morning daylight after a long dream, but such was not the case. The coals were sparkling as before; the joyful cricket was still singing, and the mysterious casket was still in the place where it had just been deposited, with its compartments of silver gilt, its chains of pearls, and its rosettes of rubies.

"I wasn't asleep!" said Jeanie. "I wasn't asleep! . . . Deplorable

plorable! continua-t-elle en s'asseyant près de la table, et en laissant retomber sa tête sur le trésor de Dougal. Que m'importent les vaines richesses que renferme cette cassette d'ivoire? Les moines de Balva pensent-ils avoir payé à ce prix la perte du malheureux Trilby? car je ne puis douter qu'il ait disparu sous les flots, et qu'il faille renoncer à le revoir jamais! Trilby, Trilby!» dit-elle en pleurant . . . et un soupir, un long soupir lui répondit. Elle regarda autour d'elle, elle prêta l'oreille pour s'assurer qu'elle s'était trompée. En effet, on ne soupirait plus. «Trilby est mort! s'écria-t-elle, Trilby n'est pas ici! D'ailleurs, ajouta-t-elle avec une maligne joie, quel parti Dougal tirera-t-il de ce meuble qu'on ne peut ouvrir sans le briser? Qui lui apprendra le secret de la serrure fée qui doit rouler sur ces émeraudes? Il faudrait savoir les mots magiques de l'enchanteur qui l'a construite et vendre son âme à quelque démon pour en pénétrer le mystère.

— Il ne faudrait qu'aimer Trilby et que lui dire qu'on l'aime, repartit une voix qui s'échappait de l'écrin merveilleux. Condamné pour toujours si tu refuses, sauvé pour toujours si tu consens, voilà ma destinée, la destinée que ton amour m'a faite . . .

— Il faut dire . . . , reprit Jeannie.

— Il faut dire: «Trilby, je t'aime!»

— Le dire . . . et cette boîte s'ouvrirait alors? . . . et vous seriez libre?

— Libre et heureux!

— Non, non,! dit Jeannie éperdue, non, je ne le peux pas, je ne le dois pas! . . .

— Et que pourrais-tu redouter? . . .

— Tout! répondit Jeannie, un parjure affreux . . . , le désespoir . . . , la mort! . . .

— Insensée! qu'as-tu donc pensé de moi! . . . T'imagines-tu, toi qui es tout pour l'infortuné Trilby, qu'il irait tourmenter ton cœur d'un sentiment coupable, et le poursuivre d'une passion dangereuse qui détruirait ton bonheur, qui empoisonnerait ta vie! . . . Juge mieux de sa tendresse! Non, Jeannie, je t'aime pour le bonheur de t'aimer, de t'obéir, de dépendre de toi. Ton aveu n'est qu'un droit de plus à ma soumission; ce n'est pas un sacrifice! En me disant que tu m'aimes, tu délivres un ami et tu gagnes un esclave! Quel rapport oses-tu imaginer entre le retour que je te demande et la noble et touchante obligation qui te lie à Dougal? L'amour que j'ai pour toi, ma Jeannie, n'est pas une affection de la terre; ah! je voudrais pouvoir te dire, pouvoir te faire comprendre comment dans un monde nouveau un cœur passionné, un cœur qui a été trompé ici dans ses affections les plus chères ou qui en

fortune!" she continued as she sat down at the table, letting her head fall back onto Dougal's treasure. "What do I care about the vain riches contained in this ivory box? Do the monks of Balvaig imagine that they've thereby repaid me for the loss of unhappy Trilby? Because I have no doubt that he has disappeared beneath the waters, and that I must forever give up seeing him again! Trilby, Trilby!" she said, weeping . . . and a sigh, a long sigh answered her. She looked around and listened attentively to make sure she was mistaken. In fact, there were no further sighs. "Trilby is dead!" she exclaimed. "Trilby isn't here! Besides," she added with a malicious joy, "what advantage will Dougal gain from this box that can't be opened without breaking it? Who will teach him the secret of the enchanted lock which must surely shut away these emeralds? It would be necessary to know the magic spell of the sorcerer who crafted it, or to sell one's soul to some demon to penetrate its mystery."

"All that would be necessary is to love Trilby and tell him he's loved," came a voice, emerging from the marvelous box. "Condemned forever if you refuse, saved forever if you consent: that is my destiny, the destiny your love has imposed on me . . ."

"One must say . . . ," Jeanie replied.

"One must say: 'Trilby, I love you!'"

"Say it . . . and this box would then open? . . . And you would be free?"

"Free and happy!"

"No, no!" said Jeanie distractedly, "No, I can't, I mustn't! . . ."

"And what could you fear? . . ."

"Everything!" Jeanie replied. "A dreadful perjury, . . . despair, . . . death! . . ."

"Foolish woman! What did you think I was? . . . Do you imagine, you who are unhappy Trilby's all, that he would torture your heart with a guilty emotion and persecute it with a dangerous passion that would wreck your happiness and poison your life? . . . Think better of his affection! No, Jeanie, I love you for the happiness of loving you, obeying you, and being dependent on you. Your avowal is merely one more reason for me to submit; it isn't a sacrifice! By saying you love me, you rescue a friend and gain a slave! What comparison do you dare to imagine between the welcome home that I request of you and the noble, touching obligation you owe to Dougal? The love I have for you, my Jeanie, is no earthly affection; ah, how I'd like to be able to tell you, to make you understand, how, in a new world, an impassioned heart, a heart that has been cheated here in its dearest affections or

a été dépossédé avant le temps, s'ouvre à des tendresses infinies, à d'éternelles félicités qui ne peuvent plus être coupables! Tes organes trop faibles encore n'ont pas compris l'amour ineffable d'une âme dégagée de tous les devoirs, et qui peut sans infidélité embrasser toutes les créatures de son choix d'une affection sans limites! Oh! Jeannie, tu ne sais pas combien il y a d'amour hors de la vie, et combien il est calme et pur! Dis-moi, Jeannie, dis-moi seulement que tu m'aimes! Cela n'est pas difficile à dire . . . Il n'y a que l'expression de la haine qui doive coûter quelque chose à ta bouche. Moi, je t'aime, Jeannie, je n'aime que toi! Vois-tu, ma Jeannie! il n'y a pas une pensée de mon esprit qui ne t'appartienne. Il n'y a pas un battement de mon cœur qui ne soit pour le tien! mon sein palpite si fort quand l'air que je parcours est frappé de ton nom! mes lèvres frémissent et balbutient quand je veux le prononcer. Oh! Jeannie, que je t'aime! et tu ne diras pas, tu n'oseras pas dire, toi . . . «Je t'aime, Trilby! pauvre Trilby, je t'aime un peu!. . .»

— Non, non, dit Jeannie, en s'échappant avec effroi de la chambre où était déposée la riche prison de Trilby; non, je ne trahirai jamais les serments que j'ai faits à Dougal, que j'ai faits librement, et au pied des saints autels; il est vrai que Dougal a quelquefois une humeur difficile et rigoureuse, mais je suis assurée qu'il m'aime. Il est vrai aussi qu'il ne sait pas exprimer les sentiments qu'il éprouve, comme ce fatal esprit déchaîné contre mon repos; mais qui sait si ce don funeste n'est pas un effet particulier de la puissance du démon, et si ce n'est pas lui qui me séduit dans les discours artificieux du lutin? Dougal est mon ami, mon mari, l'époux que je choisirais encore; il a ma foi, et rien ne triomphera de ma résolution et de mes promesses! rien! pas même mon cœur! continua-t-elle en soupirant, qu'il se brise plutôt que d'oublier le devoir que Dieu lui a imposé! . . .

Jeannie avait à peine eu le temps de s'affermir dans la détermination qu'elle venait de prendre, en se la répétant à elle-même avec une force de volonté d'autant plus énergique qu'elle avait plus de résistance à vaincre; elle murmurait encore les dernières paroles de cet engagement secret, quand deux voix se firent entendre auprès d'elle, au-dessous du chemin de traverse qu'elle avait pris pour arriver plus tôt au bord du lac, mais qu'on ne pouvait parcourir avec un fardeau considérable, tandis que Dougal arrivait ordinairement par l'autre, chargé des plus beaux poissons, surtout lorsqu'il amenait un hôte à la chaumière. Les voyageurs suivaient la route inférieure et marchaient lentement comme des hommes occupés d'une conversation sérieuse. C'était Dougal et le vieux moine de Balva que le hasard venait de conduire sur le rivage opposé, et qui était arrivé à temps pour passer dans

has been prematurely dispossessed of them, opens up to infinite tenderness, to eternal felicity that can no longer be guilty! Your mind, still too weak, hasn't understood the ineffable love of a soul freed from all duties, one that can without infidelity embrace all the creatures it chooses to with unbounded affection! Oh, Jeanie, you don't know how much love there is beyond life, or how calm and pure it is! Tell me, Jeanie, just tell me you love me! It isn't hard to say . . . Only the expression of hatred must be somewhat painful to your lips. As for me, I love you, Jeanie, I love only you! Don't you see, my Jeanie? There isn't a thought in my mind that doesn't belong to you. There isn't a beat of my heart that isn't meant for yours! My bosom palpitates so strongly when the air I traverse is struck with your name! My lips quiver and stammer when I want to utter it. Oh, Jeanie, how I love you! And you won't say, you won't dare to say for your part: 'I love you, Trilby! Poor Trilby, I love you a little!'. . . ."

"No, no," said Jeanie, dashing in fright from the room where Trilby's rich prison reposed. "No, I will never betray the vows I made to Dougal, which I made freely, at the foot of the holy altars. It's true that Dougal sometimes has difficult, severe moods, but I'm sure he loves me. It's also true that he doesn't know how to express the things he's feeling, as this fatal spirit does which is unleashed against my peace of mind; but who knows whether that dire gift isn't a special result of the devil's power, whether it isn't he seducing me in the artful speeches of the elf? Dougal is my friend, my husband, the spouse I'd choose again; he has my plighted word, and nothing will overcome my resolve and my promises, nothing, not even my heart!" she continued, sighing. "Let it break before it forgets the duty God has laid on it! . . ."

Jeanie had scarcely had time to become strengthened in the decision she had just made, repeating it to herself with a force of will all the more energetic for her having more resistance to overcome; and she was still murmuring the final words of that secret commitment, when two voices made themselves heard near her, below the short cut which she had taken to reach the lakeshore sooner, but which couldn't be taken if one were carrying a considerable burden, whereas Dougal usually arrived by way of the other path, laden with the loveliest fish, especially when he was bringing a guest to the cottage. The wayfarers were following the lower path, walking slowly like men engaged in serious conversation. They were Dougal and the aged monk of Balvaig, whom chance had just led to the opposite shore, and who had arrived in time to cross in the fisherman's boat

la barque du pêcheur et pour lui demander l'hospitalité. On peut croire que Dougal n'était pas disposé à la refuser au saint commensal du monastère dont il avait reçu ce jour-là même tant de bienfaits signalés, car il n'attribuait pas à une autre protection le retour inespéré des trésors de la pêche, et la découverte de cette boîte, si souvent rêvée, qui devait contenir des trésors bien plus réels et bien plus durables. Il accueillit donc le vieux moine avec plus d'empressement encore que le jour mémorable où il avait à lui demander le bannissement de Trilby, et c'était des expressions réitérées de sa reconnaissance, et des assurances solennelles de la continuation des bontés de Ronald, qu'avait été frappée l'attention de Jeannie. Elle s'arrêta comme malgré elle pour écouter, car elle avait craint d'abord, sans se l'avouer, que ce voyage n'eût un autre objet que la quête ordinaire d'Inverary, qui ne manquait jamais de ramener, dans cette saison, un des émissaires du couvent; sa respiration était suspendue, son cœur battait avec violence; elle attendait un mot qui lui révélât un danger pour le captif de la chaumière, et quand elle entendit Ronald prononcer d'une voix forte: «Les montagnes sont délivrées, les méchants esprits sont vaincus: le dernier de tous a été condamné aux vigiles de Saint-Colombain», elle conçut un double motif de se rassurer, car elle ne doutait point des paroles de Ronald. «Ou le moine ignore le sort de Trilby, dit-elle, ou Trilby est sauvé et pardonné de Dieu comme il paraissait l'espérer.» Plus tranquille, elle gagna la baie où les bateaux de Dougal étaient amarrés, vida les filets pleins dans le réservoir, étendit les filets vides sur la plage après en avoir exprimé l'eau avec soin pour les prémunir contre l'atteinte d'une gelée matinale, et reprit le sentier des montagnes avec ce calme qui résulte du sentiment d'un devoir accompli, mais dont l'accomplissement n'a rien coûté à personne.

«Le dernier des méchants esprits a été condamné aux vigiles de Saint-Colombain, répéta Jeannie; ce ne peut pas être Trilby, puisqu'il m'a parlé ce soir et qu'il est maintenant à la chaumière, à moins qu'un rêve n'ait abusé mes esprits. Trilby est donc sauvé, et la tentation qu'il vient d'exercer sur mon cœur n'était qu'une épreuve dont il ne se serait pas chargé lui-même, mais qui lui a été probablement prescrite par les saints. Il est sauvé, et je le reverrai un jour; un jour certainement! s'écria-t-elle; il vient lui-même de me le dire: mille ans ne sont qu'un moment sur la terre pour ceux qui ne doivent se quitter jamais!»

La voix de Jeannie s'était élevée de manière à se faire entendre autour d'elle, car elle se croyait seule alors. Elle suivait les longues murailles du cimetière qui à cette heure inaccoutumée n'est fréquentée que par les bêtes de rapine, ou tout au plus par de pauvres enfants or-

and request his hospitality. As you may imagine, Dougal wasn't apt to refuse it to the saintly inhabitant of the monastery from which that very day he had received so many outstanding benefits, because it was to no other patronage that he attributed the unexpected return of his finny treasures and the discovery of that casket, so often dreamed of, which must surely contain treasures much more real and lasting. And so he welcomed the aged monk with even greater enthusiasm than on the memorable day when he had asked him to banish Trilby; and it was his repeated expressions of gratitude, and Ronald's solemn assurances of his continued good feelings, that had caught Jeanie's attention. She halted, as if in spite of herself, to listen, for at first she had feared, without admitting it to herself, that his journey had some other object than the customary Inverary tithe collection, for which some emissary of the monastery infallibly arrived at that season; she held her breath, her heart pounded violently; she was waiting for a word that would reveal to her some danger to the captive in the cottage; and when she heard Ronald state loudly, "The mountains are liberated, the evil spirits are vanquished: the very last one was condemned on Saint Columbanus's eve," she felt a double reason to feel calm, because she didn't doubt Ronald's words. "Either the monk is ignorant of Trilby's lot," she said, "or Trilby is saved and forgiven by God as he seemed to hope." More at ease, she reached the bay where Dougal's boats were moored, emptied the full nets into the fish tank, spread out the empty nets on the beach after carefully squeezing the water out of them to protect them from the effects of a morning frost, and returned along the hilly path with a tranquillity due to the feeling of a duty accomplished, and accomplished with no harm to anyone.

"'The very last evil spirit was condemned on Saint Columbanus's eve,'" Jeanie repeated. "It can't be Trilby, since he spoke to me this evening and is now in the cottage, unless a dream has deceived my mind. And so Trilby is saved, and the temptation he has just threatened my heart with was only a trial which he probably didn't impose upon himself, but was probably laid on him by the saints. He's saved, and I'll see him again some day; some day surely!" she exclaimed. "He himself has just told me so: 'A thousand years are merely a moment on earth for those who are never to part!'"

Jeanie had raised her voice so loudly that she could be heard close by, because she thought she was alone at the time. She was walking past the long walls of the graveyard, which at that unusual hour is frequented only by beasts of prey, or at best by poor young orphans who

phelins qui viennent pleurer leur père. Au bruit confus de ce gémisse-
ment qui ressemblait à une plainte du sommeil, une torche s'exhaussa
de l'intérieur jusqu'à l'élévation des murs de l'enceinte funèbre et versa
sur la longue tige des arbres les plus voisins des lumières effrayantes.
L'aube du Nord, qui avait commencé à blanchir l'horizon polaire depuis
le coucher du soleil, déployait lentement son voile pâle à travers le ciel
et sur toutes les montagnes, triste et terrible comme la clarté d'un incendie éloigné auquel on ne peut porter du secours. Les oiseaux de nuit,
surpris dans leurs chasses insidieuses, resserraient leurs ailes pesantes et
se laissaient rouler étourdis sur les pentes du Cobler, et l'aigle épouvanté
criait de terreur à la pointe de ses rochers, en contemplant cette aurore
inaccoutumée qu'aucun astre ne suit et qui n'annonce pas le matin.

Jeannie avait souvent ouï parler des mystères des sorcières, et des
fêtes qu'elles se donnaient dans la dernière demeure des morts, à cer-
taines époques des lunes d'hiver. Quelquefois même, quand elle ren-
trait fatiguée sous le tout de Dougal, elle avait cru remarquer cette
lueur capricieuse qui s'élevait et retombait rapidement; elle avait cru
saisir dans l'air des éclats de voix singuliers, des rires glapissants et
féroces, des chants qui paraissaient appartenir à un autre monde, tant
ils étaient grêles et fugitifs. Elle se souvenait de les avoir vues, avec
leurs tristes lambeaux souillés de cendre et de sang, se perdre dans les
ruines de la clôture inégale, ou s'égarer, comme la fumée blanche et
bleue du soufre dévoré par la flamme, dans les ombres des bois et
dans les vapeurs du ciel. Entraînée par une curiosité invincible, elle
franchit le seuil redoutable qu'elle n'avait jamais touché que de jour
pour aller prier sur la tombe de sa mère. Elle fit un pas et s'arrêta.
Vers l'extrémité du cimetière, qui n'était d'ailleurs ombragé que de
cette espèce d'ifs dont les fruits, rouges comme des cerises tombées
de la corbeille d'une fée, attirent de loin tous les oiseaux de la contrée;
derrière l'endroit marqué par une dernière fosse qui était déjà
creusée et qui était encore vide, il y avait un grand bouleau qu'on appelait l'*Arbre du saint,* parce que l'on prétendait que saint Colombain,
jeune encore, et avant qu'il fût entièrement revenu des illusions du
monde, y avait passé toute une nuit dans les larmes, en luttant contre
le souvenir de ses profanes amours. Ce bouleau était depuis un objet
de vénération pour le peuple, et si j'avais été poète, j'aurais voulu que
la postérité en conservât le souvenir.

Jeannie écouta, retint son souffle, baissa la tête pour entendre sans
distraction, fit encore un pas, écouta encore. Elle entendit un double
bruit semblable à celui d'une boîte d'ivoire qui se brise et d'un
bouleau qui éclate, et au même instant elle vit la longue réverbération

have come to weep over their father. At the confused sound of that moan, which resembled a sleeper's lament, a torch was lifted from within the funerary precinct up to the height of the walls, shedding fearsome light on the tall trunks of the closest trees. The northern lights, which had begun to whiten the polar horizon ever since the setting of the sun, were slowly drawing their pallid veil across the sky and over every mountain, sad and awesome as the glow of a distant fire for which no help can be brought. The night birds, surprised in their insidious hunting, drew in their heavy wings and let themselves roll, dazed, on the slopes of the Cobbler, and the frightened eagle screeched in terror at the peak of its crags, gazing at that unusual dawn which is followed by no sun, and which doesn't announce morning.

Jeanie had often heard tell of the mysteries of witches and of the celebrations they held in the last dwelling place of the dead at certain times during the winter months. Indeed, on occasions when she was returning wearily to Dougal's roof, she had thought she could observe that capricious glimmer rapidly rising and falling; she had thought she could perceive in the air bursts of singular words, yelping, ferocious laughter, chants that seemed to belong to another world, they were so high-pitched and fleeting. She recalled having seen them, with their sorry rags soiled with ash and blood, enter the ruins of the uneven enclosure or drift away, like the white and blue smoke of sulfur devoured by flame, into the shadows of the woods and the vapors of the sky. Drawn by an unconquerable curiosity, she crossed that fearsome threshold which she had never trodden except in daylight, to go and pray on her mother's grave. She took a step and halted. Toward the far end of the graveyard, which was otherwise shaded only by that type of yew whose fruit, red as cherries fallen from a fairy's basket, attracts every bird in the region from afar; behind the spot marked by a final grave that was already dug but still empty, there stood a tall birch called the Saint's Tree, because people claimed that Saint Columbanus, when still young, before he had totally lost his worldly illusions, had spent a whole night there in tears, combating the memory of his earthly romance. Ever since, that birch had been an object of veneration for the populace, and if I had been a poet, I would have wanted posterity to preserve the memory of it.

Jeanie listened, held her breath, lowered her head to hear without distractions, took another step, listened again. She heard a double sound, like that of an ivory box breaking and a birch splitting, and at the same moment she saw the long image of a distant glow running

d'une clarté éloignée courir sur la terre, blanchir à ses pieds et s'éteindre sur ses vêtements. Elle suivit timidement jusqu'à son origine le rayon qui l'éclairait; il aboutissait à l'*Arbre du saint,* et devant l'*Arbre du saint,* il y avait un homme debout dans l'attitude de l'imprécation, un homme prosterné dans l'attitude de la prière. Le premier brandissait un flambeau qui baignait de lumière son front impitoyable, mais serein. L'autre était immobile. Elle reconnut Ronald et Dougal. Il y avait encore une voix, une voix éteinte comme le dernier souffle de l'agonie, une voix qui sanglotait faiblement le nom de Jeannie, et qui s'évanouit dans le bouleau.

«Trilby! . . .» cria Jeannie; et laissant derrière elle toutes les fosses, elle s'élança dans la fosse qui l'attendait sans doute, car personne ne trompe sa destinée!

«Jeannie, Jeannie! dit le pauvre Dougal.

— Dougal, répondit Jeannie en étendant vers lui sa main tremblante et en regardant tour à tour Dougal et l'*Arbre du saint;* Daniel, mon bon Daniel, mille ans ne sont rien sur la terre . . . rien!» reprit-elle en soulevant péniblement sa tête, puis elle la laissa retomber et mourut. Ronald, un moment interrompu, reprit sa prière où il l'avait laissée.

Il s'était passé bien des siècles depuis cet événement quand la destinée des voyages, et peut-être aussi quelques soucis de cœur, me conduisirent au cimetière. Il est maintenant loin de tous les hameaux, et c'est à plus de quatre lieues qu'on voit flotter sur la même rive la fumée des hautes cheminées de Portincaple. Toutes les murailles de l'ancienne enceinte sont détruites; il n'en reste même que de rares vestiges, soit que les habitants du pays aient employé leurs matériaux à de nouvelles constructions, soit que les terres des boulingrins d'Argail, entraînés par des dégels subits, les aient peu à peu recouverts. Cependant, la pierre qui surmontait la fosse de Jeannie a été respectée par le temps, par les cataractes du ciel, et même par les hommes. On y lit toujours ces mots tracés d'une main pieuse: *Mille ans ne sont qu'un moment sur la terre pour ceux qui ne doivent se quitter jamais.* L'*Arbre du saint* est mort, mais quelques arbustes pleins de vigueur couronnaient sa souche épuisée de leur riche feuillage, et quand un vent frais soufflait entre leurs scions verdoyants, et se courbait, et relevait leurs épaisses ramées, une imagination vive et tendre pouvait y rêver encore les soupirs de Trilby sur la fosse de Jeannie. Mille ans sont si peu de temps pour posséder ce qu'on aime, si peu de temps pour le pleurer! . . .

across the ground, turning white at her feet, and fading out on her garments. Timidly she followed to its source the ray that was illuminating her; it ended at the Saint's Tree, and in front of the Saint's Tree a man was standing in a gesture of imprecation and another man lay prostrate in a gesture of prayer. The standing man was brandishing a torch that bathed his pitiless but serene brow in light. The other was motionless. She recognized Ronald and Dougal. There was also a voice, a voice as feeble as the last breath of death throes, a voice that was weakly sobbing Jeanie's name before it disappeared within the birch.

"Trilby!" Jeanie cried; and, leaving all the graves behind her, she leapt into the grave that was no doubt waiting for her, for no one eludes his destiny!

"Jeanie, Jeanie!" said poor Dougal.

"Dougal," Jeanie replied, holding out her trembling hand to him and gazing in turns at Dougal and the Saint's Tree. "Daniel, my good Daniel, a thousand years are nothing on earth, . . . nothing!" she repeated, lifting her head painfully; then she let it fall back and she died. Ronald, interrupted for a moment, resumed his prayer where he had left off.

Many centuries had gone by since that event, when the destiny of travelers, and perhaps also some sorrows of the heart, led me to the graveyard. It's now far from every hamlet, and it's at a distance of more than four leagues that the smoke from Portincaple's tall smokestacks is seen floating on the same bank. All the walls of the former burial ground are destroyed; in fact, only rare traces of them remain, either because the local inhabitants have used the materials in new constructions, or because the soil of the braes of Argyll, washed away by sudden thaws, have gradually covered them over. Nevertheless, the stone raised above Jeanie's grave has been respected by time, by the cataracts from heaven, and even by man. One can still read on it these words inscribed by a pious hand: "A thousand years are only a moment on earth for those who are never to part." The Saint's Tree is dead, but a few shrubs full of vigor crowned its exhausted stump with their rich leafage, and whenever a cool breeze blew through their fresh green shoots, and descended, raising their thick branches, a vivid, tender imagination could still dream there that Trilby was sighing over Jeanie's grave. A thousand years are such a short time to possess what you love, such a short time in which to mourn it! . . .

THÉOPHILE GAUTIER

La morte amoureuse

Vous me demandez, frère, si j'ai aimé; oui. C'est une histoire singulière et terrible, et, quoique j'aie soixante-six ans, j'ose à peine remuer la cendre de ce souvenir. Je ne veux rien vous refuser, mais je ne ferais pas à une âme moins éprouvée un pareil récit. Ce sont des événements si étranges, que je ne puis croire qu'ils me soient arrivés. J'ai été pendant plus de trois ans le jouet d'une illusion singulière et diabolique. Moi, pauvre prêtre de campagne, j'ai mené en rêve toutes les nuits (Dieu veuille que ce soit un rêve!) une vie de damné, une vie de mondain et de Sardanapale. Un seul regard trop plein de complaisance jeté sur une femme pensa causer la perte de mon âme; mais enfin, avec l'aide de Dieu et de mon saint patron, je suis parvenu à chasser l'esprit malin qui s'était emparé de moi. Mon existence s'était compliquée d'une existence nocturne entièrement différente. Le jour, j'étais un prêtre du Seigneur, chaste, occupé de la prière et des choses saintes; la nuit, dès que j'avais fermé les yeux, je devenais un jeune seigneur, fin connaisseur en femmes, en chiens et en chevaux, jouant aux dés, buvant et blasphémant; et lorsqu'au lever de l'aube je me réveillais, il me semblait au contraire que je m'endormais et que je rêvais que j'étais prêtre. De cette vie somnambulique il m'est resté des souvenirs d'objets et de mots dont je ne puis pas me défendre, et, quoique je ne sois jamais sorti des murs de mon presbytère, on dirait plutôt, à m'entendre, un homme ayant usé de tout et revenu du monde, qui est entré en religion et qui veut finir dans le sein de Dieu des jours trop agités, qu'un humble séminariste qui a vieilli dans une cure ignorée, au fond d'un bois et sans aucun rapport avec les choses du siècle.

Oui, j'ai aimé comme personne au monde n'a aimé, d'un amour insensé et furieux, si violent que je suis étonné qu'il n'ait pas fait éclater mon cœur. Ah! quelles nuits! quelles nuits!

THÉOPHILE GAUTIER

The Amorous Dead Woman

You ask me, Brother, whether I've ever loved; yes. It's a peculiar, terrible story, and even though I'm sixty-six, I scarcely dare stir up the ashes of that memory. I don't wish to refuse you anything, but I wouldn't narrate a story like this to a soul less experienced. The events are so strange that I can't believe they happened to me. For over three years I was the plaything of an odd, devilish illusion. I, a poor country priest, led in my dreams every night (God grant that it was a dream!) the life of a damned soul, the life of a worldling, of a Sardanapalus. A single glance too full of delight cast at a woman nearly caused the loss of my soul; but finally, with the help of God and my patron saint, I succeeded in driving away the evil spirit that had taken hold of me. My existence had become enmeshed with a nocturnal existence that was completely different. During the day, I was a priest of the Lord, chaste, engaged in prayer and holy things; at night, as soon as I closed my eyes, I became a young nobleman, a fastidious expert in women, dogs, and horses, playing dice, drinking, and blaspheming; and when I'd awake at the rise of dawn, I felt just the opposite: as if I were falling asleep and dreaming I was a priest. From that somnambulistic life I still retain the memory of objects and words against which I can't defend myself; and, even though I have never left the walls of my presbytery, anyone hearing me would more readily call me a man who, after seeing everything and losing all his illusions, took clerical orders, and now wishes to end his excessively agitated days in the bosom of God, than a humble seminarist who has grown old in a remote parish hidden in the woods and totally unconnected to secular things.

Yes, I have loved as no one in the world has loved, with a mad, furious love so violent that I'm amazed it didn't make my heart burst. Ah, what nights! What nights!

Dès ma plus tendre enfance, je m'étais senti de la vocation pour l'é-
tat de prêtre; aussi toutes mes études furent-elles dirigées dans ce
sens-là, et ma vie, jusqu'à vingt-quatre ans, ne fut-elle qu'un long
noviciat. Ma théologie achevée, je passai successivement par tous les
petits ordres, et mes supérieurs me jugèrent digne, malgré ma grande
jeunesse, de franchir le dernier et redoutable degré. Le jour de mon
ordination fut fixé à la semaine de Pâques.

Je n'étais jamais allé dans le monde; le monde, c'était pour moi l'enclos du collège et du séminaire. Je savais vaguement qu'il y avait
quelque chose que l'on appelait femme, mais je n'y arrêtais pas ma pensée; j'étais d'une innocence parfaite. Je ne voyais ma mère vieille et infirme que deux fois l'an. C'étaient là toutes mes relations avec le dehors.

Je ne regrettais rien, je n'éprouvais pas la moindre hésitation devant
cet engagement irrévocable; j'étais plein de joie et d'impatience.
Jamais jeune fiancé n'a compté les heures avec une ardeur plus
fiévreuse; je n'en dormais pas, je rêvais que je disais la messe; être
prêtre, je ne voyais rien de plus beau au monde: j'aurais refusé d'être
roi ou poète. Mon ambition ne concevait pas au-delà.

Ce que je dis là est pour vous montrer combien ce qui m'est arrivé
ne devait pas m'arriver, et de quelle fascination inexplicable j'ai été la
victime.

Le grand jour venu, je marchai à l'église d'un pas si léger, qu'il me
semblait que je fusse soutenu en l'air ou que j'eusse des ailes aux
épaules. Je me croyais un ange, et je m'étonnais de la physionomie
sombre et préoccupée de mes compagnons; car nous étions plusieurs.
J'avais passé la nuit en prières, et j'étais dans un état qui touchait
presque à l'extase. L'évêque, vieillard vénérable, me paraissait Dieu le
Père penché sur son éternité, et je voyais le ciel à travers les voûtes du
temple.

Vous savez les détails de cette cérémonie: la bénédiction, la communion sous les deux espèces, l'onction de la paume des mains avec
l'huile des catéchumènes, et enfin le saint sacrifice offert de concert
avec l'évêque. Je ne m'appesantirai pas sur cela. Oh! que Job a raison,
et que celui-là est imprudent qui ne conclut pas un pacte avec ses
yeux! Je levai par hasard ma tête, que j'avais jusque-là tenue inclinée,
et j'aperçus devant moi, si près que j'aurais pu la toucher, quoique en
réalité elle fût à une assez grande distance et de l'autre côté de la
balustrade, une jeune femme d'une beauté rare et vêtue avec une
magnificence royale. Ce fut comme si des écailles me tombaient des

Since my earliest childhood I had felt a vocation for the priesthood; thus, all my studies were directed to that goal, and my life, up to the time I was twenty-four, was nothing but one long novitiate. After finishing my theological courses, I passed through all the minor orders in succession, and my superiors judged me worthy, despite my extreme youth, of taking the last, awesome step. The day of my ordination was set for Easter week.

I had never gone into society; for me the world consisted of the quadrangle of my secondary school and my seminary. I was vaguely aware that there was something called woman, but my thoughts didn't dwell on it; I was a perfect innocent. I saw my old, sick mother only twice a year. Those were all my relations with the world outside.

I had no regrets, I felt not the slightest hesitation in making that irrevocable commitment; I was full of joy and impatience. Never did a young fiancé count the hours with more feverish ardor; it didn't let me sleep, I dreamed I was saying mass; I saw nothing finer in the world than to be a priest: I would have refused to become a king or a poet. My ambition couldn't conceive of anything further.

What I've been saying is to indicate to you how unlikely it was that what happened to me should have happened, and of what an inexplicable fascination I was the victim.

When the great day came, I walked to the church with such light steps that I felt as if I were lifted in the air or had wings on my shoulders. I thought I was an angel, and I was amazed at the somber, worried faces that my companions showed; for there were several of us. I had spent the night in prayer, and I was in a state nearly bordering on ecstasy. The bishop, a venerable old man, looked to me like God the Father stooping over his own eternity, and I saw heaven through the vaults of the church.

You know the details of that ceremony: the benediction, the communion in both kinds, the unction of one's palms with the catechumen's oil, and finally the holy sacrifice offered in tandem with the bishop. I won't linger over any of that. Oh, how right Job is, and how imprudent is the man who fails to make a covenant with his eyes![1] By chance I raised my head, which until then I had kept bowed, and I perceived in front of me, so close that I could have touched her, though she was actually at a great distance and on the other side of the balustrade, a young woman of rare beauty dressed in royal splendor. It was as if scales were falling from my eyes. I had the sensation of a

---

1. A reference to Job 31:1.

prunelles. J'éprouvai la sensation d'un aveugle qui recouvrerait subitement la vue. L'évêque, si rayonnant tout à l'heure, s'éteignit tout à coup, les cierges pâlirent sur leurs chandeliers d'or comme les étoiles au matin, et il se fit par toute l'église une complète obscurité. La charmante créature se détachait sur ce fond d'ombre comme une révélation angélique; elle semblait éclairée d'elle-même et donner le jour plutôt que le recevoir.

Je baissai la paupière, bien résolu à ne plus la relever pour me soustraire à l'influence des objets extérieurs; car la distraction m'envahissait de plus en plus, et je savais à peine ce que je faisais.

Une minute après, je rouvris les yeux, car à travers mes cils je la voyais étincelante des couleurs du prisme, et dans une pénombre pourprée comme lorsqu'on regarde le soleil.

Oh! comme elle était belle! Les plus grands peintres, lorsque, poursuivant dans le ciel la beauté idéale, ils ont rapporté sur la terre le divin portrait de la Madone, n'approchent même pas de cette fabuleuse réalité. Ni les vers du poète ni la palette du peintre n'en peuvent donner une idée. Elle était assez grande, avec une taille et un port de déesse; ses cheveux, d'un blond doux, se séparaient sur le haut de sa tête et coulaient sur ses tempes comme deux fleuves d'or; on aurait dit une reine avec son diadème; son front, d'une blancheur bleuâtre et transparente, s'étendait large et serein sur les arcs de deux cils presque bruns, singularité qui ajoutait encore à l'effet de prunelles vert de mer d'une vivacité et d'un éclat insoutenables. Quels yeux! avec un éclair ils décidaient de la destinée d'un homme; ils avaient une vie, une limpidité, une ardeur, une humidité brillante que je n'ai jamais vues à un œil humain; il s'en échappait des rayons pareils à des flèches et que je voyais distinctement aboutir à mon cœur. Je ne sais si la flamme qui les illuminait venait du ciel ou de l'enfer, mais à coup sûr elle venait de l'un ou de l'autre. Cette femme était un ange ou un démon, et peut-être tous les deux, elle ne sortait certainement pas du flanc d'Ève, la mère commune. Des dents du plus bel orient scintillaient dans son rouge sourire, et de petites fossettes se creusaient à chaque inflexion de sa bouche dans le satin rose de ses adorables joues. Pour son nez, il était d'une finesse et d'une fierté toute royale, et décelait la plus noble origine. Des luisants d'agate jouaient sur la peau unie et lustrée de ses épaules à demi découvertes, et des rangs de grosses perles blondes, d'un ton presque semblable à son cou, lui descendaient sur la poitrine. De temps en temps elle redressait sa tête avec un mouvement onduleux de couleuvre ou de paon qui se rengorge, et imprimait un léger frisson à la haute fraise brodée à jour qui l'entourait comme un treillis d'argent.

blind man suddenly regaining his sight. The bishop, so radiant a moment ago, was extinguished all at once, the tapers grew pale in their golden candlesticks like stars at morning, and a total darkness filled the entire church. The charming creature stood out against that shadowy background like an angelic revelation; she seemed self-illuminated, a source of light rather than its recipient.

I lowered my eyelids, firmly resolved not to raise them again, in order to free myself from the influence of exterior things; because I was becoming more and more distracted, and I hardly knew what I was doing.

A minute later I opened my eyes again, because through my lashes I saw her sparkling with all the colors of the prism, and in a purplish penumbra, as when one looks at the sun.

Oh, how beautiful she was! When the greatest painters, searching in heaven for ideal beauty, brought down to earth the divine portrait of the Madonna, they didn't even come close to that fabulous reality. Neither the poet's verses nor the painter's palette can give an idea of it. She was quite tall, with a goddess's figure and bearing; her hair, soft blonde, was parted on the crown of her head and flowed onto her temples like two rivers of gold; you would have thought her a queen with her diadem; her forehead, of a bluish, transparent whiteness, extended broadly and serenely over the arches of two eyebrows that were nearly brunette, a singularity that added even more to the effect made by sea-green irises of an unbearable vivacity and glow. What eyes! With one flash they could determine a man's fate; they had a life, a limpidity, an ardor, a shining moistness that I have never seen in human eyes; they emitted beams like arrows, which I distinctly saw piercing my heart. I don't know whether the flame that illuminated them came from heaven or hell, but she certainly came from one or the other. That woman was an angel or a devil, and perhaps both; she surely never arose from the womb of Eve, our common mother. Teeth of the finest luster twinkled between her smiling red lips, and little dimples were formed, at every movement of her mouth, in the pink satin of her adorable cheeks. As for her nose, it was of an altogether royal delicacy and pride, indicative of the loftiest origins. Agate sheens played over the smooth, polished skin of her half-undraped shoulders, and rows of big ivory pearls, of a shade almost like that of her neck, hung down her bosom. From time to time she raised her head with the sinuous movement of a serpent or a strutting peacock, causing a slight shudder in the high ruff, embroidered with openwork, that encircled it like a silver trellis.

Elle portait une robe de velours nacarat, et de ses larges manches doublées d'hermine sortaient des mains patriciennes d'une délicatesse infinie, aux doigts longs et potelés, et d'une si idéale transparence qu'ils laissaient passer le jour comme ceux de l'Aurore. Tous ces détails me sont encore aussi présents que s'ils dataient d'hier, et, quoique je fusse dans un trouble extrême, rien ne m'échappait: la plus légère nuance, le petit point noir au coin du menton, l'imperceptible duvet aux commissures des lèvres, le velouté du front, l'ombre tremblante des cils sur les joues, je saisissais tout avec une lucidité étonnante.

A mesure que je la regardais, je sentais s'ouvrir dans moi des portes qui jusqu'alors avaient été fermées; des soupiraux obstrués se débouchaient dans tous les sens et laissaient entrevoir des perspectives inconnues; la vie m'apparaissait sous un aspect tout autre; je venais de naître à un nouvel ordre d'idées. Une angoisse effroyable me tenaillait le cœur; chaque minute qui s'écoulait me semblait une seconde et un siècle. La cérémonie avançait cependant, et j'étais emporté bien loin du monde dont mes désirs naissants assiégeaient furieusement l'entrée. Je dis oui cependant, lorsque je voulais dire non, lorsque tout en moi se révoltait et protestait contre la violence que ma langue faisait à mon âme: une force occulte m'arrachait malgré moi les mots du gosier. C'est là peut-être ce qui fait que tant de jeunes filles marchent à l'autel avec la ferme résolution de refuser d'une manière éclatante l'époux qu'on leur impose, et que pas une seule n'exécute son projet. C'est là sans doute ce qui fait que tant de pauvres novices prennent le voile, quoique bien décidées à le déchirer en pièces au moment de prononcer leurs vœux. On n'ose causer un tel scandale devant tout le monde ni tromper l'attente de tant de personnes; toutes ces volontés, tous ces regards semblent peser sur vous comme une chape de plomb: et puis les mesures sont si bien prises, tout est si bien réglé à l'avance, d'une façon si évidemment irrévocable, que la pensée cède au poids de la chose et s'affaisse complètement.

Le regard de la belle inconnue changeait d'expression selon le progrès de la cérémonie. De tendre et caressant qu'il était d'abord, il prit un air de dédain et de mécontentement comme de ne pas avoir été compris.

Je fis un effort suffisant pour arracher une montagne, pour m'écrier que je ne voulais pas être prêtre; mais je ne pus en venir à bout; ma langue resta clouée à mon palais, et il me fut impossible de traduire ma volonté par le plus léger mouvement négatif. J'étais, tout éveillé,

She was wearing a dress of orange-red velvet, and from her wide, ermine-lined sleeves emerged patrician hands of infinite delicacy, with long, plump, dimpled fingers, hands so ideally translucent that daylight passed through them like those of Aurora.

All those details are still as present to my mind as if they dated from yesterday, and even though I was extremely perturbed, none of them escaped me: the slightest nuance, the little black dot at the corner of her chin, the imperceptible down at the corners of her lips, the velvet of her brow, the trembling shadow of her lashes on her cheeks—I took in everything with amazing lucidity.

As I continued to look at her, I felt doors opening inside me that had been closed until then; blocked spyholes were cleared on all sides, allowing me to glimpse unfamiliar perspectives; life appeared to me in a completely new aspect; I had just been born into a new order of ideas. A frightful anguish was racking my heart; each minute that went by seemed to me like a second and a century. Nevertheless, the ceremony was proceeding, and I was carried off very far from the world whose entry my nascent desires were furiously storming. All the same, I said yes when I wanted to say no, when everything in me was rebelling and protesting against the violence my tongue was doing to my soul: an occult force was tearing the words out of my throat in spite of myself. Perhaps that's the reason why so many young women go to the altar with the firm resolve to refuse with great commotion the husband being imposed on them, and why not one of them carries out her plan. No doubt that's why so many poor novice nuns take the veil even though they're quite determined to tear it to shreds at the moment of pronouncing their vows. They don't dare to create such a scandal in front of everybody or to disappoint the expectations of so many people; all those wills, all those gazes, seem to weigh you down like a sheet of lead: and, besides, the steps have been so decisively taken, everything has been so well arranged in advance, in a manner so obviously irrevocable, that one's own mind yields to the force of circumstances and caves in completely.

The gaze of the beautiful stranger changed its expression in accordance with the progress of the ceremony. Having been tender and caressing at first, it took on an air of disdain and discontent as if it hadn't been understood.

I made an effort, so great it could have moved a mountain, to call out that I didn't want to be a priest; but I was unable to manage it; my tongue remained glued to my palate, and it was impossible for me to indicate my wishes by the slightest negative gesture. Though wide

dans un état pareil à celui du cauchemar, où l'on veut crier un mot dont votre vie dépend, sans en pouvoir venir à bout.

Elle parut sensible au martyre que j'éprouvais, et, comme pour m'encourager, elle me lança une œillade pleine de divines promesses. Ses yeux étaient un poème dont chaque regard formait un chant.

Elle me disait:

«Si tu veux être à moi, je te ferai plus heureux que Dieu lui-même dans son paradis; les anges te jalouseront. Déchire ce funèbre linceul où tu vas t'envelopper; je suis la beauté, je suis la jeunesse, je suis la vie; viens à moi, nous serons l'amour. Que pourrait t'offrir Jéhovah pour compensation? Notre existence coulera comme un rêve et ne sera qu'un baiser éternel.

«Répands le vin de ce calice, et tu es libre. Je t'emmènerai vers les îles inconnues; tu dormiras sur mon sein, dans un lit d'or massif et sous un pavillon d'argent; car je t'aime et je veux te prendre à ton Dieu, devant qui tant de nobles cœurs répandent des flots d'amour qui n'arrivent pas jusqu'à lui.»

Il me semblait entendre ces paroles sur un rythme d'une douceur infinie, car son regard avait presque la sonorité, et les phrases que ses yeux m'envoyaient retentissaient au fond de mon cœur comme si une bouche invisible les eût soufflées dans mon âme. Je me sentais prêt à renoncer à Dieu, et cependant mon cœur accomplissait machinalement les formalités de la cérémonie. La belle me jeta un second coup d'œil si suppliant, si désespéré, que des lames acérées me traversèrent le cœur, que je me sentis plus de glaives dans la poitrine que la mère des douleurs.

C'en était fait, j'étais prêtre.

Jamais physionomie humaine ne peignit une angoisse aussi poignante; la jeune fille qui voit tomber son fiancé mort subitement à côté d'elle, la mère auprès du berceau vide de son enfant, Ève assise sur le seuil de la porte du paradis, l'avare qui trouve une pierre à la place de son trésor, le poète qui a laissé rouler dans le feu le manuscrit unique de son plus bel ouvrage, n'ont point un air plus atterré et plus inconsolable. Le sang abandonna complètement sa charmante figure, et elle devint d'une blancheur de marbre; ses beaux bras tombèrent le long de son corps, comme si les muscles en avaient été dénoués, et elle s'appuya contre un pilier, car ses jambes fléchissaient et se dérobaient sous elle. Pour moi, livide, le front inondé d'une sueur plus sanglante que celle du Calvaire, je me dirigeai en chancelant vers la porte de l'église; j'étouffais; les voûtes s'aplatissaient sur mes épaules, et il me semblait que ma tête soutenait seule tout le poids de la coupole.

awake, I was in a state similar to that of a nightmare, in which you want to shout a word on which your life depends, but are unable to do so.

She seemed aware of the torment I was undergoing, and, as if to encourage me, she cast a glance at me that was full of divine promises. Her eyes were a poem of which each glance comprised a canto. She was saying to me:

"If you want to be mine, I'll make you happier than God himself in his paradise; the angels will envy you. Tear up that funeral shroud in which you're about to wrap yourself; I am beauty, I am youth, I am life; come to me, we shall be love. What could Jehovah offer you as compensation? Our life will flow by like a dream, and it will be one eternal kiss.

"Spill the wine from that chalice, and you're free. I shall take you to unknown isles; you will sleep on my bosom, in a solid-gold bed beneath a silver canopy; for I love you and I want to take you away from your God, before whom so many noble hearts pour out floods of love which never reach him."

I thought I could hear those words spoken to a rhythm of infinite sweetness, because her gaze almost partook of sound, and the phrases that her eyes were sending my way reverberated at the bottom of my heart as if invisible lips had wafted them into my soul. I felt ready to renounce God, but nevertheless my heart was automatically going through all the formalities of the ceremony. The beautiful woman cast a second glance at me, so supplicating, so despairing, that steel blades pierced my heart, that I felt more swords in my breast than the Mother of Sorrows.

It was all over; I was a priest.

Never did human features reflect so sharp an anguish; the young woman who sees her fiancé suddenly drop dead at her side, the mother next to her child's empty cradle, Eve sitting on the threshold of the doorway to paradise, the miser who finds a stone where his treasure should be, the poet who has dropped into the fire the sole manuscript of his finest work, don't look more crushed or more inconsolable. The blood drained altogether from her charming face, and she turned white as marble; her beautiful arms fell to her sides as if their muscles had been unknotted, and she leaned against a pillar, because her legs were buckling under her and failing her. As for me, livid, my brow bathed in a sweat bloodier than that of Calvary, I staggered forward toward the church door; I was choking; the ceiling vaults were bearing down on my shoulders, and I felt as if my head alone was holding up the entire weight of the dome.

Comme j'allais franchir le seuil, une main s'empara brusquement de la mienne; une main de femme! Je n'en avais jamais touché. Elle était froide comme la peau d'un serpent, et l'empreinte m'en resta brûlante comme la marque d'un fer rouge. C'était elle. «Malheureux! malheureux! qu'as-tu fait?» me dit-elle à voix basse; puis elle disparut dans la foule. Le vieil évêque passa; il me regarda d'un air sévère. Je faisais la plus étrange contenance du monde; je pâlissais, je rougissais, j'avais des éblouissements. Un de mes camarades eut pitié de moi, il me prit et m'emmena; j'aurais été incapable de retrouver tout seul le chemin du séminaire. Au détour d'une rue, pendant que le jeune prêtre tournait la tête d'un autre côté, un page nègre, bizarrement vêtu, s'approcha de moi, et me remit, sans s'arrêter dans sa course, un petit portefeuille à coins d'or ciselés, en me faisant signe de le cacher; je le fis glisser dans ma manche et l'y tins jusqu'à ce que je fusse seul dans ma cellule. Je fis sauter le fermoir, il n'y avait que deux feuilles avec ces mots: «Clarimonde, au palais Concini.» J'étais alors si peu au courant des choses de la vie, que je ne connaissais pas Clarimonde, malgré sa célébrité, et que j'ignorais complètement où était situé le palais Concini. Je fis mille conjectures, plus extravagantes les unes que les autres; mais à la vérité, pourvu que je pusse la revoir, j'étais fort peu inquiet de ce qu'elle pouvait être, grande dame ou courtisane.

Cet amour né tout à l'heure s'était indestructiblement enraciné; je ne songeai même pas à essayer de l'arracher, tant je sentais que c'était là chose impossible. Cette femme s'était complètement emparée de moi, un seul regard avait suffi pour me changer; elle m'avait soufflé sa volonté; je ne vivais plus dans moi, mais dans elle et par elle. Je faisais mille extravagances, je baisais sur ma main la place qu'elle avait touchée, et je répétais son nom des heures entières. Je n'avais qu'à fermer les yeux pour la voir aussi distinctement que si elle eût été présente en réalité, et je me redisais ces mots, qu'elle m'avait dits sous le portail de l'église: «Malheureux! malheureux! qu'as-tu fait?» Je comprenais toute l'horreur de ma situation, et les côtés funèbres et terribles de l'état que je venais d'embrasser se révélaient clairement à moi. Être prêtre! c'est-à-dire chaste, ne pas aimer, ne distinguer ni le sexe ni l'âge, se détourner de toute beauté, se crever les yeux, ramper sous l'ombre glaciale d'un cloître ou d'une église, ne voir que des mourants, veiller auprès de cadavres inconnus et porter soi-même son deuil sur sa soutane noire, de sorte que l'on peut faire de votre habit un drap pour votre cercueil!

As I was about to cross the threshold, a hand suddenly seized mine—a woman's hand! I had never touched one. It was as cold as a serpent's skin, and its imprint remained to burn me like the brand of a red-hot iron. It was she. "Unhappy man! Unhappy man, what have you done?" she said in an undertone; then she disappeared into the crowd. The aged bishop passed by; he looked at me with a severe expression. My behavior was the oddest possible; I was turning pale, I was blushing, I had dizzy spells. One of my comrades had pity on me, took hold of me, and led me away; I wouldn't have been able to find the way to the seminary by myself. As we were turning a street corner, while the other young priest had his head turned in another direction, an African page, oddly dressed, approached me and, continuing to run by, handed me a little pocket notebook with chased gold corners, signaling to me to hide it; I slipped it into my sleeve and kept it there until I could be alone in my cell. I opened the clasp; there were only two sheets with these words: "Clarimonde, at the Palazzo Concini." At the time I was so uninformed about worldly matters that I didn't know the name Clarimonde, despite her fame, and had absolutely no idea where the Palazzo Concini was located. I made a thousand conjectures, each one wilder than the others; but, to tell the truth, just as long as I could see her again, I cared very little about what she might be, a great lady or a courtesan.

This love so recently born had sunk imperishable roots; I didn't even dream of trying to uproot it, so convinced was I that it couldn't be done. That woman had taken complete hold of me; a single glance had been enough to change me; she had infused her will into me; I was no longer living in myself, but in her and through her. I performed a thousand excessive actions; I would kiss the spot on my hand that she had touched, and I'd repeat her name for hours on end. All I had to do was close my eyes to see her as distinctly as if she had actually been present, and I spoke to myself over and over the words she had spoken to me at the church portal: "Unhappy man! Unhappy man, what have you done?" I understood all the horror of my situation, and the funereal and terrible aspects of the way of life I had just adopted were clearly revealed to me. To be a priest!—that is: to remain chaste, not to love, to make no distinctions either of sex or age, to turn my face from all beauty, to put out my eyes, to crawl beneath the icy shadow of a monastery or church, to see only dying people, to sit in vigil beside the corpses of strangers, and to wear mourning for myself in my black cassock, so that a drape for my own coffin could be made from my own clothing!

Et je sentais la vie monter en moi comme un lac intérieur qui s'enfle et qui déborde; mon sang battait avec force dans mes artères; ma jeunesse, si longtemps comprimée, éclatait tout d'un coup comme l'aloès qui met cent ans à fleurir et qui éclôt avec un coup de tonnerre. Comment faire pour revoir Clarimonde? Je n'avais aucun prétexte pour sortir du séminaire, ne connaissant personne dans la ville; je n'y devais même pas rester, et j'y attendais seulement que l'on me désignât la cure que je devais occuper. J'essayai de desceller les barreaux de la fenêtre; mais elle était à une hauteur effrayante, et n'ayant pas d'échelle, il n'y fallait pas penser. Et d'ailleurs je ne pouvais descendre que de nuit; et comment me serais-je conduit dans l'inextricable dédale des rues? Toutes ces difficultés, qui n'eussent rien été pour d'autres, étaient immenses pour moi, pauvre séminariste, amoureux d'hier, sans expérience, sans argent et sans habits.

Ah! si je n'eusse pas été prêtre, j'aurais pu la voir tous les jours; j'aurais été son amant, son époux, me disais-je dans mon aveuglement; au lieu d'être enveloppé dans mon triste suaire, j'aurais des habits de soie et de velours, des chaînes d'or, une épée et des plumes comme les beaux jeunes cavaliers. Mes cheveux, au lieu d'être déshonorés par une large tonsure, se joueraient autour de mon cou en boucles ondoyantes. J'aurais une belle moustache cirée, je serais un vaillant. Mais une heure passée devant un autel, quelques paroles à peine articulées, me retranchaient à tout jamais du nombre des vivants, et j'avais scellé moi-même la pierre de mon tombeau, j'avais poussé de ma main le verrou de ma prison!

Je me mis à la fenêtre. Le ciel était admirablement bleu, les arbres avaient mis leur robe de printemps; la nature faisait parade d'une joie ironique. La place était pleine de monde; les uns allaient, les autres venaient; de jeunes muguets et de jeunes beautés, couple par couple, se dirigeaient du côté du jardin et des tonnelles. Des compagnons passaient en chantant des refrains à boire; c'était un mouvement, une vie, un entrain, une gaieté qui faisaient péniblement ressortir mon deuil et ma solitude. Une jeune mère, sur le pas de la porte, jouait avec son enfant; elle baisait sa petite bouche rose, encore emperlée de gouttes de lait, et lui faisait, en l'agaçant, mille de ces divines puérilités que les mères seules savent trouver. Le père, qui se tenait debout à quelque distance, souriait doucement à ce charmant groupe, et ses bras croisés pressaient sa joie sur son cœur. Je ne pus supporter ce spectacle; je fermai la fenêtre, et je me jetai sur mon lit avec une haine et une jalousie effroyables dans le cœur, mordant mes doigts et ma couverture comme un tigre à jeun depuis trois jours.

And I felt life welling up in me like an inner lake swelling and over-flowing; my blood beat strongly in my arteries; my youth, so long re-pressed, burst forth all at once like the aloe which takes a hundred years to blossom and then opens with a thunderclap.

How could I go about seeing Clarimonde again? I had no pretext for leaving the seminary, since I knew nobody in town; I wasn't even going to remain there, and I was merely there waiting to be assigned the parish that I was to serve. I tried to loosen the bars of my window; but it was at a fearful height and, not having a ladder, I couldn't even think of attempting it. Besides, I could climb down only at night; and how would I have managed in the inextricable maze of streets? All those difficulties, which would have meant nothing to others, were enormous to me, a poor seminarist who had just fallen in love, lacking in experience, money, and clothes.

Ah! If I hadn't been a priest, I could have seen her every day; I would have been her lover, her husband, I told myself in my blind-ness; instead of being swathed in my gloomy shroud, I'd have gar-ments of silk and velvet, gold chains, a sword, and plumes like the handsome young cavaliers. My hair, instead of being dishonored by a wide tonsure, would play around my neck in billowing curls. I'd have a fine waxed mustache, I'd be a dashing fellow. But one hour spent before an altar, a few words scarcely articulated, cut me off forever from the number of the living, and I myself had sealed my tomb with a stone and had shot the bolt of my prison with my own hand!

I went to the window. The sky was admirably blue, the trees had donned their springtime garb; nature was showing off with ironical joy. The square was full of people, some going, some coming; young dandies and young beauties, in pairs, were heading for the park and the bowers. Journeymen passed by singing drinking songs; the hub-bub there, the life, the enthusiasm, the gaiety, made my mourning and solitude painfully conspicuous. A young mother, on her doorstep, was playing with her child; she was kissing its little pink mouth, which was still beaded with drops of milk, and, teasing it, she played a thousand of those divine childish tricks that only mothers can invent. The child's father, standing a little distance away, was smiling sweetly at that charming group, his folded arms pressing his joy to his heart. I couldn't stand that sight; I shut the window and threw myself onto my bed with fearful hatred and envy in my heart, biting my fingers and my blanket like a tiger that has gone hungry for three days.

Je ne sais pas combien de jours je restai ainsi; mais, en me retournant dans un mouvement de spasme furieux, j'aperçus l'abbé Sérapion qui se tenait debout au milieu de la chambre et qui me considérait attentivement. J'eus honte de moi-même, et, laissant tomber ma tête sur ma poitrine, je voilai mes yeux avec mes mains.

«Romuald, mon ami, il se passe quelque chose d'extraordinaire en vous, me dit Sérapion au bout de quelques minutes de silence; votre conduite est vraiment inexplicable! Vous, si pieux, si calme et si doux, vous vous agitez dans votre cellule comme une bête fauve. Prenez garde, mon frère, et n'écoutez pas les suggestions du diable; l'esprit malin, irrité de ce que vous vous êtes à tout jamais consacré au Seigneur, rôde autour de vous comme un loup ravissant et fait un dernier effort pour vous attirer à lui. Au lieu de vous laisser abattre, mon cher Romuald, faites-vous une cuirasse de prières, un bouclier de mortifications, et combattez vaillamment l'ennemi; vous le vaincrez. L'épreuve est nécessaire à la vertu et l'or sort plus fin de la coupelle. Ne vous effrayez ni ne vous découragez; les âmes les mieux gardées et les plus affermies ont eu de ces moments. Priez, jeûnez, méditez, et le mauvais esprit se retirera.»

Le discours de l'abbé Sérapion me fit rentrer en moi-même, et je devins un peu plus calme. «Je venais vous annoncer votre nomination à la cure de C***; le prêtre qui la possédait vient de mourir, et monseigneur l'évêque m'a chargé d'aller vous y installer; soyez prêt pour demain.» Je répondis d'un signe de tête que je le serais, et l'abbé se retira. J'ouvris mon missel, et je commençai à lire des prières; mais ces lignes se confondirent bientôt sous mes yeux; le fil des idées s'enchevêtra dans mon cerveau, et le volume me glissa des mains sans que j'y prisse garde.

Partir demain sans l'avoir revue! ajouter encore une impossibilité à toutes celles qui étaient déjà entre nous! perdre à tout jamais l'espérance de la rencontrer, à moins d'un miracle! Lui écrire? par qui ferais-je parvenir ma lettre? Avec le sacré caractère dont j'étais revêtu, à qui s'ouvrir, se fier? J'éprouvais une anxiété terrible. Puis, ce que l'abbé Sérapion m'avait dit des artifices du diable me revenait en mémoire; l'étrangeté de l'aventure, la beauté surnaturelle de Clarimonde, l'éclat phosphorique de ses yeux, l'impression brûlante de sa main, le trouble où elle m'avait jeté, le changement subit qui s'était opéré en moi, ma piété évanouie en un instant, tout cela prouvait clairement la présence du diable, et cette main satinée n'était peut-être que le gant dont il avait recouvert sa griffe. Ces idées me jetèrent

I don't know how many days I remained that way; but, turning around in an impulse of spasmodic fury, I caught sight of Father Serapion, who was standing in the middle of my room and studying me attentively. I was ashamed of myself and, dropping my head onto my chest, I covered my eyes with my hands.

"Romualdo, my friend, something unusual is going on inside you," Serapion said after a few minutes of silence; "your behavior is truly inexplicable! You, so pious, calm, and gentle, are thrashing about in your cell like a wild animal. Take care, my brother, and do not heed the devil's promptings; the evil spirit, irritated by your having consecrated yourself to the Lord forever, is prowling around you like a ravishing wolf and making a last effort to allure you to him. Instead of letting yourself be destroyed, my dear Romualdo, make for yourself a breastplate of prayers, a buckler of mortifications, and fight the enemy valiantly; you will vanquish him. Trials are necessary to virtue, and gold emerges more refined from the assaying cup. Do not become frightened or discouraged; the best guarded and steadiest souls have had moments like this. Pray, fast, meditate, and the evil spirit will withdraw."

Father Serapion's speech brought me back to myself, and I became a little calmer. "I was coming to announce to you your nomination to the parish of C——; the priest who served it has just died, and His Grace the bishop has assigned me to help you move in; be ready by tomorrow." I replied with a nod that I would be, and the priest withdrew. I opened my missal and started to read prayers, but the lines of type soon became confused to my eyes; the thread of thought became entangled inside my brain, and the book slipped out of my hands without my noticing.

To leave tomorrow without having seen her again! To add one more impossibility to all those already existing between us! To lose all future hope of meeting her, barring a miracle! Should I write to her? To whom could I entrust my letter? With the sacred status I had donned, to whom could I open my heart, in whom could I confide? I was undergoing terrible anxiety. Besides, everything Father Serapion had said to me about the devil's wiles came back to my memory; the oddness of the adventure, Clarimonde's supernatural beauty, the phosphoric glow of her eyes, the burning imprint of her hand, the turmoil she had cast me into, the sudden change that had taken place in me, the instantaneous disappearance of my piety—it all proved clearly the presence of the devil, and that satiny hand was perhaps merely the glove with which he had covered his claws. Those notions caused me

dans une grande frayeur, je ramassai le missel qui de mes genoux était roulé à terre, et je me remis en prières.

Le lendemain, Sérapion me vint prendre; deux mules nous attendaient à la porte, chargées de nos maigres valises; il monta l'une et moi l'autre tant que bien que mal. Tout en parcourant les rues de la ville, je regardais à toutes les fenêtres et à tous les balcons si je ne verrais pas Clarimonde; mais il était trop matin, et la ville n'avait pas encore ouvert les yeux. Mon regard tâchait de plonger derrière les stores et à travers les rideaux de tous les palais devant lesquels nous passions. Sérapion attribuait sans doute cette curiosité à l'admiration que me causait la beauté de l'architecture, car il ralentissait le pas de sa monture pour me donner le temps de voir. Enfin nous arrivâmes à la porte de la ville et nous commençâmes à gravir la colline. Quand je fus tout en haut, je me retournai pour regarder une fois encore les lieux où vivait Clarimonde. L'ombre d'un nuage couvrait entièrement la ville; ses toits bleus et rouges étaient confondus dans une demi-teinte générale, où surnageaient çà et là, comme de blancs flocons d'écume, les fumées du matin. Par un singulier effet d'optique, se dessinait, blond et doré sous un rayon unique de lumière, un édifice qui surpassait en hauteur les constructions voisines, complètement noyées dans la vapeur; quoiqu'il fût à plus d'une lieue, il paraissait tout proche. On en distinguait les moindres détails, les tourelles, les plates-formes, les croisées, et jusqu'aux girouettes en queue d'aronde.

«Quel est donc ce palais que je vois tout là-bas éclairé d'un rayon du soleil?» demandai-je à Sérapion. Il mit sa main au-dessus de ses yeux, et, ayant regardé, il me répondit: «C'est l'ancien palais que le prince Concini a donné à la courtisane Clarimonde; il s'y passe d'épouvantables choses.»

En ce moment, je ne sais encore si c'est une réalité ou une illusion, je crus voir y glisser sur la terrasse une forme svelte et blanche qui étincela une seconde et s'éteignit. C'était Clarimonde!

Oh! savait-elle qu'à cette heure, du haut de cet âpre chemin qui m'éloignait d'elle, et que je ne devais plus redescendre, ardent et inquiet, je couvais de l'œil le palais qu'elle habitait, et qu'un jeu dérisoire de lumière semblait rapprocher de moi, comme pour m'inviter à y entrer en maître? Sans doute, elle le savait, car son âme était trop sympathiquement liée à la mienne pour n'en point ressentir les moindres ébranlements, et c'était ce sentiment qui l'avait poussée, encore enveloppée de ses voiles de nuit, à monter sur le haut de la terrasse, dans la glaciale rosée du matin.

L'ombre gagna le palais, et ce ne fut plus qu'un océan immobile de

a terrific fright; I picked up the missal that had fallen from my lap to the floor, and I resumed my prayers.

The next day, Serapion came to pick me up; two mules were awaiting us at the door, laden with our scanty satchels; he mounted one and I the other as best I could. While we were still passing through the streets of the town, I looked up at every window and balcony, hoping to see Clarimonde; but it was too early in the morning, and the town had not yet opened its eyes. My gaze attempted to pierce beyond the blinds and through the curtains of every mansion we passed by. No doubt Serapion attributed that curiosity to my admiration for the beauty of the architecture, because he would slacken his mule's pace to give me enough time to look. We finally reached the town gate and began to ascend the hill. When I was at the very top, I turned around to take one more look at the town where Clarimonde lived. The shadow of a cloud was covering the whole town; its blue and red roofs were blended into an allover neutral tint, above which morning vapors floated here and there, like white flakes of foam. Through an odd optical effect, I saw traced, light yellow and gold in a single sunbeam, a building greater in height than its neighboring constructions, which were completely drowned in the mist; even though it was over a league away, it seemed quite close. You could make out its slightest details, the turrets, the flat roof areas, the casements, and even the dovetailed weather vanes.

"And what is that palace I see far yonder illuminated by a sunbeam?" I asked Serapion. He shaded his eyes with his hand and, after looking, he replied: "It's the old palace that Prince Concini gave to the courtesan Clarimonde; horrible things go on there."

At that moment (I don't know to this day whether it really happened or I imagined it), I seemed to see a slender white form gliding onto its terrace, sparkling for a second, and becoming extinguished again. It was Clarimonde!

Oh! Did she know that at that hour, far up on that rough road which was separating me from her, and which I was never to go back down again, I was staring fixedly in my restless ardor at the palace in which she lived, and which an insignificant effect of light seemed to be bringing near me, as if to invite me to enter it as its master? No doubt she knew, for her soul was too sympathetically linked to mine not to feel its slightest agitations; and it was that feeling which had impelled her, still draped in her nightclothes, to ascend high up on the terrace in the chill morning dew.

The shadow engulfed the palace, which was now merely a motion-

toits et de combles où l'on ne distinguait rien qu'une ondulation montueuse. Sérapion toucha sa mule, dont la mienne prit aussitôt l'allure, et un coude du chemin me déroba pour toujours la ville de S . . . , car je n'y devais pas revenir. Au bout de trois journées de route par des campagnes assez tristes, nous vîmes poindre à travers les arbres le coq du clocher de l'église que je devais desservir; et, après avoir suivi quelques rues tortueuses bordées de chaumières et de courtils, nous nous trouvâmes devant la façade qui n'était pas d'une grande magnificence. Un porche orné de quelques nervures et de deux ou trois piliers de grès grossièrement taillés, un toit en tuiles et des contreforts du même grès que les piliers, c'était tout: à gauche le cimetière tout plein de hautes herbes, avec une grande croix de fer au milieu; à droite et dans l'ombre de l'église, le presbytère. C'était une maison d'une simplicité extrême et d'une propreté aride. Nous entrâmes; quelques poules picotaient sur la terre de rares grains d'avoine; accoutumées apparemment à l'habit noir des ecclésiastiques, elles ne s'effarouchèrent point de notre présence et se dérangèrent à peine pour nous laisser passer. Un aboi éraillé et enroué se fit entendre, et nous vîmes accourir un vieux chien.

C'était le chien de mon prédécesseur. Il avait l'œil terne, le poil gris et tous les symptômes de la plus haute vieillesse où puisse atteindre un chien. Je le flattai doucement de la main, et il se mit aussitôt à marcher à côté de moi avec un air de satisfaction inexprimable. Une femme assez âgée, et qui avait été la gouvernante de l'ancien curé, vint aussi à notre rencontre, et, après m'avoir fait entrer dans une salle basse, me demanda si mon intention était de la garder. Je lui répondis que je la garderais, elle et le chien, et aussi les poules, et tout le mobilier que son maître lui avait laissé à sa mort, ce qui la fit entrer dans un transport de joie, l'abbé Sérapion lui ayant donné sur-le-champ le prix qu'elle en voulait.

Mon installation faite, l'abbé Sérapion retourna au séminaire. Je demeurai donc seul et sans autre appui que moi-même. La pensée de Clarimonde recommença à m'obséder, et, quelques efforts que je fisse pour la chasser, je n'y parvenais pas toujours. Un soir, en me promenant dans les allées bordées de buis de mon petit jardin, il me sembla voir à travers la charmille une forme de femme qui suivait tous mes mouvements, et entre les feuilles étinceler les deux prunelles vert de mer; mais ce n'était qu'une illusion, et, ayant passé de l'autre côté de l'allée, je n'y trouvai rien qu'une trace de pied sur le sable, si petit

less sea of roofs and gables in which one could discern only a hilly undulation. Serapion incited his mule, whose pace mine adopted immediately, and a bend in the road robbed me forever of the town of S——, for I was never to return to it. After three days of riding through very dismal countryside, we saw appearing through the trees the weathercock on the steeple of the church I was to serve; and, after passing through a few winding streets lined with cottages and their gardens, we found ourselves in front of the facade, which wasn't particularly splendid. A portico adorned with a few moldings and two or three roughly dressed sandstone pillars, a tile roof, and buttresses of the same sandstone as the pillars, that was all: to the left, the graveyard filled with tall grass, with a large iron cross in the center; to the right, in the shadow of the church, the presbytery. This was a house of extreme simplicity and arid cleanliness. We went in; some hens were pecking at a very few grains of oats on the floor; apparently accustomed to clergymen's black clothing, they were not at all alarmed at our presence and scarcely troubled themselves to let us go by. A raucous, hoarse bark was heard, and we saw an old dog come up to us.

It was my predecessor's dog. It had lusterless eyes, gray fur, and every indication of the greatest age a dog can reach. I patted it gently, and at once it started to walk beside me with an air of inexpressible contentment. A quite elderly woman, who had been the housekeeper of the former priest, also came to meet us, and, after showing me into a low-ceilinged room,[2] she asked me if I intended to keep her on. I said that I would, her and the dog, and the hens as well, and all the furniture her master had left her when he died; this made her rapturous with joy, Father Serapion having immediately given her the price she wanted for them.

Once I was settled in, Father Serapion returned to the seminary. And so I remained alone, with no other support than myself. Thoughts of Clarimonde began to obsess me again, and, despite all my efforts to drive them away, I didn't always succeed. One evening, while strolling through the boxtree-bordered walks in my little garden, I thought I saw through the hedge the shape of a woman who was watching all my movements, her two sea-green irises sparkling amid the leaves; but it was only an illusion, and, after moving to the other side of the walk, I found nothing there but a footprint on the sand, so small you would have thought it a child's. The garden was

2. Or, possibly: "a downstairs room."

qu'on eût dit un pied d'enfant. Le jardin était entouré de murailles très hautes; j'en visitai tous les coins et recoins, il n'y avait personne. Je n'ai jamais pu m'expliquer cette circonstance qui, du reste, n'était rien à côté des étranges choses qui me devaient arriver. Je vivais ainsi depuis un an, remplissant avec exactitude tous les devoirs de mon état, priant, jeûnant, exhortant et secourant les malades, faisant l'aumône jusqu'à me retrancher les nécessités les plus indispensables. Mais je sentais au-dedans de moi une aridité extrême, et les sources de la grâce m'étaient fermées. Je ne jouissais pas de ce bonheur que donne l'accomplissement d'une sainte mission; mon idée était ailleurs, et les paroles de Clarimonde me revenaient souvent sur les lèvres comme une espèce de refrain involontaire. O frère, méditez bien ceci! Pour avoir levé une seule fois le regard sur une femme, pour une faute en apparence si légère, j'ai éprouvé pendant plusieurs années les plus misérables agitations: ma vie a été troublée à tout jamais.

Je ne vous retiendrai pas plus longtemps sur ces défaites et sur ces victoires intérieures toujours suivies de rechutes plus profondes, et je passerai sur-le-champ à une circonstance décisive. Une nuit l'on sonna violemment à ma porte. La vieille gouvernante alla ouvrir, et un homme au tient cuivré et richement vêtu, mais selon une mode étrangère, avec un long poignard, se dessina sous les rayons de la lanterne de Barbara. Son premier mouvement fut la frayeur; mais l'homme la rassura, et lui dit qu'il avait besoin de me voir sur-le-champ pour quelque chose qui concernait mon ministère. Barbara le fit monter. J'allais me mettre au lit. L'homme me dit que sa maîtresse, une très grande dame, était à l'article de la mort et désirait un prêtre. Je répondis que j'étais prêt à le suivre; je pris avec moi ce qu'il fallait pour l'extrême-onction et je descendis en toute hâte. A la porte piaffaient d'impatience deux chevaux noirs comme la nuit, et soufflant sur leur poitrail deux longs flots de fumée. Il me tint l'étrier et m'aida à monter sur l'un, puis il sauta sur l'autre en appuyant seulement un main sur le pommeau de la selle. Il serra les genoux et lâcha les guides à son cheval qui partit comme la flèche. Le mien, dont il tenait la bride, prit aussi le galop et se maintint dans une égalité parfaite. Nous dévorions le chemin; la terre filait sous nous grise et rayée, et les silhouettes noires des arbres s'enfuyaient comme une armée en déroute. Nous traversâmes une forêt d'un sombre si opaque et si glacial, que je me sentis courir sur la peau un frisson de superstitieuse terreur. Les aigrettes d'étincelles que les fers de nos chevaux arrachaient aux cailloux laissaient sur notre passage comme une traînée de feu, et si quelqu'un, à cette heure de nuit, nous eût vus, mon conducteur et

surrounded by very high walls; I inspected every nook and cranny of it: no one was there. I've never been able to explain that event to myself, and anyway it was nothing to the strange things that were still to befall me. I had been living that way for a year, faithfully carrying out only the duties of my calling, praying, fasting, encouraging and succoring the ill, and giving alms to the point of depriving myself of the most indispensable necessities. But I felt an extreme aridity inside me, and the fountains of grace were sealed off to me. I wasn't enjoying the kind of happiness that comes from the fulfillment of a holy mission; my thoughts were elsewhere, and Clarimonde's words frequently returned to my lips like a sort of involuntary refrain. O Brother, ponder this well! Because I raised my eyes just once to look at a woman—for a fault apparently so slight—I experienced the most wretched turmoil for several years, and my life has been troubled forever.

I won't detain you any longer with these defeats and these inner victories, always followed by greater relapses, and I will proceed at once to a decisive event. One night, there was a violent ringing at my door. The old housekeeper went to open it, and a man with a bronzed complexion, clad richly but in a foreign style, with a long dagger, was outlined in the beams from Barbara's lantern. Her first reaction was fright; but the man calmed her down, and told her he had to see me at once for something concerning my priestly functions. Barbara showed him up. I was about to go to bed. The man told me that the lady he served, a noblewoman, was on the verge of death and was asking for a priest. I replied that I was ready to accompany him; I took along whatever was needed for extreme unction and I went downstairs rapidly. At the door two horses black as night were pawing with impatience and exhaling two long currents of steam onto their breast. He held my stirrup and helped me mount one of them, then he leapt onto the other, merely resting one hand on the pommel of the saddle. He clapped his knees to his mount, giving it free rein, and it departed like an arrow. Mine, whose bridle he held, also started to gallop, keeping up perfectly. We devoured the road; the ground was whizzing under us, gray and streaked, and the black silhouettes of the trees fled like an army retreating in disarray. We crossed a forest in darkness so dense and glacial that I felt a shudder of superstitious terror running down my skin. The plumes of sparks that our horses' shoes were striking from the pebbles left a sort of fiery wake behind us, and if someone had seen us, my guide and me, at that hour of the night, he would have taken us for two ghosts

moi, il nous eût pris pour deux spectres à cheval sur le cauchemar. Des feux follets traversaient de temps en temps le chemin, et les choucas piaulaient piteusement dans l'épaisseur du bois, où brillaient de loin en loin les yeux phosphoriques de quelques chats sauvages. La crinière des chevaux s'échevelait de plus en plus, la sueur ruisselait sur leurs flancs, et leur haleine sortait bruyante et pressée de leurs narines. Mais, quand il les voyait faiblir, l'écuyer pour les ranimer poussait un cri guttural qui n'avait rien d'humain, et la course recommençait avec furie. Enfin le tourbillon s'arrêta; une masse noire piquée de quelques points brillants se dressa subitement devant nous; les pas de nos montures sonnèrent plus bruyants sur un plancher ferré, et nous entrâmes sous une voûte qui ouvrait sa gueule sombre entre deux énormes tours. Une grande agitation régnait dans le château; des domestiques avec des torches à la main traversaient les cours en tous sens, et des lumières montaient et descendaient de palier en palier. J'entrevis confusément d'immenses architectures, des colonnes, des arcades, des perrons et des rampes, un luxe de construction tout à fait royal et féerique. Un page nègre, le même qui m'avait donné les tablettes de Clarimonde et que je reconnus à l'instant, me vint aider à descendre, et un majordome, vêtu de velours noir avec une chaîne d'or au col et une canne d'ivoire à la main, s'avança au-devant de moi. De grosses larmes débordaient de ses yeux et coulaient le long de ses joues sur sa barbe blanche. «Trop tard! fit-il en hochant la tête, trop tard! seigneur prêtre; mais, si vous n'avez pu sauver l'âme, venez veiller le pauvre corps.» Il me prit par le bras et me conduisit à la salle funèbre; je pleurais aussi fort que lui, car j'avais compris que la morte n'était autre que cette Clarimonde tant et si follement aimée. Un prie-Dieu était disposé à côté du lit; une flamme bleuâtre voltigeant sur une patère de bronze jetait par toute la chambre un jour faible et douteux, et çà et là faisait papilloter dans l'ombre quelque arête saillante de meuble ou de corniche. Sur la table, dans une urne ciselée, trempait une rose blanche fanée dont les feuilles, à l'exception d'une seule qui tenait encore, étaient toutes tombées au pied du vase comme des larmes odorantes; un masque noir brisé, un éventail, des déguisements de toute espèce, traînaient sur les fauteuils et faisaient voir que la mort était arrivée dans cette somptueuse demeure à l'improviste et sans se faire annoncer. Je m'agenouillai sans oser jeter les yeux sur le lit, et je me mis à réciter les psaumes avec une grande ferveur, remerciant Dieu qu'il eût mis la tombe entre l'idée de cette femme et moi, pour que je pusse ajouter à mes prières son nom désormais sanctifié. Mais peu à peu cet élan se ralentit, et je

riding the nightmare. From time to time some will-o'-the-wisps crossed the road, and the jackdaws were cheeping pitifully in the depths of the woods, in which the glowing eyes of some wildcats shone every so often. The horses' manes became more and more disheveled, sweat was trickling down their sides, and their breath came out of their nostrils noisily and with difficulty. But whenever he saw them slacken, to enliven them the groom would utter a guttural cry that had nothing human in it, and the gallop would resume with fury. Finally the whirlwind halted; a black mass dotted with a few bright spots suddenly loomed before us; the hooves of our mounts resounded more noisily on an ironclad flooring, and we went in under a vault that opened its dark maw between two enormous towers. A great hubbub prevailed in the château; servants with torches in their hands were crossing the courtyards in every direction, and lights were ascending and descending from landing to landing. I had a confused glimpse of immense constructions, columns, arcades, flights of outside steps, and ramps, an architectural luxury altogether royal and magical. An African page, the same one who had given me Clarimonde's note (I recognized him immediately), came to help me dismount, and a butler, dressed in black velvet with a golden chain around his neck and an ivory baton in his hand, came up to me. Large tears were flowing from his eyes and running down his cheeks onto his white beard. "Too late!" he said, shaking his head. "Too late, Father! But even if you haven't been able to save her soul, come and sit by her poor body." He took me by the arm and led me to the funeral chamber; I was weeping as hard as he was, because I had realized that the dead woman was no other than that Clarimonde I had loved so much and so madly. A prie-dieu had been placed beside the bed; a bluish flame dancing in a bronze basin cast a weak, uncertain light throughout the room, and here and there made some projecting edge of a piece of furniture or a cornice flicker in the darkness. On the table, in a water-filled engraved vase, was a faded white rose whose petals, except for one still attached, had all fallen to the foot of the vase like fragrant tears; a torn black mask, a fan, disguises of all sorts, were scattered over the armchairs, indicating that death had arrived in that sumptuous dwelling unexpectedly and unannounced. I knelt down, not daring to cast a glance at the bed, and I started to recite the psalms with great fervor, thanking God for having placed the grave between me and the thoughts of that woman, so that I could add to my prayers her thenceforth sanctified name. But gradually that zeal abated, and I dropped into reverie. That room was totally

tombai en rêverie. Cette chambre n'avait rien d'une chambre de mort. Au lieu de l'air fétide et cadavéreux que j'étais accoutumé à respirer en ces veilles funèbres, une langoureuse fumée d'essences orientales, je ne sais quelle amoureuse odeur de femme nageait doucement dans l'air attiédi. Cette pâle lueur avait plutôt l'air d'un demi-jour ménagé pour la volupté que de la veilleuse au reflet jaune qui tremblote près des cadavres. Je songeais au singulier hasard qui m'avait fait retrouver Clarimonde au moment où je la perdais pour toujours, et un soupir de regret s'échappa de ma poitrine. Il me sembla qu'on avait soupiré aussi derrière moi, et je me retournai involontairement. C'était l'écho. Dans ce mouvement, mes yeux tombèrent sur le lit de parade qu'ils avaient jusqu'alors évité. Les rideaux de damas rouge à grandes fleurs, relevés par des torsades d'or, laissaient voir la morte couchée tout de son long et les mains jointes sur la poitrine. Elle était couverte d'un voile de lin d'une blancheur éblouissante, que le pourpre sombre de la tenture faisait encore mieux ressortir, et d'une telle finesse qu'il ne dérobait en rien la forme charmante de son corps et permettait de suivre ces belles lignes onduleuses comme le cou d'un cygne que la mort même n'avait pu roidir. On eût dit une statue d'albâtre faite par quelque sculpteur habile pour mettre sur un tombeau de reine, ou encore une jeune fille endormie sur qui il aurait neigé.

Je ne pouvais plus y tenir; cet air d'alcôve m'enivrait, cette fébrile senteur de rose à demi-fanée me montait au cerveau, et je marchais à grands pas dans la chambre, m'arrêtant à chaque tour devant l'estrade pour considérer la gracieuse trépassée sous la transparence de son linceul. D'étranges pensées me traversaient l'esprit; je me figurais qu'elle n'était point morte réellement, et que ce n'était qu'une feinte qu'elle avait employée pour m'attirer dans son château et me conter son amour. Un instant même je crus avoir vu bouger son pied dans la blancheur des voiles, et se déranger les plis droits du suaire.

Et puis je me disais: «Est-ce bien Clarimonde? quelle preuve en ai-je? Ce page noir ne peut-il être passé au service d'une autre femme? Je suis bien fou de me désoler et de m'agiter ainsi.» Mais mon cœur me répondit avec un battement: «C'est bien elle, c'est bien elle.» Je me rapprochai du lit, et je regardai avec un redoublement d'attention l'objet de mon incertitude. Vous l'avouerai-je? cette perfection de formes, quoique purifiée et sanctifiée par l'ombre de la mort, me troublait plus voluptueusement qu'il n'aurait fallu, et ce repos ressemblait tant à un sommeil que l'on s'y serait trompé. J'oubliais que j'étais venu là pour un office funèbre, et je m'imaginais que j'étais un jeune époux

unlike a death chamber. Instead of the fetid, cadaverous air I was accustomed to breathe during such funeral vigils, a languorous vapor of Oriental perfumes, some sort of erotic female scent, was floating softly in the warm air. That pale glimmer resembled the half-light arranged for sensual pleasures rather than the night lamp with yellow reflections that flickers beside corpses. I was thinking of the unusual chance that had made me find Clarimonde again just when I was losing her forever, and a sigh of regret escaped from my bosom. I had the impression of someone else having sighed behind me, and I turned around involuntarily. It was an echo. As I made that movement, my eyes fell on the bed where she lay in state, which they had avoided until then. The red damask curtains patterned with large flowers, pulled back by twisted gold strands, allowed me to see the dead woman lying at full length, her hands folded on her bosom. She was covered by a linen cloth of dazzling whiteness, which the dark purple of the hangings made even more conspicuous, and of such thinness that it concealed none of the charming shape of her body, but allowed me to follow those beautiful lines, sinuous as a swan's neck, which death itself had been unable to stiffen. You would have thought her an alabaster statue wrought by some skillful sculptor to be placed on a queen's tomb, or else a sleeping young woman covered with snow.

I couldn't keep still any more; that bedroom air was intoxicating me, that feverish fragrance of half-withered rose was going to my head, and I was taking long strides through the room, stopping in front of the dais at each turning to observe the graceful dead woman under her transparent shroud. Strange thoughts were crossing my mind; I imagined that she wasn't really dead, but that this was only a pretence she had used to lure me to her château and tell me of her love. For one instant I even thought I had seen her foot move inside the whiteness of the cloth, disturbing the straight folds of the shroud.

And then I asked myself: "Is it really Clarimonde? What proof do I have? Can't that African slave have entered another woman's service? I'm really crazy to be this desolated and perturbed." But with a beat my heart answered me: "It's truly she, it's truly she." I approached the bed again and gazed with redoubled attention at the object of my doubts. Shall I confess it to you? That perfection of shape, though purified and sanctified by the shadow of death, was troubling me erotically more than it should have, and her repose was so much like sleep that anyone would have been fooled. I was forgetting that I had come there for a funeral service, and I imagined I was a young bridegroom

entrant dans la chambre de la fiancée qui cache sa figure par pudeur et qui ne se veut point laisser voir. Navré de douleur, éperdu de joie, frissonnant de crainte et de plaisir, je me penchai vers elle et je pris le coin du drap; je le soulevai lentement en retenant mon souffle de peur de l'éveiller. Mes artères palpitaient avec une telle force, que je les sentais siffler dans mes tempes, et mon front ruisselait de sueur comme si j'eusse remué une dalle de marbre. C'était en effet la Clarimonde telle que je l'avais vue à l'église lors de mon ordination; elle était aussi charmante, et la mort chez elle semblait une coquetterie de plus. La pâleur de ses joues, le rose moins vif de ses lèvres, ses longs cils baissés et découpant leur frange brune sur cette blancheur, lui donnaient une expression de chasteté mélancolique et de souffrance pensive d'une puissance de séduction inexprimable; ses longs cheveux dénoués, où se trouvaient encore mêlées quelques petites fleurs bleues, faisaient un oreiller à sa tête et protégeaient de leurs boucles la nudité de ses épaules: ses belles mains, plus pures, plus diaphanes que des hosties, étaient croisées dans une attitude de pieux repos et de tacite prière, qui corrigeait ce qu'auraient pu avoir de trop séduisant, même dans la mort, l'exquise rondeur et le poli d'ivoire de ses bras nus dont on n'avait pas ôté les bracelets de perles. Je restai longtemps absorbé dans une muette contemplation, et, plus je la regardais, moins je pouvais croire que la vie avait pour toujours abandonné ce beau corps. Je ne sais si cela était une illusion ou un reflet de la lampe, mais on eût dit que le sang recommençait à circuler sous cette mate pâleur; cependant elle était toujours de la plus parfaite immobilité. Je touchai légèrement son bras; il était froid, mais pas plus froid pourtant que sa main le jour qu'elle avait effleuré la mienne sous le portail de l'église. Je repris ma position, penchant ma figure sur la sienne et laissant pleuvoir sur ses joues la tiède rosée de mes larmes. Ah! quel sentiment amer de désespoir et d'impuissance! quelle agonie que cette veille! j'aurais voulu pouvoir ramasser ma vie en un monceau pour la lui donner et souffler sur sa dépouille glacée la flamme qui me dévorait. La nuit s'avançait, et, sentant approcher le moment de la séparation éternelle, je ne pus me refuser cette triste et suprême douceur de déposer un baiser sur les lèvres mortes de celle qui avait eu tout mon amour. O prodige! un léger souffle se mêla à mon souffle, et la bouche de Clarimonde répondit à la pression de la mienne: ses yeux s'ouvrirent et reprirent un peu d'éclat, elle fit un soupir, et, décroisant ses bras, elle les passa derrière mon cou avec un air de ravissement ineffable. «Ah! c'est toi, Romuald, dit-elle d'une voix languissante et douce comme les dernières vibrations d'une harpe; que fais-tu donc? Je t'ai

entering his bride's bedchamber while she hid her face out of modesty and didn't want to let herself be seen. Crushed by grief, distracted with joy, trembling with fear and pleasure, I stooped over her and grasped one corner of the cloth; I raised it slowly, holding my breath for fear of awakening her. My arteries were throbbing so hard that I felt them hissing in my temples, and my forehead was soaked in sweat as if I had shifted a marble slab. She was indeed Clarimonde, just as I had seen her in the church at the time of my ordination; she was just as charming, and, in her, death seemed like one more coquetry. The pallor of her cheeks, the less vivid pink of her lips, her long lashes lowered and outlining their brown fringe against that whiteness, gave her an expression of melancholy chastity and pensive suffering that had an inexpressible power of seduction; her long, unbound hair, in which a few small blue flowers were still scattered, formed a pillow for her head and protected with its curls the nakedness of her shoulders; her beautiful hands, more pure, more diaphanous, than consecrated wafers, were folded in an attitude of pious repose and silent prayer which compensated for any excessively seductive element lurking, even in death, in the exquisite roundness and ivory sheen of her bare arms, from which the pearl armlets hadn't been removed. For a long time I stood there absorbed in mute contemplation, and the more I looked at her, the harder it was to believe that life had forever deserted that beautiful body. I don't know whether it was an illusion or a reflection from the lamp, but it looked as if the blood was beginning to circulate again beneath that matte pallor; and yet she remained totally motionless. I touched her arm lightly; it was cold, but still not colder than her hand on the day when she had brushed mine in the church portal. I resumed my stance, leaning my face over hers and letting the warm dew of my tears rain down upon her cheeks. Ah, what a bitter feeling of despair and powerlessness! What an agony that vigil was! I would have liked to be able to heap up my life in one pile to give it to her, and to breathe upon her cold remains the flame that was devouring me. The night was progressing and, feeling that the moment of eternal separation was drawing near, I couldn't deny myself the sad, supreme sweetness of placing a kiss on the dead lips of the woman who had possessed all my love. O miracle! A light breath mingled with my breath, and Clarimonde's lips responded to the pressure of mine; her eyes opened and regained a little glow, she heaved a sigh, and, unfolding her arms, she threw them around my neck with an expression of ineffable rapture. "Ah, it's you, Romualdo!" she said in a voice as languishing and sweet as the last vibrations of a harp.

attendu si longtemps, que je suis morte; mais maintenant nous sommes fiancés, je pourrai te voir et aller chez toi. Adieu, Romuald, adieu! je t'aime; c'est tout ce que je voulais te dire, et je te rends la vie que tu as rappelée sur moi une minute avec ton baiser; à bientôt.» Sa tête retomba en arrière, mais elle m'entourait toujours de ses bras comme pour me retenir. Un tourbillon de vent furieux défonça la fenêtre et entra dans la chambre; la dernière feuille de la rose blanche palpita quelque temps comme une aile au bout de la tige, puis elle se détacha et s'envola par la croisée ouverte, emportant avec elle l'âme de Clarimonde. La lampe s'éteignit et je tombai évanoui sur le sein de la belle morte.

Quand je revins à moi, j'étais couché sur mon lit, dans ma petite chambre de presbytère, et le vieux chien de l'ancien curé léchait ma main allongée hors de la couverture. Barbara s'agitait dans la chambre avec un tremblement sénile, ouvrant et fermant des tiroirs, ou remuant des poudres dans des verres. En me voyant ouvrir les yeux, la vieille poussa un cri de joie, le chien jappa et frétilla de la queue; mais j'étais si faible, que je ne pus prononcer une seule parole ni faire aucun mouvement. J'ai su depuis que j'étais resté trois jours ainsi, ne donnant d'autre signe d'existence qu'une respiration presque insensible. Ces trois jours ne comptent pas dans ma vie, et je ne sais où mon esprit était allé pendant tout ce temps; je n'en ai gardé aucun souvenir. Barbara m'a conté que le même homme au teint cuivré, qui m'était venu chercher pendant la nuit, m'avait ramené le matin dans une litière fermée et s'en était retourné aussitôt. Dès que je pus rappeler mes idées, je repassai en moi-même toutes les circonstances de cette nuit fatale. D'abord je pensai que j'avais été le jouet d'une illusion magique; mais des circonstances réelles et palpables détruisirent bientôt cette supposition. Je ne pouvais croire que j'avais rêvé, puisque Barbara avait vu comme moi l'homme aux deux chevaux noirs et qu'elle en décrivait l'ajustement et la tournure avec exactitude. Cependant personne ne connaissait dans les environs un château auquel s'appliquât la description du château où j'avais retrouvé Clarimonde.

Un matin je vis entrer l'abbe Sérapion. Barbara lui avait mandé que j'étais malade, et il était accouru en toute hâte. Quoique cet empressement démontrât de l'affection et de l'intérêt pour ma personne, sa visite ne me fit pas le plaisir qu'elle m'aurait dû faire. L'abbé Sérapion avait dans le regard quelque chose de pénétrant et d'inquisiteur qui me gênait. Je me sentais embarrassé et coupable devant lui. Le premier il avait découvert mon trouble intérieur, et je lui en voulais de sa clairvoyance.

"Whatever are you doing? I waited for you so long that I died; but now we are betrothed, and I'll be able to see you and visit you. Farewell, Romualdo, farewell! I love you. That's all I wanted to tell you, and I restore to you the life which you summoned back to me for one minute with your kiss; I'll see you soon."

Her hand fell back again, but she still had her arms around me as if to hold me fast. An eddy of furious wind broke open the window and entered the room; the last petal on the white rose palpitated briefly like a wing at the tip of its stalk, then broke off and flew away through the open casement, bearing with it Clarimonde's soul. The lamp went out and I fell in a faint on the bosom of the beautiful dead woman.

When I came to, I was lying on my own bed in my little room in the presbytery, and the former priest's old dog was licking my hand, which was stretched out outside of the blanket. Barbara was bustling around the room with her old woman's trembles, opening and shutting drawers, or stirring powders in glasses. Seeing me open my eyes, the old woman uttered a cry of joy, and the dog yelped and wagged its tail; but I was so weak that I couldn't speak one word or make any movement. Afterward I learned that I had remained like that for three days, giving no other sign of existence than a nearly imperceptible respiration. Those three days don't count in my life, and I don't know where my spirit had gone during all that time; I've retained no memory of it. Barbara told me that the same man with the bronzed complexion who had come to get me that night had brought me back in the morning in a closed litter and had left again immediately. As soon as I could gather my thoughts, I mentally reviewed all the events of that fatal night. At first I thought I had been the plaything of a magic illusion; but real, palpable circumstances soon shattered that hypothesis. I was unable to believe I had been dreaming, since Barbara, as well as I, had seen that man with the two black horses and could describe his attire and appearance precisely. Nevertheless, no one was familiar with a château in the vicinity answering to the description of the château in which I had found Clarimonde again.

One morning I saw Father Serapion come in. Barbara had sent him word that I was ill, and he had hastened to my aid. Although that zeal bespoke affection for me and personal interest, his visit didn't give me the pleasure it should have. In Father Serapion's gaze there was a penetrating, inquisitorial quality that irritated me. I felt embarrassed and guilty in his presence. He was the first to have detected my inner turmoil, and I was angry with him for his clearsightedness.

Tout en me demandant des nouvelles de ma santé d'un ton hypo-critement mielleux, il fixait sur moi ses deux jaunes prunelles de lion et plongeait comme une sonde ses regards dans mon âme. Puis il me fit quelques questions sur la manière dont je dirigeais ma cure, si je m'y plaisais, à quoi je passais le temps que mon ministère me laissait libre, si j'avais fait quelques connaissances parmi les habitants du lieu, quelles étaient mes lectures favorites, et mille autres détails sem-blables. Je répondais à tout cela le plus brièvement possible, et lui-même, sans attendre que j'eusse achevé, passait à autre chose. Cette conversation n'avait évidemment aucun rapport avec ce qu'il voulait dire. Puis, sans préparation aucune, et comme une nouvelle dont il se souvenait a l'instant et qu'il eût craint d'oublier ensuite, il me dit d'une voix claire et vibrante qui résonna à mon oreille comme les trompettes du jugement dernier:

«La grande courtisane Clarimonde est morte dernièrement, à la suite d'une orgie qui a duré huit jours et huit nuits. Ç'a été quelque chose d'infernalement splendide. On a renouvelé là les abominations des festins de Balthazar et de Cléopâtre. Dans quel siècle vivons-nous, bon Dieu! Les convives étaient servis par des esclaves basanés parlant un langage inconnu et qui m'ont tout l'air de vrais démons; la livrée du moindre d'entre eux eût pu servir de gala à un empereur. Il a couru de tout temps sur cette Clarimonde de bien étranges his-toires, et tous ses amants ont fini d'une manière misérable ou violente. On a dit que c'était une goule, un vampire femelle; mais je crois que c'était Belzébuth en personne.»

Il se tut et m'observa plus attentivement que jamais, pour voir l'ef-fet que ses paroles avaient produit sur moi. Je n'avais pu me défendre d'un mouvement en entendant nommer Clarimonde, et cette nouvelle de sa mort, outre la douleur qu'elle me causait par son étrange coïnci-dence avec la scène nocturne dont j'avais été témoin, me jeta dans un trouble et un effroi qui parurent sur ma figure, quoi que je fisse pour m'en rendre maître. Sérapion me jeta un coup d'œil inquiet et sévère; puis il me dit: «Mon fils, je dois vous en avertir, vous avez le pied levé sur un abîme, prenez garde d'y tomber. Satan a la griffe longue, et les tombeaux ne sont pas toujours fidèles. La pierre de Clarimonde de-vrait être scellée d'un triple sceau; car ce n'est pas, à ce qu'on dit, la première fois qu'elle est morte. Que Dieu veille sur vous, Romuald!»

Après avoir dit ces mots, Sérapion regagna la porte à pas lents, et je ne le revis plus; car il partit pour S*** presque aussitôt.

J'étais entièrement rétabli et j'avais repris mes fonctions habituelles. Le souvenir de Clarimonde et les paroles du vieil abbé étaient toujours

While asking me about the state of my health in a hypocritically honeyed tone, he was fixing on me his two tawny irises, like a lion's, and sinking his gaze into my soul like a probe. Then he asked me a few questions about the way I was conducting my ministry, whether I liked it there, how I spent the time left over from my duties, whether I had made any acquaintances among the local inhabitants, what was my favorite reading matter, and a thousand other similar details. I replied to all of that as succinctly as possible, and he himself, not waiting for me to finish, moved on to other topics. Obviously that conversation had nothing to do with his real purpose. Then, without any preparation, as if it were a piece of news he had just recalled and was afraid of forgetting again, he told me in clear, vibrant tones that echoed in my ears like the trumpets of the Last Judgment:

"The great courtesan Clarimonde died recently after an orgy that had lasted eight days and eight nights. It was something infernally splendid. In it they renewed the abominations of the feasts of Belshazzar and Cleopatra. In what kind of era are we living, good God? The guests were served by swarthy slaves speaking an unknown language and who seem to me to have been real devils; the livery of the lowest among them could have served as gala attire for an emperor. There have always been strange rumors abroad concerning that Clarimonde, and all her lovers have died in a miserable or violent way. It's been said she was a ghoul, a female vampire; but I think she was Beelzebub in person."

He fell silent, observing me more closely than ever to see what effect his words had produced in me. I had been unable to suppress a start when I heard Clarimonde's name, and that news of her death, besides the pain it caused me by its strange coincidence with the nocturnal scene I had witnessed, cast me into a turmoil and fright visible on my face, however hard I tried to master them. Serapion gave me a nervous, severe glance, then said: "My son, I must warn you: you're standing with one foot over an abyss; take care not to fall in. Satan has long claws, and tombs aren't always guarantees. Clarimonde's stone ought to be sealed with a triple seal, because, from what I hear, this isn't the first time she has died. May God watch over you, Romualdo!"

After speaking those words, Serapion walked slowly to the door, and I didn't see him again, because he left for S—— almost immediately.

My health was completely restored and I had resumed my normal duties. The memory of Clarimonde and the words of the old

présents à mon esprit; cependant aucun événement extraordinaire n'était venu confirmer les prévisions funèbres de Sérapion, et je commençais à croire que ses craintes et mes terreurs étaient trop exagérées; mais une nuit je fis un rêve. J'avais à peine bu les premières gorgées du sommeil, que j'entendis ouvrir les rideaux de mon lit et glisser les anneaux sur les tringles avec un bruit éclatant; je me soulevai brusquement sur le coude, et je vis une ombre de femme qui se tenait debout devant moi. Je reconnus sur-le-champ Clarimonde. Elle portait à la main une petite lampe de la forme de celles qu'on met dans les tombeaux, dont la lueur donnait à ses doigts effilés une transparence rose qui se prolongeait par une dégradation insensible jusque dans la blancheur opaque et laiteuse de son bras nu. Elle avait pour tout vêtement le suaire de lin qui la recouvrait sur son lit de parade, dont elle retenait les plis sur sa poitrine, comme honteuse d'être si peu vêtue, mais sa petite main n'y suffisait pas; elle était si blanche, que la couleur de la draperie se confondait avec celle des chairs sous le pâle rayon de la lampe. Enveloppée de ce fin tissu qui trahissait tous les contours de son corps, elle ressemblait à une statue de marbre de baigneuse antique plutôt qu'à une femme douée de vie. Morte ou vivante, statue ou femme, ombre ou corps, sa beauté était toujours la même; seulement l'éclat vert de ses prunelles était un peu amorti, et sa bouche, si vermeille autrefois, n'était plus teintée que d'un rose faible et tendre presque semblable à celui de ses joues. Les petites fleurs bleues que j'avais remarquées dans ses cheveux étaient tout à fait sèches et avaient presque perdu toutes leurs feuilles; ce qui ne l'empêchait pas d'être charmante, si charmante que, malgré la singularité de l'aventure et la façon inexplicable dont elle était entrée dans la chambre, je n'eus pas un instant de frayeur.

Elle posa la lampe sur la table et s'assit sur le pied de mon lit, puis elle me dit en se penchant vers moi avec cette voix argentine et veloutée à la fois que je n'ai connue qu'à elle:

«Je me suis bien fait attendre, mon cher Romuald, et tu as dû croire que je t'avais oublié. Mais je viens de bien loin, et d'un endroit d'où personne n'est encore revenu: il n'y a ni lune ni soleil au pays d'où j'arrive; ce n'est que de l'espace et de l'ombre; ni chemin, ni sentier; point de terre pour le pied, point d'air pour l'aile; et pourtant me voici, car l'amour est plus fort que la mort, et il finira par la vaincre. Ah! que de faces mornes et de choses terribles j'ai vues dans mon voyage! Que de peine mon âme, rentrée dans ce monde par la puis-

priest were still present in my mind; nevertheless, no extraordinary event had confirmed Serapion's dire predictions, and I was beginning to think that his fears and my terrors had been overly exaggerated; but one night I had a dream. I had scarcely sipped the first drafts of slumber when I heard my bed curtains part and their rings sliding down the rods noisily; I abruptly raised myself upon my elbow, and I saw a woman's shadow standing in front of me. I recognized Clarimonde at once. In her hand she carried a little lamp shaped like those placed in tombs; its glimmer gave her long fingers a pink translucence which extended by imperceptible degrees to the opaque, milky whiteness of her bare arm. Her only garment was the linen shroud that had covered her while she lay in state; she was holding up its folds on her bosom, as if ashamed of being so scantily clad, but her small hand wasn't big enough to do it; it was so white that the color of the drapery blended with that of the skin in the lamp's pale ray. Swathed in that thin fabric which revealed every outline of her body, she resembled an ancient marble statue of a bather rather than a woman endowed with life. Dead or living, statue or woman, shadow or body, her beauty was still the same; only, the green glow of her irises was a little duller, and her lips, formerly so crimson, were now merely tinged with a weak, tender pink almost like that of her cheeks. The little blue flowers I had noticed in her hair were now completely dry and had lost nearly all their petals; but none of this prevented her from being bewitching, so bewitching that, despite the oddness of the adventure and the inexplicable way she had entered the room, I wasn't frightened for a moment.

She set down the lamp on the table and took a seat at the foot of my bed; then, leaning toward me, she said in that voice, silvery and velvety at the same time, which I have heard only from her:

"I've made you wait a long, long time, my dear Romualdo, and you must have thought I had forgotten you. But I'm coming from very far, from a place no one has ever yet returned from: the country from which I am arriving has no moon or sun; it is nothing but space and shadow; there is no road, no path; no ground underfoot, no air for wings; and yet, here I am, for love is stronger than death,[3] and will finally vanquish it. Ah, all the gloomy faces and terrible things I saw on my journey! How much trouble my soul, returning to this world by the

---

3. A reference to Song of Solomon 8:6—the same phrase Maupassant later used as a book title, as observed in footnote 14 of the Introduction.

sance de la volonté, a eue pour retrouver son corps et s'y réinstaller! Que d'efforts il m'a fallu faire avant de lever la dalle dont on m'avait couverte! Tiens! le dedans de mes pauvres mains en est tout meurtri. Baise-les pour les guérir, cher amour!» Elle m'appliqua l'une après l'autre les paumes froides de ses mains sur la bouche; je les baisai en effet plusieurs fois, et elle me regardait faire avec un sourire d'ineffable complaisance.

Je l'avoue à ma honte, j'avais totalement oublié les avis de l'abbé Sérapion et le caractère dont j'étais revêtu. J'étais tombé sans résistance et au premier assaut. Je n'avais pas même essayé de repousser le tentateur; la fraîcheur de la peau de Clarimonde pénétrait la mienne, et je me sentais courir sur le corps de voluptueux frissons. La pauvre enfant! malgré tout ce que j'en ai vu, j'ai peine à croire encore que ce fût un démon; du moins elle n'en avait pas l'air, et jamais Satan n'a mieux caché ses griffes et ses cornes. Elle avait reployé ses talons sous elle et se tenait accroupie sur le bord de la couchette dans une position pleine de coquetterie nonchalante. De temps en temps elle passait sa petite main à travers mes cheveux et les roulait en boucles comme pour essayer à mon visage de nouvelles coiffures. Je me laissais faire avec la plus coupable complaisance, et elle accompagnait tout cela du plus charmant babil. Une chose remarquable, c'est que je n'éprouvais aucun étonnement d'une aventure aussi extraordinaire, et, avec cette facilité que l'on a dans la vision d'admettre comme fort simples les événements les plus bizarres, je ne voyais rien là que de parfaitement naturel.

«Je t'aimais bien longtemps avant de t'avoir vu, mon cher Romuald, et je te cherchais partout. Tu étais mon rêve, et je t'ai aperçu dans l'église au fatal moment; j'ai dit tout de suite: «C'est lui!» Je te jetai un regard où je mis tout l'amour que j'avais eu, que j'avais et que je devais avoir pour toi; un regard à damner un cardinal, à faire agenouiller un roi à mes pieds devant toute sa cour. Tu restas impassible et tu me préféras ton Dieu.

«Ah! que je suis jalouse de Dieu, que tu as aimé et que tu aimes encore plus que moi!

«Malheureuse, malheureuse que je suis! je n'aurai jamais ton cœur à moi toute seule, moi que tu as ressuscitée d'un baiser, Clarimonde la morte, qui force à cause de toi les portes du tombeau et qui vient te consacrer une vie qu'elle n'a reprise que pour te rendre heureux!»

Toutes ces paroles étaient entrecoupées de caresses délirantes qui étourdirent mes sens et ma raison au point que je ne craignis point pour la consoler de proférer un effroyable blasphème, et de lui dire que je l'aimais autant que Dieu.

power of my will, had in relocating its body and reentering it! How many efforts it cost me before raising the slab I had been covered with! Look! The palms of my poor hands are all bruised from it. Kiss them to make them well, my dear love!" One after the other, she placed the cold palms of her hands on my lips; indeed, I kissed them several times, while she watched me with a smile of ineffable satisfaction.

I confess it to my shame, I had totally forgotten Father Serapion's warnings and my priestly calling. I had fallen without resistance at the first assault. I hadn't even tried to repel the temptress; the coolness of Clarimonde's skin was penetrating mine, and I felt amorous shivers run up and down my body. The poor child! Despite all I've seen of her, I still find it hard to believe she was a devil; at any rate, she didn't look like one, and Satan has never hidden his claws and horns more successfully. She had drawn in her heels beneath her and was squatting on the edge of my cot in an attitude full of nonchalant coquetry. From time to time she ran her little hand through my hair, rolling it into curls as if to try out new hairstyles to go with my face. I let this all happen with the most guilty obligingness, and she accompanied all of it with the most charming chatter. One remarkable thing was that I felt no amazement at so extraordinary an adventure; with that facility one has in dreams of accepting the most bizarre events as being quite simple, I found nothing in it that wasn't perfectly natural.

"I loved you long before I saw you, my dear Romualdo, and I used to seek for you everywhere. You were my dream, and I caught sight of you in the church at that fatal moment; I said at once: 'It's he!' I cast a glance at you into which I put all the love I had felt, was feeling, and was still to feel for you; a glance that would damn a cardinal, or make a king kneel at my feet with his entire court in attendance. You remained impassive and preferred your God to me.

"Oh, how jealous I am of God, whom you loved and still love more than me!

"Unhappy woman, unhappy woman that I am! I shall never have your heart to myself alone, I whom you brought back to life with a kiss, the dead Clarimonde, who on your account breaks open the gates of the tomb and comes to devote to you a life which she has resumed merely to make you happy!"

All those words were interlarded with delirious caresses that numbed my senses and my reason until, to console her, I didn't fear to utter a horrifying blasphemy, telling her that I loved her as much as I loved God.

Ses prunelles se ravivèrent et brillèrent comme des chrysoprases. «Vrai! bien vrai! autant que Dieu! dit-elle en m'enlaçant dans ses beaux bras. Puisque c'est ainsi, tu viendras avec moi, tu me suivras où je voudrai. Tu laisseras tes vilains habits noirs. Tu seras le plus fier et le plus envié des cavaliers, tu seras mon amant. Être l'amant avoué de Clarimonde, qui a refusé un pape, c'est beau, cela! Ah! la bonne vie bien heureuse, la belle existence dorée que nous mènerons! Quand partons-nous, mon gentilhomme?

— Demain! demain! m'écriai-je dans mon délire.

— Demain, soit! reprit-elle. J'aurai le temps de changer de toilette, car celle-ci est un peu succincte et ne vaut rien pour le voyage. Il faut aussi que j'aille avertir mes gens qui me croient sérieusement morte et qui se désolent tant qu'ils peuvent. L'argent, les habits, les voitures, tout sera prêt; je te viendrai prendre à cette heure-ci. Adieu, cher cœur.» Et elle effleura mon front du bout de ses lèvres. La lampe s'éteignit, les rideaux se refermèrent, et je ne vis plus rien; un sommeil de plomb, un sommeil sans rêve s'appesantit sur moi et me tint engourdi jusqu'au lendemain matin. Je me réveillai plus tard que de coutume, et le souvenir de cette singulière vision m'agita toute la journée; je finis par me persuader que c'était une pure vapeur de mon imagination échauffée. Cependant les sensations avaient été si vives, qu'il était difficile de croire qu'elles n'étaient pas réelles, et ce ne fut pas sans quelque appréhension de ce qui allait arriver que je me mis au lit, après avoir prié Dieu d'éloigner de moi les mauvaises pensées et de protéger la chasteté de mon sommeil.

Je m'endormis bientôt profondément, et mon rêve se continua. Les rideaux s'écartèrent, et je vis Clarimonde, non pas, comme la première fois, pâle dans son pâle suaire et les violettes de la mort sur les joues, mais gaie, leste et pimpante, avec un superbe habit de voyage en velours vert orné de ganses d'or et retroussé sur le côté pour laisser voir une jupe de satin. Ses cheveux blonds s'échappaient en grosses boucles de dessous un large chapeau de feutre noir chargé de plumes blanches capricieusement contournées; elle tenait à la main une petite cravache terminée par un sifflet d'or. Elle m'en toucha légèrement et me dit: «Eh bien! beau dormeur, est-ce ainsi que vous faites vos préparatifs? Je comptais vous trouver debout. Levez-vous bien vite, nous n'avons pas de temps à perdre.» Je sautai à bas du lit.

«Allons, habillez-vous et partons, dit-elle en me montrant du doigt un petit paquet qu'elle avait apporté; les chevaux s'ennuient et rongent leur frein à la porte. Nous devrions déjà être à dix lieues d'ici.»

Je m'habillai et hâte, et elle me tendait elle-même les pièces du

Her irises became animated and shone like chrysoprase. "True! Very true! As much as God!" she said, embracing me with her beautiful arms. "Since that's the case, you will come with me, you will follow me wherever I say. You will leave off your ugly black clothes. You will be the proudest and most envied of cavaliers, you will be my lover. To be the acknowledged lover of Clarimonde, who has rejected a pope—that's something wonderful! Ah, the good life, the very happy life, the lovely gilded existence we shall lead! When do we leave, my nobleman?"

"Tomorrow! Tomorrow!" I exclaimed in my delirium.

"Tomorrow, all right!" she replied. "I'll have time to change my outfit, because this one is a little scanty, and totally unsuitable for traveling. I must also go and notify my people, who think I'm genuinely dead and are lamenting me as much as they can. Money, clothes, carriages, everything will be ready; I'll come for you at this same time. Farewell, dear heart!" And she brushed my forehead with the tip of her lips. The lamp went out, the curtains closed, and I saw nothing further; a leaden sleep, a dreamless sleep, fell heavily upon me and kept me senseless till the next morning. I awoke later than usual, and the memory of that odd vision disturbed me all day long; I finally persuaded myself that it had been purely an emanation of my overheated imagination. And yet, the sensations had been so vivid that it was hard to believe they weren't real, and it was not without some apprehension of what was to come that I went to bed, after praying God to drive evil thoughts far from me and to protect the chastity of my slumbers.

I soon fell fast asleep, and my dream continued. The curtains parted, and I saw Clarimonde, not as the other time, pale in her pale shroud with the violets of death on her cheeks, but merry, blithe, and decked out in a splendid traveling costume of green velvet adorned with gold braid and gathered up at the side to reveal a satin underskirt. Her blonde hair was escaping in large curls from a wide black-felt hat laden with capriciously shaped white plumes; in her hand she held a small riding crop that ended in a gold whistle. She tapped me with it lightly and said: "Say there, my handsome dreamer, is this how you make your preparations? I expected to find you up. Get up good and fast, we have no time to lose." I jumped out of bed.

"Come on, get dressed and let's leave," she said, pointing to a little package she had brought. "The horses are impatient and champing their bits at the door. We should have been ten leagues from here by this time."

I dressed rapidly, while she herself handed me the individual

vêtement, en riant aux éclats de ma gaucherie, et en m'indiquant leur usage quand je me trompais. Elle donna du tour à mes cheveux, et, quand ce fut fait, elle me tendit un petit miroir de poche en cristal de Venise, bordé d'un filigrane d'argent, et me dit: «Comment te trouves-tu? veux-tu me prendre à ton service comme valet de chambre?» Je n'étais plus le même, et je ne me reconnus pas. Je ne me ressemblais pas plus qu'une statue achevée ne ressemble à un bloc de pierre. Mon ancienne figure avait l'air de n'être que l'ébauche grossière de celle que réfléchissait le miroir. J'étais beau, et ma vanité fut sensiblement chatouillée de cette métamorphose. Ces élégants habits, cette riche veste brodée, faisaient de moi un tout autre personnage, et j'admirais la puissance de quelques aunes d'étoffe taillées d'une certaine manière. L'esprit de mon costume me pénétrait la peau, et au bout de dix minutes j'étais passablement fat.

Je fis quelques tours par la chambre pour me donner de l'aisance. Clarimonde me regardait d'un air de complaisance maternelle et paraissait très contente de son œuvre. «Voilà bien assez d'enfantillage; en route, mon cher Romuald! nous allons loin et nous n'arriverons pas.» Elle me prit la main et m'entraîna. Toutes les portes s'ouvraient devant elle aussitôt qu'elle les touchait, et nous passâmes devant le chien sans l'éveiller.

A la porte, nous trouvâmes Margheritone; c'était l'écuyer qui m'avait déjà conduit; il tenait en bride trois chevaux noirs comme les premiers, un pour moi, un pour lui, un pour Clarimonde. Il fallait que ces chevaux fussent des genets d'Espagne, nés de juments fécondées par le zéphyr; car ils allaient aussi vite que le vent, et la lune, qui s'était levée à notre départ pour nous éclairer, roulait dans le ciel comme une roue détachée de son char; nous la voyions à notre droite sauter d'arbre en arbre et s'essouffler pour courir après nous. Nous arrivâmes bientôt dans une plaine où, auprès d'un bosquet d'arbres, nous attendait une voiture attelée de quatre vigoureuses bêtes; nous y montâmes, et les postillons leur firent prendre un galop insensé. J'avais un bras passé derrière la taille de Clarimonde et une de ses mains ployée dans la mienne; elle appuyait sa tête à mon épaule, et je sentais sa gorge demi-nue frôler mon bras. Jamais je n'avais éprouvé un bonheur aussi vif. J'avais oublié tout en ce moment-là, et je ne me souvenais pas plus d'avoir été prêtre que de ce que j'avais fait dans le sein de ma mère, tant était grande la fascination que l'esprit malin exerçait sur moi. A dater de cette nuit, ma nature s'est en quelque sorte dédoublée, et il y eut en moi deux hommes dont l'un ne connaissait pas l'autre. Tantôt je me croyais un prêtre qui rêvait chaque soir qu'il était gentilhomme,

garments, laughing loudly at my clumsiness and showing me how to wear them whenever I made a mistake. She arranged my hair and, after that, she handed me a little pocket mirror of Venetian glass, rimmed with silver filigree, and said: "How do you like the way you look? Do you want to hire me as your valet?"

I was no longer the same, I didn't recognize myself. I was as unlike myself as a finished statue is unlike a block of stone. My former face seemed to have been only the rough sketch of the one that the mirror reflected. I was handsome, and my vanity was appreciably tickled by that transformation. Those elegant clothes, that rich embroidered waistcoat, made a totally different person of me, and I admired the power of a few yards of material cut in a special way. The spirit of my costume got under my skin, and ten minutes later I was good and conceited.

I walked around the room a few times to give myself an easy air. Clarimonde watched me with an expression of maternal satisfaction and seemed very contented with her creation. "Enough childishness now! let's set out, my dear Romualdo! We have far to go and we'll never get there." She took my hand and tugged me. Every door opened to her the moment she touched it, and we walked past the dog without awakening it.

At the door we found Margheritone; he was the groom who had guided me that night; he was curbing three horses, black like those others, one for me, one for him, one for Clarimonde. Those horses must have been Spanish jennets born of mares impregnated by the zephyr, because they went as fast as the wind; and the moon, which had risen at our departure to illuminate us, was rolling in the sky like a wheel detached from its chariot; we saw it on our right leaping from tree to tree and losing its breath as it ran after us. We soon reached a plain where, near a grove of trees, we were awaited by a carriage to which four vigorous horses were harnessed; we got in, and the postilions lashed them into a mad gallop. I had one arm around Clarimonde's waist and one of her hands folded in mine; she was resting her head on my shoulder, and I felt her seminude breast brushing my arm. I had never experienced so keen a happiness. At that moment I had forgotten everything, and I had no more recollection of having been a priest than of what I had done in my mother's womb, so great was the spell the evil spirit was casting over me. Beginning with that night, my nature somehow split in two, and I contained two men neither of whom knew the other. Now, I thought I was a priest who dreamt nightly that he was a nobleman; now, a

tantôt un gentilhomme qui rêvait qu'il était prêtre. Je ne pouvais plus distinguer le songe de la veille, et je ne savais pas où commençait la réalité et où finissait l'illusion. Le jeune seigneur fat et libertin se raillait du prêtre, le prêtre détestait les dissolutions du jeune seigneur. Deux spirales enchevêtrées l'une dans l'autre et confondues sans se toucher jamais représentent très bien cette vie bicéphale qui fut la mienne. Malgré l'étrangeté de cette position, je ne crois pas avoir un seul instant touché à la folie. J'ai toujours conservé très nettes les perceptions de mes deux existences. Seulement, il y avait un fait absurde que je ne pouvais m'expliquer: c'est que le sentiment du même moi existât dans deux hommes si différents. C'était une anomalie dont je ne me rendais pas compte, soit que je crusse être le curé du petit village de ***, ou *il signor Romualdo,* amant en titre de la Clarimonde.

Toujours est-il que j'étais ou du moins que je croyais être à Venise; je n'ai pu encore bien démêler ce qu'il y avait d'illusion et de réalité dans cette bizarre aventure. Nous habitions un grand palais de marbre sur le Canaleio, plein de fresques et de statues, avec deux Titiens du meilleur temps dans la chambre à coucher de la Clarimonde, un palais digne d'un roi. Nous avions chacun notre gondole et nos barcarolles à notre livrée, notre chambre de musique et notre poète. Clarimonde entendait la vie d'une grande manière, et elle avait un peu de Cléopâtre dans sa nature. Quant à moi, je menais un train de fils de prince, et je faisais une poussière comme si j'eusse été de la famille de l'un des douze apôtres ou des quatre évangélistes de la sérénissime république; je ne me serais pas détourné de mon chemin pour laisser passer le doge, et je ne crois pas que, depuis Satan qui tomba du ciel, personne ait été plus orgueilleux et plus insolent que moi. J'allais au Ridotto, et je jouais un jeu d'enfer. Je voyais la meilleure société du monde, des fils de famille ruinés, des femmes de théâtre, des escrocs, des parasites et des spadassins. Cependant, malgré la dissipation de cette vie, je restai fidèle à la Clarimonde. Je l'aimais éperdument. Elle eût réveillé la satiété même et fixé l'inconstance. Avoir Clarimonde, c'était avoir vingt maîtresses, c'était avoir toutes les femmes, tant elle était mobile, changeante et dissemblable d'elle-même; un vrai caméléon! Elle vous faisait commettre avec elle l'infidélité que vous eussiez commise avec d'autres, en prenant complètement le caractère, l'allure et le genre de beauté de la femme qui paraissait vous plaire. Elle me rendait mon amour au centuple, et c'est en vain que les jeunes patriciens et même les vieux du conseil des Dix lui firent les plus magnifiques propositions. Un Foscari alla même jusqu'à lui proposer de l'épouser; elle refusa tout. Elle avait assez d'or;

nobleman who dreamt he was a priest. I could no longer distinguish dream from wakefulness, and I didn't know where reality began or illusion ended. The young lord, vain and libertine, mocked the priest; the priest detested the dissolute ways of the young lord. Two interlocking spirals, close to each other but never touching, are a very good image of that two-headed life I led. Despite the strangeness of that condition, I don't think I was ever actually insane for a moment. I always perceived the events in my two existences quite lucidly. Only, there was one absurd fact which I couldn't explain to myself: that the feeling of the same self should exist in two men who were so different. It was an anomaly I couldn't account for, whether I thought I was the parish priest of the little village of ——, or "Signor Romualdo," Clarimonde's official lover.

Anyway, the fact is that I was, or at least believed I was, in Venice; I still haven't been able to untangle fully the illusion and reality in that bizarre adventure. We lived in a big marble palazzo on the Grand Canal, filled with frescoes and statues, with two Titians of his best period in Clarimonde's bedroom, a palace fit for a king. Each of us had his own gondola and barcarole singers with our livery, his own music room and poet. Clarimonde envisioned life on a grand scale; she had a little bit of Cleopatra in her nature. As for me, my life style was that of a prince's son, and I showed off as if I were related to one of the twelve apostles or four evangelists of the Most Serene Republic; I wouldn't have turned aside from my path to let the doge go by, and I don't believe that anyone since Satan, who fell from the sky, has ever been more prideful and insolent than I. I'd go to the Ridotto and gamble wildly. I mingled with the best society in the world: ruined scions of good families, actresses, confidence men, parasites, and cutthroats. And yet, despite the dissipation of that life, I remained faithful to Clarimonde. I loved her to distraction. She could have rekindled satiety itself and have pinned down inconstancy. To possess Clarimonde was to possess twenty mistresses, it was to possess all women, she was so fickle, changeable, and unlike herself: a real chameleon! She made you commit with her the infidelity you would have committed with others, by totally assuming the character, deportment, and style of beauty of the woman who seemed to please you. She requited my love a hundredfold, and it was in vain that the young patricians, and even the old men on the Council of Ten, made the most splendid proposals to her. A Foscari even went so far as to ask her hand in marriage; she turned down everybody. She had enough gold; all she wanted now was love, a

elle ne voulait plus que de l'amour, un amour jeune, pur, éveillé par elle, et qui devait être le premier et le dernier. J'aurais été parfaitement heureux sans un maudit cauchemar qui revenait toutes les nuits, et où je me croyais un curé de village se macérant et faisant pénitence de mes excès du jour. Rassuré par l'habitude d'être avec elle, je ne songeais presque plus à la façon étrange dont j'avais fait connaissance avec Clarimonde. Cependant, ce qu'en avait dit l'abbé Sérapion me revenait quelquefois en mémoire et ne laissait pas que de me donner de l'inquiétude.

Depuis quelque temps la santé de Clarimonde n'était pas aussi bonne; son teint s'amortissait de jour en jour. Les médecins qu'on fit venir n'entendaient rien à sa maladie, et ils ne savaient qu'y faire. Ils prescrivirent quelques remèdes insignifiants et ne revinrent plus. Cependant elle pâlissait à vue d'œil et devenait de plus en plus froide. Elle était presque aussi blanche et aussi morte que la fameuse nuit dans le château inconnu. Je me désolais de la voir ainsi lentement dépérir. Elle, touchée de ma douleur, me souriait doucement et tristement avec le sourire fatal des gens qui savent qu'ils vont mourir.

Un matin, j'étais assis auprès de son lit, et je déjeunais sur une petite table pour ne la pas quitter d'une minute. En coupant un fruit, je me fis par hasard au doigt une entaille assez profonde. Le sang partit aussitôt en filets pourpres, et quelques gouttes rejaillirent sur Clarimonde. Ses yeux s'éclairèrent, sa physionomie prit une expression de joie féroce et sauvage que je ne lui avais jamais vue. Elle sauta à bas du lit avec une agilité animale, une agilité de singe ou de chat, et se précipita sur ma blessure qu'elle se mit à sucer avec un air d'indicible volupté. Elle avalait le sang par petites gorgées, lentement et précieusement, comme un gourmet qui savoure un vin de Xérès ou de Syracuse; elle clignait les yeux à demi, et la pupille de ses prunelles vertes était devenue oblongue au lieu de ronde. De temps à autre elle s'interrompait pour me baiser la main, puis elle recommençait à presser de ses lèvres les lèvres de la plaie pour en faire sortir encore quelques gouttes rouges. Quand elle vit que le sang ne venait plus, elle se releva l'œil humide et brillant, plus rose qu'une aurore de mai, la figure pleine, la main tiède et moite, enfin plus belle que jamais et dans un état parfait de santé.

«Je ne mourrai pas! je ne mourrai pas! dit-elle à moitié folle de joie et en se pendant à mon cou; je pourrai t'aimer encore longtemps. Ma vie est dans la tienne, et tout ce qui est moi vient de toi. Quelques gouttes de ton riche et noble sang, plus précieux et plus efficace que tous les élixirs du monde, m'ont rendu l'existence.»

young, pure love that she herself had awakened, one that would be the first and the last. I would have been perfectly happy except for a damned nightmare that returned every night, in which I thought I was a village priest mortifying his flesh and doing penance for my daytime excesses. Reassured by the habit of being with her, I almost never thought any more of the odd way in which I had met Clarimonde. And yet, what Father Serapion had said about her sometimes surfaced in my memory and never failed to make me uneasy.

For some time, Clarimonde's health hadn't been all that good; her complexion was getting duller every day. The doctors who were called in had no idea what her ailment was, and didn't know how to treat it. They prescribed a few insignificant remedies and never returned. Yet she was growing visibly paler, and becoming colder and colder. She was almost as white and dead as on that notorious night in the unknown château. I was desolated to see her like that, slowly wasting away. She, touched by my grief, would smile at me gently and sadly, with that fatal smile of people who know they're going to die.

One morning, I was sitting beside her bed, breakfasting at a little table so as not to leave her for a minute. While slicing a fruit, I accidentally cut a finger rather deeply. The blood flowed at once in thin crimson streams, and a few drops spurted onto Clarimonde. Her eyes lit up, and her features took on an expression of ferocious, savage joy that I had never seen in her. She leaped out of bed with the agility of an animal, like that of a monkey or a cat, and pounced on my wound, which she began to suck with an air of inexpressible pleasure. She swallowed the blood in little gulps, slowly and with refinement, like an epicure savoring a sherry or a wine from Syracuse; she half-closed her eyes, and the pupils of her green irises had become oblong instead of round. Every so often, she'd stop what she was doing to kiss my hand, then she'd resume squeezing with her lips the lips of the wound to extract some more red drops. When she saw that the blood was no longer flowing, she got up with moist, shining eyes, looking pinker than a May dawn, her face full, her hands warm and damp: in short, more beautiful than ever and in a perfect state of health.

"I won't die! I won't die!" she said, half crazed with joy and hanging on my neck. "I'll be able to love you for a long time still. My life is contained in yours, and all that I am comes from you. A few drops of your rich, noble blood, more precious and efficaceous than all the elixirs in the world, have restored me to life."

Cette scène me préoccupa longtemps et m'inspira d'étranges doutes à l'endroit de Clarimonde, et le soir même, lorsque le sommeil m'eut ramené à mon presbytère, je vis l'abbé Sérapion plus grave et plus soucieux que jamais. Il me regarda attentivement et me dit: «Non content de perdre votre âme, vous voulez aussi perdre votre corps. Infortuné jeune homme, dans quel piège êtes-vous tombé!» Le ton dont il me dit ce peu de mots me frappa vivement; mais, malgré sa vivacité, cette impression fut bientôt dissipée, et mille autres soins l'effacèrent de mon esprit. Cependant, un soir, je vis dans ma glace, dont elle n'avait pas calculé la perfide position, Clarimonde qui versait une poudre dans la coupe de vin épicé qu'elle avait coutume de préparer après le repas. Je pris la coupe, je feignis d'y porter mes lèvres, et je la posai sur quelque meuble comme pour l'achever plus tard à mon loisir, et, profitant d'un instant où la belle avait le dos tourné, j'en jetai le contenu sous la table; après quoi je me retirai dans ma chambre et je me couchai, bien déterminé à ne pas dormir et à voir ce que tout cela deviendrait. Je n'attendis pas longtemps; Clarimonde entra en robe de nuit, et, s'étant débarrassée de ses voiles, s'allongea dans le lit auprès de moi. Quand elle se fut bien assurée que je dormais, elle découvrit mon bras et tira une épingle d'or de sa tête; puis elle se mit à murmurer à voix basse:

«Une goutte, rien qu'une petite goutte rouge, un rubis au bout de mon aiguille! . . . Puisque tu m'aimes encore, il ne faut pas que je meure . . . Ah! pauvre amour, ton beau sang d'une couleur pourpre si éclatante, je vais le boire. Dors, mon seul bien; dors, mon dieu, mon enfant; je ne te ferai pas de mal, je ne prendrai de ta vie que ce qu'il faudra pour ne pas laisser éteindre la mienne. Si je ne t'aimais pas tant, je pourrais me résoudre à avoir d'autres amants dont je tarirais les veines; mais depuis que je te connais, j'ai tout le monde en horreur . . . Ah! le beau bras! comme il est rond! comme il est blanc! Je n'oserai jamais piquer cette jolie veine bleue.» Et, tout en disant cela, elle pleurait, et je sentais pleuvoir ses larmes sur mon bras qu'elle tenait entre ses mains. Enfin elle se décida, me fit une petite piqûre avec son aiguille et se mit à pomper le sang qui en coulait. Quoiqu'elle en eût bu à peine quelques gouttes, la crainte de m'épuiser la prenant, elle m'entoura avec soin le bras d'une petite bandelette après avoir frotté la plaie d'un onguent qui la cicatrisa sur-le-champ.

Je ne pouvais plus avoir de doutes, l'abbé Sérapion avait raison. Cependant, malgré cette certitude, je ne pouvais m'empêcher d'aimer Clarimonde, et je lui aurais volontiers donné tout le sang dont elle avait besoin pour soutenir son existence factice. D'ailleurs, je n'avais

That scene was on my mind for a long time and instilled strange suspicions in me regarding Clarimonde; and that very evening, when sleep had brought me back to my presbytery, I saw Father Serapion, more grave and careworn than ever. He looked at me closely and said: "Not content with destroying your soul, you wish to destroy your body as well. Unfortunate young man, what a trap you have fallen into!" The tone in which he spoke those few words to me affected me strongly; but, despite its intensity, that impression was soon dissipated, and a thousand other cares erased it from my mind. Nevertheless, one evening, I saw in my mirror, whose treacherous location she hadn't calculated on, that Clarimonde was pouring a powder into the goblet of spiced wine that she was accustomed to prepare after our meal. I took the goblet, I pretended to put it to my lips, and I set it down on some piece of furniture as if I intended to finish it later at my leisure; and, taking advantage of a moment when the beautiful woman had her back turned, I spilled out the contents under the table; after that, I retired to my room and went to bed, fully resolved not to sleep but to see what all of this was leading up to. I didn't have to wait long; Clarimonde came in in her nightgown, and, after divesting herself of her garment, stretched out in bed beside me. When she felt quite certain I was sleeping, she bared my arm and drew a golden pin from her hair; then she began to murmur softly:

"One drop, only one little red drop, a ruby at the tip of my needle! . . . Since you still love me, I mustn't die . . . Ah, poor love, your beautiful blood of so bright a crimson, I shall drink it. Sleep, my sole treasure; sleep, my god, my child; I won't hurt you, I shall take only so much of your life as I need to keep mine from being extinguished. If I didn't love you so, I could make up my mind to have other lovers, whose veins I would drain; but ever since meeting you, I detest everyone else . . . Ah, your lovely arm! How round it is! How white it is! I'll never have the courage to puncture that pretty blue vein." And, while she said this, she was weeping, and I felt her tears dropping onto my arm, which she was holding with both hands. At last she made up her mind, stuck me lightly with her needle, and started to suck the blood that was flowing. Though she had scarcely drunk a few drops of it, seized with the fear of draining me dry, she carefully wrapped my arm with a small bandage after rubbing the wound with an ointment that closed it at once.

It was impossible for me to have further doubts; Father Serapion was right. And yet, despite that certainty, I couldn't help loving Clarimonde, and I would gladly have given her all the blood she needed to maintain her artificial existence. Besides, I wasn't greatly

pas grand-peur; la femme me répondait du vampire, et ce que j'avais entendu et vu me rassurait complètement; j'avais alors des veines plantureuses qui ne se seraient pas de sitôt épuisées, et je ne marchandais pas ma vie goutte à goutte. Je me serais ouvert le bras moi-même et je lui aurais dit: «Bois! et que mon amour s'infiltre dans ton corps avec mon sang!» J'évitais de faire la moindre allusion au narcotique qu'elle m'avait versé et à la scène de l'aiguille, et nous vivions dans le plus parfait accord. Pourtant mes scrupules de prêtre me tourmentaient plus que jamais, et je ne savais quelle macération nouvelle inventer pour mater et mortifier ma chair. Quoique toutes ces visions fussent involontaires et que je n'y participasse en rien, je n'osais pas toucher le Christ avec des mains aussi impures et un esprit souillé par de pareilles débauches réelles ou rêvées. Pour éviter de tomber dans ces fatigantes hallucinations, j'essayais de m'empêcher de dormir, je tenais mes paupières ouvertes avec les doigts et je restais debout au long des murs, luttant contre le sommeil de toutes mes forces; mais le sable de l'assoupissement me roulait bientôt dans les yeux, et, voyant que toute lutte était inutile, je laissais tomber les bras de découragement et de lassitude, et le courant me rentraînait vers les rives perfides. Sérapion me faisait les plus véhémentes exhortations, et me reprochait durement ma mollesse et mon peu de ferveur. Un jour que j'avais été plus agité qu'à l'ordinaire, il me dit: «Pour vous débarrasser de cette obsession, il n'y a qu'un moyen, et, quoiqu'il soit extrême, il le faut employer: aux grands maux les grands remèdes. Je sais où Clarimonde a été enterrée; il faut que nous la déterrions et que vous voyiez dans quel état pitoyable est l'objet de votre amour; vous ne serez plus tenté de perdre votre âme pour un cadavre immonde dévoré des vers et près de tomber en poudre; cela vous fera assurément rentrer en vous-même.» Pour moi, j'étais si fatigué de cette double vie, que j'acceptai: voulant savoir, une fois pour toutes, qui du prêtre ou du gentilhomme était dupe d'une illusion, j'étais décidé à tuer au profit de l'un ou de l'autre un des deux hommes qui étaient en moi ou à les tuer tous les deux, car une pareille vie ne pouvait durer. L'abbé Sérapion se munit d'une pioche, d'un levier et d'une lanterne, et à minuit nous nous dirigeâmes vers le cimetière de ***, dont il connaissait parfaitement le gisement et la disposition. Après avoir porté la lumière de la lanterne sourde sur les inscriptions de plusieurs tombeaux, nous arrivâmes enfin à une pierre à moitié cachée par les grandes herbes et dévorée de mousses et de plantes parasites, où nous déchiffrâmes ce commencement d'inscription:

afraid; the woman in her protected me from the vampire, and what I had heard and seen calmed me completely; at the time I had copious veins which wouldn't be drained all that quickly, and I wasn't haggling over my life drop by drop. I would have opened my own arm and said to her: "Drink! And may my love infiltrate your body with my blood!" I avoided making the slightest allusion to the drug she had poured for me or to the scene with the needle, and we went on living in the most perfect harmony. But my priestly scruples were tormenting me more than ever, and I didn't know what new infliction to invent to subdue and mortify my flesh. Even though all those visions were involuntary and I wasn't participating in any of those doings, I didn't dare to touch the Christ with such impure hands and a spirit sullied by such debauchery, real or dreamed. To keep from lapsing into those exhausting hallucinations, I tried to avoid sleeping; I kept my eyelids open with my fingers and I stood up against the walls, combating sleep with all my strength; but the sand of drowsiness was soon sprinkled in my eyes, and, seeing that all struggle was futile, I'd let my arms drop in discouragement and weariness, and the current bore me off again toward those treacherous shores. Serapion repeatedly exhorted me as vehemently as possible, severely reproaching me for my weak character and lack of fervor. One day, when I had been more nervous than usual, he said: "To rid yourself of this obsession, there's only one means, and, though it's extreme, you must use it: great illnesses demand great remedies. I know where Clarimonde was buried; we must disinter her so you can see what a pitiful state your sweetheart is in; you'll no longer be tempted to lose your soul for a foul, worm-eaten corpse that's about to crumble into dust; it will surely bring you to your senses." As for me, I was so weary of that double life that I consented; eager to know once and for all whether it was the priest or the nobleman who was the victim of an illusion, I was determined to kill off, to the advantage of one or the other, one of the two men who existed in me or to kill them both, because a life like that couldn't go on. Father Serapion equipped himself with a pick, a crowbar, and a lantern, and at midnight we proceeded to the cemetery at ——, whose layout and arrangement he was perfectly familiar with. After shining the light of the dark lantern on the inscriptions of several tombs, we finally came upon a stone half hidden by tall grass and devoured by moss and parasitic plants; on it we made out this beginning of an inscription:

Ici gît Clarimonde
Qui fut de son vivant
La plus belle du monde.

....

«C'est bien ici», dit Sérapion, et, posant à terre sa lanterne, il glissa la pince dans l'interstice de la pierre et commença à la soulever. La pierre céda, et il se mit à l'ouvrage avec la pioche. Moi, je le regardais faire, plus noir et plus silencieux que la nuit elle-même; quant à lui, courbé sur son œuvre funèbre il ruisselait de sueur, il haletait, et son souffle pressé avait l'air d'un râle d'agonisant. C'était un spectacle étrange, et qui nous eût vus du dehors nous eût plutôt pris pour des profanateurs et des voleurs de linceuls, que pour des prêtres de Dieu. Le zèle de Sérapion avait quelque chose de dur et de sauvage qui le faisait ressembler à un démon plutôt qu'à un apôtre ou à un ange, et sa figure aux grands traits austères et profondément découpés par le reflet de la lanterne n'avait rien de très rassurant. Je me sentais perler sur les membres une sueur glaciale, et mes cheveux se redressaient douloureusement sur ma tête; je regardais au fond de moi-même l'action du sévère Sérapion comme un abominable sacrilège, et j'aurais voulu que du flanc des sombres nuages qui roulaient pesamment au-dessus de nous sortît un triangle de feu qui le réduisît en poudre. Les hiboux perchés sur les cyprès, inquiétés par l'éclat de la lanterne, en venaient fouetter lourdement la vitre avec leurs ailes poussiéreuses, en jetant des gémissements plaintifs; les renards glapissaient dans le lointain, et mille bruits sinistres se dégageaient du silence. Enfin la pioche de Sérapion heurta le cercueil dont les planches retentirent avec un bruit sourd et sonore, avec ce terrible bruit que rend le néant quand on y touche; il en renversa le couvercle, et j'aperçus Clarimonde pâle comme un marbre, les mains jointes; son blanc suaire ne faisait qu'un seul pli de sa tête à ses pieds. Une petite goutte rouge brillait comme une rose au coin de sa bouche décolorée. Sérapion, à cette vue, entra en fureur: «Ah! te voilà, démon, courtisane impudique, buveuse de sang et d'or!» et il aspergea d'eau bénite le corps et le cercueil sur lequel il traça la forme d'une croix avec son goupillon. La pauvre Clarimonde n'eut pas été plutôt touchée par la sainte rosée que son beau corps tomba en poussière; ce ne fut plus qu'un mélange affreusement informe de cendres et d'os à demi calcinés. «Voilà votre maîtresse, seigneur Romuald, dit l'inexorable prêtre en me montrant ces tristes dépouilles, serez-vous encore tenté d'aller vous promener au Lido et à Fusine avec votre beauté?» Je baissai la

Here lies Clarimonde,
who while she lived was
the most beautiful woman in the world.

....

"This is it," said Serapion, and, setting his lantern on the ground, he slid the crowbar under the stone and began to raise it. The stone yielded, and he set to work with the pick. As for me, I watched him work, blacker and more silent than the night itself; for his part, bent over his ghastly task, he was bathed in sweat, he was panting, and his short breath sounded like a dying man's rattle. It was a bizarre sight, and anyone seeing us from outside would more readily have taken us for desecrators and robbers of shrouds than for priests of God. Serapion's zeal had something hard and savage in it that made him resemble a devil rather than an apostle or an angel, and his face, with its large, austere features sharply outlined by the lantern light, wasn't particularly reassuring. I felt drops of icy sweat on every limb, and the hair on my head stood on end painfully; at the bottom of my heart, I considered severe Serapion's action as an abominable sacrilege, and I'd have liked a triangle of fire to emerge from within the dark clouds that scudded heavily overhead, and to burn him to a crisp. The owls perching in the cypresses, disturbed by the lantern shine, flew by and heavily lashed its glass with their dusty wings, emitting plaintive moans; the foxes were barking in the distance, and a thousand sinister sounds emanated from the silence. At last Serapion's pick struck the coffin, whose boards echoed with a muffled but resonant sound, that terrible sound emitted by nothingness when it is touched; he threw back the lid, and I saw Clarimonde, pale as a marble figure, her hands folded; her white shroud had only a single pleat from her head to her feet. A little red drop shone like a rose in the corner of her colorless mouth. At that sight Serapion became furious: "Ha! There you are, devil, shameless courtesan, drinker of blood and gold!" And he sprinkled with holy water the body and the coffin, on which he drew the form of a cross with his aspergillum. No sooner was poor Clarimonde touched by the holy dew than her beautiful body fell into dust; all that was left was a horribly shapeless mixture of ashes and half-charred bones. "There is your mistress, my lord Romualdo," said the inexorable priest, showing me those sad remains. "Will you still be tempted to go on an excursion to the Lido or to Fusine with that beauty of yours?" I bowed my head; a great collapse had just taken

tête; une grande ruine venait de se faire au-dedans de moi. Je retournai à mon presbytère, et le seigneur Romuald, amant de Clarimonde, se sépara du pauvre prêtre, à qui il avait tenu pendant si longtemps une si étrange compagnie. Seulement, la nuit suivante, je vis Clarimonde; elle me dit, comme la première fois sous le portail de l'église: «Malheureux! malheureux! qu'as-tu fait? Pourquoi as-tu écouté ce prêtre imbécile? n'étais-tu pas heureux? et que t'avais-je fait, pour violer ma pauvre tombe et mettre à nu les misères de mon néant? Toute communication entre nos âmes et nos corps est rompue désormais. Adieu, tu me regretteras.» Elle se dissipa dans l'air comme une fumée, et je ne la revis plus.

Hélas! elle a dit vrai: je l'ai regrettée plus d'une fois et je la regrette encore. La paix de mon âme a été bien chèrement achetée; l'amour de Dieu n'était pas de trop pour remplacer le sien. Voilà, frère, l'histoire de ma jeunesse. Ne regardez jamais une femme, et marchez toujours les yeux fixés en terre, car, si chaste et si calme que vous soyez, il suffit d'une minute pour vous faire perdre l'éternité.

place inside me. I returned to my presbytery, and Lord Romualdo, lover of Clarimonde, took leave of the poor priest with whom he had kept such strange company for so long. But the next night I saw Clarimonde; she said to me, like that first time in the church portal: "Unhappy man! Unhappy man, what have you done? Why did you listen to that idiotic priest? Weren't you happy? And what did I do to you, to deserve having my poor tomb desecrated and the misery of my nothingness laid bare? All communication between our souls and bodies is cut off from now on. Farewell; you're going to miss me." She dissolved into the air like smoke, and I never saw her again.

Alas, she spoke the truth! I have missed her more than once, and I still do. The peace of my soul has been purchased very dearly; it took all my love for God, or more, to replace my love for her. There, Brother, you have the history of my youth. Never look at a woman, and always walk with your eyes glued to the ground, because, no matter how chaste and calm you may be, it only takes a minute to make you lose eternity.

PROSPER MÉRIMÉE

La Vénus d'Ille

Ἴλεως, ἦν δ'ἐγὼ, ἔστω ὁ ἀνδρίας καὶ
ἤπιος, οὕτως ἀνδρεῖος ὢν.
ΛΟΥΚΙΑΝΟΥ ΦΙΛΟΨΕΥΔΗΣ.

Je descendais le dernier coteau du Canigou, et, bien que le soleil fût déjà couché, je distinguais dans la plaine les maisons de la petite ville d'Ille, vers laquelle je me dirigeais.

«Vous savez, dis-je au Catalan qui me servait de guide depuis la veille, vous savez sans doute où demeure M. de Peyrehorade?

— Si je le sais! s'écria-t-il, je connais sa maison comme la mienne; et s'il ne faisait pas si noir, je vous la montrerais. C'est la plus belle d'Ille. Il a de l'argent, oui, M. de Peyrehorade; et il marie son fils à plus riche que lui encore.

— Et ce mariage se fera-t-il bientôt? lui demandai-je.

— Bientôt! il se peut déjà que les violons soient commandés pour la noce. Ce soir, peut-être, demain, après-demain, que sais-je! C'est à Puygarrig que ça se fera; car c'est Mlle de Puygarrig que monsieur le fils épouse. Ce sera beau, oui!»

J'étais recommandé à M. de Peyrehorade par mon ami M. de P. C'était, m'avait-il dit, un antiquaire fort instruit et d'une complaisance à toute épreuve. Il se ferait un plaisir de me montrer toutes les ruines à dix lieues à la ronde. Or, je comptais sur lui pour visiter les environs d'Ille, que je savais riches en monuments antiques et du Moyen Âge. Ce mariage, dont on me parlait alors pour la première fois, dérangeait tous mes plans.

Je vais être un trouble-fête, me dis-je. Mais j'étais attendu; annoncé par M. de P., il fallait bien me présenter.

PROSPER MÉRIMÉE

The Venus of Ille

"May the statue," I said, "be benevolent and
propitious, since it resembles a man so closely."
—Lucian, *Philopseudes* (The Liar).

I was descending the last slope of the Canigou,[1] and, though the sun
had already set, I could make out on the plain the houses of the small
town of Ille,[2] where I was headed.

"You know," I said to the Catalan who had been my guide since the
day before, "you surely know where M. de Peyrehorade lives?"

"You bet I know!" he exclaimed, "I know his house like I know my
own; and, if it wasn't so dark, I'd point it out to you. It's the finest in
Ille. He's got money, he does, M. de Peyrehorade; and he's marrying
off his son to a girl even richer than *he* is."

"And will the marriage take place soon?" I asked.

"Very soon! The musicians may even have been hired for the wedding by now. Tonight maybe, tomorrow, the day after, how can *I* tell?
It'll take place at Puygarrig, because it's Mlle. de Puygarrig that the
young master is marrying. It will be a great event!"

I had a letter of recommendation to M. de Peyrehorade from my
friend P., who had described him to me as a very learned antiquary
who was perfectly obliging. He'd consider it a pleasure to show me
every ruin for thirty miles around. Now, I was counting on him for a
visit to the environs of Ille, which I knew to be rich in ancient and medieval monuments. That wedding, which I was now hearing about for
the first time, upset all my plans.

"I'm going to trouble the feast," I told myself. But I was expected,
since P. had sent word I was coming, and I had to show up.

---

1. A mountain cluster in the eastern Pyrenees, overlooking the Roussillon region.
2. Officially, Ille-sur-Têt, or Ille-sur-la-Têt; there are really antiquities there.

«Gageons, monsieur, me dit mon guide, comme nous étions déjà dans la plaine, gageons un cigare que je devine ce que vous allez faire chez M. de Peyrehorade?
— Mais, répondis-je en lui tendant un cigare, cela n'est pas bien difficile à deviner. A l'heure qu'il est, quand on a fait six lieues dans le Canigou, la grande affaire, c'est de souper.
— Oui, mais demain? . . . Tenez, je parierais que vous venez à Ille pour voir l'idole? j'ai deviné cela à vous voir tirer en portrait les saints de Serrabona.
— L'idole! quelle idole?» Ce mot avait excité ma curiosité.
«Comment! on ne vous a pas conté, à Perpignan, comment M. de Peyrehorade avait trouvé une idole en terre?
— Vous voulez dire une statue en terre cuite, en argile?
— Non pas. Oui, bien en cuivre, et il y en a de quoi faire des gros sous. Elle vous pèse autant qu'une cloche d'église. C'est bien avant dans la terre, au pied d'un olivier, que nous l'avons eue.
— Vous étiez donc présent à la découverte?
— Oui, monsieur. M. de Peyrehorade nous dit, il y a quinze jours, à Jean Coll et à moi, de déraciner un vieil olivier qui était gelé de l'année dernière, car elle a été bien mauvaise, comme vous savez. Voilà donc qu'en travaillant, Jean Coll, qui y allait de tout cœur, il donne un coup de pioche, et j'entends bimm . . . comme s'il avait tapé sur une cloche. Qu'est-ce que c'est? que je dis. Nous piochons toujours, nous piochons, et voilà qu'il paraît une main noire, qui semblait la main d'un mort qui sortait de terre. Moi, la peur me prend. Je m'en vais à monsieur, et je lui dis: «Des morts, notre maître, qui sont sous l'olivier! Faut appeler le curé. — Quels morts?» qu'il me dit. Il vient, et il n'a pas plus tôt vu la main qu'il s'écrie: «Un antique! un antique!» vous auriez cru qu'il avait trouvé un trésor. Et le voilà, avec la pioche, avec les mains, qu'il se démène et qui faisait quasiment autant d'ouvrage que nous deux.
— Et enfin que trouvâtes-vous?
— Une grande femme noire plus qu'à moitié nue, révérence parler, monsieur, toute en cuivre, et M. de Peyrehorade nous a dit que c'était une idole du temps des païens . . . du temps de Charlemagne, quoi!
— Je vois ce que c'est . . . Quelque bonne Vierge en bronze d'un couvent détruit.
— Une bonne Vierge! ah bien oui! . . . Je l'aurais bien reconnue, si

"Let's wager, sir," said my guide when we were already on the plain, "let's wager a cigar that I can guess what you're going to do in M. de Peyrehorade's house."

Handing him a cigar, I replied: "Well, that's not so hard to guess. At this hour, after walking eighteen miles over the Canigou, the main thing to do is eat supper."

"Yes, but tomorrow? . . . Look, I'll bet you've come to Ille to see the idol. I guessed it when I saw you taking the portraits of the saints in Serrabonne."[3]

"The idol! What idol?" That word had aroused my curiosity.

"What! No one in Perpignan told you that M. de Peyrehorade found an idol in the ground?"

"You mean a statue made of terra-cotta, of clay?"[4]

"No. Actually, it's of copper, and a person could coin plenty of pennies out of it. It weighs as much as a church bell. It was way deep in the ground, at the foot of an olive tree, that we found it."

"So you were present at the discovery?"

"Yes, sir. Two weeks ago, M. de Peyrehorade told us, Jean Coll and me, to uproot an old olive tree that had frozen last year, which was a really severe one, as you know. So, while we were working, Jean Coll, who was going at it like a house afire, he gives a blow with his pick, and I hear 'bing,' as if he had hit a bell. 'What is it?' ask I. We keep on digging and digging, and, lo and behold, a black hand shows up, looking like the hand of a dead man coming out of the ground. Me, I get frightened. I run over to master, and I say to him: 'Dead men, master, under the olive tree! We gotta call the priest.' 'What dead men?' says he. He comes over, and the minute he sees the hand, he yells: 'An ancient statue! An ancient statue!' You'd have thought he'd found a treasure. And there he goes, with the pick, with his hands, slaving away and doing nearly as much work as the two of us."

"And what did you finally find?"

"A tall black woman more than half naked, begging your pardon, sir, all of copper, and M. de Peyrehorade told us it was an idol from pagan times . . . from the days of Charlemagne, or so!"

"I understand what it is . . . Some nice bronze Virgin from a destroyed convent."

"A nice Virgin! Oh my, yes! . . . I'd have recognized it if it had been

---

3. Or Serrabone, a local town known for its Romanesque church sculpture.   4. The narrator takes *en terre* to mean "earthen."

ç'avait été une bonne Vierge. C'est une idole, vous dis-je: on le voit bien à son air. Elle vous fixe avec ses grands yeux blancs . . . On dirait qu'elle vous dévisage. On baisse les yeux, oui, en la regardant.

— Des yeux blancs? Sans doute ils sont incrustés dans le bronze. Ce sera peut-être quelque statue romaine.

— Romaine! c'est cela. M. de Peyrehorade dit que c'est une Romaine. Ah! je vois bien que vous êtes un savant comme lui.

— Est-elle entière, bien conservée?

— Oh! monsieur, il ne lui manque rien. C'est encore plus beau et mieux fini que le buste de Louis-Philippe, qui est à la mairie, en plâtre peint. Mais avec tout cela, la figure de cette idole ne me revient pas. Elle a l'air méchante . . . et elle l'est aussi.

— Méchante! Quelle méchanceté vous a-t-elle faite?

— Pas à moi précisément: mais vous allez voir. Nous nous étions mis à quatre pour la dresser debout, et M. de Peyrehorade, qui lui aussi tirait à la corde, bien qu'il n'ait guère plus de force qu'un poulet, le digne homme! Avec bien de la peine nous la mettons droite. J'amassai un tuileau pour la caler, quand, patatras! la voilà qui tombe à la renverse tout d'une masse. Je dis: Gare dessous! Pas assez vite pourtant, car Jean Coll n'a pas eu le temps de tirer sa jambe . . .

— Et il a été blessé?

— Cassée net comme un échalas, sa pauvre jambe! Pécaïre! quand j'ai vu cela, moi, j'étais furieux. Je voulais défoncer l'idole à coups de pioche, mais M. de Peyrehorade m'a retenu. Il a donné de l'argent à Jean Coll, qui tout de même est encore au lit depuis quinze jours que cela lui est arrivé, et le médecin dit qu'il ne marchera jamais de cette jambe-là comme de l'autre. C'est dommage, lui qui était notre meilleur coureur et, après monsieur le fils, le plus malin joueur de paume. C'est que M. Alphonse de Peyrehorade en a été triste, car c'est Coll qui faisait sa partie. Voilà qui était beau à voir comme ils se renvoyaient les balles. Paf! paf! Jamais elles ne touchaient terre.»

Devisant de la sorte, nous entrâmes à Ille, et je me trouvai bientôt en présence de M. de Peyrehorade. C'était un petit vieillard vert encore et dispos, poudré, le nez rouge, l'air jovial et goguenard. Avant d'avoir ouvert la lettre de M. de P., il m'avait installé devant une table bien servie, et m'avait présenté à sa femme et à son fils comme un archéologue illustre, qui devait tirer le Roussillon de l'oubli où le laissait l'indifférence des savants.

a nice Virgin. It's an idol, I tell you: you can see it from her expression. She gazes at you with her big white eyes . . . You'd say she was staring you down. Yes, you've got to lower your eyes when you look at her."

"White eyes? No doubt they're inlaid in the bronze. It may be some Roman statue."

"Roman, that's it! M. de Peyrehorade says it's a Roman woman. Ah, I can see you're a scholar like him."

"Is it entire, in good condition?"

"Oh, sir, nothing is missing on it. It's even more beautiful and smoother than the painted plaster bust of Louis-Philippe in the town hall. But despite all that, the face of that idol doesn't suit me. She has a spiteful look . . . and she *is* spiteful, too."

"Spiteful? What spiteful thing has she done to you?"

"Not to me, exactly; but you'll see. There were four of us trying to stand her up, and M. de Peyrehorade, he was pulling at the rope, too, though he's hardly stronger than a chicken, the worthy man! After a lot of trouble, we straightened her up. I picked up a broken piece of tile to chock her up, when, bam! there she was, falling backwards like a log. I yelled: 'Look out below!' But not fast enough, because Jean Coll didn't have the time to pull away his leg . . ."

"And he was hurt?"

"Broken clean like a vine prop, his poor leg! Poor guy![5] When *I* saw that, I was furious. I wanted to smash in the idol with pick blows, but M. de Peyrehorade stopped me. He gave some money to Jean Coll, who's still in bed, though, and it's two weeks since it happened; and the doctor says he'll never again walk on that leg as well as on the other. It's a shame, because he was our best runner and, after young master, the most skillful pelota player. M. Alphonse de Peyrehorade was really sad about it, because it was Coll who used to play on his team. It was a pleasure to see how they returned the balls. Whack! Whack! The balls never touched the ground."

Conversing in this way, we entered Ille, and I was soon face to face with M. de Peyrehorade. He was a little old man, still hale and hearty, in fine fettle, with powdered hair, a red nose, and a jovial, fun-loving expression. Before opening the letter from P., he had sat me down at a richly laden table, and had introduced me to his wife and son as a famous archeologist who was going to rescue Roussillon from the oblivion in which the indifference of scholars had left it.

---

5. *Pécaïre!* (literally, "Sinner!") is a typically Provençal exclamation of commiseration.

Tout en mangeant de bon appétit, car rien ne dispose mieux que l'air vif des montagnes, j'examinais mes hôtes. J'ai dit un mot de M. de Peyrehorade; je dois ajouter que c'était la vivacité même. Il parlait, mangeait, se levait, courait à sa bibliothèque, m'apportait des livres, me montrait des estampes, me versait à boire; il n'était jamais deux minutes en repos. Sa femme, un peu trop grasse, comme la plupart des Catalanes lorsqu'elles ont passé quarante ans, me parut une provinciale renforcée, uniquement occupée des soins du ménage. Bien que le souper fût suffisant pour six personnes au moins, elle courut à la cuisine, fit tuer des pigeons, frire des miliasses, ouvrit je ne sais combien de pots de confitures. En un instant la table fut encombrée de plats et de bouteilles, et je serais certainement mort d'indigestion si j'avais goûté seulement à tout ce qu'on m'offrait. Cependant, à chaque plat que je refusais, c'étaient de nouvelles excuses. On craignait que je ne me trouvasse bien mal à Ille. Dans la province on a si peu de ressources, et les Parisiens sont si difficiles!

Au milieu des allées et venues de ses parents, M. Alphonse de Peyrehorade ne bougeait pas plus qu'un Terme. C'était un grand jeune homme de vingt-six ans, d'une physionomie belle et régulière, mais manquant d'expression. Sa taille et ses formes athlétiques justifiaient bien la réputation d'infatigable joueur de paume qu'on lui faisait dans le pays. Il était ce soir-là habillé avec élégance, exactement d'après la gravure du dernier numéro du *Journal des Modes*. Mais il me semblait gêné dans ses vêtements: il était raide comme un piquet dans son col de velours, et ne se tournait que tout d'une pièce. Ses mains grosses et hâlées, ses ongles courts contrastaient singulièrement avec son costume. C'étaient des mains de laboureur sortant des manches d'un dandy. D'ailleurs, bien qu'il me considérât de la tête aux pieds fort curieusement, en ma qualité de Parisien, il ne m'adressa qu'une seule fois la parole dans toute la soirée, ce fut pour me demander où j'avais acheté la chaine de ma montre.

«Ah çà! mon cher hôte, me dit M. de Peyrehorade, le souper tirant à sa fin, vous m'appartenez, vous êtes chez moi. Je ne vous lâche plus, sinon quand vous aurez vu tout ce que nous avons de curieux dans nos montagnes. Il faut que vous appreniez à connaître notre Roussillon, et que vous lui rendiez justice. Vous ne vous doutez pas de tout ce que nous allons vous montrer, monuments phéniciens, celtiques, romains, arabes, byzantins, vous verrez tout, depuis le cèdre jusqu'à l'hysope. Je vous mènerai partout et ne vous ferai pas grâce d'une brique.»

Un accès de toux l'obligea de s'arrêter. J'en profitai pour lui dire que je serais désolé de le déranger dans une circonstance aussi in-

While eating with a good appetite (because nothing sets you up like brisk mountain air), I studied my hosts. I've already said a word about M. de Peyrehorade; I must add that he was the embodiment of vivacity. He spoke, he ate, he got up, he ran to his library, he brought me books, he showed me prints, he poured wine for me; he was never at rest for two minutes together. His wife, a little too fat, like most Catalan women when they pass forty, seemed to me to be an out-and-out provincial, solely concerned with her household chores. Though the supper was enough for at least six people, she ran to the kitchen, had pigeons killed and corn cakes fried, and opened an incalculable number of jars of preserves. In an instant the table was cluttered with plates and bottles, and I would surely have died of indigestion if I had merely tasted everything they offered me. And yet, every time I refused a dish, there were new apologies. They were afraid I was unhappy in Ille. In the provinces there are so few resources, and Parisians are so hard to please!

Amid his parents' comings and goings, M. Alphonse de Peyrehorade didn't budge any more than an ancient boundary-god statue would have. He was a tall young man of twenty-six, with handsome and regular, but expressionless, features. His height and his athletic build justified the reputation as a tireless pelota player that he enjoyed locally. That evening he was dressed elegantly, in exact accordance with the engraving in the latest issue of *Fashion Magazine*. But he seemed to me to be uncomfortable in his clothes; he was as stiff as a rail in his velvet collar, and couldn't turn except with his whole body. His big, sunburnt hands and short nails formed an odd contrast to his attire. They were a plowman's hands emerging from a dandy's sleeves. Furthermore, though he studied me from head to foot with great curiosity, as being a Parisian, he spoke to me only once all evening; it was to ask me where I had bought my watch chain.

"Now, then, my dear guest," M. de Peyrehorade said to me as the supper drew to its close, "you belong to me, you are in my home. I won't release you again until you've seen every curiosity in our mountains. You must get to know our Roussillon and do it justice. You can't imagine all that we're going to show you, monuments of the Phoenicians, Celts, Romans, Arabs, Byzantines; you'll see everything, 'from the cedar to the hyssop.' I'll take you everywhere and I won't spare you one brick."

A fit of coughing compelled him to stop. I took advantage of it to tell him I'd be most sorry to disturb him at a moment that was so

téressante pour sa famille. S'il voulait bien me donner ses excellents conseils sur les excursions que j'aurais à faire, je pourrais, sans qu'il prît la peine de m'accompagner . . .

«Ah! vous voulez parler du mariage de ce garçon-là, s'écria-t-il en m'interrompant. Bagatelle, ce sera fait après-demain. Vous ferez la noce avec nous, en famille, car la future est en deuil d'une tante dont elle hérite. Ainsi point de fête, point de bal . . . C'est dommage . . . vous auriez vu danser nos Catalanes . . . Elles sont jolies, et peut-être l'envie vous aurait-elle pris d'imiter mon Alphonse. Un mariage, dit-on, en amène d'autres . . . Samedi, les jeunes gens mariés, je suis libre, et nous nous mettons en course. Je vous demande pardon de vous donner l'ennui d'une noce de province. Pour un Parisien blasé sur les fêtes . . . et une noce sans bal encore! Pourtant, vous verrez une ma-riée . . . une mariée . . . vous m'en direz des nouvelles . . . Mais vous êtes un homme grave et vous ne regardez plus les femmes. J'ai mieux que cela à vous montrer. Je vous ferai voir quelque chose! . . . Je vous réserve une fière surprise pour demain.

— Mon Dieu! lui dis-je, il est difficile d'avoir un trésor dans sa mai-son sans que le public en soit instruit. Je crois deviner la surprise que vous me préparez. Mais si c'est de votre statue qu'il s'agit, la descrip-tion que mon guide m'en a faite n'a servi qu'à exciter ma curiosité et à me disposer à l'admiration.

— Ah! il vous a parlé de l'idole, car c'est ainsi qu'ils appellent ma belle Vénus Tur . . . mais je ne veux rien vous dire. Demain, au grand jour, vous la verrez, et vous me direz si j'ai raison de la croire un chef-d'œuvre. Parbleu! vous ne pouviez arriver plus à propos! Il y a des in-scriptions que moi, pauvre ignorant, j'explique à ma manière . . . mais un savant de Paris! . . . Vous vous moquerez peut-être de mon inter-prétation . . . car j'ai fait un mémoire . . . moi qui vous parle . . . vieil antiquaire de province, je me suis lancé . . . je veux faire gémir la presse . . . Si vous vouliez bien me lire et me corriger, je pourrais es-pérer . . . Par exemple, je suis bien curieux de savoir comment vous traduirez cette inscription sur le socle: CAVE . . . Mais je ne veux rien vous demander encore! A demain, à demain! Pas un mot sur la Vénus aujourd'hui.

— Tu as raison, Peyrehorade, dit sa femme, de laisser là ton idole. Tu devrais voir que tu empêches monsieur de manger. Va, monsieur a vu à Paris de bien plus belles statues que la tienne. Aux Tuileries, il y en a des douzaines, et en bronze aussi.

— Voilà bien l'ignorance, la sainte ignorance de la province! inter-

important to his family. If he would be so kind as to give me his excellent advice about the excursions I ought to make, I'd be able, without his taking the trouble to escort me . . .

"Oh, you mean this lad's wedding!" he exclaimed, interrupting me. "A trifle! It will all be over the day after tomorrow. You'll attend the wedding with us, just a family affair, because the bride is in mourning for an aunt whose heiress she is. And so, no party, no dance . . . It's a shame . . . you would have seen how our Catalan girls dance . . . They're pretty, and maybe you'd have taken a notion to imitate my Alphonse. One marriage, they say, leads to others . . . On Saturday, after the youngsters are married, I'll be free, and we'll set out. I ask your forgiveness for inflicting the boredom of a provincial wedding on you. For a Parisian surfeited with festivities . . . and a wedding without a dance, to boot! Still, you'll get to see a bride . . . a bride . . . you'll find her marvelous . . . But you're a serious man and you no longer pay attention to women. I have better things than that to show you. I'll show you something!—I have quite a surprise in store for you for tomorrow."

"Heavens!" I replied, "it's hard for a man to have a treasure in his house without the public finding out about it. I think I can guess the surprise you're preparing for me. But if you mean your statue, the description of it my guide gave me has only excited my curiosity and made me ready to admire it."

"Ah! He told you about 'the idol,' because that's what they call my beautiful Venus Tur— . . . but I'll say no more now. Tomorrow, in broad daylight, you'll see her, and you'll tell me whether I'm right to believe she's a masterpiece. By Jove! You couldn't have arrived more opportunely. There are inscriptions which I, a poor, ignorant fellow, explain after my own fashion . . . but a scholar from Paris! . . . You may perhaps laugh at my interpretation . . . because I've written a report . . . I who am speaking to you . . . an old provincial antiquary, I have rushed in . . . I want to make the printing presses groan . . . If you're kind enough to read and correct what I've done, I could hope . . . For example, I'm very curious to know how you would translate that inscription on the base: 'CAVE . . . .' But I don't want to ask you anything yet! Tomorrow, tomorrow! Not one word about Venus tonight."

"You're right, Peyrehorade," said his wife, "to leave off talking about your idol. You ought to see that you're keeping the gentleman from eating. Come now! In Paris the gentleman has seen much more beautiful statues than yours. At the Tuileries there are dozens, and also in bronze."

"There's ignorance for you, the blessed ignorance of the provinces!"

rompit M. de Peyrehorade. Comparer un antique admirable aux plates figures de Coustou!

> *Comme avec irrévérence*
> *Parle des dieux ma ménagère!*

«Savez-vous que ma femme voulait que je fondisse ma statue pour en faire une cloche à notre église? C'est qu'elle en eût été la marraine. Un chef-d'œuvre de Myron, monsieur!

— Chef-d'œuvre! chef-d'œuvre! un beau chef-d'œuvre qu'elle a fait! casser la jambe d'un homme!

— Ma femme, vois-tu? dit M. de Peyrehorade d'un ton résolu, et tendant vers elle sa jambe droite dans un bas de soie chinée, si ma Vénus m'avait cassé cette jambe-là, je ne la regretterais pas.

— Bon Dieu! Peyrehorade, comment peux-tu dire cela! Heureusement que l'homme va mieux . . . Et encore je ne peux pas prendre sur moi de regarder la statue qui fait des malheurs comme celui-là. Pauvre Jean Coll!

— Blessé par Vénus, monsieur, dit M. de Peyrehorade riant d'un gros rire, blessé par Vénus, le maraud se plaint:

> *Veneris nec praemia nóris.*

«Qui n'a pas été blessé par Vénus?»

M. Alphonse, qui comprenait le français mieux que le latin, cligna de l'œil d'un air d'intelligence, et me regarda comme pour me demander: «Et vous, Parisien, comprenez-vous?»

Le souper finit. Il y avait une heure que je ne mangeais plus. J'étais fatigué, et je ne pouvais parvenir à cacher les fréquents bâillements qui m'échappaient. Mme de Peyrehorade s'en aperçut la première, et remarqua qu'il était temps d'aller dormir. Alors commencèrent de nouvelles excuses sur le mauvais gîte que j'allais avoir. Je ne serais pas comme à Paris. En province on est si mal! Il fallait de l'indulgence pour les Roussillonnais. J'avais beau protester qu'après une course dans les montagnes, une botte de paille me serait un coucher délicieux, on me priait toujours de pardonner à de pauvres campagnards s'ils ne me traitaient pas aussi bien qu'ils l'eussent désiré. Je montai enfin à la chambre qui m'était destinée, accompagné de M. de Peyrehorade. L'escalier, dont les marches supérieures étaient en bois, aboutissait au milieu d'un corridor, sur lequel donnaient plusieurs chambres.

M. de Peyrehorade interrupted. "To compare a wonderful ancient statue to Coustou's[6] insipid figures!

> *"How irreverently*
> *my housewife speaks of the gods!*[7]

"Do you know that my wife wanted me to melt down my statue to make a bell out of it for our church? It's so that she could have christened it. A masterpiece by Myron, sir!"

"Masterpiece! Masterpiece! A fine masterpiece she created! Breaking a man's leg!"

"Look at this, wife," said M. de Peyrehorade in a resolute tone, stretching out to her his right leg in its mottled-silk stocking, "if my Venus had broken this leg of mine, I wouldn't be sorry for it."

"My God, Peyrehorade, how can you say that? Fortunately, the man is feeling better . . . And yet I still can't bring myself to look at a statue that does as much harm as that. Poor Jean Coll!"

"Wounded by Venus, sir," said M. de Peyrehorade, with a guffaw, "wounded by Venus, and the rascal complains!—

> *"Nor shall you know the rewards of Venus.*[8]

"Who hasn't been wounded by Venus?"

M. Alphonse, who understood this French statement better than the preceding Latin one, winked an eye knowingly, and looked at me as if to ask: "And you, Parisian, do you get it?"

The supper ended. I had stopped eating an hour earlier. I was tired, and I couldn't manage to hide the frequent yawns that escaped me. Mme. de Peyrehorade was the first to notice this, and remarked that it was time to go to bed. That led at once to new apologies for the bad rest I was going to have. I wouldn't be as comfortable as in Paris. Things are so inferior in the provinces! I must be indulgent to the people of Roussillon. It did me no good to protest that after a hike through the mountains a bundle of straw would make a delightful bed for me; they kept on begging me to forgive poor rustics if they didn't treat me as well as they'd have liked. Finally I went upstairs to the room chosen for me, accompanied by M. de Peyrehorade. The staircase, whose upper steps were of wood, ended in the middle of a corridor onto which several rooms faced.

---

6. Of the Coustou lineage of sculptors, this probably refers to the Neoclassical Guillaume II (1716–1777).   7. Lines adapted from Act I of Molière's *Amphitrion*.
8. From Book IV of Vergil's *Aeneid*.

«A droite, me dit mon hôte, c'est l'appartement que je destine à la future Mme Alphonse. Votre chambre est au bout du corridor opposé. Vous sentez bien, ajouta-t-il d'un air qu'il voulait rendre fin, vous sentez bien qu'il faut isoler de nouveaux mariés. Vous êtes à un bout de la maison, eux à l'autre.»

Nous entrâmes dans une chambre bien meublée, où le premier objet sur lequel je portai la vue fut un lit long de sept pieds, large de six, et si haut qu'il fallait un escabeau pour s'y guinder. Mon hôte m'ayant indiqué la position de la sonnette, et s'étant assuré par lui-même que le sucrier était plein, les flacons d'eau de Cologne dûment placés sur la toilette, après m'avoir demandé plusieurs fois si rien ne me manquait, me souhaita une bonne nuit et me laissa seul.

Les fenêtres étaient fermées. Avant de me déshabiller, j'en ouvris une pour respirer l'air frais de la nuit, délicieux après un long souper. En face était le Canigou, d'un aspect admirable en tout temps, mais qui me parut ce soir-là la plus belle montagne du monde, éclairé qu'il était par une lueur resplendissante. Je demeurai quelques minutes à contempler sa silhouette merveilleuse, et j'allais fermer ma fenêtre, lorsque, baissant les yeux, j'aperçus la statue sur un piédestal à une vingtaine de toises de la maison. Elle était placée à l'angle d'une haie vive qui séparait un petit jardin d'un vaste carré parfaitement uni, qui, je l'appris plus tard, était le jeu de paume de la ville. Ce terrain, propriété de M. de Peyrehorade, avait été cédé par lui à la commune, sur les pressantes sollicitations de son fils.

A la distance où j'étais, il m'était difficile de distinguer l'attitude de la statue; je ne pouvais juger que de sa hauteur, qui me parut de six pieds environ. En ce moment, deux polissons de la ville passaient sur le jeu de paume, assez près de la haie, sifflant le joli air du Roussillon: *Montagnes régalades.* Ils s'arrêtèrent pour regarder la statue; un d'eux l'apostropha même à haute voix. Il parlait catalan; mais j'étais dans le Roussillon depuis assez longtemps pour pouvoir comprendre à peu près ce qu'il disait:

«Te voilà donc, coquine! (Le terme catalan était plus énergique.) Te voilà, disait-il. C'est donc toi qui as cassé la jambe à Jean Coll! Si tu étais à moi, je te casserais le cou.

— Bah! avec quoi? dit l'autre. Elle est de cuivre, et si dure qu'É-tienne a cassé sa lime dessus, essayant de l'entamer. C'est du cuivre du temps des païens; c'est plus dur que je ne sais quoi.

— Si j'avais mon ciseau à froid (il paraît que c'était un apprenti serrurier), je lui ferais bientôt sauter ses grands yeux blancs, comme je tirerais une amande de sa coquille. Il y a pour plus de cent sous d'argent.»

"To the right," said my host, "is the apartment I've set aside for the future Mme. Alphonse. Your room is at the opposite end of the corridor. You realize," he added in a tone he tried to make sly, "you realize, of course, that newlyweds have to be isolated. You're at one end of the house, they're at the other."

We entered a well-furnished room, in which the first object that caught my eye was a bed seven feet long, six feet wide, and so high that a stool was needed to clamber into it. After my host showed me where the bellpull was located, and made sure personally that the sugar bowl was full and the little bottles of eau de cologne duly placed on the dressing table, and after he asked me several times whether I had all I needed, he wished me good night and left me to myself.

The windows were shut. Before undressing, I opened one for a breath of the cool night air, so delightful after a big supper. Facing me was the Canigou, which always looks grand, but which, that evening, seemed to me the most beautiful mountain in the world, illuminated as it was by a resplendent glow. I stayed there a few minutes contemplating its wonderful silhouette, and I was about to shut my window when, lowering my eyes, I saw the statue on a pedestal about a hundred twenty feet from the house. It was placed at the angle of a quickset hedge that separated a small garden from a vast square space that was perfectly smooth; this, I learned later, was the town pelota court. That plot of land, the property of M. de Peyrehorade, had been deeded by him to the community at the urgent request of his son.

At my distance from it, it was hard for me to make out the posture of the statue; I could only estimate its height, which seemed to be about six feet. At that moment, two young scamps from town were walking across the pelota court, quite close to the hedge, whistling the pretty Roussillon tune "Royal Mountains." They stopped to look at the statue; one of them even addressed it aloud. He was speaking Catalan, but I had been in Roussillon long enough to be able to understand more or less what he was saying:

"So there you are, you hussy!" (The Catalan word was more forceful.) "There you are," he was saying. "So it was you who broke Jean Coll's leg! If you were mine, I'd break your neck."

"Oh, yes? What with?" said the other. "It's made of copper, and it's so hard that Étienne broke his file on it trying to cut into it. It's copper from pagan times; it's harder than I don't know what."

"If I had my cold chisel" (it seems he was a locksmith's apprentice), "I'd soon gouge out her big white eyes, just the way I'd take an almond out of its shell. There's more than five francs' worth of silver in them."

Ils firent quelques pas en s'éloignant.

«Il faut que je souhaite le bonsoir à l'idole», dit le plus grand des apprentis, s'arrêtant tout à coup.

Il se baissa, et probablement ramassa une pierre. Je le vis déployer le bras, lancer quelque chose, et aussitôt un coup sonore retentit sur le bronze. Au même instant l'apprenti porta la main à sa tête en poussant un cri de douleur.

«Elle me l'a rejetée!» s'écria-t-il.

Et mes deux polissons prirent la fuite à toute jambes. Il était évident que la pierre avait rebondi sur le métal, et avait puni ce drôle de l'outrage qu'il faisait à la déesse.

Je fermai la fenêtre en riant de bon cœur.

«Encore un Vandale puni par Vénus. Puissent tous les destructeurs de nos vieux monuments avoir ainsi la tête cassée!»

Sur ce souhait charitable, je m'endormis.

Il était grand jour quand je me réveillai. Auprès de mon lit étaient, d'un côté, M. de Peyrehorade, en robe de chambre; de l'autre un domestique envoyé par sa femme une tasse de chocolat à la main.

«Allons, debout, Parisien! Voilà bien mes paresseux de la capitale! disait mon hôte pendant que je m'habillais à la hâte. Il est huit heures, et encore au lit! je suis levé, moi, depuis six heures. Voilà trois fois que je monte, je me suis approché de votre porte sur la pointe du pied: personne, nul signe de vie. Cela vous fera mal de trop dormir à votre âge. Et ma Vénus que vous n'avez pas encore vue. Allons, prenez-moi vite cette tasse de chocolat de Barcelone . . . Vraie contrebande. Du chocolat comme on n'en a pas à Paris. Prenez des forces, car, lorsque vous serez devant ma Vénus, on ne pourra plus vous en arracher.»

En cinq minutes je fus prêt, c'est-à-dire à moitié rasé, mal boutonné, et brûlé par le chocolat que j'avalai bouillant. Je descendis dans le jardin, et me trouvai devant une admirable statue.

C'était bien une Vénus, et d'une merveilleuse beauté. Elle avait le haut du corps nu, comme les anciens représentaient d'ordinaire les grandes divinités; la main droite, levée à la hauteur du sein, était tournée, la paume en dedans, le pouce et les deux premiers doigts étendus, les deux autres légèrement ployés. L'autre main, rapprochée de la hanche, soutenait la draperie qui couvrait la partie inférieure du corps. L'attitude de cette statue rappelait celle du Joueur de mourre

They proceeded a few steps, moving away.

"I've got to wish the idol good night," said the taller apprentice, suddenly halting.

He stooped down, and probably picked up a stone. I saw him extend his arm and throw something, and at once a ringing blow echoed on the bronze. At the same instant the apprentice clapped his hand to his head, uttering a cry of pain.

"She threw it back at me!" he exclaimed.

And my two scamps lit out as fast as they could go. The stone had obviously bounced off the metal, punishing that rascal for his outrage against the goddess.

I shut the window, laughing heartily.

"One more vandal punished by Venus! May every destroyer of our old monuments have his head broken that way!"

After that charitable wish, I fell asleep.

It was broad daylight when I awoke. Beside my bed were, on one side, M. de Peyrehorade in a dressing gown; on the other, a servant sent by his wife, a cup of chocolate in his hand.

"Come on, Parisian, get up! A typical slugabed from the capital!" my host said while I dressed hastily. "It's eight o'clock, and you're still in bed! *I've* been up since six. This is the third time I've come upstairs and walked up to your door on tiptoe: nobody, no sign of life. It'll be bad for you to sleep too much at your age. And there's my Venus that you haven't seen yet. Come on, drink up this cup of Barcelona chocolate quickly . . . Pure contraband. You can't get chocolate like this in Paris. Fortify yourself, because when you're in front of my Venus, no one will be able to tear you away again."

In five minutes I was ready: that is, half-shaved, my buttons in the wrong holes, and my mouth burned by the chocolate I swallowed piping hot. I went down into the garden, and found myself facing a remarkable statue.

It was really a Venus, and extremely beautiful. The top of her body was nude, as the ancients customarily depicted the major deities; her right hand, raised to the level of her bosom, was turned palm inward with the thumb and first two fingers extended, and the two others slightly bent. Her other hand, close to her hip, held up the drapery that covered the lower part of her body. The posture of that statue recalled that of the *morra*[9] player generally identified (I really don't

---

9. The game of "how many fingers am I holding up?"

qu'on désigne, je ne sais trop pourquoi, sous le nom de Germanicus. Peut-être avait-on voulu représenter la déesse au jeu de mourre.

Quoi qu'il en soit, il est impossible de voir quelque chose de plus parfait que le corps de cette Vénus; rien de plus suave, de plus voluptueux que ses contours; rien de plus élégant et de plus noble que sa draperie. Je m'attendais à quelque ouvrage du Bas-Empire; je voyais un chef-d'œuvre du meilleur temps de la statuaire. Ce qui me frappait surtout, c'était l'exquise vérité des formes, en sorte qu'on aurait pu les croire moulées sur nature, si la nature produisait d'aussi parfaits modèles.

La chevelure, relevée sur le front, paraissait avoir été dorée autrefois. La tête, petite comme celle de presque toutes les statues grecques, était légèrement inclinée en avant. Quant à la figure, jamais je ne parviendrai à exprimer son caractère étrange, et dont le type ne se rapprochait de celui d'aucune statue antique dont il me souvienne. Ce n'était point cette beauté calme et sévère des sculpteurs grecs, qui, par système, donnaient à tous les traits une majestueuse immobilité. Ici, au contraire, j'observais avec surprise l'intention marquée de l'artiste de rendre la malice arrivant jusqu'à la méchanceté. Tous les traits étaient contractés légèrement: les yeux un peu obliques, la bouche relevée des coins, les narines quelque peu gonflées. Dédain, ironie, cruauté, se lisaient sur ce visage d'une incroyable beauté cependant. En vérité, plus on regardait cette admirable statue, et plus on éprouvait le sentiment pénible qu'une si merveilleuse beauté pût s'allier à l'absence de toute sensibilité.

«Si le modèle a jamais existé, dis-je à M. de Peyrehorade, et je doute que le Ciel ait jamais produit une telle femme, que je plains ses amants! Elle a dû se complaire à les faire mourir de désespoir. Il y a dans son expression quelque chose de féroce, et pourtant je n'ai jamais vu rien de si beau.

— *C'est Vénus tout entière à sa proie attachée!*»

s'écria M. de Peyrehorade, satisfait de mon enthousiasme.

Cette expression d'ironie infernale était augmentée peut-être par le contraste de ses yeux incrustés d'argent et très brillants avec la patine d'un vert noirâtre que le temps avait donnée à toute la statue. Ces yeux brillants produisaient une certaine illusion qui rappelait la réalité, la vie. Je me souvins de ce que m'avait dit mon guide, qu'elle faisait baisser les yeux à ceux qui la regardaient. Cela était presque vrai, et je

know why) as Germanicus. Perhaps the sculptor had intended to depict the goddess playing *morra*.

However that might be, it's impossible to find anything more
perfect than the body of that Venus; anything smoother or more
voluptuous than her curves; anything more elegant or noble than her
drapery. I had expected to see some piece from the Late Empire;
what I saw was a masterpiece from the greatest period of statuary.
What particularly struck me was the exquisite naturalness of the
curves, so that you might have thought they had been molded on a living model, if a live woman ever provided such a perfect subject.

Her hair, piled up on her forehead, seemed to have been gilded at
some time. Her head, small like that of almost every Greek statue, was
bent forward slightly. As for her face, I'll never succeed in describing
its strange character; the cast of its features was nothing like that of
any other ancient statue I can recall. It didn't have that calm, severe
beauty dear to the Greek sculptors, who made a rule of giving every
feature a majestic immobility. Here, on the other hand, I was surprised to observe the artist's evident intention of rendering a willful-
ness that bordered on malevolence. All the features were slightly contracted: the eyes a little oblique, the mouth raised at the corners, the
nostrils somewhat flaring. Disdain, irony, cruelty could be read on that
face, which was nevertheless unbelievably beautiful. To tell the truth,
the more you looked at that remarkable statue, the more you felt
pained that so wonderful a beauty could be allied to a total absence of
warm feelings.

"If the living model ever existed," I said to M. de Peyrehorade, "and
I doubt whether heaven ever produced such a woman, how I pity her
lovers! She must have taken pleasure in making them die of despair.
There's something ferocious in her expression, and yet I've never seen
anything so beautiful."

"It's Venus clinging to her prey with all her might!"[10]

exclaimed M. de Peyrehorade, pleased by my enthusiasm.

That expression of hellish irony was perhaps augmented by the
contrast between her very shiny silver-inlaid eyes and the blackish-
green patina with which time had coated the rest of the statue. Those
shining eyes created a certain illusion that recalled reality, life. I remembered what my guide had told me, that she made onlookers
lower their eyes. That was nearly true, and I was unable to repress a

10. From Act I of Racine's *Phèdre*.

ne pus me défendre d'un mouvement de colère contre moi-même en me sentant un peu mal à mon aise devant cette figure de bronze.

«Maintenant que vous avez tout admiré en détail, mon cher collègue en antiquaillerie, dit mon hôte, ouvrons, s'il vous plaît, une conférence scientifique. Que dites-vous de cette inscription, à laquelle vous n'avez point pris garde encore?»

Il me montrait le socle de la statue, et j'y lus ces mots:

CAVE AMANTEM

«*Quid dicis, doctissime?* me demanda-t-il en se frottant les mains. Voyons si nous nous rencontrerons sur le sens de ce *cave amantem!*

— Mais, répondis-je, il y a deux sens. On peut traduire: «Prends garde à celui qui t'aime, défie-toi des amants». Mais, dans ce sens, je ne sais si *cave amantem* serait d'une bonne latinité. En voyant l'expression diabolique de la dame, je croirais plutôt que l'artiste a voulu mettre en garde le spectateur contre cette terrible beauté. Je traduirais donc: «Prends garde à toi si *elle* t'aime.»

— Humph! dit M. de Peyrehorade, oui, c'est un sens admissible; mais, ne vous en déplaise, je préfère la première traduction, que je développerai pourtant. Vous connaissez l'amant de Vénus?

— Il y en a plusieurs.

— Oui; mais le premier, c'est Vulcain. N'a-t-on pas voulu dire: «Malgré toute ta beauté, ton air dédaigneux, tu auras un forgeron, un vilain boiteux pour amant?» Leçon profonde, monsieur, pour les coquettes!»

Je ne pus m'empêcher de sourire, tant l'explication me parut tirée par les cheveux.

«C'est une terrible langue que le latin avec sa concision», observai-je pour éviter de contredire formellement mon antiquaire, et je reculai de quelques pas afin de mieux contempler la statue.

«Un instant, collègue! dit M. de Peyrehorade en m'arrêtant par le bras, vous n'avez pas tout vu. Il y a encore une autre inscription. Montez sur le socle et regardez au bras droit.» En parlant ainsi, il m'aidait à monter.

Je m'accrochai sans trop de façon au cou de la Vénus, avec laquelle je commençais à me familiariser. Je la regardai même un instant *sous le nez*, et la trouvai de près encore plus méchante et encore plus belle. Puis je reconnus qu'il y avait, gravés sur le bras, quelques caractères d'écriture cursive antique, à ce qu'il me sembla. A grand renfort de besicles j'épelai ce qui suit, et cependant M. de Peyrehorade répétait chaque mot à mesure que je le prononçais, approuvant du geste et de la voix. Je lus donc:

gust of anger at myself for feeling a little uneasy in front of that bronze figure.

"Now that you've admired every detail, my dear colleague in classical studies," said my host, "let's begin a scholarly conference, if you don't mind. What do you say about this inscription, which you haven't noticed yet?"

He showed me the base of the statue, on which I read these words:

CAVE AMANTEM

"What do you say, learned colleague?" he asked, rubbing his hands together. "Let's see whether we can get together on the meaning of that *cave amantem!*"

"But," I replied, "there are two meanings. You can translate it as: 'Watch out for the man who loves you; don't trust your lovers.' But, in that meaning, I don't know whether *cave amantem* would be good Latin. As I look at the lady's diabolical expression, I'd rather be inclined to think that the artist wanted to warn the viewer against that terrible beauty. So I would translate: 'Watch out for yourself if *she* loves you.'"

"Humph!" said M. de Peyrehorade. "Yes, it's a possible meaning; but, begging your pardon, I prefer the first translation, which I'll expand upon, however. You know who Venus's lover was?"

"There are several."

"Yes; but the first is Vulcan. Wasn't the intended meaning: 'Despite all your beauty and your expression of disdain, you'll have a blacksmith, an ugly lame man, as your lover'? A profound lesson, sir, for coquettes!"

I couldn't help smiling, because I found the explanation so farfetched.

"Latin is a terrible language with its conciseness," I remarked to avoid contradicting my antiquary outright, and I took a few steps backward to observe the statue better.

"One moment, colleague!" said M. de Peyrehorade, holding me back by the arm. "You haven't seen everything. There's yet another inscription. Climb up on the base and look at the right arm." While saying this, he helped me climb up.

I held onto Venus's neck a little disrespectfully, since I was getting to know her. I even looked her straight in the face for a moment, and found her even more malevolent and more beautiful at close quarters. Then I observed that, engraved on her arm, there were a few letters in ancient cursive writing, as it seemed to me. Making much use of my spectacles, I spelled out the following text, while M. de Peyrehorade repeated every individual word after me, indicating his agreement with gesture and voice. What I read was:

VENERI TVRBVL . . .
EVTYCHES MYRO
IMPERIO FECIT.

Après ce mot TVRBVL de la première ligne, il me sembla qu'il y avait quelques lettres effacées; mais TVRBVL était parfaitement lisible.

«Ce qui veut dire? . . . me demanda mon hôte, radieux et souriant avec malice, car il pensait bien que je ne me tirerais pas facilement de ce TVRBVL.

— Il y a un mot que je ne m'explique pas encore, lui dis-je; tout le reste est facile. Eutychès Myron a fait cette offrande à Vénus par son ordre.

— A merveille. Mais TVRBVL, qu'en faites vous? Qu'est-ce que TVRBVL?

— TVRBVL m'embarrasse fort. Je cherche en vain quelque épithète connue de Vénus qui puisse m'aider. Voyons, que diriez-vous de TVR-BVLENTA? Vénus qui trouble, qui agite . . . Vous vous apercevez que je suis toujours préoccupé de son expression méchante. TVRBVLENTA, ce n'est point une trop mauvaise épithète pour Vénus, ajoutai-je d'un ton modeste, car je n'étais pas moi-même fort satisfait de mon explication.

— Vénus turbulente! Vénus la tapageuse! Ah! vous croyez donc que ma Vénus est une Vénus de cabaret? Point du tout, monsieur; c'est une Vénus de bonne compagnie. Mais je vais vous expliquer ce TVR-BVL . . . Au moins vous me promettez de ne point divulguer ma découverte avant l'impression de mon mémoire. C'est que, voyez-vous, je m'en fais gloire, de cette trouvaille-là . . . Il faut bien que vous nous laissiez quelques épis à glaner, à nous autres pauvres diables de provinciaux. Vous êtes si riches, messieurs les savants de Paris!»

Du haut du piédestal, où j'étais toujours perché, je lui promis solennellement que je n'aurais jamais l'indignité de lui voler sa découverte.

«TVRBVL . . . , monsieur, dit-il en se rapprochant et baissant la voix de peur qu'un autre que moi ne pût l'entendre, lisez TVRBVLNERÆ.

— Je ne comprends pas davantage.

— Écoutez bien. A une lieue d'ici, au pied de la montagne, il y a un village qui s'appelle Boulternère. C'est une corruption du mot latin TVRBVLNERA. Rien de plus commun que ces inversions. Boulternère, monsieur, a été une ville romaine. Je m'en étais toujours douté, mais jamais je n'en avais eu la preuve. La preuve, la voilà. Cette Vénus était la divinité topique de la cité de Boulternère, et ce mot de Boulternère, que je viens de démontrer d'origine antique, prouve une chose bien plus curieuse, c'est que Boulternère, avant d'être une ville romaine, a été une ville phénicienne!»

VENERI TVRBVL . . .
EVTYCHES MYRO
IMPERIO FECIT.

After the word TVRBVL in the first line I thought there were a few obliterated letters, but TVRBVL was perfectly legible.

"Which means . . . ?" asked my host, radiant and with a mischievous smile, because he didn't think I could easily cope with that TVRBVL.

"There's a word I can't explain yet," I replied. "All the rest is easy: 'Eutyches Myron made this offering to Venus at her command.'"

"Perfect. But what do you make of TVRBVL? What is TVRBVL?"

"TVRBVL gives me a lot of trouble. I'm seeking in vain for some known epithet of Venus that might help me out. Let's see, what would you say about TVRBVLENTA? Venus who creates anxiety, who perturbs . . . You can tell that I still have her malevolent expression on my mind. TVRBVLENTA isn't a very bad epithet for Venus," I added in a modest tone, because I myself wasn't very satisfied with my explanation.

"Turbulent Venus! Venus the troublemaker! Ah, so you think my Venus is a tavern brawler? Not a bit, sir; she's a Venus fit for good society. But I'll explain this TVRBVL . . . to you. You'll promise me at least not to divulge my discovery before my report is printed. You see, it's because I'm proud of this find . . . You've got to leave us a few stalks of grain to glean, us poor provincial devils. You're so rich, you Parisian scholars!"

From up on the pedestal, where I was still perched, I gave him my solemn promise that I'd never be so base as to steal his discovery.

"For TVRBVL . . . , sir," he said, coming closer and lowering his voice for fear that anyone else might hear him, "read: TVRBVLNERÆ."

"I still don't understand."

"Listen closely. A league from here, at the foot of the mountain, there's a village called Boulternère.[11] It's a corruption of the Latin name TVRBVLNERA. There's nothing more common than those metatheses. Boulternère, sir, was a Roman town. I had always suspected it, but had never had a proof of it. There you have the proof. This Venus was the local deity of the *civitas* of Boulternère, and that name Boulternère, whose ancient origin I have just demonstrated, proves something much more noteworthy: that, before it was a Roman town, Boulternère was a Phoenician town!"

---

11. Or Bouleternère, another real place.

Il s'arrêta un moment pour respirer et jouir de ma surprise. Je parvins à réprimer une forte envie de rire.

«En effet, poursuivit-il, TVRBVLNERA est pur phénicien, TVR, prononcez TOUR ... TOUR et SOUR, même mot, n'est-ce pas? SOUR est le nom phénicien de Tyr; je n'ai pas besoin de vous en rappeler le sens. BVL c'est Baal, Bâl, Bel, Bul, légères différences de prononciation. Quant à NERA, cela me donne un peu de peine. Je suis tenté de croire, faute de trouver un mot phénicien, que cela vient du grec νηρός, humide, marécageux. Ce serait donc un mot hybride. Pour justifier νηρός, je vous montrerai à Boulternère comment les ruisseaux de la montagne y forment des mares infectes. D'autre part, la terminaison NERA aurait pu être ajoutée beaucoup plus tard en l'honneur de Nera Pivesuvia, femme de Tétricus, laquelle aurait fait quelque bien à la cité de Turbul. Mais, à cause des mares, je préfère l'étymologie de νηρός.»

Il prit une prise de tabac d'un air satisfait.

«Mais laissons les Phéniciens, et revenons à l'inscription. Je traduis donc: A Vénus de Boulternère Myron dédie par son ordre cette statue, son ouvrage.»

Je me gardai bien de critiquer son étymologie, mais je voulus à mon tour faire preuve de pénétration, et je lui dis:

«Halte là, monsieur. Myron a consacré quelque chose, mais je ne vois nullement que ce soit cette statue.

— Comment! s'écria-t-il, Myron n'était-il pas un fameux sculpteur grec? Le talent se sera perpétué dans sa famille: c'est un de ses descendants qui aura fait cette statue. Il n'y a rien de plus sûr.

— Mais, répliquai-je, je vois sur le bras un petit trou. Je pense qu'il a servi à fixer quelque chose, un bracelet, par exemple, que ce Myron donna à Vénus en offrande expiatoire. Myron était un amant malheureux. Vénus était irritée contre lui: il l'apaisa en lui consacrant un bracelet d'or. Remarquez que *fecit* se prend fort souvent pour *consecravit*. Ce sont termes synonymes. Je vous en montrerais plus d'un exemple si j'avais sous la main Gruter ou bien Orelli. Il est naturel qu'un amoureux voie Vénus en rêve, qu'il s'imagine qu'elle lui commande de donner un bracelet d'or à sa statue. Myron lui consacra un bracelet ... Puis les barbares ou bien quelque voleur sacrilège ...

— Ah! qu'on voit bien que vous avez fait des romans! s'écria mon hôte en me donnant la main pour descendre. Non, monsieur, c'est un

He stopped for a minute to take a breath and to revel in my surprise. I managed to suppress a terrific urge to laugh.

"In fact," he continued, "TVRBVLNERA is pure Phoenician. TVR is to be pronounced "tour." Tur and Sur are the same name, aren't they? Sur is the Phoenician name for Tyre; I don't need to remind you what it means. BVL is Baal, Bâl, Bel, Bul, minor differences in pronunciation. As for NERA, that gives me a little trouble. I'm tempted to believe, for lack of finding a Phoenician word, that it comes from the Greek νηρός, 'humid, swampy.' And so it would be a hybrid name. To justify νηρός, I shall show you at Boulternère how the mountain streams pond up there into stagnant pools. Or else the ending NERA might have been added much later in honor of Nera Pivesuvia, wife of Taetricus; she might have made some benefaction to the *civitas* of Turbul. But, because of the pools, I prefer the etymology from νηρός."

He took a pinch of snuff with a contented air.

"But let's leave aside the Phoenicians and return to the inscription. Thus, I translate: 'To Venus of Boulternère Myron dedicates at her command this statue, his work.'"

I carefully refrained from criticizing his etymology, but I wanted to have my turn to demonstrate my powers of penetration, and I said:

"Stop right there, sir. Myron dedicated something, but I'm not at all sure it was this statue."

"What!" he exclaimed. "Wasn't Myron a famous Greek sculptor? His talent probably ran in his family, and one of his descendants probably made this statue. Nothing could be more certain."

"But," I retorted, "I see a little hole on the arm. I think it was used to attach something, an armlet, for example, which this Myron gave Venus as an expiatory offering. Myron was an unhappy lover. Venus was annoyed with him: he appeased her by presenting her with a golden armlet. Observe that *fecit* is very frequently used to mean *consecravit*, 'dedicated.' They're synonymous terms. I'd show you more than one example if I had my Gruterus[12] or Orelli[13] handy. It's natural for a man in love to see Venus in a dream and to imagine that she's ordering him to give her statue a golden armlet. Myron dedicated an armlet to her . . . Then the barbarians or some sacrilegious thief—"

"Ha! It's obvious that you've written fiction!" exclaimed my host,

---

12. Janus Gruterus (Jan van Gruyter, Dutch; 1560–1627), a specialist in Roman epigraphy. 13. Johann Kaspar von Orelli (Swiss; 1787–1849), a famous editor of Latin texts.

ouvrage de l'école de Myron. Regardez seulement le travail, et vous en conviendrez.»

M'étant fait une loi de ne jamais contredire à outrance les antiquaires entêtés, je baissai la tête d'un air convaincu en disant: «C'est un admirable morceau.

— Ah! mon Dieu, s'écria M. de Peyrehorade, encore un trait de vandalisme! On aura jeté une pierre à ma statue!»

Il venait d'apercevoir une marque blanche un peu au-dessus du sein de la Vénus. Je remarquai une trace semblable sur les doigts de la main droite, qui, je le supposai alors, avaient été touchés dans le trajet de la pierre, ou bien un fragment s'en était détaché par le choc et avait ricoché sur la main. Je contai à mon hôte l'insulte dont j'avais été témoin et la prompte punition qui s'en était suivie. Il en rit beaucoup, et, comparant l'apprenti à Diomède, il lui souhaita de voir, comme le héros grec, tous ses compagnons changés en oiseaux blancs.

La cloche du déjeuner interrompit cet entretien classique, et, de même que la veille, je fus obligé de manger comme quatre. Puis vinrent des fermiers de M. de Peyrehorade; et, pendant qu'il leur donnait audience, son fils me mena voir une calèche qu'il avait achetée à Toulouse pour sa fiancée, et que j'admirai, cela va sans dire. Ensuite j'entrai avec lui dans l'écurie, où il me tint une demi-heure à me vanter ses chevaux, à me faire leur généalogie, à me conter les prix qu'ils avaient gagnés aux courses du département. Enfin, il en vint à me parler de sa future, par la transition d'une jument grise qu'il lui destinait.

«Nous la verrons aujourd'hui, dit-il. Je ne sais si vous la trouverez jolie. Vous êtes difficiles, à Paris; mais tout le monde, ici et à Perpignan, la trouve charmante. Le bon, c'est qu'elle est fort riche. Sa tante de Prades lui a laissé son bien. Oh! je vais être fort heureux.»

Je fus profondément choqué de voir un jeune homme paraître plus touché de la dot que des beaux yeux de sa future.

«Vous vous connaissez en bijoux, poursuivit M. Alphonse, comment trouvez-vous ceci? Voici l'anneau que je lui donnerai demain.»

En parlant ainsi, il tirait de la première phalange de son petit doigt une grosse bague enrichie de diamants, et formée de deux mains entrelacées; allusion qui me parut infiniment poétique. Le travail en était ancien, mais je jugeai qu'on l'avait retouchée pour enchâsser les diamants. Dans l'intérieur de la bague se lisaient ces mots en lettres gothiques: *Sempr'ab ti,* c'est-à-dire, toujours avec toi.

lending me a hand to come down. "No, sir, it's a piece by the school of Myron. Just look at the workmanship, and you'll agree."

Having made it a rule never to contradict obstinate antiquaries out and out, I bowed my head, looking convinced, and saying:

"It's a remarkable piece."

"Oh, God!" exclaimed M. de Peyrehorade, "another act of vandalism! Someone seems to have thrown a stone at my statue!"

He had just noticed a white mark a little above Venus's bosom. I pointed out a similar trace on the fingers of her right hand, which I then assumed had been hit while the stone was flying, unless a piece of the stone had broken off at the impact and had ricocheted onto her hand. I narrated to my host the insult I had witnessed and the prompt punishment that had ensued. He had a good laugh at it, and, comparing the apprentice to Diomedes,[14] he wished that, like that Greek hero, he would see all his companions turned into white birds.

The luncheon bell interrupted that classical discussion, and just as on the previous evening, I was compelled to eat like four men. Then some tenant farmers of M. de Peyrehorade's arrived; and, while he attended to them, his son took me to see a carriage he had purchased in Toulouse for his fiancée; I admired it, naturally. Then I followed him into the stable, where he kept me half an hour boasting of his horses, tracing their pedigree, and telling me what prizes they had won in the département races. Finally, he got around to talking to me about his intended bride (the transition being accomplished by mention of a gray mare he was keeping for her use).

"We'll see her today," he said. "I don't know whether you'll find her pretty. You Parisians are hard to please; but everyone here and in Perpignan finds her charming. The good thing is that she's very rich. Her aunt in Prades left her everything she owned. Oh, I'm going to be quite happy."

I was deeply shocked to see a young man apparently more greatly affected by his bride's dowry than by her good looks.

"You're an expert in jewelry," continued M. Alphonse. "How do you like this? Here is the ring that I'll give her tomorrow."

As he said this, he removed from the first joint of his little finger a large ring adorned with diamonds and shaped like two intertwined hands; an allusion that I found infinitely poetic. The workmanship was old, but I gauged that it had been altered in order to set the diamonds into it. On the inner band of the ring could be read, in Gothic letters, the phrase "Always with you" in Catalan.

---

14. Who wounded Venus at Troy.

«C'est une jolie bague, lui dis-je; mais ces diamants ajoutés lui ont fait perdre un peu de son caractère.

— Oh! elle est bien plus belle comme cela, répondit-il en souriant. Il y a là pour douze cents francs de diamants. C'est ma mère qui me l'a donnée. C'était une bague de famille très ancienne . . . du temps de la chevalerie. Elle avait servi à ma grand-mère, qui la tenait de la sienne. Dieu sait quand cela a été fait.

— L'usage à Paris, lui dis-je, est de donner un anneau tout simple, ordinairement composé de deux métaux différents, comme de l'or et du platine. Tenez, cette autre bague, que vous avez à ce doigt, serait fort convenable. Celle-ci, avec ses diamants et ses mains en relief, est si grosse, qu'on ne pourrait mettre un gant par-dessus.

— Oh! Mme Alphonse s'arrangera comme elle voudra. Je crois qu'elle sera toujours bien contente de l'avoir. Douze cents francs au doigt, c'est agréable. Cette petite bague-là, ajouta-t-il en regardant d'un air de satisfaction l'anneau tout uni qu'il portait à la main, celle-là, c'est une femme à Paris qui me l'a donnée un jour de Mardi gras. Ah! comme je m'en suis donné quand j'étais à Paris, il y a deux ans! C'est là qu'on s'amuse! . . .» Et il soupira de regret.

Nous devions dîner ce jour-là à Puygarrig, chez les parents de la future; nous montâmes en calèche, et nous nous rendîmes au château, éloigné d'Ille d'environ une lieue et demie. Je fus présenté et accueilli comme l'ami de la famille. Je ne parlerai pas du dîner ni de la conversation qui s'ensuivit, et à laquelle je pris peu de part. M. Alphonse, placé à côté de sa future, lui disait un mot à l'oreille tous les quarts d'heure. Pour elle, elle ne levait guère les yeux, et chaque fois que son prétendu lui parlait, elle rougissait avec modestie, mais lui répondait sans embarras.

Mlle de Puygarrig avait dix-huit ans, sa taille souple et délicate contrastait avec les formes osseuses de son robuste fiancé. Elle était non seulement belle, mais séduisante. J'admirais le naturel parfait de toutes ses réponses; et son air de bonté, qui pourtant n'était pas exempt d'une légère teinte de malice, me rappela, malgré moi, la Vénus de mon hôte. Dans cette comparaison que je fis en moi-même, je me demandais si la supériorité de beauté qu'il fallait bien accorder à la statue ne tenait pas, en grande partie, à son expression de tigresse; car l'énergie, même dans les mauvaises passions, excite toujours en nous un étonnement et une espèce d'admiration involontaire.

«Quel dommage, me dis-je en quittant Puygarrig, qu'une si aimable personne soit riche, et que sa dot la fasse rechercher par un homme indigne d'elle!»

"It's a pretty ring," I said, "but those added diamonds have dena-tured it somewhat."

"Oh, it's much more beautiful this way," he answered with a smile. "It's got over twelve hundred francs' worth of diamonds on it. My mother gave it to me. It's a very old family heirloom . . . from the days of chivalry. It belonged to my grandmother, who got it from *hers*. God only knows when it was made."

"The custom in Paris," I said, "is to give a very simple ring, usually made of two different metals, such as gold and platinum. See, that other ring, the one you have on this finger, would be quite suitable. This one, with its diamonds and its hands in relief, is so big she wouldn't be able to put on a glove over it."

"Oh, Mme. Alphonse will manage it any way she wants. I think she'll still be very pleased to get it. Twelve hundred francs on your fin-ger is something pleasant. That other little ring," he added, looking at the very plain ring on his hand with an air of contentment, "that one was given to me by a woman in Paris one Mardi Gras. Oh, what a ball I had in Paris two years ago! That's the place for having fun! . . ." And he sighed with regret.

We were to dine at Puygarrig that day at the home of the bride's parents; we got into the carriage, and rode to the château, which was about a league and a half from Ille. I was introduced and welcomed as a friend of the family. I won't mention the dinner or the after-dinner conversation, in which I took little part. M. Alphonse, seated next to his bride, whispered something in her ear once every fifteen minutes. For her part, she scarcely raised her eyes, and every time her fiancé spoke to her, she blushed modestly but answered him without embar-rassment.

Mlle. de Puygarrig was eighteen; her figure, lithe and delicate, con-trasted with the bony shape of her robust fiancé. She was not only beautiful, but alluring. I admired the perfect naturalness of all her replies; and her kindly look, which wasn't devoid, however, of a slight tinge of mischievousness, reminded me, in spite of myself, of my host's Venus. When making that comparison mentally, I wondered whether the superiority in beauty that had to be conceded to the statue wasn't largely due to its tigress-like expression; because energy, even in evil passions, always arouses amazement in us, and a sort of in-voluntary admiration.

"What a pity," I said to myself on leaving Puygarrig, "that such a lov-able girl should be rich, and that her dowry makes her sought after by a man unworthy of her!"

En revenant à Ille, et ne sachant trop que dire à Mme de Peyrehorade, à qui je croyais convenable d'adresser quelquefois la parole:

«Vous êtes bien esprits forts en Roussillon! m'écriai-je; comment, madame, vous faites un mariage un vendredi! A Paris, nous aurions plus de superstition; personne n'oserait prendre femme un tel jour.

— Mon Dieu! ne m'en parlez pas, me dit-elle, si cela n'avait dépendu que de moi, certes on eût choisi un autre jour. Mais Peyrehorade l'a voulu, et il a fallu lui céder. Cela me fait de la peine pourtant. S'il arrivait quelque malheur? Il faut bien qu'il y ait une raison car enfin pourquoi tout le monde a-t-il peur du vendredi?

— Vendredi! s'écria son mari, c'est le jour de Vénus! Bon jour pour un mariage! Vous le voyez, mon cher collègue, je ne pense qu'à ma Vénus. D'honneur! c'est à cause d'elle que j'ai choisi le vendredi. Demain, si vous voulez, avant la noce, nous lui ferons un petit sacrifice, nous sacrifierons deux palombes, et, si je savais où trouver de l'encens . . .

Fi donc, Peyrehorade! interrompit sa femme scandalisée au dernier point. Encenser une idole! Ce serait une abomination! Que dirait-on de nous dans le pays?

— Au moins, dit M. de Peyrehorade, tu me permettras de lui mettre sur la tête une couronne de roses et de lis:

Manibus date lilia plenis.

Vous le voyez, monsieur, la charte est un vain mot. Nous n'avons pas la liberté des cultes!»

Les arrangements du lendemain furent réglés de la manière suivante. Tout le monde devait être prêt et en toilette à dix heures précises. Le chocolat pris, on se rendrait en voiture à Puygarrig. Le mariage civil devait se faire à la mairie du village, et la cérémonie religieuse dans la chapelle du château. Viendrait ensuite un déjeuner. Après le déjeuner on passerait le temps comme l'on pourrait jusqu'à sept heures. A sept heures, on retournerait à Ille, chez M. de Peyrehorade, où devaient souper les deux familles réunies. Le reste s'ensuit naturellement. Ne pouvant danser, on avait voulu manger le plus possible.

Dès huit heures, j'étais assis devant la Vénus, un crayon à la main, recommençant pour la vingtième fois la tête de la statue, sans pouvoir parvenir à en saisir l'expression. M. de Peyrehorade allait et venait au-

Returning to Ille, and not quite knowing what to say to Mme. de Peyrehorade, whom I thought it proper to address occasionally, I exclaimed:

"You're really freethinkers here in Roussillon! What, ma'am, you schedule a wedding for a Friday! In Paris, we'd be more superstitious; no one would dare to take a wife on that day."

"Oh, dear! Don't talk to me about it," she said. "If it had been up to me alone, we would surely have picked a different day. But Peyrehorade insisted, and I had to give in to him. And yet it bothers me. What if some disaster should happen? There must be some reason behind it, or else why is everyone so afraid of Friday?"

"Friday," her husband exclaimed, "is *vendredi,* Venus's day! A good day for a wedding! You see, my dear colleague, my Venus is always on my mind. Honestly! It's because of her that I picked a Friday. Tomorrow, if you wish, before the wedding, we'll make a little sacrifice to her, we'll sacrifice two doves, and, if I knew where to find some incense . . ."

"Shame on you, Peyrehorade!" his wife interrupted, shocked in the highest degree. "To burn incense to an idol! It would be an abomination! What would the people around here say about us?"

"At least," said M. de Peyrehorade, "you'll allow me to put a garland of roses and lilies on her head:

"Strew lilies with full hands.[15]

"You see, sir, the Charter[16] is an empty word. We don't enjoy religious freedom!"

The arrangements for the next day were settled in the following manner. Everyone was to be ready and fully dressed by ten on the dot. After drinking chocolate, we were to take the carriage to Puygarrig. The civil marriage was to take place at the village hall, and the religious ceremony in the château chapel. A luncheon would follow. After lunch we'd spend our time as best we could until seven. At seven we'd return to Ille, to M. de Peyrehorade's house, where the two families were to sup together. All the rest follows naturally. Since dancing was ruled out, it had been decided to eat as much as possible.

By eight o'clock I was seated in front of the Venus, pencil in hand, starting on the head of the statue for the twentieth time, without succeeding in capturing its expression. M. de Peyrehorade was walking

15. From Book VI of Vergil's *Aeneid.*   16. The charter promulgated by Louis XVIII at the Restoration in 1814, creating a constitutional monarchy and granting a number of civic freedoms.

tour de moi, me donnait des conseils, me répétait ses étymologies phéniciennes; puis disposait des roses du Bengale sur le piédestal de la statue, et d'un ton tragicomique lui adressait des vœux pour le couple qui allait vivre sous son toit. Vers neuf heures il rentra pour songer à sa toilette, te en même temps parut M. Alphonse, bien serré dans un habit neuf, en gants blancs, souliers vernis, boutons ciselés, une rose à la boutonnière.

«Vous ferez le portrait de ma femme? me dit-il en se penchant sur mon dessin. Elle est jolie aussi.»

En ce moment commençait, sur le jeu de paume dont j'ai parlé, une partie qui, sur-le-champ, attira l'attention de M. Alphonse. Et moi, fatigué, et désespérant de rendre cette diabolique figure, je quittai bientôt mon dessin pour regarder les joueurs. Il y avait parmi eux quelques muletiers espagnols arrivés de la veille. C'étaient des Aragonais et des Navarrois, presque tous d'une adresse merveilleuse. Aussi les Illois, bien qu'encouragés par la présence et les conseils de M. Alphonse, furent-ils assez promptement battus par ces nouveaux champions. Les spectateurs nationaux étaient consternés. M. Alphonse regarda sa montre. Il n'était encore que neuf heures et demie. Sa mère n'était pas coiffée. Il n'hésita plus: il ôta son habit, demanda une veste, et défia les Espagnols. Je le regardais faire en souriant, et un peu surpris.

«Il faut soutenir l'honneur du pays», dit-il.

Alors je le trouvai vraiment beau. Il était passionné. Sa toilette, qui l'occupait si fort tout à l'heure, n'était plus rien pour lui. Quelques minutes avant, il eût craint de tourner la tête de peur de déranger sa cravate. Maintenant il ne pensait plus à ses cheveux frisés ni à son jabot si bien plissé. Et sa fiancée? . . . Ma foi, si cela eût été nécessaire, il aurait, je crois, fait ajourner le mariage. Je le vis chausser à la hâte une paire de sandales, retrousser ses manches, et, d'un air assuré, se mettre à la tête du parti vaincu, comme César ralliant ses soldats à Dyrrachium. Je sautai la haie, et me plaçai commodément à l'ombre d'un micocoulier, de façon à bien voir les deux camps.

Contre l'attente générale, M. Alphonse manqua la première balle; il est vrai qu'elle vint rasant la terre et lancée avec une force surprenante par un Aragonais qui paraissait être le chef des Espagnols.

C'était un homme d'une quarantaine d'années, sec et nerveux, haut de six pieds, et sa peau olivâtre avait une teinte presque aussi foncée que le bronze de la Vénus.

M. Alphonse jeta sa raquette à terre avec fureur.

back and forth around me, giving me advice, and repeating his Phoenician etymologies; then he arranged Bengal roses on the pedestal of the statue, and in a tragicomic mode addressed her with wishes for the couple who were going to live beneath his roof. Around nine he went back in to finish dressing, and at the same time out came M. Alphonse, tucked snugly into a new suit, with white gloves, patent-leather shoes, engraved buttons, and a rose in his buttonhole.

"Will you do a portrait of my wife?" he asked, bending over my drawing. "She's pretty, too."

At that moment, on the pelota court that I've mentioned, a game was beginning; it immediately attracted M. Alphonse's attention. For my part, weary and despairing of my ability to render that diabolical face, I soon abandoned my drawing to watch the players. Among them were a few Spanish muleteers who had arrived the day before. They were from Aragon and Navarre, and almost all unusually skillful. And so the natives of Ille, though spurred on by M. Alphonse's presence and advice, were rather promptly beaten by those new champions. The local onlookers were dismayed. M. Alphonse glanced at his watch. It was still only nine-thirty. His mother's hairdo wasn't finished. He hesitated no longer: he took off his coat, asked for a short jacket, and challenged the Spaniards. As I watched him do that, I smiled, and I was a little surprised.

"I've got to uphold the honor of my country," he said.

Then I found him truly handsome. He was impassioned. His outfit, which had been so much on his mind a while ago, no longer meant a thing to him. A few minutes earlier, he would have been afraid to turn his head in case he might twist his cravat out of place. Now he no longer thought about his curled hair or his carefully pleated jabot. And his bride? . . . I swear: if it had been necessary, I think he would have had the wedding postponed. I saw him hastily put on a pair of sandals, roll up his sleeves, and with an air of assurance, take the lead of the beaten side, like Caesar rallying his soldiers at Durazzo. I jumped over the hedge and took up a comfortable stand in the shade of a Provençal elm, so I could see both sides clearly.

Contrary to everyone's expectations, M. Alphonse missed the first ball; true, it was hugging the ground, and had been served with surprising force by an Aragonese who seemed to be the leader of the Spaniards.

He was a man of about forty, thin and sinewy, six feet tall, and his olive skin had a tint almost as dark as the Venus's bronze.

M. Alphonse threw his racket to the ground furiously.

«C'est cette maudite bague, s'écria-t-il, qui me serre le doigt et me fait manquer une balle sûre!»

Il ôta, non sans peine, sa bague de diamants; je m'approchais pour la recevoir; mais il me prévint, courut à la Vénus, lui passa la bague au doigt annulaire, et reprit son poste à la tête des Illois.

Il était pâle, mais calme et résolu. Dès lors il ne fit plus une seule faute, et les Espagnols furent battus complètement. Ce fut un beau spectacle que l'enthousiasme des spectateurs: les uns poussaient mille cris de joie en jetant leurs bonnets en l'air; d'autres lui serraient les mains, l'appelant l'honneur du pays. S'il eût repoussé une invasion, je doute qu'il eût reçu des félicitations plus vives et plus sincères. Le chagrin des vaincus ajoutait encore à l'éclat de sa victoire.

«Nous ferons d'autres parties, mon brave, dit-il à l'Aragonais d'un ton de supériorité; mais je vous rendrai des points.»

J'aurais désiré que M. Alphonse fût plus modeste, et je fus presque peiné de l'humiliation de son rival.

Le géant espagnol ressentit profondément cette insulte. Je le vis pâlir sous sa peau basanée. Il regardait d'un air morne sa raquette en serrant les dents; puis, d'une voix étouffée, il dit tout bas: *Me lo pagarás.*

La voix de M. de Peyrehorade troubla le triomphe de son fils: mon hôte, fort étonné de ne point le trouver présidant aux apprêts de la calèche neuve, le fut bien plus encore en le voyant tout en sueur la raquette à la main. M. Alphonse courut à la maison, se lava la figure et les mains, remit son habit neuf et ses souliers vernis, et cinq minutes après nous étions au grand trot sur la route de Puygarrig. Tous les joueurs de paume de la ville et grand nombre de spectateurs nous suivirent avec des cris de joie. A peine les chevaux vigoureux qui nous traînaient pouvaient-ils maintenir leur avance sur ces intrépides Catalans.

Nous étions à Puygarrig, et le cortège allait se mettre en marche pour la mairie, lorsque M. Alphonse, se frappant le front, me dit tout bas:

«Quelle brioche! J'ai oublié la bague! Elle est au doigt de la Vénus, que le diable puisse emporter! Ne le dites pas à ma mère au moins. Peut-être qu'elle ne s'apercevra de rien.

— Vous pourriez envoyer quelqu'un, lui dis-je.

— Bah! mon domestique est resté à Ille, ceux-ci, je ne m'y fie guère. Douze cents francs de diamants! cela pourrait en tenter plus d'un. D'ailleurs que penserait-on ici de ma distraction? Ils se moqueraient trop de moi. Ils m'appelleraient le mari de la statue . . .

"It's this damned ring," he exclaimed, "pinching my finger and making me miss a sure ball!"

Not without difficulty he removed his diamond ring; I was going over to hold it for him, but he forestalled me, running to the Venus and slipping it onto her ring finger; then he resumed his place at the head of the Ille team.

He was pale, but calm and resolved. From then on he didn't commit a single error, and the Spaniards were completely beaten. The enthusiasm of the onlookers was a fine sight: some were uttering a thousand cries of joy, tossing their caps in the air; others were shaking his hands, calling him the honor of their country. If he had repelled an invasion, I don't think he'd have received warmer or sincerer congratulations. The vexation of the losers added even more to the glory of his victory.

"We'll play other games, my good man," he said to the Aragonese in a high-handed way, "but you'll be no match for me."

I could have wished M. Alphonse to be more modest, and I was almost hurt by his rival's humiliation.

The Spanish giant greatly resented that insult. I saw him go pale under his swarthy skin. He was looking at his racket glumly and gritting his teeth; then, in a choked voice, he said very quietly in Spanish: "I'll get even with you for this."

M. de Peyrehorade's voice disturbed his son's triumph: my host, mightily surprised not to find him occupied with preparing the new carriage, was even more so to see him bathed in sweat, the racket in his hand. M. Alphonse ran into the house, washed his face and hands, put his new coat and patent-leather shoes back on, and five minutes later we were at a full trot on the road to Puygarrig. All the pelota players in town and a large number of onlookers followed us with shouts of joy. The vigorous horses that drew us could hardly maintain their lead over those intrepid Catalans.

We were at Puygarrig, and the procession was about to set out for the village hall, when M. Alphonse, striking his forehead, said to me very quietly:

"How stupid of me! I've forgotten the ring! It's on the finger of the Venus, may the devil take her! At any rate, don't tell my mother. Maybe she won't notice anything."

"You could send someone for it," I said.

"No! My valet stayed in Ille, and the ones here I hardly trust. Twelve hundred francs' worth of diamonds! That could tempt more than one man. Besides, what would the people here think about my absentmindedness? They'd have too rich a laugh on me. They'd call

Pourvu qu'on ne me la vole pas! Heureusement que l'idole fait peur à mes coquins. Ils n'osent l'approcher à longueur de bras. Bah! ce n'est rien; j'ai une autre bague.»

Les deux cérémonies civile et religieuse s'accomplirent avec la pompe convenable; et Mlle de Puygarrig reçut l'anneau d'une modiste de Paris, sans se douter que son fiancé lui faisait le sacrifice d'un gage amoureux. Puis on se mit à table, où l'on but, mangea, chanta même, le tout fort longuement. Je souffrais pour la mariée de la grosse joie qui éclatait autour d'elle: pourtant elle faisait meilleure contenance que je ne l'aurais espéré, et son embarras n'était ni de la gaucherie ni de l'affectation.

Peut-être le courage vient-il avec les situations difficiles.

Le déjeuner terminé quand il plut à Dieu, il était quatre heures, les hommes allèrent se promener dans le parc, qui était magnifique, ou regardèrent danser sur la pelouse du château les paysannes de Puygarrig, parées de leurs habits de fête. De la sorte, nous employâmes quelques heures. Cependant les femmes étaient fort empressées autour de la mariée, qui leur faisait admirer sa corbeille. Puis elle changea de toilette, et je remarquai qu'elle couvrit ses beaux cheveux d'un bonnet et d'un chapeau à plumes, car les femmes n'ont rien de plus pressé que de prendre, aussitôt qu'elles le peuvent, les parures que l'usage leur défend de porter quand elles sont encore demoiselles.

Il était près de huit heures quand on se disposa à partir pour Ille. Mais d'abord eut lieu une scène pathétique. La tante de Mlle de Puygarrig, qui lui servait de mere, femme très âgée et fort dévote, ne devait point aller avec nous à la ville. Au départ elle fit à sa nièce un sermon touchant sur ses devoirs d'épouse, duquel sermon résulta un torrent de larmes et des embrassements sans fin. M. de Peyrehorade comparait cette séparation à l'enlèvement des Sabines. Nous partîmes pourtant, et, pendant la route, chacun s'évertua pour distraire la mariée et la faire rire; mais ce fut en vain.

A Ille, le souper nous attendait, et quel souper! Si la grosse joie du matin m'avait choqué, je le fus bien davantage des équivoques et des plaisanteries dont le marié et la mariée surtout furent l'objet. Le marié, qui avait disparu un instant avant de se mettre à table, était pâle et d'un sérieux de glace. Il buvait à chaque instant du vieux vin de Collioure presque aussi fort que de l'eau-de-vie. J'étais à côté de lui, et me crus obligé de l'avertir:

«Prenez garde! on dit que le vin . . .»

Je ne sais quelle sottise je lui dis pour me mettre à l'unisson des convives.

me the statue's husband . . . I hope nobody steals it from me! Fortunately the idol scares off the rascals. They don't dare come within arm's length of it. Bah, it's nothing! I've got another ring."

The two ceremonies, civil and religious, took place with the suitable pomp; and Mlle. de Puygarrig received the ring that had belonged to a Parisian milliner, never suspecting that her bridegroom was sacrificing a love token for her. Then we sat down at the table, where we drank, ate, and even sang, all of it at very great length. I felt bad for the bride because of the rough merriment and noise all around her, but she put on a better face than I might have hoped, and her embarrassment was due neither to awkwardness nor to affectation.

Perhaps courage comes to one in difficult situations.

The luncheon finally over when God so willed, it was four o'clock; the men went for a stroll in the park of the château, which was magnificent, or watched the peasant girls of Puygarrig, dressed in their feast-day clothes, dancing on the lawn. In that way, we spent a few hours. Meanwhile, the women were bustling around the bride, who was letting them admire the groom's gifts to her. Then she changed clothes, and I noticed that she covered her beautiful hair with a close-fitting cap and a plumed hat, because women find nothing so urgent as to put on, the minute they can, the adornments which custom forbids them to wear while still single.

It was almost eight when we prepared to leave for Ille. But first a touching scene took place. Mlle. de Puygarrig's aunt, who was like a mother to her, a very old and very pious woman, was not to go to town with us. At our leavetaking, she delivered a sermon to her niece about her wifely duties, and that sermon unleashed an endless flood of tears and embraces. M. de Peyrehorade compared that separation to the rape of the Sabine women. We finally left, all the same, and on the way everyone strove to distract the bride and make her laugh, but in vain.

At Ille, supper awaited us, and what a supper! If I had been shocked by the coarse merriment in the morning, I was all the more so by the double entendres and jokes at the expense of the groom and especially the bride. The groom, who had vanished for a moment before sitting down at the table, was pale and deadly serious. Every moment he'd drink some of the old wine from Collioure, which was nearly as strong as brandy. I was next to him, and felt obliged to warn him:

"Be careful! They say that wine . . ."

I don't know what foolish thing I told him in order to join in with the other guests.

Il me poussa le genou, et très bas il me dit:

«Quand on se lèvera de table . . . , que je puisse vous dire deux mots.»

Son ton solennel me surprit. Je le regardai plus attentivement, et je remarquai l'étrange altération de ses traits.

«Vous sentez-vous indisposé? lui demandai-je.

— Non.»

Et il se remit à boire.

Cependant, au milieu des cris et des battements de mains, un enfant de onze ans, qui s'était glissé sous la table, montrait aux assistants un joli ruban blanc et rose qu'il venait de détacher de la cheville de la mariée. On appelle cela sa jarretière. Elle fut aussitôt coupée par morceaux et distribuée aux jeunes gens, qui en ornèrent leur boutonnière, suivant un antique usage qui se conserve encore dans quelques familles patriarcales. Ce fut pour la mariée une occasion de rougir jusqu'au blanc des yeux . . . Mais son trouble fut au comble lorsque M. de Peyrehorade, ayant réclamé le silence, lui chanta quelques vers catalans, impromptu, disait-il. En voici le sens, si je l'ai bien compris:

«Qu'est-ce donc, mes amis? le vin que j'ai bu me fait-il voir double? Il y a deux Vénus ici . . .»

Le marié tourna brusquement la tête d'un air effaré, qui fit rire tout le monde.

«Oui, poursuivit M. de Peyrehorade, il y a deux Vénus sous mon toit. L'une, je l'ai trouvée dans la terre comme une truffe; l'autre, descendue des cieux, vient de nous partager sa ceinture.»

Il voulait dire sa jarretière.

«Mon fils, choisis de la Vénus romaine ou de la catalane celle que tu préfères. Le maraud prend la catalane, et sa part est la meilleure. La romaine est noire, la catalane est blanche. La romaine est froide, la catalane enflamme tout ce qui l'approche.»

Cette chute excita un tel hourra, des applaudissements si bruyants et des rires si sonores, que je crus que le plafond allait nous tomber sur la tête. Autour de la table il n'y avait que trois visages sérieux, ceux des mariés et le mien. J'avais un grand mal de tête: et puis, je ne sais pourquoi, un mariage m'attriste toujours. Celui-là, en outre, me dégoûtait un peu.

Les derniers couplets ayant été chantés par l'adjoint du maire, et ils étaient fort lestes, je dois le dire, on passa dans le salon pour jouir du départ de la mariée, qui devait être bientôt conduite à sa chambre, car il était près de minuit.

M. Alphonse me tira dans l'embrasure d'une fenêtre, et me dit en détournant les yeux:

He shoved my knee, and said very quietly:

"When we leave the table . . . , may I speak to you briefly?"

His solemn tone surprised me. I looked at him more closely, and I noticed the odd distortion of his features.

"Are you feeling unwell?" I asked.

"No."

And he started drinking again.

Meanwhile, amid shouting and clapping, an eleven-year-old boy, who had slipped under the table, was showing those present a pretty white-and-pink ribbon he had just unfastened from the bride's ankle. They call that her garter. It was immediately cut into pieces, which were distributed among the young men; they decorated their button-holes with them, in accordance with an old custom which is still ob-served in a few patriarchal families. For the bride this was an occasion to blush to the whites of her eyes . . . But her agitation reached its peak when M. de Peyrehorade, having called for silence, sang a few Catalan verses to her, an impromptu, as he called it. This was their meaning, if I understood correctly:

"What is this, my friends? Is the wine I drank making me see dou-ble? There are two Venuses here . . ."

The bridegroom turned his head away abruptly, looking frightened; this made everyone laugh.

"Yes," continued M. de Peyrehorade, "there are two Venuses under my roof. One, I found in the earth like a truffle; the other, descending from heaven, has just shared her girdle with us."

He meant her garter.

"My son, between the Roman and the Catalan Venus, choose the one you prefer. The rascal is taking the Catalan, and is choosing wisely. The Roman is black, the Catalan is white. The Roman is cold, the Catalan kindles all that comes near her."

That conclusion aroused such a hurrah, such noisy applause and ringing laughter, that I thought the ceiling would fall down on our heads. Around the table there were only three serious faces, those of the newlyweds and mine. I had a bad headache; and besides, I don't know why, but a wedding always makes me sad. That one, further-more, was disgusting me a little.

After the last ditties were sung by the deputy mayor—and they were quite spicy, I must say—we moved into the drawing room to enjoy the leavetaking of the bride, who was soon to be escorted to her room, it being nearly midnight.

M. Alphonse drew me into a window recess, and said, turning away his eyes:

«Vous allez vous moquer de moi . . . Mais je ne sais ce que j'ai . . . je suis ensorcelé! le diable m'emporte!»

La première pensée qui me vint fut qu'il se croyait menacé de quelque malheur du genre de ceux dont parlent Montaigne et Mme de Sévigné:

«Tout l'empire amoureux est plein d'histoires tragiques, etc.»

Je croyais que ces sortes d'accidents n'arrivaient qu'aux gens d'esprit, me dis-je à moi-même.

«Vous avez trop bu de vin de Collioure, mon cher monsieur Alphonse, lui dis-je. Je vous avais prévenu.

— Oui, peut-être. Mais c'est quelque chose de bien plus terrible.»

Il avait la voix entrecoupée. Je le crus tout à fait ivre.

«Vous savez bien, mon anneau? poursuivit-il après un silence.

— Eh bien, on l'a pris?

— Non.

— En ce cas, vous l'avez?

— Non . . . je . . . je ne puis l'ôter du doigt de cette diable de Vénus.

— Bon! vous n'avez pas tiré assez fort.

— Si fait . . . Mais la Vénus . . . elle a serré le doigt.»

Il me regardait fixement d'un air hagard, s'appuyant à l'espagnolette pour ne pas tomber.

«Quel conte! lui dis-je. Vous avez trop enfoncé l'anneau. Demain vous l'aurez avec des tenailles. Mais prenez garde de gâter la statue.

— Non, vous dis-je. Le doigt de la Vénus est retiré, reployé; elle serre la main, m'entendez-vous? . . . C'est ma femme, apparemment, puisque je lui ai donné mon anneau . . . Elle ne veut plus le rendre.»

J'éprouvai un frisson subit, et j'eus un instant la chair de poule. Puis, un grand soupir qu'il fit m'envoya une bouffée de vin, et toute émotion disparut.

Le misérable, pensai-je, est complètement ivre.

«Vous êtes antiquaire, monsieur, ajouta le marié d'un ton lamentable, vous connaissez ces statues-là . . . il y a peut-être quelque ressort, quelque diablerie, que je ne connais point . . . Si vous alliez voir?

— Volontiers, dis-je. Venez avec moi.

— Non, j'aime mieux que vous y alliez seul.»

Je sortis du salon.

Le temps avait changé pendant le souper, et la pluie commençait à

"You're going to laugh at me . . . But I don't know what's wrong with me . . . I'm bewitched! The devil is carrying me off!"

The first thought that came to me was that he believed himself threatened by some misfortune of the kind mentioned by Montaigne and Mme. de Sévigné:[17]

"The entire domain of love is full of tragic stories," etc.

"I thought that kind of accident only happened to bright people," I said to myself.

"You've drunk too much wine from Collioure, my dear Alphonse," I told him. "I warned you."

"Yes, maybe. But this is something much worse."

His voice was choppy. I thought he was dead drunk.

"You know my ring?" he continued after a short silence.

"Well, did somebody take it?"

"No."

"In that case, you have it?"

"No. . . . I . . . I can't get it off that devil Venus's finger."

"Is that all? You didn't pull hard enough."

"Yes, I did. . . . But the Venus . . . closed her finger."

He was staring at me with drawn features, leaning on the casement hasp to keep from falling.

"What a tall story!" I said. "You pushed the ring on too hard. Tomorrow you'll retrieve it with pliers. But make sure you don't damage the statue."

"No, I tell you. The Venus's finger is drawn back, bent back; her hand is clenched, do you understand? . . . She's my wife, apparently, since I gave her my ring . . . She refuses to give it back."

I felt a sudden shudder, and for a moment I had gooseflesh. Then, a great sigh that he heaved blew a puff of winy breath at me, and all my emotion disappeared.

"The poor fool is dead drunk," I thought.

"You're an antiquary, sir," the bridegroom added in piteous tones, "you know all about those statues . . . Maybe there's some hidden spring, some damned contraption, that I don't know about . . . Would you go and look?"

"Gladly," I said. "Come with me."

"No, I'd prefer it if you went by yourself."

I left the drawing room.

The weather had changed during supper, and rain was beginning to

---

17. Temporary impotence.

tomber avec force. J'allais demander un parapluie, lorsqu'une réflexion m'arrêta. «Je serais un bien grand sot, me dis-je, d'aller vérifier ce que m'a dit un homme ivre! Peut-être, d'ailleurs, a-t-il voulu me faire quelque méchante plaisanterie pour apprêter à rire à ces honnêtes provinciaux; et le moins qu'il puisse m'en arriver c'est d'être trempé jusqu'aux os et d'attraper un bon rhume.»

De la porte je jetai un coup d'œil sur la statue ruisselante d'eau, et je montai dans ma chambre sans rentrer dans le salon. Je me couchai; mais le sommeil fut long à venir. Toutes les scènes de la journée se représentaient à mon esprit. Je pensais à cette jeune fille si belle et si pure abandonnée à un ivrogne brutal. Quelle odieuse chose, me disais-je, qu'un mariage de convenance! Un maire revêt une écharpe tricolore, un curé une étole, et voilà la plus honnête fille du monde livrée au Minotaure! Deux êtres qui ne s'aiment pas, que peuvent-ils se dire dans un pareil moment, que deux amants achèteraient au prix de leur existence? Une femme peut-elle jamais aimer un homme qu'elle aura vu grossier une fois? Les premières impressions ne s'effacent pas, et, j'en suis sûr, ce M. Alphonse méritera bien d'être haï . . .

Durant mon monologue, que j'abrège beaucoup, j'avais entendu force allées et venues dans la maison, les portes s'ouvrir et se fermer, des voitures partir; puis il me semblait avoir entendu sur l'escalier les pas légers de plusieurs femmes se dirigeant vers l'extrémité du corridor opposée à ma chambre. C'était probablement le cortège de la mariée qu'on menait au lit. Ensuite on avait redescendu l'escalier. La porte de Mme de Peyrehorade s'était fermée. Que cette pauvre fille, me dis-je, doit être troublée et mal à son aise! Je me tournais dans mon lit de mauvaise humeur. Un garçon joue un sot rôle dans une maison où s'accomplit un mariage.

Le silence régnait depuis quelque temps lorsqu'il fut troublé par des pas lourds qui montaient l'escalier. Les marches de bois craquèrent fortement.

«Quel butor! m'écriai-je. Je parie qu'il va tomber dans l'escalier.»

Tout redevint tranquille. Je pris un livre pour changer le cours de mes idées. C'était une statistique du département, ornée d'un mémoire de M. de Peyrehorade sur les monuments druidiques de l'arrondissement de Prades. Je m'assoupis à la troisième page.

Je dormis mal et me réveillai plusieurs fois. Il pouvait être cinq heures du matin, et j'étais éveillé depuis plus de vingt minutes, lorsque le coq chanta. Le jour allait se lever. Alors j'entendis distinctement les mêmes pas lourds, le même craquement de l'escalier que j'avais entendu avant de m'endormir. Cela me parut singulier. J'essayai, en bâil-

fall heavily. I was about to ask for an umbrella, when a thought stopped me. "I'd be a damned fool," I told myself, "to go and check on what a drunken man told me! Besides, he may have wanted to play some practical joke on me to raise a laugh among these honorable provincials; and the least that can happen to me is to get soaked to the skin and catch a bad cold!"

From the doorway I cast a glance at the statue, with water running down it, and I went upstairs to my room without returning to the drawing room. I went to bed, but sleep was long in coming. All the events of the day were reviewed in my mind. I thought about that young woman, so beautiful and pure, delivered up to a brutal drunk-ard. "What a hateful thing," I said to myself, "a marriage of conve-nience is! A mayor puts on a tricolor sash, a priest puts on a stole, and the most honorable girl in the world is handed over to the Minotaur! What can two people who don't love each other say to each other at a moment like that, which two lovers would purchase with their lives? Can a woman ever love a man whom she has once seen behaving coarsely? First impressions are never erased, and I'm sure that this M. Alphonse will deserve to be hated. . . ."

During my monologue, which I here abridge considerably, I had heard a lot of coming and going in the house: doors opening and clos-ing, carriages driving off; then I had thought I heard on the staircase the light footfalls of several women heading for the end of the corri-dor opposite my room. It was probably the escort of the bride, who was being led to her bedroom. Then they had gone back down the stairs. Mme. de Peyrehorade's door had closed. "How agitated that poor girl must be," I said to myself, "how ill at ease!" I was tossing in my bed because of my bad mood. A bachelor is out of place in a house where a wedding takes place.

Silence had reigned for some time when it was broken by heavy footfalls climbing the stairs. The wooden steps creaked loudly.

"What an ox!" I exclaimed. "I bet he falls on the stairs!"

Everything became calm again. I picked up a book so I could think about other things. It was a statistical record of the département, em-bellished with a report by M. de Peyrehorade on the druidic monu-ments in the arrondissement of Prades. I got drowsy by the third page.

I slept badly, waking up several times. It might have been five in the morning, and I had been up for more than twenty minutes, when the cock crew. Day was about to break. Then I distinctly heard the same heavy footfalls, the same creaking of the stairs, that I had heard before falling asleep. I found this odd. While yawning, I tried to guess why

lant, de deviner pourquoi M. Alphonse se levait si matin. Je n'imaginais rien de vraisemblable. J'allais refermer les yeux lorsque mon attention fut de nouveau excitée par des trépignements étranges auxquels se mêlèrent bientôt le tintement des sonnettes et le bruit de portes qui s'ouvraient avec fracas, puis je distinguai des cris confus.

«Mon ivrogne aura mis le feu quelque part!» pensais-je en sautant à bas de mon lit.

Je m'habillai rapidement et j'entrai dans le corridor. De l'extrémité opposée partaient des cris et des lamentations, et une voix déchirante dominait toutes les autres: «Mon fils! mon fils!» Il était évident qu'un malheur était arrivé à M. Alphonse. Je courus à la chambre nuptiale: elle était pleine de monde. Le premier spectacle qui frappa ma vue fut le jeune homme à demi vêtu, étendu en travers sur le lit dont le bois était brisé. Il était livide, sans mouvement. Sa mère pleurait et criait à côté de lui. M. de Peyrehorade s'agitait, lui frottait les tempes avec de l'eau de Cologne, on lui mettait des sels sous le nez. Hélas! depuis longtemps son fils était mort. Sur un canapé, à l'autre bout de la chambre, était la mariée, en proie à d'horribles convulsions. Elle poussait des cris inarticulés, et deux robustes servantes avaient toutes les peines du monde à la contenir.

«Mon Dieu! m'écriai-je, qu'est-il donc arrivé?»

Je m'approchai du lit et soulevai le corps du malheureux jeune homme; il était déjà raide et froid. Ses dents serrées et sa figure noircie exprimaient les plus affreuses angoisses. Il paraissait assez que sa mort avait été violente et son agonie terrible. Nulle trace de sang cependant sur ses habits. J'écartai sa chemise et vis sur sa poitrine une empreinte livide qui se prolongeait sur les côtes et le dos. On eût dit qu'il avait été étreint dans un cercle de fer. Mon pied posa sur quelque chose de dur qui se trouvait sur le tapis; je me baissai et vis la bague de diamants.

J'entraînai M. de Peyrehorade et sa femme dans leur chambre; puis j'y fis porter la mariée.

«Vous avez encore une fille, leur dis-je, vous lui devez vos soins.» Alors je les laissai seuls.

Il ne me paraissait pas douteux que M. Alphonse n'eût été victime d'un assassinat dont les auteurs avaient trouvé moyen de s'introduire la nuit dans la chambre de la mariée. Ces meurtrissures à la poitrine, leur direction circulaire m'embarrassaient beaucoup pourtant, car un bâton ou une barre de fer n'aurait pu les produire. Tout d'un coup, je me souvins d'avoir entendu dire qu'à Valence des braves se servaient de longs sacs de cuir remplis de sable fin pour assommer les gens dont

M. Alphonse was getting up so early. I couldn't think of any likely reason. I was about to shut my eyes again when my attention was once more aroused by peculiar stamping, soon mingled with the ringing of bedroom bells and the sound of doors being thrown open noisily; then I could make out confused cries.

"My drunkard must have set fire to something!" I thought, as I jumped out of bed.

I dressed quickly and went out into the corridor. Shouts and laments were issuing from the opposite end, and one piercing voice dominated all the others: "My son! My son!" Obviously some disaster had befallen M. Alphonse. I ran to the bridal chamber: it was full of people. The first sight to meet my eyes was the young man, half-dressed, stretched out crosswise on the bed, the wooden frame of which was broken. He was livid, motionless. His mother was weeping and shouting beside him. M. de Peyrehorade was bustling about, rubbing his son's temples with eau de cologne and putting smelling salts to his nose. Alas! His son had been dead for quite a while. On a sofa, at the other end of the room, was the bride, in the grip of horrible convulsions. She was uttering inarticulate cries, and two robust servant women had their hands full restraining her.

"My God!" I exclaimed. "What could have happened?"

I approached the bed and lifted the body of the unfortunate young man; he was already stiff and cold. His gritted teeth and blackened face expressed the most frightful anguish. It was quite clear that his death had been violent, and his agony terrible. Yet there was no trace of blood on his clothing. I opened his shirt and saw on his chest a livid imprint that extended over his ribs and back. He looked as if an iron hoop had tightened around him. My foot touched something hard that was lying on the rug; I bent down and saw the diamond ring.

I dragged M. de Peyrehorade and his wife into their own room; then I had the bride brought there.

"You still have a daughter," I told them, "and you owe her your attentions." Then I left them alone.

I felt there was no doubt that M. Alphonse had been the victim of murderers who had found some way to infiltrate the bridal chamber during the night. Those bruises on his chest and their circular direction gave me a lot of trouble, however, because a club or an iron bar couldn't have caused them. Suddenly I remembered having heard that at Valence assassins used long leather bags filled with fine sand to kill people for whose death they had been paid. I immediately

on leur avait payé la mort. Aussitôt, je me rappelai le muletier aragonais et sa menace; toutefois, j'osais à peine penser qu'il eût tiré une si terrible vengeance d'une plaisanterie légère.

J'allais dans la maison, cherchant partout des traces d'effraction, et n'en trouvant nulle part. Je descendis dans le jardin pour voir si les assassins avaient pu s'introduire de ce côté; mais je ne trouvai aucun indice certain. La pluie de la veille avait d'ailleurs tellement détrempé le sol, qu'il n'aurait pu garder d'empreinte bien nette. J'observai pourtant quelques pas profondément imprimés dans la terre; il y en avait dans deux directions contraires, mais sur une même ligne, partant de l'angle de la haie contiguë au jeu de paume et aboutissant à la porte de la maison. Ce pouvaient être les pas de M. Alphonse lorsqu'il était allé chercher son anneau au doigt de la statue. D'un autre côté, la haie, en cet endroit, étant moins fourrée qu'ailleurs, ce devait être sur ce point que les meurtriers l'auraient franchie. Passant et repassant devant la statue, je m'arrêtai un instant pour la considérer. Cette fois, je l'avouerai, je ne pus contempler sans effroi son expression de méchanceté ironique; et, la tête toute pleine des scènes horribles dont je venais d'être le témoin, il me sembla voir une divinité infernale applaudissant au malheur qui frappait cette maison.

Je regagnai ma chambre et j'y restai jusqu'à midi. Alors je sortis et demandai des nouvelles de mes hôtes. Ils étaient un peu plus calmes. Mlle de Puygarrig, je devrais dire la veuve de M. Alphonse, avait repris connaissance. Elle avait même parlé au procureur du roi de Perpignan, alors en tournée à Ille, et ce magistrat avait reçu sa déposition. Il me demanda la mienne. Je lui dis ce que je savais, et ne lui cachai pas mes soupçons contre le muletier aragonais. Il ordonna qu'il fût arrêté sur-le-champ.

«Avez-vous appris quelque chose de Mme Alphonse? demandai-je au procureur du roi, lorsque ma déposition fut écrite et signée.

— Cette malheureuse jeune femme est devenue folle, me dit-il en souriant tristement. Folle! tout à fait folle. Voici ce qu'elle conte:

Elle était couchée, dit-elle, depuis quelques minutes, les rideaux tirés, lorsque la porte de sa chambre s'ouvrit, et quelqu'un entra. Alors Mme Alphonse était dans la ruelle du lit, la figure tournée vers la muraille. Elle ne fit pas un mouvement, persuadée que c'était son mari. Au bout d'un instant, le lit cria comme s'il était chargé d'un poids énorme. Elle eut grand-peur, mais n'osa pas tourner la tête. Cinq minutes, dix minutes peut-être . . . elle ne peut se rendre compte du temps, se passèrent de la sorte. Puis elle fit un mouve-

recalled the Aragonese muleteer and his threat; all the same, I hardly dared to think he would have exacted so terrible a revenge for an insignificant jest.

I went to and fro in the house, looking all over for signs of breaking in, but not finding any anywhere. I went down to the garden to see whether the killers had been able to get in that way, but I found no definite clue. Besides, the rain of the night before had so soaked the ground that it couldn't have retained a very clear imprint. And yet I did observe a few footprints deeply impressed into the earth; they led in two opposite directions, but along a single line, starting from the corner of the hedge adjacent to the pelota court and ending at the door to the house. They could be the prints left by M. Alphonse when he went to retrieve his ring from the statue's finger. On the other hand, the hedge was less dense at that spot than elsewhere, and it must have been there that the killers had made their way through it. Walking back and forth in front of the statue, I stopped for a moment to study it. This time, I confess, I was unable to observe without fright its expression of ironical malevolence; and, my head filled with the horrible scenes I had just witnessed, I felt as if I were beholding an infernal deity exulting in the disaster which was befalling that house.

I returned to my room and stayed in it till noon. Then I left it, and asked my hosts whether there was any news. They were a little calmer. Mlle. de Puygarrig, or I should say M. Alphonse's widow, had regained consciousness. She had even spoken to the royal prosecutor from Perpignan, who was then in Ille on his circuit, and that magistrate had taken down her statement. He asked me for mine. I told him what I knew, and I didn't conceal from him the suspicions I harbored against the Aragonese muleteer. He ordered him arrested immediately.

"Did you find out anything from Mme. Alphonse?" I asked the royal prosecutor, after my statement was written out and signed.

"That unfortunate young woman has gone mad," he said with a sad smile. "Mad! Completely mad. Here's her story:

"She says she had been in bed for a few minutes, with the curtains drawn, when the door to her room opened and someone came in. At that moment, Mme. Alphonse was in bed alongside the narrow space next to it, her face turned to the wall. She didn't budge, since she was sure it was her husband. A moment later, the bed groaned as if it had been burdened with an enormous weight. She was very frightened, but didn't dare turn her head. Five minutes, perhaps ten minutes—she can't calculate the time—went by in this way. Then she made an involuntary movement,

ment involontaire, ou bien la personne qui était dans le lit en fit un, et elle sentit le contact de quelque chose de froid comme la glace, ce sont ses expressions. Elle s'enfonça dans la ruelle, tremblant de tous ses membres. Peu après, la porte s'ouvrit une seconde fois, et quelqu'un entra, qui dit: «Bonsoir, ma petite femme.» Bientôt après, on tira les rideaux. Elle entendit un cri étouffé. La personne qui était dans le lit, à côté d'elle, se leva sur son séant et parut étendre les bras en avant. Elle tourna la tête alors . . . et vit, dit-elle son mari à genoux auprès du lit, la tête à la hauteur de l'oreiller, entre les bras d'une espèce de géant verdâtre qui l'étreignait avec force. Elle dit, et m'a répété vingt fois, pauvre femme! . . . elle dit qu'elle a reconnu . . . devinez-vous? La Vénus de bronze, la statue de M. de Peyrehorade . . . Depuis qu'elle est dans le pays, tout le monde en rêve. Mais je reprends le récit de la malheureuse folle. A ce spectacle, elle perdit connaissance, et probablement depuis quelques instants elle avait perdu la raison. Elle ne peut en aucune façon dire combien de temps elle demeura évanouie. Revenue à elle, elle revit le fantôme, ou la statue, comme elle dit toujours, immobile, les jambes et le bas du corps dans le lit, le buste et les bras étendus en avant, et entre ses bras son mari, sans mouvement. Un coq chanta. Alors la statue sortit du lit, laissa tomber le cadavre et sortit. Mme Alphonse se pendit à la sonnette, et vous savez le reste.»

On amena l'Espagnol; il était calme, et se défendit avec beaucoup de sang-froid et de présence d'esprit. Du reste, il ne nia pas le propos que j'avais entendu, mais il l'expliquait, prétendant qu'il n'avait voulu dire autre chose, sinon que le lendemain, reposé qu'il serait, il aurait gagné une partie de paume à son vainqueur. Je me rappelle qu'il ajouta:

«Un Aragonais, lorsqu'il est outragé, n'attend pas au lendemain pour se venger. Si j'avais cru que M. Alphonse eût voulu m'insulter, je lui aurais sur-le-champ donné de mon couteau dans le ventre.»

On compara ses souliers avec les empreintes de pas dans le jardin; ses souliers étaient beaucoup plus grands.

Enfin l'hôtelier chez qui cet homme était logé assura qu'il avait passé toute la nuit à frotter et à médicamenter un de ses mulets qui était malade.

D'ailleurs cet Aragonais était un homme bien famé, fort connu dans le pays où il venait tous les ans pour son commerce. On le relâcha donc en lui faisant des excuses.

J'oubliais la déposition d'un domestique qui le dernier avait vu M. Alphonse vivant. C'était au moment qu'il allait monter chez sa femme, et, appelant cet homme, il lui demanda d'un air d'inquiétude s'il savait

or else the other person in the bed made one, and she felt the contact of something as cold as ice: that's her expression. She curled up right beside the narrow space between the bed and the wall, shivering all over. Shortly thereafter, the door opened for a second time, and someone came in, saying: 'Good evening, wife dear.' Not long after that, the curtains were opened. She heard a muffled cry. The person who was in bed beside her sat up and seemed to stretch out his or her arms straight ahead. Then she turned her head and, as she says, she saw her husband on his knees beside the bed, his head at the level of the pillow, in the arms of a sort of greenish giant that was hugging him tightly. She says (and she repeated it to me twenty times, the poor woman!), . . . she says she recognized—guess what? The bronze Venus, M. de Peyrehorade's statue . . . Ever since it's been in the area, everybody dreams about it. But let me continue the unhappy madwoman's story. At that sight, she passed out, and probably she had lost her mind a few minutes earlier. In no way can she tell how long she remained in a faint. When she came to, she saw the phantom again—or the statue, as she keeps saying—motionless, its legs and lower body in the bed, its upper torso and arms held out straight in front of it, and in those arms, her husband, making no movement. A cock crew. Then the statue got out of bed, dropped the corpse, and left the room. Mme. Alphonse tugged the bellpull, and you know the rest."

The Spaniard was led in; he was calm, and he defended himself very coolly and with great presence of mind. Moreover, he didn't deny having made the remark I had overheard, but he explained it, claiming that all he had meant was that the next day, when he was rested, he'd win a pelota match from his vanquisher. I recall that he added:

"When an Aragonese is badly insulted, he doesn't wait until the next day to take revenge. If I had thought M. Alphonse had wished to insult me, I would have plunged my knife into his stomach at once."

His shoes were compared against the footprints in the garden; his shoes were much larger.

Finally, the innkeeper in whose place that man was staying testified that he had spent the whole night rubbing down and doctoring one of his mules, which was ailing.

Besides, that Aragonese was a man of very good reputation, well known in the town because he came there on business every year. And so he was released with apologies.

I almost forgot to mention the statement made by a house servant who had been the last to see M. Alphonse alive. It was just when he was about to go up to his wife; summoning that man, he asked him nervously whether he knew where I was. The servant replied that he

où j'étais. Le domestique répondit qu'il ne m'avait point vu. Alors M. Alphonse fit un soupir et resta plus d'une minute sans parler, puis il dit: *Allons! le diable l'aura emporté aussi!*

Je demandai à cet homme si M. Alphonse avait sa bague de diamants lorsqu'il lui parla. Le domestique hésita pour répondre; enfin il dit qu'il ne le croyait pas, qu'il n'y avait fait au reste aucune attention.

«S'il avait eu cette bague au doigt, ajouta-t-il en se reprenant, je l'aurais sans doute remarquée, car je croyais qu'il l'avait donnée à Mme Alphonse.»

En questionnant cet homme, je ressentais un peu de la terreur superstitieuse que la déposition de Mme Alphonse avait répandue dans toute la maison. Le procureur du roi me regarda en souriant, et je me gardai bien d'insister.

Quelques heures après les funérailles de M. Alphonse, je me disposai à quitter Ille. La voiture de M. de Peyrehorade devait me conduire à Perpignan. Malgré son état de faiblesse, le pauvre vieillard voulut m'accompagner jusqu'à la porte de son jardin. Nous le traversâmes en silence, lui se traînant à peine, appuyé sur mon bras. Au moment de nous séparer, je jetai un dernier regard sur la Vénus. Je prévoyais bien que mon hôte, quoiqu'il ne partageât point les terreurs et les haines qu'elle inspirait à une partie de sa famille, voudrait se défaire d'un objet qui lui rappellerait sans cesse un malheur affreux. Mon intention était de l'engager à la placer dans un musée. J'hésitais pour entrer en matière, quand M. de Peyrehorade tourna machinalement la tête du côté où il me voyait regarder fixement. Il aperçut la statue et aussitôt fondit en larmes. Je l'embrassai, et, sans oser lui dire un seul mot, je montai dans la voiture.

Depuis mon départ je n'ai point appris que quelque jour nouveau soit venu éclairer cette mystérieuse catastrophe.

M. de Peyrehorade mourut quelques mois après son fils. Par son testament il m'a légué ses manuscrits, que je publierai peut-être un jour. Je n'y ai point trouvé le mémoire relatif aux inscriptions de la Vénus.

P.S. Mon ami M. de P. vient de m'écrire de Perpignan que la statue n'existe plus. Après la mort de son mari, le premier soin de Mme de Peyrehorade fut de la faire fondre en cloche, et sous cette nouvelle forme elle sert à l'église d'Ille. Mais, ajoute M. de P., il semble qu'un mauvais sort poursuive ceux qui possèdent ce bronze. Depuis que cette cloche sonne à Ille, les vignes ont gelé deux fois.

1837

hadn't seen me. Whereupon M. Alphonse heaved a sigh and remained more than a minute without speaking; then he said: "What can I do? The devil has probably carried *him* off, too!"

I asked that man whether M. Alphonse was wearing his diamond ring when he spoke to him. The servant hesitated before replying; finally he said that he didn't think so, but that he hadn't been paying any attention to that.

"If he had had that ring on his finger," he added, as a second thought, "I would no doubt have noticed it, because I thought he had given it to Mme. Alphonse."

While questioning that man, I sensed some of the superstitious terror that Mme. Alphonse's statement had spread throughout the household. The royal prosecutor looked at me with a smile, and I took good care not to press the matter.

A few hours after M. Alphonse's funeral, I got ready to leave Ille. M. de Peyrehorade's carriage was to take me to Perpignan. Despite his weakened condition, the poor old man insisted on accompanying me to his garden gate. We crossed the garden in silence; he was dragging himself along, leaning on my arm. Just as we were taking leave of each other, I cast a final glance at the Venus. I foresaw clearly that, even though my host had no share in the terror and hatred it inspired in some of his family, he would want to get rid of an object which would constantly remind him of a frightful disaster. I intended to make him promise to house it in a museum. I was hesitating to broach the subject, when M. de Peyrehorade automatically turned his head in the direction in which he saw me staring. He caught sight of the statue and immediately burst into tears. I embraced him, and, not daring to say a single word to him, I got into the carriage.

Since my departure I have never heard about any new light being shed on that mysterious catastrophe.

M. de Peyrehorade died a few months after his son did. In his will he bequeathed his manuscripts to me, and I may publish them some day. Among them I failed to find his report about the inscriptions on his Venus.

P.S.: My friend P. has just written me from Perpignan that the statue no longer exists. After her husband's death, Mme. de Peyrehorade's first concern was to have it melted down into a bell, and in that new guise it serves the church in Ille. But, P. adds, it seems that bad luck hounds anyone who possesses that bronze. Since that bell has been ringing in Ille, the grapevines have frozen twice.

1837

VILLIERS DE L'ISLE-ADAM

L'intersigne

A Monsieur l'abbé Victor de Villiers de l'Isle-Adam.

Attende, homo, quid fuisti ante ortum et quod eris usque ad occasum. Profecto fuit quod non eras. Postea, de vili materia factus, in utero matris de sanguine menstruali nutritus, tunica tua fuit pellis secundina. Deinde, in vilissimo panno involutus, progressus es ad nos, — sic indutus et ornatus! Et non memor es quæ sit origo tua. Nihil est aliud homo quam sperma fœtidum, saccus stercorum, cibus vermium. Scientia, sapientia, ratio, sine Deo sicut nubes transeunt.

Post hominem vermis; post vermem fœtor et horror. Sic, in non hominem, vertitur omnis homo.

Cur carnem tuam adornas et impinguas quam, post paucos dies, vermes devoraturi sunt in sepulchro, animam, vero, tuam non adornas, — quæ Deo et Angelis ejus præsentenda est in cœlis!

SAINT BERNARD (*Méditations*, t. ii).
Bollandistes (*Préparation au Jugement dernier*).

Un soir d'hiver qu'entre gens de pensée nous prenions le thé, autour d'un bon feu, chez l'un de nos amis, le baron Xavier de la V*** (un pâle jeune homme que d'assez longues fatigues militaires, subies, très jeune encore, en Afrique, avaient rendu d'une débilité de tempérament et d'une sauvagerie de mœurs peu communes), la conversation tomba sur un sujet des plus sombres: il était question de la *nature* de ces coïncidences extraordinaires, stupéfiantes, mystérieuses, qui surviennent dans l'existence de quelques personnes.

— Voici une histoire, nous dit-il, que je n'accompagnerai d'aucun commentaire. Elle est véridique. Peut-être la trouverez-vous impressionnante.

VILLIERS DE L'ISLE-ADAM

Second Sight

To Father Victor de Villiers de l'Isle-Adam.[1]

Pay heed, O man, to that which you were before your sunrise and that which you will be until your sunset. Surely there was a time when you did not exist. Afterward, made of base matter, nourished in your mother's womb with menstrual blood, you wore as your garment the secundine membrane. Later, swathed in the basest cloth, you made your way to us—thus habited and adorned! And you do not recall what your origin was. Man is nothing but stinking sperm, a sack of manure, food for worms. Knowledge, wisdom, and reason, when without God, pass by like the clouds.

After man, the worm; after the worm, corruption and horror. Thus every man is changed into nonman.

Why do you adorn and fatten your flesh, which, after very few days, the worms are to devour in the grave, whereas you fail to adorn your soul—which is to be presented to God and his angels in heaven?

SAINT BERNARD (*Meditations*, Vol. II).
Bollandists (*Preparation for the Last Judgment*).

One winter evening when we were drinking tea around a good fire, among thinking people, at the home of one of our friends, Baron Xavier de la V—— (a pale young man whose unusually weak nerves and unsociable ways were the result of quite lengthy labors in the army, endured in Africa while he was still very young), the conversation turned to one of the gloomiest subjects: it involved the *nature* of those extraordinary, dumbfounding, mysterious coincidences that occur in the lives of some people.

"Here is a story," he said to us, "to which I shall add no commentary. It is true. Perhaps you will find that it makes an impression on you."

---

1. An uncle of the author's; a country priest.

Nous allumâmes des cigarettes et nous écoutâmes le récit suivant:

— En 1876, au solstice de l'automne, vers ce temps où le nombre, toujours croissant, des inhumations accomplies à la légère, — beaucoup trop précipitées enfin, — commençait à révolter la Bourgeoisie parisienne et à la plonger dans les alarmes, un certain soir, sur les huit heures, à l'issue d'une séance de spiritisme des plus curieuses, je me sentis, en rentrant chez moi, sous l'influence de ce spleen héréditaire dont la noire obsession déjoue et réduit à néant les efforts de la Faculté.

C'est en vain qu'à l'instigation doctorale j'ai dû, maintes fois, m'enivrer du breuvage d'Avicenne[a]; en vain me suis-je assimilé, sous toutes formules, des quintaux de fer et, foulant aux pieds tous les plaisirs, ai-je fait descendre, nouveau Robert d'Arbrissel, le vif-argent de mes ardentes passions jusqu'à la température des Samoyèdes, rien n'a prévalu! — Allons! Il paraît, décidément, que je suis un personnage taciturne et morose! Mais il faut aussi que, sous une apparence nerveuse, je sois, comme on dit, bâti à chaux et à sable, pour me trouver encore à même, après tant de soins, de pouvoir contempler les étoiles.

Ce soir-là donc, une fois dans ma chambre, en allumant un cigare aux bougies de la glace, je m'aperçus que j'étais mortellement pâle! et je m'ensevelis dans un ample fauteuil, vieux meuble en velours grenat capitonné où le vol des heures, sous mes longues songeries, me semble moins lourd. L'accès de spleen devenait pénible jusqu'au malaise, jusqu'à l'accablement! Et, jugeant impossible d'en secouer les ombres par aucune distraction mondaine, — surtout au milieu des horribles soucis de la capitale, — je résolus, par essai, de m'éloigner de Paris, d'aller prendre un peu de nature au loin, de me livrer à de vifs exercices, à quelques salubres parties de chasse, par exemple, pour tenter de diversifier.

A peine cette pensée me fut-elle venue, *à l'instant même* où je me décidai pour cette ligne de conduite, le nom d'un vieil ami, oublié depuis des années, l'abbé Maucombe, me passa dans l'esprit.

— L'abbé Maucombe! . . . dis-je, à voix basse.

Ma dernière entrevue avec le savant prêtre datait du moment de son départ pour un long pèlerinage en Palestine. La nouvelle de son

---

a. Le séné (Avicéné). (*Hist.*)

We lit cigarettes and we listened to the narrative that follows:

"In 1876, at the autumn solstice,[2] around that time when the constantly increasing number of carelessly performed burials—at least, much too hasty ones—was beginning to disgust the Parisian bourgeoisie and give it cause for alarm, one evening at eight, coming out of a spiritualist séance that had been extremely curious, on my way home I found myself under the influence of that hereditary melancholy which, with its dark obsession, baffles the efforts of the medical faculty and reduces them to nothing.

"It was in vain that, at the suggestion of doctors, I had frequently had to drug myself with Avicenna's beverage;[a] in vain I had ingested, in every pharmaceutical form, hundredweights of iron and, trampling every pleasure underfoot, like a new Robert of Arbrissel,[3] I had let the quicksilver of my ardent passions sink to the temperature of the Samoyede lands—nothing did any good! What can I say? It definitely seems that I am a taciturn, morose character! But it's also clear that, despite my outward nervousness, I have an iron constitution, as the saying goes, if after all these troubles I am still able to contemplate the stars.

"Anyway, on that evening, once back in my room, lighting a cigar at the candles by the mirror, I noticed that I was mortally pale! And I buried myself in a capacious armchair, an old piece of furniture upholstered in garnet velvet, in which the fleeting of the hours, during my long reveries, seems less burdensome to me. The fit of melancholy was becoming painful to the point of indisposition, to the point of despondency! And, deeming it impossible to shake off its gloom by means of any social distraction—especially amid the fearful worries in the capital—I determined to take my chances, to leave Paris, to go and enjoy a little nature far away, to engage in strenuous activities, in a few healthful days of hunting, for example, in order to try and diversify my way of life.

"As soon as that idea came to me, *at the very moment* when I decided on that line of conduct, the name of an old friend, whom I had forgotten for years, Father Maucombe, crossed my mind.

"'Father Maucombe!' I said quietly.

"My last meeting with that learned priest had been on the occasion of his departure for a long pilgrimage to the Holy Land. The news of

---

2. Thus in the original!   [a] Senna (Avicenna). (*Historical.*) [Author's footnote; the etymology is incorrect.]   3. A Breton monk (ca. 1045–1116), a church reformer, hermit, preacher of the First Crusade, and founder of a major abbey.

retour m'était parvenue autrefois. Il habitait l'humble presbytère d'un petit village en Basse-Bretagne. Maucombe devait y disposer d'une chambre quelconque, d'un réduit? — Sans doute, il avait amassé, dans ses voyages, quelques anciens volumes? des curiosités du Liban? Les étangs, auprès des manoirs voisins, recélaient, à le parier, du canard sauvage? . . . Quoi de plus opportun! . . . Et, si je voulais jouir, avant les premiers froids, de la dernière quinzaine du féerique mois d'octobre dans les rochers rougis, si je tenais à voir encore resplendir les longs soirs d'automne sur les hauteurs boisées, je devais me hâter!

La pendule sonna neuf heures.

Je me levai; je secouai la cendre de mon cigare. Puis, en homme de décision, je mis mon chapeau, ma houppelande et mes gants; je pris ma valise et mon fusil; je soufflai les bougies et je sortis — en fermant sournoisement et à triple tour la vieille serrure à secret qui fait l'orgueil de ma porte.

Trois quarts d'heure après, le convoi de la ligne de Bretagne m'emportait vers le petit village de Saint-Maur, desservi par l'abbé Maucombe; j'avais même trouvé le temps, à la gare, d'expédier une lettre crayonnée à la hâte, en laquelle je prévenais mon père de mon départ.

Le lendemain matin, j'étais à R***, d'où Saint-Maur n'est distant que de deux lieues, environ.

Désireux de conquérir une bonne nuit (afin de pouvoir prendre mon fusil dès le lendemain, au point du jour), et toute sieste d'après déjeuner me semblant capable d'empiéter sur la perfection de mon sommeil, je consacrai ma journée, pour me tenir éveillé malgré la fatigue, à plusieurs visites chez d'anciens compagnons d'études. — Vers cinq heures du soir, ces devoirs remplis, je fis seller, au Soleil d'or, où j'étais descendu, et, aux lueurs du couchant, je me trouvai en vue d'un hameau.

Chemin faisant, je m'étais remémoré le prêtre chez lequel j'avais dessein de m'arrêter pendant quelques jours. Le laps de temps qui s'était écoulé depuis notre dernière recontre, les excursions, les événements intermédiaires et les habitudes d'isolement devaient avoir modifié son caractère et sa personne. J'allais le retrouver grisonnant. Mais je connaissais la conversation fortifiante du docte recteur, — et je me faisais une espérance de songer aux veillées que nous allions passer ensemble.

— L'abbé Maucombe! ne cessais-je de me répéter tout bas, — excellente idée!

En interrogeant sur sa demeure les vieilles gens qui paissaient les bestiaux le long des fossés, je dus me convaincre que le curé, — en

his return had reached me in the past. He was living in the humble priest's residence of a little village in Lower Brittany.

"Maucombe was sure to have some kind of room available there, some little nook. No doubt on his journeys he had accumulated a few old books, or curiosities from Lebanon. I would wager that the ponds near the neighboring manor houses harbored some wild ducks. . . . What could be more opportune? . . . And if, before the first frost, I wanted to enjoy the second half of the enchanting month of October among the ruddy rocks, if I felt like seeing the long autumn evenings glow once more on the wooded heights, I needed to hurry!

"The clock struck nine.

"I stood up; I shook the ash from my cigar. Then, like a man of decision, I put on my hat, my greatcoat, and my gloves; I took my valise and my rifle; I blew out the candles, and I left—cunningly giving three turns of the key to the special lock which is the pride of my door.

"Forty-five minutes later, the train to Brittany was carrying me off to the little village of Saint-Maur, where Father Maucombe was the parish priest; I had even found time, at the station, to send off a hastily pencilled letter informing my father of my departure.

"The next morning, I was at R——, Saint-Maur being only two leagues or so away from that city.

"Wishing to sleep well that night (so I could take my rifle out the very next day at the crack of dawn), and considering any postprandial nap capable of encroaching on the perfection of my nighttime slumbers, I devoted my day to several visits to former classmates, in order to stay awake despite my fatigue.—Around five in the afternoon, after performing those duties, I had a horse saddled at the Golden Sun, where I had taken a room temporarily, and, in the glimmer of sunset, I found myself in sight of a hamlet.

"On my journey, I had recalled to mind the priest in whose house I intended to spend a few days. The time that had elapsed since our last meeting, his journeys, the intervening events, and his solitary habits must have altered his character and physical appearance. I would find him turning gray. But I was familiar with the fortifying conversation of the learned priest—and I had high hopes when I thought about the social evenings we would spend together.

"'Father Maucombe!' I kept on repeating to myself quietly. 'An excellent idea!'

"As I asked the old people grazing their cattle along the ditches if they knew where his house was, I became fully convinced that the

parfait confesseur d'un Dieu de miséricorde, — s'était profondément acquis l'affection de ses ouailles et, lorsqu'on m'eut bien indiqué le chemin du presbytère assez éloigné du pâté de masures et de chaumines qui constitue le village de Saint-Maur, je me dirigeai de ce côté.

J'arrivai.

L'aspect champêtre de cette maison, les croisées et leurs jalousies vertes, les trois marches de grès, les lierres, les clématites et les roses-thé qui s'enchevêtraient sur les murs jusqu'au toit, d'où s'échappait, d'un tuyau à girouette, un petit nuage de fumée, m'inspirèrent des idées de recueillement, de santé et de paix profonde. Les arbres d'un verger voisin montraient, à travers un treillis d'enclos, leurs feuilles rouillées par l'énervante saison. Les deux fenêtres de l'unique étage brillaient des feux de l'Occident; une niche où se tenait l'image d'un bienheureux était creusée entre elles. Je mis pied à terre, silencieusement: j'attachai le cheval au volet et je levai le marteau de la porte, en jetant un coup d'œil de voyageur à l'horizon, derrière moi.

Mais l'horizon brillait tellement sur les forêts de chênes lointains et de pins sauvages où les derniers oiseaux s'envolaient dans le soir, les eaux d'un étang couvert de roseaux, dans l'éloignement, réfléchissaient si solennellement le ciel, la nature était si belle, au milieu de ces airs calmés, dans cette campagne déserte, à ce moment où tombe le silence, que je restai — sans quitter le marteau suspendu, — que je restai muet.

Ô toi, pensai-je, qui n'as point l'asile de tes rêves, et pour qui la terre de Chanaan, avec ses palmiers et ses eaux vives, n'apparaît pas, au milieu des aurores, après avoir tant marché sous de dures étoiles, voyageur si joyeux au départ et maintenant assombri, — cœur fait pour d'autres exils que ceux dont tu partages l'amertume avec des frères mauvais, — regarde! Ici l'on peut s'asseoir sur la pierre de la mélancolie! — Ici les rêves morts ressuscitent, devançant les moments de la tombe! Si tu veux avoir le véritable désir de mourir, approche: ici la vue du ciel exalte jusqu'à l'oubli.

J'étais dans cet état de lassitude, où les nerfs sensibilisés vibrent aux moindres excitations. Une feuille tomba près de moi; son bruissement furtif me fit tressaillir. Et le magique horizon de cette contrée entra dans mes yeux! Je m'assis devant la porte, solitaire.

Après quelques instants, comme le soir commençait à fraîchir, je revins au sentiment de la réalité. Je me levai très vite et je repris le marteau de la porte en regardant la maison riante.

priest—as a perfect confessor of a merciful God—had gained the deep affection of his flock; and, after being shown the way to the presbytery, which was quite far from the cluster of hovels and little thatched cottages that comprise the village of Saint-Maur, I headed in that direction.

"I arrived.

"The rural appearance of that house, the casements with their green blinds, the three sandstone steps, the ivy, the clematis, and the tea roses that intertwined on the walls all the way to the roof, from which a little cloud of smoke emerged through a metal pipe with a weather vane, inspired me with thoughts of meditation, good health, and solid peace. Through an enclosing trellis, the trees in a nearby orchard were displaying their leaves, rusted by the enervating season. The two windows of the upper story were gleaming in the rays of the setting sun; a niche containing the image of a saint was recessed between them. I dismounted in silence: I tied the horse to the hitching post[4] and I raised the door knocker, while I cast a glance behind me at the horizon, as wayfarers do.

"But the horizon was shining so brightly on the forests of faraway oaks and wild pines, where the last birds were flying off into the evening; the waters of a reed-covered pond, in the distance, were reflecting the sky so solemnly; nature was so lovely, amid this calm air, in this unfrequented countryside, that I remained—without letting go of the raised knocker—I remained mute.

"'Oh,' I thought, 'you who have no refuge from your dreams; you for whom the land of Canaan, with its palms and living waters, fails to appear, in the light of dawn, after so long a journey under severe stars; traveler so joyous on departure and so gloomy now—heart fashioned for other exiles than those whose bitterness you share with evil brothers—behold! Here one can sit on the stone of melancholy!—Here dead dreams come back to life, anticipating the moments of the grave! If you want to have the true desire to die, come near: here the view of heaven exalts one to the point of forgetfulness.'

"I was in that state of weariness in which one's overwrought nerves vibrate at the slightest excitations. A leaf fell near me; its furtive rustling made me jump. And the magical horizon of that region entered my eyes! I sat down in front of the door, solitary.

"A few minutes later, as the evening was beginning to get cool, the feeling of reality came back to me. I stood up very quickly and grasped the door knocker again, while looking at the charming house.

---

4. A conjecture for *volet*.

Mais, à peine eus-je de nouveau jeté sur elle un regard distrait, que je fus forcé de m'arrêter encore, me demandant, cette fois, si je n'étais pas le jouet d'une hallucination.

Était-ce bien la maison que j'avais vue tout à l'heure? Quelle ancienneté me dénonçaient, *maintenant,* les longues lézardes, entre les feuilles pâles? — Cette bâtisse avait un air étranger; les carreaux illuminés par les rayons d'agonie du soir brûlaient d'une lueur intense; le portail hospitalier m'invitait avec ses trois marches; mais, en concentrant mon attention sur ces dalles grises, je vis qu'elles venaient d'être polies, que des traces de lettres creusées y restaient encore, et je vis bien qu'elles provenaient du cimetière voisin, — dont les croix noires m'apparaissaient, à présent, de côté, à une centaine de pas. Et la maison me sembla changée à donner le frisson, et les échos du lugubre coup du marteau, que je laissai retomber, dans mon saisissement, retentirent, dans l'intérieur de cette demeure, comme les vibrations d'un glas.

Ces sortes de *vues,* étant plutôt morales que physiques, s'effacent avec rapidité. Oui, j'étais, à n'en pas douter une seconde, la victime de cet abattement intellectuel que j'ai signalé. Très empressé de voir un visage qui m'aidât, par son humanité, à en dissiper le souvenir, je poussai le loquet sans attendre davantage. — J'entrai.

La porte, mue par un poids d'horloge, se referma d'elle-même, derrière moi.

Je me trouvai dans un long corridor a l'extrémité duquel Nanon, la gouvernante, vieille et réjouie, descendait l'escalier, une chandelle à la main.

— Monsieur Xavier! . . . s'écria-t-elle, toute joyeuse en me reconnaissant.

— Bonsoir, ma bonne Nanon! lui répondis-je, en lui confiant, à la hâte, ma valise et mon fusil.

(J'avais oublié ma houppelande dans ma chambre, au Soleil d'or.) Je montai. Une minute après, je serrai dans mes bras mon vieil ami. L'affectueuse émotion des premières paroles et le sentiment de la mélancolie du passé nous oppressèrent quelque temps, l'abbé et moi.

— Nanon vint nous apporter la lampe et nous annoncer le souper.

— Mon cher Maucombe, lui dis-je en passant mon bras sous le sien pour descendre, c'est une chose de toute éternité que l'amitié intellectuelle, et je vois que nous partageons ce sentiment.

— Il est des esprits chrétiens d'une parenté divine très rapprochée, me répondit-il. — Oui. — Le monde a des croyances moins «raisonnables» pour lesquelles des partisans se trouvent qui sacrifient

"But the moment that I cast another absentminded glance at it, I was compelled to stop again, this time wondering whether I wasn't the victim of a hallucination.

"Was this the same house I had seen a short while ago? What great age was revealed to me, *now,* by the long cracks between the pale leaves on its walls?—That building had a strange aura; the panes, lit by the evening beams in their death throes, were burning with an intense glow; the hospitable doorway was inviting me in with its three steps; but when I concentrated my attention on those gray slabs, I observed that they had just been polished, that traces of incised letters were still on them, and I saw clearly that they had come from the nearby graveyard—whose black crosses were now revealed to me, on one side, about a hundred paces away. And I found the house so changed that it gave me a chill; the echoes of the funereal sound of the knocker, which I released, in my passing seizure, reverberated within that dwelling like the vibrations of a passing-bell.

"That kind of *vision,* being more mental than physical, is rapidly erased from the mind. Yes, I couldn't doubt it for a second: I had fallen prey to that intellectual dejection I have mentioned. Most eager to see a face that, by its humanity, would help me dispel the memory of it, I pushed the latch without waiting any further.—I went in.

"The door, which was moved by a clock weight, closed by itself behind me.

"I was in a long corridor, at the end of which Nanon, the housekeeper, a cheerful old lady, was coming down the stairs with a candle in her hand.

"'Monsieur Xavier!' she exclaimed, recognizing me very happily.

"'Good evening, my dear Nanon!' I replied, hastily entrusting her with my valise and my rifle.

"(I had forgotten my greatcoat in my room at the Golden Sun.)

"I climbed the stairs. A minute later, I was hugging my old friend.

"The affectionate emotion of our first words, and the feeling of melancholy for the past, overcame the priest and me for a while.— Nanon came in, bringing us a lamp and telling us that supper was ready.

"'My dear Maucombe,' I said, slipping my arm under his to go downstairs, 'an intellectual friendship is a thing for all eternity, and I see that we share that opinion.'

"'There are Christian spirits that enjoy a very close, divine family relationship,' he replied. 'Yes. The world has less "reasonable" beliefs, for which can be found advocates who sacrifice their blood, their

leur sang, leur bonheur, leur devoir. Ce sont des fanatiques! acheva-t-il en souriant. Choisissons, pour foi, la plus utile, puisque nous sommes libres et que nous devenons notre croyance.

— Le fait est, lui répondis-je, qu'il est déjà très mystérieux que deux et deux fassent quatre.

Nous passâmes dans la salle à manger. Pendant le repas, l'abbé, m'ayant doucement reproché l'oubli où je l'avais tenu si longtemps, me mit au courant de l'esprit du village.

Il me parla du pays, me raconta deux ou trois anecdotes touchant les châtelains des environs.

Il me cita ses exploits personnels à la chasse et ses triomphes à la pêche: pour tout dire, il fut d'une affabilité et d'un entrain charmants.

Nanon, messager rapide, s'empressait, se multipliait autour de nous et sa vaste coiffe avait des battements d'ailes.

Comme je roulais une cigarette en prenant le café, Maucombe, qui était un ancien officier de dragons, m'imita; le silence des premières bouffées nous ayant surpris dans nos pensées, je me mis à regarder mon hôte avec attention.

Ce prêtre était un homme de quarante-cinq ans, à peu près, et d'une haute taille. De longs cheveux gris entouraient de leur boucle enroulée sa maigre et forte figure. Les yeux brillaient de l'intelligence mystique. Ses traits étaient réguliers et austères; le corps, svelte, ré-sistait au pli des années: il savait porter sa longue soutane. Ses paroles, empreintes de science et de douceur, étaient soutenues par une voix bien timbrée, sortie d'excellents poumons. Il me paraissait enfin d'une santé vigoureuse: les années l'avaient fort peu atteint.

Il me fit venir dans son petit salon-bibliothèque.

Le manque de sommeil, en voyage, prédispose au frisson; la soirée était d'un froid vif, avant-coureur de l'hiver. Aussi, lorsqu'une brassée de sarments flamba devant mes genoux, entre deux ou trois rondins, j'éprouvai quelque réconfort.

Les pieds sur les chenets, et accoudés en nos deux fauteuils de cuir bruni, nous parlâmes naturellement de Dieu.

J'étais fatigué: j'écoutais, sans répondre.

— Pour conclure, me dit Maucombe en se levant, nous sommes ici pour témoigner, — par nos œuvres, nos pensées, nos paroles et notre lutte contre la Nature, — pour témoigner *si nous pesons le poids*.

Et il termina par une citation de Joseph de Maistre: «Entre l'Homme et Dieu, il n'y a que l'Orgueil.»

happiness, their duty. They're fanatics!' he concluded with a smile.
'Let's choose as our faith the most useful one, since we're free and
since we become what we believe.'

"'The fact is,' I replied, 'that it's already very mysterious that two
and two are four.'

"We stepped into the dining room. During the meal, the priest,
after gently reproaching me for having forgotten him for so long,
brought me up to date concerning the spirit of the village.

"He told me about the region, and he narrated two or three anecdotes relating to the château proprietors in the neighborhood.

"He spoke of his own hunting exploits and fishing successes: in a
word, he was charming in his affability and enthusiasm.

"Nanon, a rapid messenger, kept very busy, working away all around
us, and her enormous Breton headdress flapped like wingbeats.

"When I rolled a cigarette during our coffee, Maucombe, who was
a former officer of dragoons, imitated me; the silence of our first puffs
having caught us off guard in our meditations, I began to study my
host attentively.

"This priest was a man of forty-five, more or less, and quite tall.
Long gray hair encircled his thin, strong face in tight curls. His eyes
gleamed with mystical intelligence. His features were regular and austere; his slender body resisted the stooping that comes with age: he
knew how to wear his long cassock. His words, imbued with knowledge and gentleness, were uttered in a voice of good timbre, issuing
from excellent lungs. In short, he seemed to be enjoying a vigorous
good health: the years had done him very little harm.

"He ushered me into his little parlor-cum-library.

"Lack of sleep on a journey predisposes one to shiver; the evening
was quite cold, a harbinger of winter. And so, when an armful of vine
shoots flared up in front of my knees, among two or three logs, I felt
some degree of comfort.

"Our feet on the andirons, resting our elbows on our two tan-
leather armchairs, we naturally spoke about God.

"I was tired; I was listening without replying.

"'To conclude,' said Maucombe, standing up, 'we are here to bear
witness—by our works, our thoughts, our words, and our struggle with
Nature—to bear witness *whether or not we pull our weight*.'

"And he ended with a quotation from Joseph de Maistre:[5] 'Between
man and God, there stands only pridefulness.'

---

5. A major French thinker and opponent of the Revolution (1753–1821).

— Ce nonobstant, lui dis-je, nous avons l'honneur d'exister (nous, les enfants gâtés de cette Nature) dans un siècle de lumières?

— Préférons-lui la Lumière des siècles, répondit-il en souriant.

Nous étions arrivés sur le palier, nos bougies à la main.

Un long couloir, parallèle à celui d'en bas, séparait de celle de mon hôte la chambre qui m'était destinée: — il insista pour m'y installer lui-même. Nous y entrâmes; il regarda s'il ne me manquait rien et comme, rapprochés, nous nous donnions la main et le bonsoir, un vivace reflet de ma bougie tomba sur son visage. — Je tressaillis, cette fois!

Était-ce un agonisant qui se tenait debout, là, près de ce lit? La figure qui était devant moi n'était pas, ne pouvait pas être celle du souper! Ou, du moins, si je la reconnaissais vaguement, il me semblait que je ne l'avais vue, en réalité, qu'en ce moment-ci. Une seule réflexion me fera comprendre: l'abbé me donnait, humainement, la *seconde* sensation que, par une obscure correspondance, sa maison m'avait fait éprouver.

La tête que je contemplais était grave, très pâle, d'une pâleur de mort, et les paupières étaient baissées. Avait-il oublié ma présence? Priait-il? Qu'avait-il donc à se tenir ainsi? — Sa personne s'était revêtue d'une solennité si soudaine que je fermai les yeux. Quand je les rouvris, après une seconde, le bon abbé était toujours là, — mais je le reconnaissais maintenant! — A la bonne heure! Son sourire amical dissipait en moi toute inquiétude. L'impression n'avait pas duré le temps d'adresser une question. Ç'avait été un saisissement, — une sorte d'hallucination.

Maucombe me souhaita, une seconde fois, la bonne nuit et se retira.

Une fois seul: «Un profond sommeil, voilà ce qu'il me faut!» pensai-je.

Incontinent je songeai à la Mort; j'élevai mon âme à Dieu et je me mis au lit.

L'une des singularités d'une extrême fatigue est l'impossibilité du sommeil immédiat. Tous les chasseurs ont éprouvé ceci. C'est un point de notoriété.

Je m'attendais à dormir vite et profondément. J'avais fondé de grandes espérances sur une bonne nuit. Mais, au bout de dix minutes, je dus reconnaître que cette gêne nerveuse ne se décidait pas à s'engourdir. J'entendais des tics-tacs, des craquements brefs du bois et des murs. Sans doute des horloges-de-mort. Chacun des bruits imperceptibles de la nuit se répondait, en tout mon être, par un coup électrique.

Les branches noires se heurtaient dans le vent, au jardin. A chaque

"'Nevertheless,' I said, 'don't we have the honor to be living (we, the spoiled children of that Nature) in an age of enlightenment?'

"'Let's prefer the Light of the ages,' he answered with a smile.

"We had reached the landing, our tapers in our hands.

"A long corridor, corresponding to the one downstairs, separated my host's room from the one prepared for me. He insisted on helping me settle in personally. We went in; he looked around to see whether I had everything I needed, and when we were close together, giving each other a good-night handshake, a bright beam from my taper fell on his face.—Did I jump that time!

"Was it a dying man who was standing there near that bed? The face I saw before me wasn't, couldn't be, the one I had seen at supper! Or, at any rate, if I recognized it vaguely, I felt as if I had only really seen it at that moment. A single reflection will make me understood: in his human capacity, the priest was giving me the same feeling of *second sight* that, by some obscure relationship, his house had made me experience earlier.

"The face I was observing was grave, very pale, pale as death, and the eyelids were lowered. Had he forgotten I was present? Was he praying? What was making him act like that?—His whole being had taken on so sudden a solemnity that I shut my eyes. When I opened them again, a second later, the good priest was still there—but now I recognized him!—Fine! His friendly smile dispelled all my worries. That impression hadn't lasted long enough for me to formulate a question. It had been a seizure—a sort of hallucination.

"For the second time, Maucombe wished me good night and withdrew.

"As soon as I was alone, I thought: 'A deep sleep, that's what I need!'

"At once I thought of death; I elevated my soul to God and I went to bed.

"One of the odd things about extreme fatigue is the impossibility of falling asleep right away. Every hunter has had that experience. It's a well-known fact.

"I had expected to fall asleep quickly and profoundly. I had built great hopes on a restful night. But, ten minutes later, I was forced to admit that my nervous affliction wouldn't allow itself to become sluggish. I heard tickings, brief creakings in the furniture and the walls. Death-watch beetles, no doubt. Each of those imperceptible night-time sounds was answered by an electric shock all over me.

"The black boughs were striking one another in the wind, out there

instant, des brins de lierre frappaient ma vitre. J'avais, surtout, le sens de l'ouïe d'une acuité pareille à celle des gens qui meurent de faim.

— J'ai pris deux tasses de café, pensai-je; c'est cela!

Et, m'accoudant sur l'oreiller, je me mis à regarder, obstinément, la lumière de la bougie, sur la table, auprès de moi. Je la regardai avec fixité, entre les cils, avec cette attention intense que donne au regard l'absolue distraction de la pensée.

Un petit bénitier, en porcelaine coloriée, avec sa branche de buis, était suspendu auprès de mon chevet. Je mouillai, tout à coup, mes paupières avec de l'eau bénite, pour les rafraîchir, puis j'éteignis la bougie et je fermai les yeux. Le sommeil s'approchait: la fièvre s'apaisait.

J'allais m'endormir.

Trois petits coups secs, impératifs, furent frappés à ma porte.

— Hein? me dis-je, en sursaut.

Alors je m'aperçus que mon premier somme avait déjà commencé. J'ignorais où j'étais. Je me croyais à Paris. Certains repos donnent ces sortes d'oublis risibles. Ayant même, presque aussitôt, perdu de vue la cause principale de mon réveil, je m'étirai voluptueusement, dans une complète inconscience de la situation.

— A propos, me dis-je tout à coup: mais on a frappé? — Quelle visite peut bien? . . .

A ce point de ma phrase, une notion confuse et obscure que je n'étais plus à Paris, mais dans un presbytère de Bretagne, chez l'abbé Maucombe, me vint à l'esprit.

En un clin d'œil, je fus au milieu de la chambre.

Ma première impression, en même temps que celle du froid aux pieds, fut celle d'une vive lumière. La pleine lune brillait, en face de la fenêtre, au-dessus de l'église, et, à travers les rideaux blancs, découpait son angle de flamme déserte et pâle sur le parquet.

Il était bien minuit.

Mes idées étaient morbides. Qu'était-ce donc? L'ombre était extraordinaire.

Comme je m'approchais de la porte, une tache de braise, partie du trou de la serrure, vint errer sur ma main et sur ma manche.

Il y avait quelqu'un derrière la porte: on avait réellement frappé.

Cependant, à deux pas du loquet, je m'arrêtai court.

Une chose me paraissait surprenante: la *nature* de la tache qui courait sur ma main. C'était une lueur glacée, sanglante, n'éclairant pas. — D'autre part, comment se faisait-il que je ne voyais aucune ligne de lumière sous la porte, dans le corridor? — Mais, en vérité, ce

in the garden. Every moment, ivy twigs tapped at my window. My sense of hearing was especially acute, like that of people starving.

"'I drank two cups of coffee,' I thought. 'That's the reason!'

"And, rising to my elbow on the pillow, I began to look obstinately at the light of the taper on the table beside me. I stared at it through my eyelashes, with that intense attention which the absolute distraction of thought gives to one's eyes.

"A little holy-water stoup of painted porcelain, with its twig of boxwood, hung near the head of my bed. I suddenly moistened my eyelids with holy water to cool them, then I put out the taper and shut my eyes. Sleep was approaching: the fever was abating.

"I was about to fall asleep.

"Three short, crisp knocks, imperious ones, were heard at my door.

"'Eh?' I said with a start.

"Then I realized that I had already enjoyed my first period of slumber. I didn't know where I was. I thought I was back in Paris. Certain types of repose produce that kind of ridiculous forgetfulness. In fact, having almost immediately lost sight of the principal cause of my awakening, I stretched voluptuously, in complete unawareness of the situation.

"'By the way,' I suddenly said to myself, 'didn't somebody knock?—Who could be visiting me at . . . ?'"

"At this point in my sentence, a confused, obscure realization that I was no longer in Paris, but in a priest's house in Britanny, Father Maucombe's, came to my mind.

"In the twinkling of an eye, I was in the middle of the room.

"My first impression, along with that of coldness in my feet, was that of a bright light. The full moon was shining, opposite the window, above the church, and, through the white curtains, was tracing its desolate, pale angle of flame on the parquet floor.

"It was surely midnight.

"My ideas were morbid. What was going on? The darkness was extraordinary.

"As I approached the door, a spot red as embers, coming from the keyhole, began to wander over my hand and sleeve.

"There was someone behind the door: the knocking had been real.

"Nevertheless, at two paces from the latch, I stopped short.

"Something seemed surprising: the *nature* of the spot that was running over my hand. It was an icy-cold, blood-red gleam that cast no light.—Besides, how was it that I saw no line of light under the door, in the corridor?—But, truly, that which was emanating from the

qui sortait ainsi du trou de la serrure me causait l'impression du regard phosphorique d'un hibou!

En ce moment, l'heure sonna, dehors, à l'église, dans le vent nocturne.

— Qui est là? demandai-je, à voix basse.

La lueur s'éteignit: — j'allais m'approcher . . .

Mais la porte s'ouvrit, largement, lentement, silencieusement.

En face de moi, dans le corridor, se tenait, debout, une forme haute
et noire, — un prêtre, le tricorne sur la tête. La lune l'éclairait tout
entièr à l'exception de la figure: je ne voyais que le feu de ses deux
prunelles qui me considéraient avec une solennelle fixité.

Le souffle de l'autre monde enveloppait ce visiteur, son attitude
m'oppressait l'âme. Paralysé par une frayeur qui s'enfla instantanément
jusqu'au paroxysme, je contemplai le désolant personnage, en silence.

Tout à coup, le prêtre éleva le bras, avec lenteur, vers moi. Il me
présentait une chose lourde et vague. C'était un manteau. Un grand
manteau noir, un manteau de voyage. Il me le tendait, comme pour
me l'offrir! . . .

Je fermai les yeux, pour ne pas voir cela. Oh! je ne voulais pas voir
cela! Mais un oiseau de nuit, avec un cri affreux, passa entre nous, et
le vent de ses ailes, m'effleurant les paupières, me les fit rouvrir. Je
sentis qu'il voletait par la chambre.

Alors, — et avec un râle d'angoisse, car les forces me trahissaient
pour crier, — je repoussai la porte de mes deux mains crispées et
étendues et je donnai un violent tour de clef, frénétique et les cheveux
dressés!

Chose singulière, il me sembla que tout cela ne faisait aucun bruit.

C'tait plus que l'organisme n'en pouvait supporter. Je m'éveillai.
J'étais assis sur mon séant, dans mon lit, les bras tendus devant moi;
j'étais glacé; le front trempé de sueur; mon cœur frappait contre les
parois de ma poitrine de gros coups sombres.

— Ah! me dis-je, le songe horrible!

Toutefois, mon insurmontable anxiété subsistait. Il me fallut plus
d'une minute avant d'*oser* remuer le bras pour chercher les allumettes: j'appréhendais de sentir, dans l'obscurité, une main froide
saisir la mienne et la presser amicalement.

J'eus un mouvement nerveux en entendant ces allumettes bruire
sous mes doigts dans le fer du chandelier. Je rallumai la bougie.

Instantanément, je me sentis mieux; la lumière, cette vibration divine, diversifie les milieux funèbres et console des mauvaises terreurs.

keyhole in that manner gave me the impression of the phosphoric gaze of an owl!

"At that moment, the hour struck, outside, in the church, in the night wind.

"'Who is it?' I asked quietly.

"The gleam went out:—I was about to approach . . .

"But the door opened, widely, slowly, silently.

"Facing me, in the corridor, was standing a tall, black form—a priest, with his three-cornered hat on his head. The moon was illuminating his whole body except for his face; all I saw was the fire of his two eyes, observing me with solemn rigidity.

"A breath from another world enveloped that visitor; his stance weighed down my soul. Paralyzed by a fear that instantaneously escalated into a paroxysm, I gazed at the troubling person in silence.

"Suddenly the priest raised his arm toward me, slowly. He was presenting me with something heavy and vague. It was a cloak. A large black cloak, a traveling cloak. He was holding it out to me, as if to offer it to me! . . .

"I shut my eyes to avoid seeing all this. Oh, I didn't want to see it! But a night bird, with a fearful cry, passed between us, and the breeze of its wings, brushing my eyelids, made me open them again. I sensed it fluttering through the room.

"Then—and with a rattle of anguish, because my strength to cry out failed me—I pushed the door closed again, with both hands contracted and extended, and I turned the key violently, frenetically, my hair standing on end!

"Oddly enough, it seemed to me that none of this made any sound.

"It was more than my constitution could bear. I awoke. I was sitting up in bed, my arms stretched out in front of me; I was frozen; my forehead was soaked with sweat; my heart was pounding against my ribcage with big, sombre beats.

"'Ah,' I said to myself, 'what a horrible dream!'

"All the same, my unconquerable anxiety persisted. It took me over a minute before I *dared* to move my arm to look for matches: I was afraid I'd feel a cold hand seizing mine in the darkness and giving it a friendly squeeze.

"I gave a nervous start when I heard those matches I was holding scrape against the iron of the candlestick. I relit the taper.

"At once I felt better; light, that divine vibration, adds diversity to gloomy places and consoles one from evil terrors.

Je résolus de boire un verre d'eau froide pour me remettre tout à fait et je descendis du lit.

En passant devant la fenêtre, je remarquai une chose: la lune était exactement pareille à celle de mon songe, bien que je ne l'eusse pas vue avant de me mettre au lit; et, en allant, la bougie à la main, examiner la serrure de la porte, je constatai qu'un tour de clef avait été donné *en dedans*, ce que je n'avais point fait avant mon sommeil.

A ces découvertes, je jetai un regard autour de moi. Je commençai à trouver que la chose était revêtue d'un caractère bien insolite. Je me recouchai, je m'accoudai, je cherchai à me raisonner, à me prouver que tout cela n'était qu'un accès de somnambulisme très lucide, mais je me rassurai de moins en moins. Cependant la fatigue me prit comme une vague, berça mes noires pensées et m'endormit brusquement dans mon angoisse.

Quand je me réveillai, un bon soleil jouait dans la chambre.

C'était une matinée heureuse. Ma montre, accrochée au chevet du lit, marquait dix heures. Or, pour nous réconforter, est-il rien de tel que le jour, le radieux soleil? Surtout quand on sent les dehors embaumés et la campagne pleine d'un vent frais dans les arbres, les fourrés épineux, les fossés couverts de fleurs et tout humides d'aurore!

Je m'habillai à la hâte, très oublieux du sombre commencement de ma nuitée.

Complètement ranimé par des ablutions réitérées d'eau fraîche, je descendis.

L'abbé Maucombe était dans la salle à manger: assis devant la nappe déjà mise, il lisait un journal en m'attendant.

Nous nous serrâmes la main:

— Avez-vous passé une bonne nuit, mon cher Xavier? me demanda-t-il.

— Excellente! répondis-je distraitement (par habitude et sans accorder attention le moins du monde à ce que je disais).

La vérité est que je me sentais bon appétit: voilà tout.

Nanon intervint, nous apportant le déjeuner.

Pendant le repas, notre causerie fut à la fois recueillie et joyeuse: l'homme qui vit saintement connaît, seul, la joie et sait la communiquer.

Tout à coup, je me rappelai mon rêve.

— A propos, m'écriai-je, mon cher abbé, il me souvient que j'ai eu cette nuit un singulier rêve, — et d'une étrangeté . . . comment puis-je exprimer cela? Voyons . . . saisissante? étonnante? effrayante? — A votre choix! . . . Jugez-en.

"I decided to drink a glass of cold water to restore myself completely, and I got out of bed.

"When passing in front of the window, I noticed something: the moon was exactly as it had been in my dream, although I hadn't seen it before going to bed; and when I went, taper in hand, to examine the door lock, I ascertained that the key had been turned *on the inside*, something I certainly hadn't done before going to sleep.

"Making these discoveries, I cast a glance all around. I began to judge that the situation was of a highly unusual nature. I went back to bed, I leaned on one elbow, I tried to reason with myself, to prove to myself that all this was merely a very lucid fit of sleepwalking, but I felt less and less reassured. Meanwhile, my fatigue rolled over me like a wave, lulled my dark thoughts to rest, and abruptly put me to sleep amid my anguish.

"When I awoke, a kindly sun was playing in the room.

"It was a happy morning. My watch, hanging from the head of the bed, indicated ten o'clock. Now, to cheer us up, is there anything like daylight, radiant sunshine? Especially when we smell the fragrance from outdoors and find the countryside filled with a cool breeze in the trees and the thorny thickets, the roadside ditches covered with flowers and all damp with dawn!

"I dressed rapidly, completely forgetting the gloomy beginning of the night I had spent.

"Completely refreshed by repeated washing in cold water, I went downstairs.

"Father Maucombe was in the dining room: the cloth had already been laid, and he was seated by it, reading a newspaper while waiting for me.

"We shook hands, and he asked:

"'Did you have a good night, my dear Xavier?'

"'Excellent!' I replied absentmindedly (out of habit, and paying absolutely no attention to what I was saying).

"The truth is that I felt a very keen appetite: nothing else mattered at the moment.

"Nanon arrived, bringing us breakfast.

"During the meal, our chat was contemplative and merry at one and the same time: only a man who lives a holy life is cognizant of joy and knows how to communicate it.

"Suddenly I remembered my dream.

"'By the way,' I exclaimed, 'my dear abbé, I recall that I had a peculiar dream last night—such a strange one! . . . How should I describe it? Let's see . . . Gripping? Amazing? Frightening? The choice is yours! You decide.'

Et, tout en pelant une pomme, je commençai à lui narrer, dans tous ses détails, l'hallucination sombre qui avait troublé mon premier sommeil.

Au moment où j'en étais arrivé au *geste* du prêtre m'offrant le manteau, et *avant que j'eusse entamé cette phrase,* la porte de la salle à manger s'ouvrit. Nanon, avec cette familiarité particulière aux gouvernantes de curés, entra, dans le rayon du soleil, au beau milieu de la conversation, et, m'interrompant, me tendit un papier:

— Voici une lettre «très pressée» que le rural vient d'apporter, à l'instant, pour monsieur! dit-elle.

— Une lettre! — Déjà! m'écriai-je, *oubliant mon histoire.* C'est de mon père. Comment cela? — Mon cher abbé, vous permettez que je lise, n'est-ce pas?

— Sans doute! dit l'abbé Maucombe, perdant également l'histoire de vue et subissant, magnétiquement, l'intérêt que je prenais à la lettre: — sans doute!

Je décachetai.

Ainsi l'incident de Nanon avait détourné notre attention par sa soudaineté.

— Voilà, dis-je, une vive contrariété, mon hôte: à peine arrivé, je me vois obligé de repartir.

— Comment? demanda l'abbé Maucombe, reposant sa tasse sans boire.

— Il m'est écrit de revenir en toute hâte, au sujet d'une affaire, d'un procès d'une importance des plus graves. Je m'attendais à ce qu'il ne se plaidât qu'en décembre: or, on m'avise qu'il se juge dans la quinzaine et comme, seul, je suis à même de mettre en ordre les dernières pièces qui doivent nous donner gain de cause, il faut que j'aille! . . . Allons! quel ennui!

— Positivement, c'est fâcheux! dit l'abbé; — comme c'est donc fâcheux! . . . Au moins, promettez-moi qu'aussitôt ceci terminé . . . La grande affaire, c'est le salut: j'espérais être pour quelque chose dans le vôtre — et voici que vous vous échappez! Je pensais déjà que le bon Dieu vous avait envoyé . . .

— Mon cher abbé, m'écriai-je, je vous laisse mon fusil. Avant trois semaines, je serai de retour et, cette fois, pour quelques semaines, si vous voulez.

— Allez donc en paix, dit l'abbé Maucombe.

— Eh! c'est qu'il s'agit de presque toute ma fortune! murmurai-je.

— La fortune, c'est Dieu! dit simplement Maucombe.

— Et demain, comment vivrais-je, si . . .

"And, while peeling an apple, I began to recount to him, in full detail, the gloomy hallucination that had disturbed my first period of sleep.

"Just when I was up to the *gesture* of the priest offering me the cloak, but *before I had begun that sentence*, the dining-room door opened. With that familiarity typical of priests' housekeepers, Nanon entered, in the sunbeam, right in the middle of the conversation, and, interrupting me, handed me a sheet of paper, saying:

"'Here's a letter marked "very urgent" that the postman has just brought for you, sir, this very minute!'

"'A letter! Already!' I exclaimed, *forgetting about my story*. 'It's from my father. What can it be?—My dear abbé, you'll permit me to read it, won't you?'

"'Of course!' said Father Maucombe, he, too, losing sight of the story and, by magnetism, sharing my interest in the letter. 'Of course!'

"I unsealed it.

"And so Nanon's arrival had deflected our attention by its suddenness.

"'Here's a painful vexation, my dear host,' I said. 'I just got here, and I'm compelled to leave.'

"'How so?' asked Father Maucombe, setting down his cup untouched.

"'The letter urges me to return with all speed, to take care of a business matter, a lawsuit of the utmost importance. I didn't expect it to come into court until December; now I'm informed that it will be tried within the next two weeks; and since I'm the only one who can organize the final documents, which ought to make us win the case, I've got to leave! . . . Isn't that a nuisance!'

"'Positively, it's annoying!' said the priest. 'How very annoying it is! . . . At least, promise me that, as soon as this is settled . . . What counts most is salvation: I had hoped to play a part in yours—and here you are running out! I was already imagining that God had sent you here to . . .'

"'My dear abbé,' I exclaimed, 'I'll leave my rifle with you. In less than three weeks, I'll be back, and this time for a few weeks, if it's all right with you.'

"'Go in peace, then,' said Father Maucombe.

"'Ah! You see, nearly my whole fortune is at stake!' I murmured.

"'Our fortune is God!' was Maucombe's plain reply.

"'But tomorrow, what would I live on if . . .'

— Demain, on ne vit plus, répondit-il.

Bientôt nous nous levâmes de table, un peu consolés du contretemps par cette promesse formelle de revenir.

Nous allâmes nous promener dans le verger, visiter les attenances du presbytère.

Toute la journée, l'abbé m'étala, non sans complaisance, ses pauvres trésors champêtres. Puis, pendant qu'il lisait son bréviaire, je marchai, solitairement, dans les environs, respirant l'air vivace et pur avec délices. Maucombe, à mon retour, s'étendit quelque peu sur son voyage en terre sainte; tout cela nous conduisit jusqu'au coucher du soleil.

Le soir vint. Après un frugal souper, je dis à l'abbé Maucombe:

— Mon ami, l'*express* part à neuf heures précises. D'ici R***, j'ai bien une heure et demie de route. Il me faut une demi-heure pour régler à l'auberge en y reconduisant le cheval; total, deux heures. Il en est sept: je vous quitte à l'instant.

— Je vous accompagnerai un peu, dit le prêtre: *cette promenade me sera salutaire.*

— A propos, lui répondis-je, préoccupé, voici l'adresse de mon père (chez qui je demeure à Paris), si nous devons nous écrire.

Nanon prit la carte et l'inséra dans une jointure de la glace.

Trois minutes après, l'abbé et moi nous quittions le presbytère et nous nous avancions sur le grand chemin. Je tenais mon cheval par la bride, comme de raison.

Nous étions déjà deux ombres.

Cinq minutes après notre départ, une bruine pénétrante, une petite pluie, fine et très froide, portée par un affreux coup de vent, frappa nos mains et nos figures.

Je m'arrêtai court:

— Mon vieil ami, dis-je à l'abbé, non! décidément, je ne souffrirai pas cela. Votre existence est précieuse et cette ondée glaciale est très malsaine. Rentrez. Cette pluie, encore une fois, pourrait vous mouiller dangereusement. Rentrez, je vous en prie.

L'abbé, au bout d'un instant, songeant à ses fidèles, se rendit à mes raisons.

— J'emporte une promesse, mon cher ami? me dit-il.

Et, comme je lui tendais la main:

— Un instant! ajouta-t-il; je songe que vous avez du chemin à faire — et que cette bruine est, en effet, pénétrante!

Il eut un frisson. Nous étions l'un auprès de l'autre, immobiles, nous regardant fixement comme deux voyageurs pressés.

"'Tomorrow we no longer live,' he replied.

"We soon arose from the table, somewhat consoled for the mishap by my solemn promise to return.

"We went for a stroll in the orchard, and to inspect the outbuildings of the presbytery.

"All day long the priest, not without satisfaction, displayed his poor rustic treasures to me. Then, while he was reading his breviary, I took a walk by myself in the neighborhood, inhaling the brisk, pure air with delight. When I was back, Maucombe expatiated somewhat on his journey to the Holy Land; all of this lasted us until sunset.

"Evening came. After a frugal supper, I said to Father Maucombe:

"'My friend, the express leaves at nine o'clock sharp. The way from here to R—— will take me a good hour and a half. I need a half-hour to settle up at the inn and bring the horse back there—a total of two hours. It's now seven: I must leave at once.'

"'I'll go a way with you,' said the priest. '*The walk will be good for me.*'

"'By the way,' I replied, my mind preoccupied, 'here is my father's address (I live with him when I'm in Paris), in case we need to write to each other.'

"Nanon took the card and stuck it in the mirror frame.

"Three minutes later, the priest and I left the presbytery and proceeded down the highway. I was holding my horse by the bridle, as a matter of course.

"We were already two shadows.

"Five minutes after our departure, a piercing drizzle, a thin rain, very cold, with tiny drops, borne by a frightful gust of wind, struck our hands and faces.

"I stopped short, and said to the priest:

"'No, my old friend! I shall certainly not stand for this! Your life is precious, and this glacial downpour is very bad for the health. Go back home. Let me say it again: This rain could soak you in a dangerous way. Go back home, I beg of you.'

"After a minute, the priest, thinking about his parishioners, yielded to my arguments.

"'But I'm taking a promise with me, my dear friend?' he said.

"And, as I held out my hand to him, he added:

"'One moment! I know that you have quite a way to go—and that this drizzle is really piercing!'

"He shuddered. We were close to each other, motionless, staring at each other like two travelers who must make haste.

En ce moment la lune s'éleva sur les sapins, derrière les collines, éclairant les landes et les bois à l'horizon. Elle nous baigna spontanément de sa lumière morne et pâle, de sa flamme déserte et pâle. Nos silhouettes et celle du cheval se dessinèrent, énormes, sur le chemin.
— Et, du côté des vieilles croix de pierre, là-bas, — du côté des vieilles croix en ruine qui se dressent en ce canton de Bretagne, dans les écreboissées où perchent les funestes oiseaux échappés du bois des Agonisants, — j'entendis, au loin, un *cri* affreux: l'aigre et alarmant fausset de la freusée. Une chouette aux yeux de phosphore, dont la lueur tremblait sur le grand bras d'une yeuse, s'envola et passa entre nous, en prolongeant ce cri.
— Allons! continua l'abbé Maucombe, moi, je serai chez moi dans une minute; ainsi *prenez,* — *prenez ce manteau!* — J'y tiens beaucoup!... beaucoup! — ajouta-t-il avec un ton inoubliable. — Vous me le ferez renvoyer par le garçon d'auberge qui vient au village tous les jours... *Je vous en prie.*
L'abbé, en prononçant ces paroles, me tendait son manteau noir. Je ne voyais pas sa figure, à cause de l'ombre que projetait son large tricorne: mais je distinguai ses yeux *qui me considéraient avec une solennelle fixité.*
Il me jeta le manteau sur les épaules, me l'agrafa, d'un air tendre et inquiet, pendant que, sans forces, je fermais les paupières. Et, profitant de mon silence, il se hâta vers son logis. Au tournant de la route, il disparut.
Par une présence d'esprit, — et un peu, aussi, machinalement, — je sautai à cheval. Puis je restai immobile.
Maintenant j'étais seul sur le grand chemin. J'entendais les mille bruits de la campagne. En rouvrant les yeux, je vis l'immense ciel livide où filaient de nombreux nuages ternes, cachant la lune, — la nature solitaire. Cependant, je me tins droit et ferme, quoique je dusse être blanc comme un linge.
— Voyons! me dis-je, du calme! — J'ai la fièvre et je suis somnambule. Voilà tout.
Je m'efforçai de hausser les épaules: un poids secret m'en empêcha.
Et voici que, venue du fond de l'horizon, du fond de ces bois décriés, une volée d'orfraies, à grand bruit d'ailes, passa, en criant d'horribles syllabes inconnues, au-dessus de ma tête. Elles allèrent s'abattre sur le toit du presbytère et sur le clocher dans l'éloignement; et le vent m'apporta des cris tristes. Ma foi, j'eus peur. Pourquoi? Qui

"At that moment, the moon rose over the firs, behind the hills, illuminating the heaths and the woods all the way to the horizon. It spontaneously bathed us in its sullen, pale light, its desolate, pale flame. Our huge silhouettes and that of the horse were thrown onto the road.—And, from the direction of the old stone crosses yonder—from the direction of the old ruinous crosses that stand in this district of Brittany, amid the coppices[6] in which perch the funereal birds that have escaped from the Forest of the Dying—I heard in the distance a fearful *cry:* a shrill, alarming falsetto out of the colony of rooks.[6] An owl with phosphorescent eyes, the gleam from which was trembling on the large limb of an ilex, took flight and passed between us, prolonging that cry.

"'Come now!' continued Father Maucombe, '*I'll* be home in a minute; so *take this—take this cloak!—*I insist on it! . . . I insist!' he added in an unforgettable tone of voice. 'You can send it back to me by the inn servant, who comes to the village every day . . . *I beg of you!*'

"While uttering these words, the priest was holding out his black cloak to me. I couldn't see his face, because of the shadow cast by his wide three-cornered hat; but I could make out his eyes, *which were gazing at me with solemn rigidity.*

"He threw the cloak over my shoulders and fastened it for me with a tender, worried expression, while I kept my eyes shut, devoid of strength. And, taking advantage of my silence, he hastened toward his dwelling. At the bend in the road, he disappeared.

"Through presence of mind—and also a bit automatically—I mounted the horse. Then I remained motionless.

"Now I was alone on the highway. I cold hear the thousand sounds of the countryside. When I opened my eyes again, I saw the immense livid sky in which numerous lusterless clouds were moving past, hiding the moon—solitary nature. Nevertheless, I remained erect and firm, though I must have been white as a sheet.

"'Come, come,' I said to myself, 'I must be calm!—I've got a fever, and I'm a sleepwalker. That's all.'

"I made an effort to shrug my shoulders: a secret weight prevented me.

"And then, coming from the furthest horizon, from the depths of those ill-famed woods, a flock of ospreys flew by with noisy wingbeats, uttering horrible, unknown syllables, over my head. They all alighted on the roof of the presbytery and on the church steeple in the distance; and the wind carried sad cries to me. I assure you I was afraid.

---

6. On the words *écreboissées* and *freusée,* see Introduction, footnote 11.

me le précisera jamais? J'ai vu le feu, j'ai touché de la mienne
plusieurs épées; mes nerfs sont mieux trempés, peut-être, que ceux
des plus flegmatiques et des plus blafards: j'affirme, toutefois, très
humblement, que j'ai eu peur, ici — et pour de bon. J'en ai conçu,
même, pour moi, quelque estime intellectuelle. N'a pas peur de ces
choses-là qui veut.

Donc, en silence, j'ensanglantai les flancs du pauvre cheval, et les
yeux fermés, les rênes lâchées, les doigts crispés sur les crins, le manteau flottant derrière moi tout droit, je sentis que le galop de ma bête
était aussi violent que possible; elle allait ventre à terre: de temps en
temps mon sourd grondement, à son oreille, lui communiquait à coup
sûr, et d'instinct, l'horreur superstitieuse dont je frissonnais malgré
moi. Nous arrivâmes, de la sorte, en moins d'une demi-heure. Le
bruit du pavé des faubourgs me fit redresser la tête — et respirer!

— Enfin! je voyais des maisons! des boutiques éclairées! les figures
de mes semblables derrière les vitres! Je voyais des passants! . . . Je
quittais le pays des cauchemars!

A l'auberge, je m'installai devant le bon feu. La conversation des
rouliers me jeta dans un état voisin de l'extase. Je sortais de la Mort.
Je regardai la flamme entre mes doigts. J'avalai un verre de rhum. Je
reprenais, enfin, le gouvernement de mes facultés.

Je me sentais rentré dans la vie réelle.

J'étais même — disons-le, — un peu honteux de ma panique.

Aussi, comme je me sentis tranquille, lorsque j'accomplis la com-
mission de l'abbé Maucombe! Avec quel sourire mondain j'examinai
le manteau noir en le remettant à l'hôtelier! L'hallucination était dissipée. J'eusse fait, volontiers, comme dit Rabelais, «le bon com-
pagnon».

Le manteau en question ne me parut rien offrir d'extraordinaire ni,
même, de particulier, — si ce n'est qu'il était très vieux et même
rapiécé, recousu, redoublé avec une espèce de tendresse bizarre. Une
charité profonde, sans doute, portait l'abbé Maucombe à donner en
aumônes le prix d'un manteau neuf: du moins, je m'expliquai la chose
de cette façon.

— Cela se trouve bien! — dit l'aubergiste: le garçon doit aller au village tout à l'heure: il va partir; il rapportera le manteau chez M.
Maucombe en passant, avant dix heures.

Une heure après, dans mon wagon, les pieds sur la chauffeuse, enveloppé dans ma houppelande reconquise, je me disais, en allumant
un bon cigare et en écoutant le bruit du sifflet de la locomotive:

— Décidément, j'aime encore mieux ce cri-là que celui des hiboux.

Why? Who will ever tell me exactly why? I've been in firefights, I've crossed swords with several opponents; my nerves are more strongly tempered, perhaps, than those of the most phlegmatic and pallid men: nevertheless, I declare most humbly that I was afraid then—and in good earnest. I even derived some intellectual self-esteem from it. It's not just anybody who's able to be afraid of things like that.

"And so, in silence, I bloodied the sides of that poor horse, and, my eyes shut, the reins slack, my fingers clutching its mane tightly, the cloak billowing out behind me horizontally, I sensed that my mount's gallop was as violent as possible; it was racing at full speed: from time to time, my muffled growling in its ears surely passed along to it, by instinct, the superstitious terror that was making me shudder in spite of myself. In this fashion, we arrived in less than half an hour. The sound of the suburban pavement made me raise my head—and draw a free breath!

"At last! I saw houses! Lighted shops! The faces of fellow men behind windows! I saw passersby! . . . I was leaving the land of nightmares!

"At the inn, I planted myself in front of the good fire. The conversation of the wagoners threw me into a state bordering on ecstasy. I was emerging from death. I looked at the blaze through my fingers. I swallowed a glass of rum. I was finally regaining control of my senses.

"I felt as if I had returned to real life.

"Let's admit it: I was even a little ashamed of my panic.

"And so, how calm I felt when I carried out Father Maucombe's errand! With what a worldly smile I examined the black cloak as I handed it over to the innkeeper! The hallucination was dispelled. I would gladly have acted like 'a jolly fellow,' as Rabelais puts it.

"The cloak in question didn't strike me as being anything unusual, or even special—except that it was very old and had even been patched, resewn, and relined with an odd sort of affection. No doubt Father Maucombe's sincere sense of charity had led him to give away in alms the price of a new cloak: at any rate, that's how I explained it to myself.

"'This is very opportune!' said the innkeeper. 'My servant has to go to the village right away: he'll set out, and on his way he'll bring the cloak back to Father Maucombe before ten o'clock.'

"An hour later, in my railroad coach, my feet on the heater, wrapped in the greatcoat I had recovered, I said to myself, while lighting a good cigar and listening to the sound of the locomotive whistle:

"'I definitely prefer this shriek to that of owls.'

Je regrettais un peu, je dois l'avouer, d'avoir promis de revenir.
Là-dessus je m'endormis, enfin, d'un bon sommeil, oubliant complètement ce que je devais traiter désormais de coïncidence insignifiante.

Je dus m'arrêter six jours à Chartres, pour collationner des pièces qui, depuis, amenèrent la conclusion favorable de notre procès.

Enfin, l'esprit obsédé d'idées de paperasses et de chicane — et sous l'abattement de mon maladif ennui, — je revins à Paris, juste le soir du septième jour de mon départ du presbytère.

J'arrivai directement chez moi, sur les neuf heures. Je montai. Je trouvai mon père dans le salon. Il était assis, auprès d'un guéridon, éclairé par une lampe. Il tenait une lettre ouverte à la main.

Après quelques paroles:

— Tu ne sais pas, j'en suis sûr, quelle nouvelle m'apprend cette lettre! me dit-il: notre bon vieil abbé Maucombe est mort depuis ton départ.

Je ressentis, à ces mots, une commotion.

— Hein? répondis-je.

— Oui, mort, — avant-hier, vers minuit, — trois jours après ton départ de son presbytère, — d'un froid gagné sur le grand chemin. Cette lettre est de la vieille Nanon. La pauvre femme paraît avoir la tête si perdue, même, qu'elle répète deux fois une phrase . . . singulière . . . à propos d'un manteau . . . Lis donc toi-même!

Il me tendit la lettre où la mort du saint prêtre nous était annoncée, en effet, — et où je lus ces simples lignes:

«Il était très heureux, — disait-il à ses dernières paroles, — d'être enveloppé à son dernier soupir et enseveli dans le manteau qu'il avait rapporté de son pèlerinage en terre sainte, *et qui avait touché* LE TOMBEAU.»

"I must admit I was a little sorry that I had promised to return.

"Thereupon I fell asleep, finally, and slept soundly, completely forgetting what I was thenceforth to look upon as a meaningless coincidence.

"I had to stop in Chartres for six days to collate documents which later brought our lawsuit to a successful conclusion.

"At last, my mind obsessed with thoughts of paperwork and pettifoggery—and suffering from the dejection due to my morbid melancholy—I returned to Paris, in the evening, exactly seven days after I had left the presbytery.

"I went straight home, about nine o'clock. I went upstairs. I found my father in the drawing room. He was sitting at a pedestal table in the light of a lamp. He had an open letter in his hand.

"'I'm sure you don't know what news this letter contains!' he said. 'Our kindly old Father Maucombe died after your departure.'

"I was perturbed to hear this.

"'What!' I replied.

"'Yes, he died—the day before yesterday, around midnight—three days after you left his presbytery—of a cold he caught on the highway. This letter is from old Nanon. The poor woman seems to be so muddled in the head that she even repeats one sentence twice . . . an odd sentence . . . about a cloak . . . Read it yourself!'

"He handed me the letter in which the death of the saintly priest was, in fact, announced to us—and in which I read these simple lines:

"'He was very happy, as he said with his last words, to be wrapped at the moment of death, and then to be buried, in the cloak he had brought back from his pilgrimage to the Holy Land, *one that had touched the Holy Sepulcher.*'"

GUY DE MAUPASSANT

Un cas de divorce

L'avocat de Mme Chassel prit la parole:

MONSIEUR LE PRÉSIDENT,

MESSIEURS LES JUGES,

La cause que je suis chargé de défendre devant vous relève bien plus de la médecine que de la justice, et constitue bien plus un cas pathologique qu'un cas de droit ordinaire. Les faits semblent simples au premier abord.

Un homme jeune, très riche, d'âme noble et exaltée, de cœur généreux, devient amoureux d'une jeune fille absolument belle, plus que belle, adorable, aussi gracieuse, aussi charmante, aussi bonne, aussi tendre que jolie, et il l'épouse.

Pendant quelque temps, il se conduit envers elle en époux plein de soins et de tendresse; puis il la néglige, la rudoie, semble éprouver pour elle une répulsion insurmontable, un dégoût irrésistible. Un jour même il la frappe, non seulement sans aucune raison, mais même sans aucun prétexte.

Je ne vous ferai point le tableau, messieurs, de ses allures bizarres, incompréhensibles pour tous. Je ne vous dépeindrai point la vie abominable de ces deux êtres, et la douleur horrible de cette jeune femme.

Il me suffira pour vous convaincre de vous lire quelques fragments d'un journal écrit chaque jour par ce pauvre homme, par ce pauvre fou. Car c'est en face d'un fou que nous nous trouvons, messieurs, et le cas est d'autant plus curieux, d'autant plus intéressant qu'il rappelle en beaucoup de points la démence du malheureux prince mort récemment, du roi bizarre qui régna platoniquement sur la Bavière. J'appellerai ce cas: la folie poétique.

Guy de Maupassant

A Divorce Case

Mme. de Chassel's lawyer took the floor:

"PRESIDING JUDGE,

"JUDGES,

"The case I have been called upon to defend before you comes
under the heading of medicine rather than justice, and represents a
pathological situation rather than an ordinary legal one. At first the
facts seem simple.

"A young man, very wealthy, with a noble, exalted soul and a generous heart, falls in love with a young lady who is perfectly beautiful,
more than beautiful, adorable, as graceful, charming, kindhearted,
and tender as she is good-looking, and he marries her.

"For some time, he behaves toward her like a husband full of attentions and affection; then he neglects her, browbeats her, seems to
feel an insurmountable repulsion, an irresistible disgust, toward her.
One day he even strikes her, not merely for no reason, but without
even a pretext.

"Gentlemen, I shall not depict to you his bizarre ways, which no
one can understand. I shall not paint for you the picture of the abominable life led by these two beings, and the terrible sorrow felt by this
young woman.

"It will suffice to convince you if I read a few selections from a diary
written every day by that poor man, that poor madman. For we are in
the presence of a madman, gentlemen, and the case is all the more curious, all the more interesting, because in many details it recalls the
dementia of the unhappy monarch who died recently, the bizarre king
who, in his imagination, ruled Bavaria.[1] I shall call this case: poetical
madness.

---

1. King Ludwig II of Bavaria (born 1845; reign began 1864), the famous patron of
Wagner. He drowned in mysterious circumstances in June 1886, only two months before this story was first published.

Vous vous rappelez tout ce qu'on raconta de ce prince étrange. Il fit construire au milieu des paysages les plus magnifiques de son royaume de vrais châteaux de féerie. La réalité même de la beauté des choses et des lieux ne lui suffisant pas, il imagina, il créa, dans ces manoirs invraisemblables, des horizons factices, obtenus au moyen d'artifices de théâtre, des changements à vue, des forêts peintes, des empires de contes où les feuilles des arbres étaient des pierres précieuses. Il eut des Alpes et des glaciers, des steppes, des déserts de sable brûlés par le soleil; et, la nuit, sous les rayons de la vraie lune, des lacs qu'éclairaient par-dessous de fantastiques lueurs électriques. Sur ces lacs nageaient des cygnes et glissaient des nacelles, tandis qu'un orchestre, composé des premiers exécutants du monde, enivrait de poésie l'âme du fou royal.

Cet homme était chaste, cet homme était vierge. Il n'aima jamais qu'un rêve, son rêve, son rêve divin.

Un soir, il emmena dans sa barque une femme, jeune, belle, une grande artiste et il la pria de chanter. Elle chanta, grisée elle-même par l'admirable paysage, par la douceur tiède de l'air, par le parfum des fleurs et par l'extase de ce prince jeune et beau.

Elle chanta, comme chantent les femmes que touche l'amour, puis, éperdue, frémissante, elle tomba sur le cœur du roi en cherchant ses lèvres.

Mais il la jeta dans le lac, et prenant ses rames gagna la berge, sans s'inquiéter si on la sauvait.

Nous nous trouvons, messieurs les juges, devant un cas tout à fait semblable. Je ne ferai plus que lire maintenant des passages du journal que nous avons surpris dans un tiroir du secrétaire.

- -

Comme tout est triste et laid, toujours pareil, toujours odieux. Comme je rêve une terre plus belle, plus noble, plus variée. Comme elle serait pauvre l'imagination de leur Dieu, si leur Dieu existait ou s'il n'avait pas créé d'autres choses, ailleurs.

Toujours des bois, de petits bois, des fleuves qui ressemblent aux fleuves, des plaines qui ressemblent aux plaines, tout est pareil et monotone. Et l'homme! . . . L'homme? . . . Quel horrible animal, méchant, orgueilleux et répugnant.

. . . .

Il faudrait aimer, aimer éperdument, sans voir ce qu'on aime. Car voir c'est comprendre, et comprendre c'est mépriser. Il faudrait aimer, en s'enivrant d'elle comme on se grise de vin, de façon à ne plus savoir ce qu'on boit. Et boire, boire, boire, sans reprendre haleine, jour et nuit!

- -

"You remember all the stories told about that strange monarch. He had real fairy-tale castles built amid the most magnificent landscapes in his kingdom. The mere reality of these objects and places failing to satisfy him, he conceived, he created, in these improbable manors, artificial horizons, achieved by means of theatrical machinery, transformation scenes, painted forests, storybook empires in which the leaves on the trees were precious stones. He had Alps and glaciers, steppes, sandy deserts burnt by the sun; and, at night, in the rays of the real moon, lakes that were illuminated from below by fantastic electrical gleams. On those lakes swans floated and skiffs glided by, while an orchestra made up of the finest performers in the world made the royal madman's soul drunk with poetry.

"That man was chaste, that man was a virgin. All he ever loved was a dream, his dream, his divine dream.

"One evening, he took with him in his boat a woman, young, beautiful, a great artist, and he asked her to sing. She sang, she herself made tipsy by the marvelous landscape, by the gentle warmth of the air, by the fragrance of the flowers, and by the rapture of that young, handsome monarch.

"She sang as women do who are smitten with love; then, distracted, quivering, she fell onto the king's heart, seeking his lips.

"But he threw her in the lake, and, taking up his oars, reached the shore, unconcerned as to whether she would be rescued or not.

"Judges of the panel, we are dealing with just such a case. I shall now merely read aloud some passages from the diary that we found unexpectedly in a drawer of the writing desk.

- -

"'How gloomy and ugly everything is, always the same, always hateful. How I dream of a land more beautiful, more noble, more varied. How poor would be the imagination of their God, if their God existed or if he hadn't created other things, elsewhere.

"'Nothing but forests, little forests, rivers that look like rivers, plains that look like plains, everything the same and monotonous. And man! . . . Man? . . . What a horrible animal, malevolent, prideful, and repugnant!

. . . .

"'One would have to love, love madly, without seeing what one loves. For to see is to understand, and to understand is to feel contempt. One would have to love, becoming intoxicated with her as one grows tipsy on wine, so that one no longer knew what one was drinking. And drink, drink, drink, without pausing for breath, day and night!

- -

J'ai trouvé, je crois. Elle a dans toute sa personne quelque chose d'idéal qui ne semble point de ce monde et qui donne des ailes à mon rêve. Ah! mon rêve, comme il me montre les êtres différents de ce qu'ils sont! Elle est blonde, d'un blond léger avec des cheveux qui ont des nuances inexprimables. Ses yeux sont bleus! Seuls les yeux bleus emportent mon âme. Toute la femme, la femme qui existe au fond de mon cœur, m'apparaît dans l'œil, rien que dans l'œil. Oh! mystère! Quel mystère? L'œil?... Tout l'univers est en lui, puisqu'il le voit, puisqu'il le reflète. Il contient l'univers, les choses et les êtres, les forêts et les océans, les hommes et les bêtes, les couchers de soleil, les étoiles, les arts, tout, tout, il voit, cueille et emporte tout; et il y a plus encore en lui, il y a l'âme, il y a l'homme qui pense, l'homme qui aime, l'homme qui rit, l'homme qui souffre! Oh! regardez les yeux bleus des femmes, ceux qui sont profonds comme la mer, changeants comme le ciel, si doux, si doux, doux comme les brises, doux comme la musique, doux comme des baisers, et transparents, si clairs qu'on voit derrière, on voit l'âme, l'âme bleue qui les colore, qui les anime, qui les divinise.

Oui, l'âme a la couleur du regard. L'âme bleue seule porte en elle du rêve, elle a pris son azur aux flots et à l'espace.

L'œil! Songez à lui! L'œil! Il boit la vie apparente pour en nourrir la pensée. Il boit le monde, la couleur, le mouvement, les livres, les tableaux, tout ce qui est beau et tout ce qui est laid, et il en fait des idées. Et quand il nous regarde, il nous donne la sensation d'un bonheur qui n'est point de cette terre. Il nous fait pressentir ce que nous ignorerons toujours; il nous fait comprendre que les réalités de nos songes sont de méprisables ordures . . . .

. . . .
Je l'aime aussi pour sa démarche.

«Même quand l'oiseau marche on sent qu'il a des ailes», a dit le poète.

Quand elle passe on sent qu'elle est d'une autre race que les femmes ordinaires, d'une race plus légère et plus divine. . . . . . .

. . . .
Je l'épouse demain . . . J'ai peur . . . j'ai peur de tant de choses . .

. . . .
Deux bêtes, deux chiens, deux loups, deux renards, rôdent par les

"'I think I've found her. In her whole aspect she has something imaginary which seems not to belong to this world, and which lends wings to my dream. Ah, my dream—how it shows me people unlike the way they really are! She is blonde, a light blonde, and her hair has indescribable shades to it. Her eyes are blue! Only blue eyes transport my soul. The whole woman, the woman who exists at the bottom of my heart, appears to me in the eyes, only in the eyes.

"'Oh, mystery! What mystery? The eyes? . . . The whole universe is in them, because they see it, because they reflect it. They contain the universe, the inanimate objects and the living creatures, the forests and the oceans, men and beasts, the sunsets, the stars, the arts, everything, everything; they see, gather, and carry away everything; and there's even more in them: there's the soul, there's the man who thinks, the man who loves, the man who laughs, the man who suffers! Oh, look at women's blue eyes, those that are as deep as the sea, as changeable as the sky, so gentle, so gentle, gentle as the breezes, gentle as music, gentle as kisses—and transparent, so clear that you can see behind them, you can see the soul, the blue soul that gives them their color, that animates them, that makes them divine.

"'Yes, the soul is of the same color as the eyes. Only the blue soul bears dreaming within it; it has taken its azure from the waters and from space.

"'Eyes! Think about them! Eyes! They absorb visible life to nourish our thoughts with it. They absorb the world, color, movement, books, paintings, all that's beautiful and all that's ugly, and it makes ideas out of them. And when they look at us, they give us a feeling of happiness not of this earth. They give us a premonition of things we shall never know; they make us understand that the reality corresponding to our dreams is contemptible garbage . . . .

. . . .
"'I also love her for the way she walks.

"''Even when a bird walks, you sense that it has wings,' the poet[2] said.

"'When she passes by, you sense that she is of a different race from ordinary women, of a more weightless, more divine race. . . . . . .

. . . .
"'I am to wed her tomorrow . . . I'm afraid . . . I'm afraid of so many things. . . . .

. . . .
"'Two animals, two dogs, two wolves, two foxes, prowl through the

2. A quotation from the works of Antoine Lemierre (1723–1793).

bois et se rencontrent. L'un est mâle, l'autre femelle. Ils s'accouplent.

Ils s'accouplent par un instinct bestial qui les force à continuer la race, leur race, celle dont ils ont la forme, le poil, la taille, les mouvements et les habitudes.

Toutes les bêtes en font autant, sans savoir pourquoi!

Nous aussi . . . .

. . . .

C'est cela que j'ai fait en l'épousant, j'ai obéi à cet imbécile emportement qui nous jette vers la femelle.

Elle est ma femme. Tant que je l'ai idéalement désirée elle fut pour moi le rêve irréalisable près de se réaliser. À partir de la seconde même où je l'ai tenue dans mes bras elle ne fut plus que l'être dont la nature s'était servie pour tromper toutes mes espérances.

Les a-t-elle trompées? — Non. Et pourtant je suis las d'elle, las à ne pouvoir la toucher, l'effleurer de ma main ou de mes lèvres sans que mon cœur soit soulevé par un dégoût inexprimable, non peut-être le dégoût d'elle, mais un dégoût plus haut, plus grand, plus méprisant, le dégoût de l'étreinte amoureuse, si vile, qu'elle est devenue, pour tous les êtres affinés, un acte honteux qu'il faut cacher, dont on ne parle qu'à voix basse, en rougissant . . . .

. . . .

Je ne peux plus voir ma femme venir vers moi, m'appelant du sourire, du regard et des bras. Je ne peux plus. J'ai cru jadis que son baiser m'emporterait dans le ciel. Elle fut souffrante, un jour, d'une fièvre passagère, et je sentis dans son haleine le souffle léger, subtil, presque insaisissable des pourritures humaines. Je fus bouleversé!

Oh! la chair, fumier séduisant et vivant, putréfaction qui marche, qui pense, qui parle, qui regarde et qui sourit, où les nourritures fermentent et qui est rose, jolie, tentante, trompeuse comme l'âme . .

. . . .

Pourquoi les fleurs, seules, sentent-elles si bon, les grandes fleurs éclatantes ou pâles, dont les tons, les nuances font frémir mon cœur et troublent mes yeux. Elles sont si belles, de structures si fines, si variées et si sensuelles, entrouvertes comme des organes, plus tentantes que des bouches, et creuses avec des lèvres retournées, dentelées, charnues, poudrées d'une semence de vie qui, dans chacune, engendre un parfum différent.

Elles se reproduisent, elles, elles seules, au monde, sans souillure pour leur inviolable race, évaporant autour d'elles l'encens divin de leur amour, la sueur odorante de leurs caresses, l'essence de leurs corps incomparables, de leurs corps parés de toutes les grâces, de

woods and meet. One is male; the other, female. They mate. They mate out of an animal instinct that compels them to perpetuate the species, their species, the one whose shape, fur, size, movements, and habits they share.

" 'All animals do the like, without knowing why!

" 'So do we. . . . .

. . . .

" 'That's what I did by marrying her; I obeyed that stupid wild impulse that hurls us toward the female.

" 'She is my wife. All the time that I desired her in my imagination, she was to me the impossible dream almost coming true. From the very second when I held her in my arms, she was henceforth merely the creature that nature had made use of to disappoint all my hopes.

" 'Has she disappointed them?—No. And yet I'm tired of her, so tired that I can't touch her, brush my hand or my lips against her, without my gorge rising in an inexpressible disgust, perhaps not a disgust with her, but a loftier, greater, more contemptuous disgust, a disgust with the sexual embrace, which is so vile that, for every refined being, it has become a shameful act which must be hidden, which is mentioned only in low tones, while we blush. . . . .

. . . .

" 'I can no longer stand to see my wife approaching me, beckoning to me with her smile, her eyes, her arms. I can't stand it any more. In the past, I thought her kiss would transport me to heaven. One day, she was ill with a temporary fever, and I smelt on her breath the light, subtle, almost imperceptible odor of human corruption. I was thunderstruck!

" 'Oh, the flesh, a seductive, living manure, corruption walking, thinking, speaking, gazing, smiling, in which foodstuffs ferment, and which is pink, pretty, tempting, as deceiving as the soul! . . . .

. . . .

" 'Why is it that only flowers smell so good, big flowers showy or pale, whose colors and shades make my heart quiver and perturb my eyes? They're so beautiful, their structure is so delicate, varied, and erotic: partly open, like bodily organs, more tempting than mouths, and hollow with turned-up lips, lacy, fleshy, powdered with a seed of life that produces a different aroma in each one.

" '*They*, they alone in the world, reproduce themselves without a blemish for their inviolate species, disseminating around them the divine incense of their love, the fragrant sweat of their caresses, the perfume of their incomparable bodies, their bodies which are adorned with every grace, with every elegance, with every form, and which

toutes les élégances, de toutes les formes, qui ont la coquetterie de
toutes les colorations et la séduction enivrante de toutes les senteurs

. . . .

Fragments choisis, six mois plus tard.

. . . J'aime les fleurs, non point comme des fleurs, mais comme des
êtres matériels et délicieux; je passe mes jours et mes nuits dans les
serres où je les cache ainsi que les femmes des harems.

Qui connaît, hors moi, la douceur, l'affolement, l'extase frémissante, charnelle, idéale, surhumaine de ces tendresses; et ces baisers
sur la chair rose, sur la chair rouge, sur la chair blanche mira-
culeusement différente, délicate, rare, fine, onctueuse des admirables fleurs.

J'ai des serres où personne ne pénètre que moi et celui qui en
prend soin.

J'entre là comme on se glisse en un lieu de plaisir secret. Dans la
haute galerie de verre, je passe d'abord entre deux foules de corolles
fermées, entrouvertes ou épanouies qui vont en pente de la terre au
toit. C'est le premier baiser qu'elles m'envoient.

Celles-là, ces fleurs-là, celles qui parent ce vestibule de mes passions mystérieuses sont mes servantes et non mes favorites.

Elles me saluent au passage de leur éclat changeant et de leurs
fraîches exhalaisons. Elles sont mignonnes, coquettes, étagées sur huit
rangs à droite et sur huit rangs à gauche, et si pressées qu'elles ont l'air
de deux jardins venant jusqu'à mes pieds.

Mon cœur palpite, mon œil s'allume à les voir, mon sang s'agite
dans mes veines, mon âme s'exalte, et mes mains déjà frémissent du
désir de les toucher. Je passe. Trois portes sont fermées au fond de
cette haute galerie. Je peux choisir. J'ai trois harems.

Mais j'entre le plus souvent chez les orchidées, mes endormeuses
préférées. Leur chambre est basse, étouffante. L'air humide et chaud
rend moite la peau, fait haleter la gorge et trembler les doigts. Elles
viennent, ces filles étranges, de pays marécageux, brûlants, et mal-
sains. Elles sont attirantes comme des sirènes, mortelles comme des
poisons, admirablement bizarres, énervantes, effrayantes. En voici qui
semblent des papillons avec des ailes énormes, des pattes minces, des
yeux! Car elles ont des yeux! Elles me regardent, elles me voient, êtres
prodigieux, invraisemblables, fées, filles de la terre sacrée, de l'air impalpable et de la chaude lumière, cette mère du monde. Oui, elles ont

have the coquetry of every coloration and the intoxicating seduction of every scent. . . . .

. . . .

Selected passages, six months later.

"'. . . I love flowers, not as flowers, but as material, delightful beings; I spend my days and my nights in the hothouses in which I keep them concealed like women in harems.

"'Who but me knows the sweetness, the perturbation, the quivering, carnal, ideal, superhuman ecstasy of that affection? And those kisses on the pink flesh, on the red flesh, on the white flesh, so miraculously different, delicate, rare, fine, and unctuous, of those marvelous flowers?

"'I have hothouses which no one enters but me and their caretaker.

"'I go into them like a man sneaking into a house of secret pleasures. Inside the tall glass gallery, I first walk between two throngs of corollas, closed, half-open, or wide open, which slope from the floor to the ceiling. That is the first kiss they blow to me.

"'Those, those flowers, the ones which adorn that vestibule of my mysterious passions, are my servant girls, not my favored mistresses.

"'They greet me as I go by with their iridescent glory and their cool exhalations. They are dainty, coquettish, stacked in eight rows on the right and eight rows on the left, and so crowded together that they look like two gardens that come right to my feet.

"'My heart palpitates, my eyes light up when I see them; my blood is stirred up in my veins, my soul is exalted, and my hands are already quivering with the desire to touch them. I walk by. There are three closed doors at the far end of that high gallery. I can choose. I have three harems.

"'But most often I enter the orchid section; they are the ones I like best to lull me to sleep.[3] Their room is low-ceilinged, stifling. The hot, damp air makes my skin moist, makes my bosom pant and my fingers tremble. They come, those strange harlots, from swampy, sultry, unhealthful countries. They're as alluring as sirens, as deadly as poison, wonderfully grotesque, enervating, frightening. Here are some that resemble butterflies with huge wings, thin legs, eyes! Because they have eyes! They look at me, they see me, those miraculous, improbable beings, fairies, daughters of the holy earth, the impalpable air, and the hot light, that mother of the world. Yes, they have wings, and eyes,

---

3. Or: "to cajole me."

des ailes, et des yeux et des nuances qu'aucun peintre n'imite, tous les charmes, toutes les grâces, toutes les formes qu'on peut rêver. Leur flanc se creuse, odorant et transparent, ouvert pour l'amour et plus tentant que toute la chair des femmes. Les inimaginables dessins de leurs petits corps jettent l'âme grisée dans le paradis des images et des voluptés idéales. Elles tremblent sur leurs tiges comme pour s'envoler. Vont-elles s'envoler, venir à moi? Non, c'est mon cœur qui vole au-dessus d'elles comme un mâle mystique et torturé d'amour. Aucune aile de bête ne peut les effleurer. Nous sommes seuls, elles et moi, dans la prison claire que je leur ai construite. Je les regarde et je les contemple, je les admire, je les adore l'une après l'autre.

Comme elles sont grasses, profondes, roses, d'un rose qui mouille les lèvres de désir! Comme je les aime! Le bord de leur calice est frisé, plus pâle que leur gorge et la corolle s'y cache, bouche mystérieuse, attirante, sucrée sous la langue, montrant et dérobant les organes délicats, admirables et sacrés de ces divines petites créatures qui sentent bon et ne parlent pas.

J'ai parfois pour une d'elles une passion qui dure autant que son existence, quelques jours, quelques soirs. On l'enlève alors de la galerie commune et on l'enferme dans un mignon cabinet de verre où murmure un fil d'eau contre un lit de gazon tropical venu des îles du grand Pacifique. Et je reste près d'elle, ardent, fiévreux et tourmenté, sachant sa mort si proche, et la regardant se faner, tandis que je la possède, que j'aspire, que je bois, que je cueille sa courte vie d'une inexprimable caresse.

. . . .

Lorsqu'il eut terminé la lecture de ces fragments, l'avocat reprit:

«La décence, messieurs les juges, m'empêche de continuer à vous communiquer les singuliers aveux de ce fou honteusement idéaliste. Les quelques fragments que je viens de vous soumettre vous suffiront, je crois, pour apprécier ce cas de maladie mentale, moins rare qu'on ne croit dans notre époque de démence hystérique et de décadence corrompue.

«Je pense donc que ma cliente est plus autorisée qu'aucune autre femme à réclamer le divorce, dans la situation exceptionnelle où la place l'étrange égarement des sens de son mari.»

and tints which no painter can capture: all the charms, all the graces, all the forms that anyone can dream of. Their sides hollow out, fragrant and transparent, open for love and more tempting than any woman's flesh. The unimaginable patterns on their little bodies intoxicate the soul and cast it into the paradise of ideal images and sensual pleasures. They tremble on their stalks as if they wanted to fly away. Will they fly away and come to me? No, it's my heart that's flying over them, like a mystical male tormented by love.

"'No animal wing can brush them. We are alone, they and I, in the bright prison I have fashioned for them. I look at them and I contemplate them, I admire them, I adore them one after the other.

"'How plump, profound, and pink they are!—of a pink that makes my lips moist with desire! How I love them! The rim of their calyx is curly, paler than their bosom, and their corolla is hidden in it: a mysterious mouth, alluring, sweet to the taste, displaying and hiding from sight the delicate, wonderful, sacred organs of those divine little creatures which smell sweet and don't speak.

"'Sometimes I have a passion for one of them which lasts as long as the flower lives, a few days, a few evenings. Then it is taken out of the common gallery and enclosed in a dainty glass cabinet in which a trickle of water babbles against a bed of tropical grass brought from the isles of the wide Pacific. And I remain near it, ardent, feverish, and tormented, knowing how soon it must die, and watching it fade, while I possess it, inhale it, drink it in, and gather up its brief life in an indescribable caress.'"

. . . .

When he had finished reading those passages, the lawyer resumed:

"Your honors, decency forbids me to continue informing you of the strange confessions of this shamefully idealistic madman. The few passages I have just submitted to you will be enough, I believe, for you to evaluate this case of mental illness, which is less rare than generally believed in our era of hysterical dementia and corrupt decadence.

"Therefore I think my client is more justified than any other woman in seeking a divorce, given the exceptional situation in which she is placed by her husband's strange insanity."

GUY DE MAUPASSANT

Qui sait?

I

Mon Dieu! Mon Dieu! Je vais donc écrire enfin ce qui m'est arrivé! Mais le pourrai-je? l'oserai-je? cela est si bizarre, si inexplicable, si incompréhensible, si fou!

Si je n'étais sûr de ce que j'ai vu, sûr qu'il n'y a eu, dans mes raisonnements, aucune défaillance, aucune erreur dans mes constatations, pas de lacune dans la suite inflexible de mes observations, je me croirais un simple halluciné, le jouet d'une étrange vision. Après tout, qui sait?

Je suis aujourd'hui dans une maison de santé; mais j'y suis entré volontairement, par prudence, par peur! Un seul être connaît mon histoire. Le médecin d'ici. Je vais l'écrire. Je ne sais trop pourquoi. Pour m'en débarrasser, car je la sens en moi comme un intolérable cauchemar.

La voici:

J'ai toujours été un solitaire, un rêveur, une sorte de philosophe isolé, bienveillant, content de peu, sans aigreur contre les hommes et sans rancune contre le ciel. J'ai vécu seul, sans cesse, par suite d'une sorte de gêne qu'insinue en moi la présence des autres. Comment expliquer cela? Je ne le pourrais. Je ne refuse pas de voir le monde, de causer, de dîner avec des amis, mais lorsque je les sens depuis longtemps près de moi, même les plus familiers, ils me lassent, me fatiguent, m'énervent, et j'éprouve une envie grandissante, harcelante, de les voir partir ou de m'en aller, d'être seul.

Cette envie est plus qu'un besoin, c'est une nécessité irrésistible. Et si la présence des gens avec qui je me trouve continuait, si je devais, non pas écouter, mais entendre longtemps encore leurs conversations, il m'arriverait, sans aucun doute, un accident. Lequel? Ah! qui sait? Peut-être une simple syncope? oui! probablement!

J'aime tant être seul que je ne puis même supporter le voisinage

220

GUY DE MAUPASSANT

Who Knows?

I

My God! My God! And so I'm finally going to set down what happened to me! But will I be able to? Will I dare to? It's so bizarre, so inexplicable, so incomprehensible, so insane!

If I weren't sure about what I saw, sure that there was no lapse in my reasoning, no error in my findings, no gap in the inexorable continuity of my observations, I'd think I was simply suffering from hallucinations, a victim of a strange vision. After all, who knows?

Today I am in a mental hospital; but I came here voluntarily, out of prudence, out of fear! Only one other person knows my story: the doctor in this place. I shall write it down. I'm not quite sure why. To rid myself of it, because I feel it inside me like an unbearable nightmare.

Here it is:

I've always been a lone wolf, a dreamer, a sort of isolated philosopher, well-meaning, contented with a moderate fortune, devoid of bitterness toward men or a grudge against heaven. I've always lived alone because of a sort of discomfort that I feel in the presence of others. How can I explain it? I can't. I don't refuse to see people, to chat, to dine with friends, but after I sense that they've been with me for some time, even those closest to me, they tire me out, they fatigue me, they get on my nerves, and I feel an increasingly urgent desire to see them leave or to go away myself: to be alone.

That desire is more than a need, it's an irresistible necessity. And if the people with me were to remain in my presence, if I had to hear (I won't say, listen to) their conversation much longer, I would no doubt be physically affected. How? Oh, who knows? Maybe just go into a faint? Yes, probably!

I like being alone so much that I can't even abide the proximity of

d'autres êtres dormant sous mon toit; je ne puis habiter Paris parce que j'y agonise indéfiniment. Je meurs moralement, et suis aussi supplicié dans mon corps et dans mes nerfs par cette immense foule qui grouille, qui vit autour de moi, même quand elle dort. Ah! le sommeil des autres m'est plus pénible encore que leur parole. Et je ne peux jamais me reposer, quand je sais, quand je sens, derrière un mur, des existences interrompues par ces régulières éclipses de la raison.

Pourquoi suis-je ainsi! Qui sait? La cause en est peut-être fort simple: je me fatigue très vite de tout ce qui ne se passe pas en moi. Et il y a beaucoup de gens dans mon cas.

Nous sommes deux races sur la terre. Ceux qui ont besoin des autres, que les autres distraient, occupent, reposent, et que la solitude harasse, épuise, anéantit, comme l'ascension d'un terrible glacier ou la traversée du désert, et ceux que les autres, au contraire, lassent, ennuient, gênent, courbaturent, tandis que l'isolement les calme, les baigne de repos dans l'indépendance et la fantaisie de leur pensée.

En somme, il y a là un normal phénomène psychique. Les uns sont doués pour vivre en dehors, les autres pour vivre en dedans. Moi, j'ai l'attention extérieure courte et vite épuisée, et, dès qu'elle arrive à ses limites, j'en éprouve dans tout mon corps et dans toute mon intelligence, un intolérable malaise.

Il en est résulté que je m'attache, que je m'étais attaché beaucoup aux objets inanimés qui prennent, pour moi, une importance d'êtres, et que ma maison est devenue, était devenue, un monde où je vivais d'une vie solitaire et active, au milieu de choses, de meubles, de bibelots familiers, sympathiques à mes yeux comme des visages. Je l'en avais emplie peu à peu, je l'en avais parée, et je me sentais dedans, content, satisfait, bien heureux comme entre les bras d'une femme aimable dont la caresse accoutumée est devenue un calme et doux besoin.

J'avais fait construire cette maison dans un beau jardin qui l'isolait des routes, et à la porte d'une ville où je pouvais trouver, à l'occasion, les ressources de société dont je sentais, par moments, le désir. Tous mes domestiques couchaient dans un bâtiment éloigné, au fond du potager, qu'entourait un grand mur. L'enveloppement obscur des nuits, dans le silence de ma demeure perdue, cachée, noyée sous les feuilles des grands arbres, m'était si reposant et si bon, que j'hésitais chaque soir, pendant plusieurs heures, à me mettre au lit pour le savourer plus longtemps.

other people sleeping under my roof; I can't live in Paris because my agony there is unending. I die mentally, and I'm also tormented in my body and my nerves by that immense teeming mob living all around me, even when it's asleep. Oh, other people's sleep is even more painful to me than their speech. And I can never relax when I know, when I sense, that a wall away there are lives being interrupted by those regularly recurring eclipses of rationality.

Why am I this way? Who knows? There may be a very simple reason for it: I tire very quickly of anything that isn't taking place within myself. And there are many people in my situation.

There are two breeds of us on earth: those who need others, who are amused, occupied, and relaxed by others, and whom solitude vexes, exhausts, and annihilates like the ascent of a fearful glacier or the crossing of a desert; and those who are just the opposite, whom other people weary, bore, upset, paralyze, whereas isolation calms them and bathes them in tranquillity, in the independence and imagination of their mind.

In short, this is a normal mental phenomenon. Some people have a gift for living outside of themselves; others, for living inside themselves. As for me, my outward attention is short and quickly exhausted, and as soon as it reaches its limits, it gives me unbearable discomfort all over my body and mind.

As a consequence, I become attached—I *had* become attached—a great deal to inanimate objects, which for me take on the same importance as living beings; and my house has become—*had* become—a world in which I lived a solitary, active life in the midst of objects, furniture, and curios as familiar and beloved to my eyes as faces are. I had filled it with them little by little, I had adorned it with them, and in there I felt as contented, satisfied, and happy as in the arms of a lovable woman whose habitual caresses had become a calm, gentle need.

I had had that house built within a lovely garden that insulated it from the roads, and at the gate of a town in which I could find, as they were wanted, the social resources which I desired every so often. All my servants slept in a distant building, at the far end of the kitchen garden, which was encircled by a high wall. To be enveloped in the darkness of night, in the silence of my remote dwelling, which was hidden, drowned, beneath the foliage of the tall trees, was so restful and agreeable to me that, every night, I put off going to bed for several hours in order to savor it longer.

Ce jour-là, on avait joué *Sigurd* au théâtre de la ville. C'était la première fois que j'entendais ce beau drame musical et féerique, et j'y avais pris un vif plaisir.

Je revenais à pied, d'un pas allègre, la tête pleine de phrases sonores, et le regard hanté par de jolies visions. Il faisait noir, noir, mais noir au point que je distinguais à peine la grande route, et que je faillis, plusieurs fois, culbuter dans le fossé. De l'octroi chez moi, il y a un kilomètre environ, peut-être un peu plus, soit vingt minutes de marche lente. Il était une heure du matin, une heure ou une heure et demie; le ciel s'éclaircit un peu devant moi et le croissant parut, le triste croissant du dernier quartier de la lune. Le croissant du premier quartier, celui qui se lève à quatre ou cinq heures du soir, est clair, gai, frotté d'argent, mais celui qui se lève après minuit est rougeâtre, morne, inquiétant; c'est le vrai croissant du Sabbat. Tous les noctambules ont dû faire cette remarque. Le premier, fût-il mince comme un fil, jette une petite lumière joyeuse qui réjouit le cœur, et dessine sur la terre des ombres nettes; le dernier répand à peine une lueur mourante, si terne qu'elle ne fait presque pas d'ombres.

J'aperçus au loin la masse sombre de mon jardin, et je ne sais d'où me vint une sorte de malaise à l'idée d'entrer là-dedans. Je ralentis le pas. Il faisait très doux. Le gros tas d'arbres avait l'air d'un tombeau où ma maison était ensevelie.

J'ouvris ma barrière et je pénétrai dans la longue allée de sycomores, qui s'en allait vers le logis, arquée en voûte comme un haut tunnel, traversant des massifs opaques et contournant des gazons où les corbeilles de fleurs plaquaient, sous les ténèbres pâlies, des taches ovales aux nuances indistinctes.

En approchant de la maison, un trouble bizarre me saisit. Je m'arrêtai. On n'entendait rien. Il n'y avait pas dans les feuilles un souffle d'air. «Qu'est-ce que j'ai donc?» pensai-je. Depuis dix ans je rentrais ainsi sans que jamais la moindre inquiétude m'eût effleuré. Je n'avais pas peur. Je n'ai jamais eu peur, la nuit. La vue d'un homme, d'un maraudeur, d'un voleur m'aurait jeté une rage dans le corps, et j'aurais sauté dessus sans hésiter. J'étais armé, d'ailleurs. J'avais mon revolver. Mais je n'y touchai point, car je voulais résister à cette influence de crainte qui germait en moi.

Qu'était-ce? Un pressentiment? Le pressentiment mystérieux qui

That evening *Sigurd*[1] had been performed at the town theater. It was the first time I had heard that beautiful, fairylike music drama, and I had taken keen pleasure in it.

I was returning on foot, at a cheerful pace, my head full of musical phrases and my eyes obsessed with lovely visions. It was dark, pitch dark, so dark that I could hardly make out the highway, and I nearly tumbled into the ditch several times. From the tollbooth to my place is about a kilometer, maybe a little more: that is, twenty minutes, walking slowly. It was one in the morning, one or one-thirty; the sky cleared a little in front of me, and the crescent moon appeared, the gloomy crescent of the moon's last quarter. The crescent of its first quarter, the one that rises at four or five in the afternoon, is bright, jolly, rubbed with silver; but the one that rises after midnight is reddish, sullen, disturbing; it's the true crescent moon of witches' sabbaths. Every "nightowl" must have noticed that. The first-quarter crescent, even when thin as a thread, sheds a small, joyful light that warms the heart, and traces clearcut shadows on the ground; the last-quarter crescent barely sheds a dying glimmer, so lusterless that it hardly allows shadows to form.

In the distance I caught sight of the somber contours of my garden, and (I can't tell why) I felt a sort of unease at the thought of entering it. I slackened my pace. The air was very mild. The big heap of trees resembled a grave in which my house was buried.

I opened my gate and entered the long avenue of sycamores which led to the house; vaulted like a high tunnel, it went by opaque clumps of shrubbery and skirted lawns on which the round flowerbeds, in the pale darkness, stood out like oval blotches of indistinct tints.

As I approached the house, an odd malaise gripped me. I stopped. Nothing was to be heard. There wasn't a breath of air in the leaves. "What's wrong with me, then?" I thought. For ten years I had been coming home that way without the slightest twinge of nervousness. I wasn't afraid. I've never been afraid at night. The sight of a man, a prowler, a burglar, would have put me in a furious rage, and I would have jumped him without hesitating. Besides, I was armed. I had my revolver. But I didn't touch it, because I wanted to resist that tendency toward fear which was germinating in me.

What was it? A foreboding? The mysterious foreboding that grips

---

1. A Wagnerian-style opera (Sigurd corresponds to Siegfried) by Ernest Reyer (1823–1909), first performed in 1884.

s'empare des sens des hommes quand ils vont voir de l'inexplicable?
Peut-être? Qui sait?

À mesure que j'avançais, j'avais dans la peau des tressaillements, et
quand je fus devant le mur, aux auvents clos, de ma vaste demeure, je
sentis qu'il me faudrait attendre quelques minutes avant d'ouvrir la
porte et d'entrer dedans. Alors, je m'assis sur un banc, sous les
fenêtres de mon salon. Je restai là, un peu vibrant, la tête appuyée
contre la muraille, les yeux ouverts sur l'ombre des feuillages. Pendant
ces premiers instants, je ne remarquai rien d'insolite autour de moi.
J'avais dans les oreilles quelques ronflements; mais cela m'arrive souvent. Il me semble parfois que j'entends passer des trains, que j'entends sonner des cloches, que j'entends marcher une foule.

Puis bientôt, ces ronflements devinrent plus distincts, plus précis,
plus reconnaissables. Je m'étais trompé. Ce n'était pas le bourdon-
nement ordinaire de mas artères qui mettait dans mes oreilles ces
rumeurs, mais un bruit très particulier, très confus cependant, qui venait, à n'en point douter, de l'intérieur de ma maison.

Je le distinguais à travers le mur, ce bruit continu, plutôt une agitation qu'un bruit, un remuement vague d'un tas de choses, comme si
on eût secoué, déplacé, traîné doucement tous mes meubles.

Oh! je doutai, pendant un temps assez long encore, de la sûreté de
mon oreille. Mais l'ayant collée contre un auvent pour mieux
percevoir ce trouble étrange de mon logis, je demeurai convaincu,
certain, qu'il se passait chez moi quelque chose d'anormal et d'incompréhensible. Je n'avais pas peur, mais j'étais . . . comment exprimer cela . . . effaré d'étonnement. Je n'armai pas mon revolver —
devinant fort bien que je n'en avais nul besoin. J'attendis.

J'attendis longtemps, ne pouvant me décider à rien, l'esprit lucide,
mais follement anxieux. J'attendis, debout, écoutant toujours le bruit
qui grandissait, qui prenait, par moments, une intensité violente, qui
semblait devenir un grondement d'impatience, de colère, d'émeute
mystérieuse.

Puis soudain, honteux de ma lâcheté, je saisis mon trousseau de
clefs, je choisis celle qu'il me fallait, je l'enfonçai dans la serrure, je la
fis tourner deux fois, et poussant la porte de toute ma force, j'envoyai
le battant heurter la cloison.

Le coup sonna comme une détonation de fusil, et voilà qu'à ce bruit
d'explosion répondit, du haut en bas de ma demeure, un formidable

men's senses when they're about to see something inexplicable? Maybe. Who knows?

As I moved forward, I felt my skin jumping, and when I was in front of the wall of my huge house, with its closed shutters,[2] I felt the need to wait a few minutes before opening the door and going in. Then I sat down on a bench, beneath my drawing-room windows. I stayed there, shaking somewhat, my head resting against the wall, my eyes gazing at the shadow of the foliage. During these first few moments, I didn't notice anything unusual around me. There was a little buzzing in my ears; but that happens to me frequently. I sometimes think I hear trains going by, or churchbells ringing, or a crowd of people walking.

Soon after that, those rumbles became more distinct, more precise, more recognizable. I had been mistaken. It wasn't the usual throbbing of my arteries that was filling my ears with that noise, but a very particular, though very confused, sound which was coming (and there was no doubt about it) from inside my house.

I could make it out through the wall, that continuous noise, more of a stirring than a noise, the vague movement of a great number of objects, as if someone had shaken up all my furniture, moved it out of place, and was dragging it gently.

Oh, for quite a long time after that, I doubted the accuracy of my hearing. But, after gluing my ear to a shutter in order to hear more clearly that odd disturbance in the house, I became convinced, certain, that something abnormal and incomprehensible was going on in my residence. I wasn't afraid, but I was . . . (how can I express it?) . . . alarmed by surprise. I didn't cock my revolver—guessing quite accurately that I had no need of it. I waited.

I waited a long time, unable to make any decisions, my mind lucid but insanely anxious. I waited, standing, still listening to the increasing noise, which at times was taking on a violent intensity, seeming to become a rumble of impatience, anger, mysterious riot.

Then, all at once, ashamed of my cowardice, I grasped my bunch of keys, chose the correct one, inserted it into the lock, turned it twice, and, pushing the door with all my might, I made its leaf slam against the partition.

The impact sounded like a rifle shot, and, what do you know: that explosive noise was answered by a formidable tumult up and down my

2. *Auvent* normally means "small roof over a door or window; marquee; awning"; its use as "shutter," also attested in Flaubert's *Madame Bovary*, is possibly peculiar to Normandy.

tumulte. Ce fut si subit, si terrible, si assourdissant que je reculai de quelques pas, et que, bien que le sentant toujours inutile, je tirai de sa gaine mon revolver.

J'attendis encore, oh! peu de temps. Je distinguais, à présent, un extraordinaire piétinement sur les marches de mon escalier, sur les parquets, sur les tapis, un piétinement, non pas de chaussures, de souliers humains, mais de béquilles, de béquilles de bois et de béquilles de fer qui vibraient comme des cymbales. Et voilà que j'aperçus tout à coup, sur le seuil de ma porte, un fauteuil, mon grand fauteuil de lecture, qui sortait en se dandinant. Il s'en alla par le jardin. D'autres le suivaient, ceux de mon salon, puis les canapés bas et se traînant comme des crocodiles sur leurs courtes pattes, puis toutes mes chaises, avec des bonds de chèvres, et les petits tabourets qui trottaient comme des lapins.

Oh! quelle émotion! Je me glissai dans un massif où je demeurai accroupi, contemplant toujours ce défilé de mes meubles, car ils s'en allaient tous, l'un derrière l'autre, vite ou lentement, selon leur taille et leur poids. Mon piano, mon grand piano à queue, passa avec un galop de cheval emporté et un murmure de musique dans le flanc, les moindres objets glissaient sur le sable comme des fourmis, les brosses, les cristaux, les coupes, où le clair de lune accrochait des phosphorescences de vers luisants. Les étoffes rampaient, s'étalaient en flaques à la façon des pieuvres de la mer. Je vis paraître mon bureau, un rare bibelot du dernier siècle, et qui contenait toutes les lettres que j'ai reçues, toute l'histoire de mon cœur, une vieille histoire dont j'ai tant souffert! Et dedans étaient aussi des photographies.

Soudain, je n'eus plus peur, je m'élançai sur lui et je le saisis comme on saisit un voleur, comme on saisit une femme qui fuit; mais il allait d'une course irrésistible, et malgré mes efforts, et malgré ma colère, je ne pus même ralentir sa marche. Comme je résistais en désespéré à cette force épouvantable, je m'abattis par terre en luttant contre lui. Alors, il me roula, me traîna sur le sable, et déjà les meubles, qui le suivaient, commençaient à marcher sur moi, piétinant mes jambes et les meurtrissant; puis, quand je l'eus lâché, les autres passèrent sur mon corps ainsi qu'une charge de cavalerie sur un soldat démonté.

Fou d'épouvante enfin, je pus me traîner hors de la grande allée et me cacher de nouveau dans les arbres, pour regarder disparaître les plus infimes objets, les plus petits, les plus modestes, les plus ignorés de moi, qui m'avaient appartenu.

Puis j'entendis, au loin, dans mon logis sonore à présent comme les maisons vides, un formidable bruit de portes refermées. Elles

house. It was so sudden, so awful, so deafening, that I recoiled a few steps and, though I still felt it needless, I drew my revolver from its holster.

I waited again—oh, not long. Now I could make out an extraordinary trampling on the steps of my staircase, on the parquet floors, on the carpets, a trampling not of footwear, not of human shoes, but of crutches, wooden crutches and iron crutches vibrating like cymbals. And then I suddenly saw, on the threshold of my door, an armchair, my big library armchair, which was leaving the house with a rolling gait. It departed through the garden. Others followed it, those from my drawing room, then the sofas, hugging the ground and dragging themselves along like crocodiles on their short paws, then all my plain chairs, with goatlike bounds, and the little stools, trotting like rabbits.

Oh, what a shock! I slipped into a clump of shrubbery in which I kept crouched, still observing that parade of my furniture, for every piece was leaving, one after the other, quickly or slowly, depending on size and weight. My piano, my grand piano, went by at a gallop like that of a runaway horse and with a musical murmur inside it; the smaller objects slid over the sand like ants, the brushes, the glassware, and the goblets, onto which the moonlight threw phosphorescent flashes like those of fireflies. The fabrics were crawling, billowing out into puddles in the manner of octopods. I saw my desk come out, a rare antique from last century, containing all the letters I've received, the whole history of my romance, an old story that had made me suffer so! And there were photographs in it, too.

Suddenly I was no longer afraid; I pounced on it and seized it the way you seize a burglar, the way you seize a woman who's running away; but it kept moving at irresistible speed, and despite my efforts, despite my anger, I wasn't even able to slow it down. Since I was withstanding that frightful force like a man in despair, I fell to the ground while wrestling with the desk. Then it rolled me over and dragged me over the sand, and by now the pieces of furniture that were following it began walking over me, trampling my legs and bruising them; then, after I had let go of it, the others passed over my body, like a cavalry charge over an unhorsed soldier.

Mad with terror at last, I was able to drag myself out of the main path and hide in the trees again; from there I watched the disappearance of the tiniest objects, the smallest and most humble that had belonged to me, the ones I hardly knew I owned.

Then I heard in the distance, inside my house, which was now as resonant as an empty one, a terrific din of doors closing again. They

claquèrent du haut en bas de la demeure, jusqu'à ce que celle du vestibule que j'avais ouverte moi-même, insensé, pour ce départ, se fût close, enfin, la dernière.

Je m'enfuis aussi, courant vers la ville, et je ne repris mon sang-froid que dans les rues, en rencontrant des gens attardés. J'allai sonner à la porte d'un hôtel où j'étais connu. J'avais battu, avec mes mains, mes vêtements, pour en détacher la poussière, et je racontai que j'avais perdu mon trousseau de clefs, qui contenait aussi celle du potager, où couchaient mes domestiques en une maison isolée, derrière le mur de clôture qui préservait mes fruits et mes légumes de la visite des maraudeurs.

Je m'enfonçai jusqu'aux yeux dans le lit qu'on me donna. Mais je ne pus dormir, et j'attendis le jour en écoutant bondir mon cœur. J'avais ordonné qu'on prévînt mes gens dès l'aurore, et mon valet de chambre heurta ma porte à sept heures du matin.

Son visage semblait bouleversé.

— Il est arrivé cette nuit un grand malheur, monsieur, dit-il.

— Quoi donc?

— On a volé tout le mobilier de monsieur, tout, tout, jusqu'aux plus petits objets.

Cette nouvelle me fit plaisir. Pourquoi? Qui sait? J'étais fort maître de moi, sûr de dissimuler, de ne rien dire à personne de ce que j'avais vu, de le cacher, de l'enterrer dans ma conscience comme un effroyable secret. Je répondis:

— Alors, ce sont les mêmes personnes qui m'ont volé mes clefs. Il faut prévenir tout de suite la police. Je me lève et je vous y rejoindrai dans quelques instants.

L'enquête dura cinq mois. On ne découvrit rien, on ne trouva ni le plus petit de mes bibelots, ni la plus légère trace des voleurs. Parbleu! Si j'avais dit ce que je savais . . . Si je l'avais dit . . . on m'aurait enfermé, moi, pas les voleurs, mais l'homme qui avait pu voir une pareille chose.

Oh! je sus me taire. Mais je ne remeublai pas ma maison. C'était bien inutile. Cela aurait recommencé toujours. Je n'y voulais plus rentrer. Je n'y rentrai pas. Je ne la revis point.

Je vins à Paris, à l'hôtel, et je consultai des médecins sur mon état nerveux qui m'inquiétait beaucoup depuis cette nuit déplorable.

Ils m'engagèrent à voyager. Je suivis leur conseil.

slammed up and down the house, until that of the vestibule, which I had foolishly opened myself, allowing that departure, was finally the last to close.

I ran away, too, dashing toward the town, and I only recovered my composure when I was in its streets, encountering belated passersby. I rang at the door of a hotel where I was known. I had beaten my clothing with my hands to shake the dust off it, and I told the hotel people that I had lost my bunch of keys, which also contained the one to the kitchen garden where my servants slept in an isolated building, behind the enclosing wall that protected my fruit and vegetables from being visited by pillagers.

In the bed they gave me, I covered myself up to my eyes. But I was unable to sleep, and I awaited the daylight listening to my heart pound. I had left word for my servants to be informed at dawn, and my valet knocked at my door at seven in the morning.

His face seemed distressed.

"A great catastrophe occurred last night, sir," he said.

"What?"

"All of your furniture has been stolen, sir, all of it, all, down to the smallest objects."

That news gave me pleasure. Why? Who knows? I was in complete control of myself, sure that I could dissemble and say not a word to anyone of what I had seen, sure that I could conceal it, bury it in my consciousness like a terrifying secret. I replied:

"In that case, it's the same people that stole my keys. The police must be informed at once. I'll get up now and I'll be with you in a few minutes."

The investigation lasted five months. Nothing was turned up, not the smallest one of my curios was found, not the slightest trace of the burglars. God! If I had told what I knew . . . *I* would have been locked away—not the burglars, but the man who had been able to see such a sight.

Oh, I knew how to keep quiet. But I didn't refurnish my house. That would really have been useless. It would have started all over again each time. I didn't want to return to it. I didn't return to it. I never saw it again.

I came to Paris, to a hotel, and I consulted doctors about my nervous condition, which had been worrying me a great deal since that disastrous night.

They urged me to travel. I took their advice.

II

Je commençai par une excursion en Italie. Le soleil me fit du bien. Pendant six mois, j'errai de Gênes à Venise, de Venise à Florence, de Florence à Rome, de Rome à Naples. Puis je parcourus la Sicile, terre admirable par sa nature et ses monuments, reliques laissées par les Grecs et les Normands. Je passai en Afrique, je traversai pacifiquement ce grand désert jaune et calme, où errent des chameaux, des gazelles et des Arabes vagabonds, où, dans l'air léger et transparent, ne flotte aucune hantise, pas plus la nuit que le jour.

Je rentrai en France par Marseille, et malgré la gaieté provençale, la lumière diminuée du ciel m'attrista. Je ressentis, en revenant sur le continent, l'étrange impression d'un malade qui se croit guéri et qu'une douleur sourde prévient que le foyer du mal n'est pas éteint.

Puis je revins à Paris. Au bout d'un mois, je m'y ennuyai. C'était à l'automne, et je voulus faire, avant l'hiver, une excursion à travers la Normandie, que je ne connaissais pas.

Je commençai par Rouen, bien entendu, et pendant huit jours, j'errai distrait, ravi, enthousiasmé, dans cette ville du moyen âge, dans ce surprenant musée d'extraordinaires monuments gothiques.

Or, un soir, vers quatre heures, comme je m'engageais dans une rue invraisemblable où coule une rivière noire comme de l'encre nommée «Eau de Robec», mon attention, toute fixée sur la physionomie bizarre et antique des maisons, fut détournée tout à coup par la vue d'une série de boutiques de brocanteurs qui se suivaient de porte en porte.

Ah! ils avaient bien choisi leur endroit, ces sordides trafiquants de vieilleries, dans cette fantastique ruelle, au-dessus de ce cours d'eau sinistre, sous ces toits pointus de tuiles et d'ardoises où grinçaient encore les girouettes du passé!

Au fond des noirs magasins, on voyait s'entasser les bahuts sculptés, les faïences de Rouen, de Nevers, de Moustiers, des statues peintes, d'autres en chêne, des Christ, des vierges, des saints, des ornements d'église, des chasubles, des chapes, même des vases sacrés et un vieux tabernacle en bois doré d'où Dieu avait déménagé. Oh! les singulières cavernes en ces hautes maisons, en ces grandes maisons, pleines, des caves aux greniers, d'objets de toute nature, dont l'existence semblait finie, qui survivaient à leurs naturels possesseurs, à leur siècle, à leur temps, à leurs modes, pour être achetés, comme curiosités, par les nouvelles générations.

Ma tendresse pour les bibelots se réveillait dans cette cité d'antiquaires. J'allais de boutique en boutique, traversant, en deux enjam-

II

I began with a trip to Italy. The sunshine did me good. For six months I roamed from Genoa to Venice, from Venice to Florence, from Florence to Rome, from Rome to Naples. Then I traversed Sicily, a land remarkable for its nature and its monuments, relics left behind by the Greeks and the Normans. I crossed over to Africa, and calmly traversed that great yellow, tranquil desert in which camels, gazelles, and nomadic Arabs roam, and where no obsession floats in the light, transparent air, no more by night than by day.

I returned to France by way of Marseilles and, despite the Provençal jollity, the diminished sunlight saddened me. Coming back to the continent, I had a strange feeling, like that of a sick man who thought he was cured, but is alerted by a dull ache that the deep-seated blaze of his ailment hadn't been quenched.

Then I came back to Paris. A month later, I was bored. It was autumn, and I decided to take a trip before winter set in, a trip through Normandy, where I had never been.

I started with Rouen, of course, and for a week I roamed absent-mindedly, with delight and enthusiasm, through that medieval city, through that surprising museum of extraordinary Gothic monuments.

Now, one afternoon about four, as I entered an improbable street along which flows a stream black as ink called "the Robec Water," my attention, which had been entirely fixed on the bizarre, old-fashioned appearance of the houses, was suddenly drawn away by the sight of a line of second-hand dealers' shops, one next to the other.

Ah, they had chosen their location wisely, those sordid handlers of antiques, in that fantastic alley, above that sinister stream, beneath those pointed tile and slate roofs on which the weather vanes of the past were still creaking!

At the back of the dark shops you could see, piled up, carved chests, faience from Rouen, Nevers, and Moustiers, painted statues, oak statues, Christs, Virgins, saints, church ornaments, chasubles, copes, even liturgical vessels and an old gilded wooden tabernacle from which God had relocated. Oh, the odd caverns in those tall houses, in those large houses filled from cellar to attic with objects of all kinds, the life of which was apparently over, but which were outliving their natural owners, their century, their time, their fashions, to be purchased as curiosities by new generations!

My affection for curios was reawakened in that antique dealers' quarter. I went from shop to shop, crossing in two strides the bridges,

bées, les ponts de quatre planches pourries jetées sur le courant nauséabond de l'Eau de Robec. Miséricorde! Quelle secousse! Une de mes plus belles armoires m'apparut au bord d'une voûte encombrée d'objets et qui semblait l'entrée des catacombes d'un cimetière de meubles anciens. Je m'approchai tremblant de tous mes membres, tremblant tellement que je n'osais pas la toucher. J'avançais la main, j'hésitais. C'était bien elle, pourtant: une armoire Louis XIII unique, reconnaissable par quiconque avait pu la voir une seule fois. Jetant soudain les yeux un peu plus loin, vers les profondeurs plus sombres de cette galerie, j'aperçus trois de mes fauteuils couverts de tapisserie au petit point, puis, plus loin encore, mes deux tables Henri II, si rares qu'on venait les voir de Paris.

Songez! songez à l'état de mon âme!

Et j'avançai, perclus, agonisant d'émotion, mais j'avançai, car je suis brave, j'avançai comme un chevalier des époques ténébreuses pénétrait en un séjour de sortilèges. Je retrouvais, de pas en pas, tout ce qui m'avait appartenu, mes lustres, mes livres, mes tableaux, mes étoffes, mes armes, tout, sauf le bureau plein de mes lettres, et que je n'aperçus point.

J'allais, descendant à des galeries obscures pour remonter ensuite aux étages supérieurs. J'étais seul. J'appelais, on ne répondait point. J'étais seul; il n'y avait personne en cette maison vaste et tortueuse comme un labyrinthe.

La nuit vint, et je dus m'asseoir, dans les ténèbres, sur une de mes chaises, car je ne voulais point m'en aller. De temps en temps je criais: — Holà! holà! quelqu'un!

J'étais là, certes, depuis plus d'une heure quand j'entendis des pas, des pas légers, lents, je ne sais où. Je faillis me sauver; mais, me raidissant, j'appelai de nouveau, et, j'aperçus une lueur dans la chambre voisine.

— Qui est là? dit une voix.

Je répondis:

— Un acheteur.

On répliqua:

— Il est bien tard pour entrer ainsi dans les boutiques.

Je repris:

— Je vous attends depuis plus d'une heure.

— Vous pouviez revenir demain.

— Demain, j'aurai quitté Rouen.

Je n'osais point avancer, et il ne venait pas. Je voyais toujours la lueur

consisting of four rotten boards, that spanned the stinking current of the Robec Water.

Heavens! What a shock! One of my most beautiful armoires caught my eye at the edge of a vaulted space cluttered with objects and resembling the entrance to the catacombs of a cemetery of old furniture. I approached, trembling all over, trembling so hard that I didn't dare touch the armoire. I put out my hand; I hesitated. And yet, it was really my piece: a unique Louis XIII armoire, which anybody who had once seen it could recognize. Suddenly casting a glance a little farther, toward the darker depths of that gallery, I saw three of my armchairs that were upholstered in petit-point tapestry; then, even farther away, my two Henri II tables, so rare that people used to come from Paris to see them.

Imagine! Imagine the state my mind was in!

And I walked forward, half-paralyzed, dying from strong emotions; but I did walk forward, because I'm brave; I walked forward like a knight of the dark ages entering a bewitched abode. With every step, I rediscovered everything that had belonged to me, my chandeliers, my books, my paintings, my fabrics, my weapons, everything, except the desk full of my letters, which I couldn't see anywhere.

I kept going, descending to dark galleries and then climbing to higher floors. I was alone. I kept calling, but there was no answer. I was alone; there was no one else in that vast house, as winding as a labyrinth.

Night fell, and I had to sit down, in the dark, on one of my chairs, because I didn't want to leave. Every once in a while, I shouted: "Hello, hello, is anybody there?"

I had surely been there over an hour, when I heard footsteps, light, slow steps, I don't know where. I almost ran away; but, stiffening up, I shouted again, and I caught sight of a glimmer in the adjacent room.

"Who's there?" a voice asked.

I answered:

"A customer."

The retort was:

"It's pretty late to walk into a shop this way."

I replied:

"I've been waiting for you over an hour."

"You could come back tomorrow."

"By tomorrow I'll be gone from Rouen."

I didn't dare to walk ahead, and he didn't come. I still saw the

de sa lumière éclairant une tapisserie où deux anges volaient au-dessus des morts d'un champ de bataille. Elle m'appartenait aussi. Je dis:

— Eh bien! Venez-vous?

Il répondit:

— Je vous attends.

Je me levai et j'allai vers lui.

Au milieu d'une grande pièce était un tout petit homme, tout petit et très gros, gros comme un phénomène, un hideux phénomène.

Il avait une barbe rare, aux poils inégaux, clairsemés et jaunâtres, et pas un cheveu sur la tête! Pas un cheveu! Comme il tenait sa bougie élevée à bout de bras pour m'apercevoir, son crâne m'apparut comme une petite lune dans cette vaste chambre encombrée de vieux meubles. La figure était ridée et bouffie, les yeux imperceptibles.

Je marchandai trois chaises qui étaient à moi, et les payai sur-le-champ une grosse somme, en donnant simplement le numéro de mon appartement à l'hôtel. Elles devaient être livrées le lendemain avant neuf heures.

Puis je sortis. Il me reconduisit jusqu'à sa porte avec beaucoup de politesse.

Je me rendis ensuite chez le commissaire central de la police, à qui je racontai le vol de mon mobilier et la découverte que je venais de faire.

Il demanda séance tenante des renseignements par télégraphe au parquet qui avait instruit l'affaire de ce vol, en me priant d'attendre la réponse. Une heure plus tard, elle lui parvint tout à fait satisfaisante pour moi.

— Je vais faire arrêter cet homme et l'interroger tout de suite, me dit-il, car il pourrait avoir conçu quelque soupçon et faire disparaître ce qui vous appartient. Voulez-vous aller dîner et revenir dans deux heures, je l'aurai ici et je lui ferai subir un nouvel interrogatoire devant vous.

— Très volontiers, monsieur. Je vous remercie de tout mon cœur.

J'allai dîner à mon hôtel, et je mangeai mieux que je n'aurais cru. J'étais assez content tout de même. On le tenait.

Deux heures plus tard, je retournai chez le fonctionnaire de la police qui m'attendait.

— Eh bien! monsieur, me dit-il en m'apercevant. On n'a pas trouvé votre homme. Mes agents n'ont pu mettre la main dessus.

Ah! Je me sentis défaillir.

— Mais . . . Vous avez bien trouvé sa maison? demandai-je.

— Parfaitement. Elle va même être surveillée et gardée jusqu'à son retour. Quant à lui, disparu.

glimmer of his lamp, illuminating a tapestry in which two angels were flying above the slain on a battlefield. It belonged to me, too. I said: "Well? Are you coming?"

He answered:

"I'm waiting for you."

I got up and walked toward him.

In the center of a large room stood a very short man, very short and very fat, fat as a sideshow freak, a hideous freak.

He had a thin beard, with uneven, sparse, yellow hairs, and not one hair on his head! Not one hair! Since he was holding his candle raised at arm's length to see me, his cranium resembled a small moon in that vast room cluttered with old furniture. His face was wrinkled and puffy, his eyes almost hidden.

I haggled for three chairs that belonged to me, and paid a huge sum for them on the spot, merely giving him the number of my hotel suite. They were to be delivered the next day before nine.

Then I left. He escorted me all the way to his door with great courtesy.

Next, I visited the chief of police, to whom I recounted the theft of my furniture and the discovery I had just made.

Right away, he telegraphed for information to the office of the district attorney who had investigated that theft, asking me to wait for the reply. An hour later, he received it, and it was completely satisfying to me.

"I'm going to have that man arrested and questioned at once," he said, "because he might have become suspicious, and he might hide your belongings away somewhere. If you'll be good enough to have some dinner and come back in two hours, I'll have him here and I'll subject him to a second interrogation in your presence."

"With a great deal of pleasure, sir. I thank you from the bottom of my heart."

I went to dine at my hotel, and I had a better appetite than I would have thought. I was quite contented all the same. He was in custody.

Two hours later, I returned to the police official, who was awaiting me.

"Well, sir," he said when he caught sight of me, "we didn't find your man. My people weren't able to lay hands on him."

Oh, I thought I was going to faint!

"But . . . You did find his house?" I asked.

"Absolutely. In fact, it will be under surveillance and guarded till he gets back. But he himself has vanished."

— Disparu?

— Disparu. Il passe ordinairement ses soirées chez sa voisine, une brocanteuse aussi, une drôle de sorcière, la veuve Bidoin. Elle ne l'a pas vu ce soir et ne peut donner sur lui aucun renseignement. Il faut attendre demain.

Je m'en allai. Ah! que les rues de Rouen me semblèrent sinistres, troublantes, hantées.

Je dormis si mal, avec des cauchemars à chaque bout de sommeil.

Comme je ne voulais pas paraître trop inquiet ou pressé, j'attendis dix heures, le lendemain, pour me rendre à la police.

Le marchand n'avait pas reparu. Son magasin demeurait fermé.

Le commissaire me dit:

— J'ai fait toutes les démarches nécessaires. Le parquet est au courant de la chose; nous allons aller ensemble à cette boutique et la faire ouvrir, vous m'indiquerez tout ce qui est à vous.

Un coupé nous emporta. Des agents stationnaient, avec un serrurier, devant la porte de la boutique, qui fut ouverte.

Je n'aperçus, en entrant, ni mon armoire, ni mes fauteuils, ni mes tables, ni rien, rien, de ce qui avait meublé ma maison, mais rien, alors que la veille au soir je ne pouvais faire un pas sans rencontrer un de mes objets.

Le commissaire central, surpris, me regarda d'abord avec méfiance.

— Mon Dieu, monsieur, lui dis-je, la disparition de ces meubles coïncide étrangement avec celle du marchand.

Il sourit:

— C'est vrai! Vous avez eu tort d'acheter et de payer des bibelots à vous, hier. Cela lui a donné l'éveil.

Je repris:

— Ce qui me paraît incompréhensible, c'est que toutes les places occupées par mes meubles sont maintenant remplies par d'autres.

— Oh! répondit le commissaire, il a eu toute la nuit, et des complices sans doute. Cette maison doit communiquer avec les voisines. Ne craignez rien, monsieur, je vais m'occuper très activement de cette affaire. Le brigand ne nous échappera pas longtemps puisque nous gardons la tanière.

. . . .

Ah! mon cœur, mon cœur, mon pauvre cœur, comme il battait!

. . . .

Je demeurai quinze jours à Rouen. L'homme ne revint pas. Parbleu! parbleu! Cet homme-là qui est-ce qui aurait pu l'embarrasser ou le surprendre?

brougham

"Vanished?"

"Vanished. He usually spends his evenings at the home of a female neighbor who's also a second-hand dealer: an odd sort of witch, the widow Bidoin. She hasn't seen him tonight and can't give any information about him. We've got to wait till tomorrow."

I left. Oh, how sinister, disturbing, and haunted the streets of Rouen appeared to me!

I slept so badly, with nightmares during each little period of sleep.

Since I didn't want to seem too worried or hurried, I waited till ten the next morning before going to police headquarters.

The merchant had not showed up again. His store was still closed.

The chief of police said to me:

"I've taken all necessary steps. The district attorney's office is abreast of events; we'll go to that shop together and have it opened, and you'll point out to me everything that belongs to you."

We rode off in a brougham. Policemen, with a locksmith, were on duty in front of the shop door, which was open.

As we went in, I didn't see either my armoire, or my armchairs, or my tables, or anything; there was no trace of the former furnishings of my house, not a trace; whereas the previous afternoon I had been unable to take a step without coming across one of my belongings.

The chief of police, surprised, looked at me suspiciously at first.

"My God, sir!" I said. "The disappearance of that furniture coincides strangely with that of the merchant!"

He smiled:

"That's true! It was unwise of you yesterday to purchase and pay for items belonging to you. That tipped him off."

I resumed:

"What I can't possibly understand is that every spot that had been occupied by my furniture is now filled with other pieces."

"Oh," the chief of police replied, "he had all night, and accomplices, no doubt. There must be passages between this house and the adjacent ones. Have no fear, sir; I shall occupy myself with this matter very energetically. The crook won't elude us for long, since we're guarding his lair."

. . . .

Ah, my heart, my heart, my poor heart, how it was beating!

. . . .

I remained in Rouen for fifteen days. The man never returned. My God! My God! Who could have gotten in that man's way or caught him off guard?

Or, le seizième jour, au matin, je reçus de mon jardinier, gardien de ma maison pillée et demeurée vide, l'étrange lettre que voici:

«MONSIEUR,

«J'ai l'honneur d'informer monsieur qu'il s'est passé, la nuit dernière, quelque chose que personne ne comprend, et la police pas plus que nous. Tous les meubles sont revenus, tous sans exception, tous, jusqu'aux plus petits objets. La maison est maintenant toute pareille à ce qu'elle était la veille du vol. C'est à en perdre la tête. Cela s'est fait dans la nuit de vendredi à samedi. Les chemins sont défoncés comme si on avait traîné tout de la barrière à la porte. Il en était ainsi le jour de la disparition.

«Nous attendons monsieur, dont je suis le très humble serviteur.

«*Raudin, Philippe.*»

Ah! mais non, ah! mais non, ah! mais non. Je n'y retournerai pas!

Je portai la lettre au commissaire de Rouen.

— C'est une restitution très adroite, dit-il. Faisons les morts. Nous pincerons l'homme un de ces jours.

. . . .

Mais on ne l'a pas pincé. Non. Ils ne l'ont pas pincé, et j'ai peur de lui, maintenant, comme si c'était une bête féroce lâchée derrière moi.

Introuvable! il est introuvable, ce monstre à crâne de lune! On ne le prendra jamais. Il ne reviendra point chez lui. Que lui importe à lui. Il n'y a que moi qui peux le rencontrer, et je ne veux pas.

Je ne veux pas! je ne veux pas! je ne veux pas!

Et s'il revient, s'il rentre dans sa boutique, qui pourra prouver que mes meubles étaient chez lui? Il n'y a contre lui que mon témoignage, et je sens bien qu'il devient suspect.

Ah! mais non! cette existence n'était plus possible. Et je ne pouvais pas garder le secret de ce que j'ai vu. Je ne pouvais pas continuer à vivre comme tout le monde avec la crainte que des choses pareilles recommençassent.

Je suis venu trouver le médecin qui dirige cette maison de santé, et je lui ai tout raconté.

Après m'avoir interrogé longtemps, il m'a dit:

— Consentiriez-vous, monsieur, à rester quelque temps ici?

— Très volontiers, monsieur.

— Vous avez de la fortune?

— Oui, monsieur.

— Voulez-vous un pavillon isolé?

all the furniture came backs!

Now, on the morning of the sixteenth day, I received from my gardener, who was taking care of my plundered, now empty, house, the strange letter that follows:

"SIR,

"I have the honor to inform you that something occurred last night which no one can understand, neither the police nor we. All the furniture came back, all without exception, all, down to the smallest objects. The house now looks exactly as it did on the eve of the burglary. It's maddening. This happened on the night between Friday and Saturday. The paths are dented as if everything had been dragged from the outer gate to the house door. That's the way it was on the day it all vanished.

"We are waiting for you, sir. I remain your very humble servant,

Philippe Raudin."

"Oh, no! Oh, no! Oh, no! I won't go back there!

I took the letter to the Rouen police chief.

"It's a very adroit restitution of property. Let's play possum. We'll catch the fellow some day."

. . . .

But they never caught him. No. They didn't catch him, and I'm afraid of him now, as if he were a wild animal let loose to devour me.

Unfindable! He's unfindable, that monster with the moonlike cranium. He'll never be apprehended. He'll never return to his house. What does *he* care? No one but me can run across him, and I don't want to.

I don't want to! I don't want to! I don't want to!

And if he returns, if he comes back to his shop, who will be able to prove that my furniture was in his place? The only thing against him is my testimony, and I'm well aware it's becoming untrustworthy.

No, no! That existence was no longer possible. And I couldn't keep the secret of what I had seen. I couldn't go on living like everyone else with that fear that similar things might take place again.

I came to see the doctor who directs this mental hospital, and I told him the whole story.

After questioning me for a long time, he said:

"Sir, would you consent to remain here for a while?"

"With great pleasure, sir."

"You are well-to-do?"

"Yes, sir."

"Would you like a detached bungalow?"

— Oui, monsieur.

— Voudrez-vous recevoir des amis?

— Non, monsieur, non, personne. L'homme de Rouen pourrait oser, par vengeance, me poursuivre ici . . . .

. . . .

Et je suis seul, seul, tout seul, depuis trois mois. Je suis tranquille à peu près. Je n'ai qu'une peur . . . Si l'antiquaire devenait fou . . . et si on l'amenait en cet asile . . . Les prisons elles-mêmes ne sont pas sûres . . .

"Yes, sir."

"Will you want to receive friends?"

"No, sir, no, nobody. The man from Rouen might be bold enough to follow me here, out of revenge. . . . .

. . . .

And I've been alone, alone, all alone for three months. I'm more or less calm. I have only one fear . . . If the antique dealer went mad . . . and he were brought to this institution . . . Even prisons aren't safe . . .

Appendice: Préfaces de "Trilby"

Préface de la première édition (1822)

Le sujet de cette nouvelle est tiré d'une préface ou d'une note des romans de sir Walter Scott, je ne sais pas lequel. Comme toutes les traditions populaires, celle-ci a fait le tour du monde et se trouve partout. C'est le *Diable amoureux* de toutes les mythologies. Cependant le plaisir de parler d'un pays que j'aime et de peindre des sentiments que je n'ai pas oubliés, le charme d'une superstition qui est, peut-être, la plus jolie fantaisie de l'imagination des modernes, je ne sais quel mélange de mélancolie douce et de gaieté naïve que présente la fable originale, et qui n'a pas pu passer entièrement dans cette imitation: tout cela m'a séduit au point de ne me laisser ni le temps, ni la faculté de réfléchir sur le fond trop vulgaire d'une espèce de composition dans laquelle il est naturel de chercher avant tout l'attrait de la nouveauté. J'écrivais, au reste, en sûreté de conscience, puisque je n'ai lu aucune des nombreuses histoires dont celle de mon lutin a pu donner l'idée, et je me promettais d'ailleurs que mon récit, qui diffère nécessairement des contes du même genre par tous les détails de mœurs et de localités, aurait encore en cela un peu de cet intérêt qui s'attache aux choses nouvelles. Je l'abandonne, quoi qu'il en soit, aux lecteurs accoutumés des écrits frivoles, avec cette déclaration faite dans l'intérêt de ma conscience, beaucoup plus que dans celui de mes succès. Il n'est pas de la destinée de mes ouvrages d'être jamais l'objet d'une controverse littéraire.

Quand j'ai logé le lutin d'Argail dans les pierres du foyer, et que je l'ai fait converser avec une fileuse qui s'endort, je connaissais depuis longtemps une jolie composition de M. de Latouche, où cette charmante tradition était racontée en vers enchanteurs, et comme ce poète est, selon moi, dans notre littérature, l'Hésiode des esprits des fées, je me suis enchaîné à ses inventions avec le respect qu'un homme qui s'est fait auteur doit aux classiques de son école. Je serai bien fier s'il résulte pour quelqu'un de cette petite explication que j'étais l'ami de M. de Latouche, car j'ai aussi des prétentions à ma part de gloire et d'immortalité.

APPENDIX: THE PREFACES TO "TRILBY"

Preface to the First Edition (1822)

The subject of this novella is derived from a preface or a note in the novels of Sir Walter Scott, I don't know which one. Like all folk traditions, this one has circled the globe and is found everywhere. It's the Devil in Love[1] of every mythology. Nevertheless, the pleasure of speaking about a country that I love and depicting emotions that I haven't forgotten; the charm of a superstition that may be the loveliest fantasy of modern man's imagination; a sort of blending of gentle melancholy and naïve jollity which the original story line offers, but which couldn't be entirely rendered in my version: all this allured me to the point of leaving me neither the time nor the ability to reflect on the excessively commonplace setting of a type of composition in which it's natural to seek the attraction of novelty first and foremost. Besides, I was writing with a clear conscience, since I haven't read any of the numerous stories which that of my elf might have suggested, and furthermore I flattered myself that my narrative, which necessarily differs from the tales of the same genre in every detail of customs and localities, would have in that, as well, a little of the interest attaching to new things. However that may be, I now release it to the habitual readers of frivolous writings, with this declaration made in the interest of my conscience, much more than in that of my success. It isn't in the destiny of my works ever to be the object of a literary controversy.

When I housed the elf of Argyll amid the hearthstones, and had him converse with a spinner who's falling asleep, I had long been familiar with a lovely composition by M. de Latouche,[2] in which that charming legend was recounted in enchanting verse, and since I consider that poet, in our literature, the Hesiod of fairy spirits, I linked my story to his inventions with the respect which a man who has become an author owes to the classics of his school. I will be most proud if anyone takes this brief explanation to mean that I was M. de Latouche's friend, for I too have pretensions to my share of glory and immortality.

---

1. As mentioned in the Introduction, this is specifically the title of a 1772 fantastic tale by Jacques Cazotte.   2. Henri de Latouche (1785–1851), novelist, poet, friend of Nodier. (In the footnotes to these prefaces, only the more obscure people are identified.)

C'est ici que cet avertissement devait finir, et il pourrait même paraître long, si l'on n'avait égard qu'à l'importance du sujet; mais j'éprouve la nécessité de répondre à quelques objections qui se sont élevées d'avance contre la formule de mon faible ouvrage, pendant que je m'amusais à l'écrire, et que j'aurais mauvaise grâce de braver ouvertement. Quand il y a déjà tant de chances probables contre un bien modeste succès, il est au moins prudent de ne pas laisser prendre à la critique des avantages trop injustes ou des droits trop rigoureux. Ainsi, c'est avec raison, peut-être, qu'on s'élève contre la monotonie d'un choix de localité que la multiplicité des excellents romans de sir Walter Scott a rendu populaire jusqu'à la trivialité, et j'avouerai volontiers que ce n'est maintenant ni un grand effort d'imagination, ni un grand ressort de nouveauté, que de placer en Écosse la scène d'un poème ou d'un roman. Cependant, quoique sir Walter Scott ait produit, je crois, dix ou douze volumes depuis que j'ai tracé les premières lignes de celui-ci, distraction rare et souvent négligée de différents travaux plus sérieux, je ne choisirais pas autrement le lieu et les accessoires de la scène, si j'avais à recommencer. Ce n'est toutefois pas la manie à la mode qui m'a assujetti, comme tant d'autres, à cette cosmographie un peu barbare, dont la nomenclature inharmonique épouvante l'oreille et tourmente la prononciation de nos dames. C'est l'affection particulière d'un voyageur pour une contrée qui a rendu à son cœur, dans une suite charmante d'impressions vives et nouvelles, quelques-unes des illusions du jeune âge; c'est le besoin si naturel à tous les hommes de se *rebercer,* comme dit Schiller, *dans les rêves de leur printemps.* Il y a une époque de la vie où la pensée recherche avec un amour exclusif les souvenirs et les images du berceau. Je n'y suis pas encore parvenu. Il y a une époque de la vie où l'âme déjà fatiguée se rajeunit encore dans d'agréables conquêtes sur l'espace et sur le temps. C'est celle-là dont j'ai voulu fixer en courant les sensations prêtes à s'effacer. Que signifierait, au reste, dans l'état de nos mœurs et au milieu de l'éblouissante profusion de nos lumières, l'histoire crédule des rêveries d'un peuple enfant, appropriée à notre siècle et à notre pays? Nous sommes trop perfectionnés pour jouir de ces mensonges délicieux, et nos hameaux sont trop savants pour qu'il soit possible d'y placer avec vraisemblance aujourd'hui les traditions d'une superstition intéressante. Il faut courir au bout de l'Europe, affronter les mers du Nord et les glaces du pôle, et découvrir dans quelques huttes à demi sauvages une tribu tout à fait isolée du reste des hommes, pour pouvoir s'attendrir sur de touchantes erreurs, seul reste des âges d'ignorance et de sensibilité.

Une autre objection dont j'avais à parler, et qui est beaucoup moins naturelle, mais qui vient de plus haut, et qui offrait des consolations trop douces à la médiocrité didactique et à l'impuissance ambitieuse pour n'en être pas accueillie avec empressement, est celle qui s'est nouvellement développée dans les considérations d'ailleurs fort spirituelles *sur les usurpations réciproques de la poésie et de la peinture,* et dont le genre qu'on appelle *romantique* a été le prétexte. Personne n'est plus disposé que moi à convenir que le genre

This preface ought to end here, and even so it might seem long, judging merely by the importance of the subject; but I feel the need to reply to a few objections that have been raised in advance to the formula of my feeble piece, while I was still beguiling the time with writing it, and which it would be ungracious of me to defy openly. When there are already so many probable chances against even a modest success, it is at least prudent not to allow the critics to seize advantages that are too unfair or rights that are too severe. And so: they may be correct in decrying the monotony of a choice of locale which the great number of Sir Walter Scott's novels has made popular to the point of triviality, and I shall gladly admit that by now it takes no great effort of imagination or any great fount of originality to lay the scene of a narrative poem or a novel in Scotland. Nevertheless, even though Sir Walter Scott has turned out ten or twelve volumes, I believe, since I wrote the first lines of this tale—a rare and often neglected distraction from several more serious labors—I wouldn't choose any other locale or other stage accessories if I had it to do over again. And yet it isn't the fashionable fad that subjected me, like so many others, to this somewhat barbarous geography, whose inharmonious nomenclature frightens the ears and baffles the pronunciation of our female readers. It is the special affection of a traveler for a landscape that restored to his heart, in a charming series of vivid new impressions, some of the illusions of youth; it is the need, so natural to all men, to "cradle themselves again," as Schiller says, "in the dreams of their springtime." There is a period in life when the mind seeks out with an exclusive love the memories and images of the cradle. I haven't reached it yet. There is a period in life when the soul, already wearied, becomes young again by means of pleasant conquests of space and time. It is that period, whose sensations are about to disappear, that I wished to pin down hastily. Besides, in the current state of our *mores* and amid the dazzling profusion of our enlightenment, what meaning can there be to the credulous story of the daydreams of a childlike populace, adapted to our century and our country? We have been too highly perfected to enjoy those delightful fables, and even our hamlets are too learned for us to be able to situate in them today, with any show of probability, the legends of a fascinating superstition. We must hie to the farthest ends of Europe, braving the northern seas and polar ice, and discover in a handful of half-savage huts a tribe completely isolated from the rest of mankind, if we are to be able to feel affection for pathetic errors, the sole remnant of ages of ignorance and sensitivity.

Another objection that I needed to discuss, one which is much less natural but much more fundamental, and which offered consolations far too sweet to didactic mediocrity and ambitious inability not to be accepted eagerly, is the one that has been recently developed in the (very clever) discussions concerning the mutual poaching by poetry and painting on each other's territory, discussions for which the genre called "Romantic" has been the pretext. No one is readier than I to agree that the "Romantic" genre is a very bad one,

romantique est un fort mauvais genre, surtout tant qu'il ne sera pas défini, et que tout ce qui est essentiellement détestable appartiendra, comme par une nécessité invincible, au genre romantique; mais c'est pousser la proscription un peu loin que de l'étendre au style descriptif; et je tremble de penser que si on enlève ces dernières ressources, empruntées d'une nature physique invariable, aux nations avancées chez lesquelles les plus précieuses ressources de l'inspiration morale n'existent plus, il faudra bientôt renoncer aux arts et à la poésie. Il est généralement vrai que la poésie descriptive est la dernière qui vienne à briller chez les peuples; mais c'est que chez les peuples vieillis il n'y a plus rien à décrire que la nature qui ne vieillit jamais. C'est de là que résulte à la fin de toutes les sociétés le triomphe inévitable des talents d'imitation sur les arts d'imagination, sur l'invention et le génie. La démonstration rigoureuse de ce principe serait, du reste, fort déplacée ici.

Je conviens d'ailleurs que cette question ne vient pas jusqu'à moi, dont les essais n'appartiennent à aucun genre avoué. Et que m'importe ce qu'on en pensera dans mon intérêt? C'est pour un autre Chateaubriand, pour un Bernardin de Saint-Pierre à venir, qu'il faut décider si le style descriptif est une usurpation ambitieuse sur l'art de peindre la pensée, comme certains tableaux de David, de Gérard et de Girodet sur l'art de l'écrire; et si l'inspiration circonscrite dans un cercle qu'il ne lui est plus permis de franchir n'aura jamais le droit de s'égarer sous le *frigus opacum* et à travers les *gelidæ fontium perennitates* des poètes paysagistes, qui ont trouvé ces heureuses expressions sans la permission de l'Académie.

N. B. L'orthographe propre des sites écossais, qui doit être inviolable dans un ouvrage de relation, me paraissant fort indifférente dans un ouvrage d'imagination qui n'est pas plus destiné à fournir des autorités en cosmographie qu'en littérature, je me suis permis de l'altérer en quelques endroits, pour éviter de ridicules équivoques de prononciation ou des consonances désagréables. Ainsi, j'ai écrit Argail pour Argyle, et Balva pour Balvaïg, exemples qui seront au moins justifiés, le premier par celui de l'Arioste et de ses traducteurs, le second par celui de Macpherson et de ses copistes, mais qui peuvent heureusement se passer de leur appui aux yeux du public sagement économe de son temps qui ne lit pas des préfaces.

Préface nouvelle (1832)

Ce qui m'a procuré le plus de plaisir dans mes petites compositions littéraires, c'est l'occasion qu'elles me fournissaient de lier une fable fort simple à des souvenirs de localités dont je ne saurais exprimer les délices. Je n'y aime rien autant que mes réminiscences de voyage, et on me permettra de

especially as long as it isn't defined and all that is essentially detestable is said to belong to the "Romantic" genre, as if by an unconquerable necessity; but it's pushing the proscription too far to extend it to the descriptive style; and I tremble to think that if these last resources, borrowed from an invariable physical nature, are taken away from the advanced nations in which the most precious resources of moral inspiration no longer exist, we shall soon have to give up the arts and poetry. It is generally true that descriptive poetry is the last type which shines among nations; but this is because, among nations that have grown old, there is nothing left to describe except nature, which never grows old. For that reason, when all societies come to their end, there results the inevitable triumph of imitative talents over the imaginative arts, inventiveness, and genius. Anyway, a formal proof of that hypothesis would be quite out of place here.

Furthermore, I agree that this question doesn't concern me, because my experiments belong to no avowed genre. And what do I care what people will think about it to my own advantage? It's for the good of a new Chateaubriand, of a future Bernardin de Saint-Pierre, that it must be decided whether the descriptive style is an ambitious encroachment on the art of painting thoughts, just as certain paintings by David, Gérard, and Girodet encroach on the writer's art; and whether inspiration, enclosed in a circle it is no longer allowed to pass beyond, will never have the right to wander in "the cool shade"[3] or through "the eternal coolness of the fountains"[4] of the landscape poets, who discovered those felicitous expressions without the permission of the French Academy.

N.B.: Since the strict spelling of Scottish place names, which ought to be inviolable in a nonfictional account, seems to me a quite indifferent matter in a work of imagination that isn't intended to be authoritative either in geography or in literature, I have taken the liberty to alter it here and there, to avoid laughable errors of pronunciation or unpleasant combinations of sounds. Therefore, I have written "Argail" for Argyll, and "Balva" for Balvaig, examples which will at least be justified, the former by the precedent of Ariosto and his translators; the latter by that of Macpherson and his imitators, but which can blissfully do without their support in the eyes of readers, wisely thrifty with their time, who don't read prefaces.

New Preface (1832)[5]

That which has given me the most pleasure in my little literary compositions is the opportunity they have afforded me to link a very simple story line to reminiscences of localities whose delightfulness I can't express. In them I like nothing so much as my travel memories, and I may be permitted to say in pass-

---

3. From Vergil's first Eclogue.   4. From Cicero's *On the Nature of the Gods.*   5. Written on the occasion of the collected-works edition begun in that year by the publisher Renduel in Paris.

dire en passant qu'elles sont aussi exactes que le permet la nature un peu exagérée de mes expressions ordinaires. Gleizes disait en parlant de ses *Nuits élyséennes*, rêverie merveilleuse dont on ne se souvient guère: «*Elles sont assez bonnes si elles rappellent l'ombre de la montagne noire, et le bruit du vent marin.*» C'est ce que j'ai cherché partout, parce que mes meilleures sympathies sont pour cette matière muette qui ne peut pas me contester le droit de l'aimer. Les autres créatures de Dieu sont fières, ombrageuses et jalouses. Celles-là survivent de si bonne grâce à l'amour qu'elles inspirent! Aussi je voyage volontiers seul, sans m'inspirer des préventions et de la science des autres, et c'est comme cela que j'ai vu l'Écosse, dont j'ai parlé comme un ignorant, au jugement de la Revue d'Édimbourg, et à ma grande satisfaction. Je n'y cherchais, moi, que les délicieux mensonges à la place desquels ils ont mis leur érudition et leur esprit, qui ne leur donneront jamais de joies comparables aux miennes. Quiconque descendra la Clyde, et remontera ensuite le lac Long vers le Cobler, avec *Trilby* à la main, par quelque beau jour d'été, pourra s'assurer de la sincérité de mes descriptions. Elles lui paraîtront seulement moins poétiques que la nature; ceci, c'est ma faute.

Je savais une partie de l'histoire de mon lutin d'Écosse, avant d'en avoir cherché les traditions dans ses magnifiques montagnes. J'ai dit cela dans mon ancienne préface, en parlant de cette ballade exquise de *La Fileuse* de De Latouche, écrite comme il écrit, en vers comme il les fait; car je recevais alors les confidences de cette muse, sœur privilégiée de la mienne, mais un peu inquiète, et injustement défiante d'elle-même, qui semblait n'amasser de secrets trésors que pour me les donner. Je me serais bien gardé d'opposer les pauvretés de ma prose aux richesses de sa poésie, et j'allai cherchant aux pieds des *Bens* et au bord des *Lochs* le complément de la vieille fable gallique, effacée depuis longtemps de la mémoire des guides, des chasseurs et des batelières. Je ne le retrouvai qu'à Paris, le jour même où mon roman était vaguement composé dans ma tête, comme le siège de l'abbé de Vertot.

Mon excellent ami Amédée Pichot, qui voyage plus savamment que moi, et qui laisse rarement quelque chose à explorer dans un pays qu'il a parcouru, n'ignorait rien des ballades de l'Écosse et de l'histoire de ses lutins. Il me raconta celle de *Trilby,* qui est cent fois plus jolie que celle-ci, et que je raconterais volontiers à mon tour, si je ne craignais de la défleurir, car il m'avait laissé le droit d'en user à ma manière. Je me mis au travail avec la ferme intention de suivre en tout point la leçon charmante que je venais d'apprendre; mais elle était, il faut l'avouer, trop naïve, trop riante et trop gracieuse, pour un cœur encore follement préoccupé des illusions d'un âge qui commençait

ing that they are as exact as the somewhat exaggerated nature of my usual expression allows. Gleizes[6] said, when speaking of his *Elysian Nights*, a wonderful reverie that is scarcely remembered: "They will be good enough if they call to mind the shadow of the black mountain and the sound of the sea breeze." That is what I have always attempted, because my warmest sympathies are for that voiceless physical world which cannot challenge my right to love it. The other creatures of God are prideful, touchy, and jealous. The voiceless ones outlive so graciously the love that they inspire! And so, I like to travel on my own, without being prompted by other people's prejudices or wisdom, and it's in that way that I visited Scotland, of which I spoke like an ignoramus, in the judgment of the *Edinburgh Review*, but to my great satisfaction. As for me, I was seeking nothing there but those delightful fictions in place of which the critics have set up their erudition and smartness, which will never give them joys to be compared with mine. Anyone who descends the river Clyde and then sails up Loch Long on the way to the Cobbler, with "Trilby" in hand, on some fine summer day, will be able to verify the truth of my descriptions. They will merely seem less poetical than nature; for that, I am to blame.

I knew a part of the story of my Scottish elf before seeking out the legends of Scotland in its magnificent mountains. I reported that in my first preface, when I mentioned that exquisite ballad "The Spinner" by Latouche, written in his inimitable style, in his personal versification; because at the time I enjoyed the confidence of his muse, a superior sister to mine, but somewhat uneasy and unjustly diffident, apparently accumulating secret treasures only to give them to me. I would surely have refrained from setting up my poor prose in opposition to his rich poetry, and I traveled to the foot of the "bens" and the shore of the "lochs" seeking for something to supplement the old Gaelic story, which had long been erased from the memory of my guides, the hunters, and the boatwomen. I found that supplement only in Paris, on the very day when my novella was vaguely completed in my head, like the abbé Vertot's siege.[7]

My excellent friend Amédée Pichot,[8] who travels in a more scholarly fashion than I do, and who seldom leaves anything unexplored in a land he has visited, was completely familiar with Scottish ballads and the story of Scottish elves. He told me the story of Trilby, which is a hundred times prettier than this one, and which I'd gladly recount myself, if I didn't fear to take the bloom off it, because he had given me permission to make use of it in my own way. I set to work with the firm intention to follow point for point the charming lesson I had just learned; but, I must confess, it was too naïve, too ingenuous, and too graceful for a heart still madly preoccupied with the illusions of an

---

6. Presumably Jean-Antoine Gleizes (or Gleizès; 1773–1843); at any rate, the Gleizes in the text was a friend of Nodier's, and the work mentioned was published in 1800. 7. This historian (1655–1735), writing a book about the siege of Rhodes, exclaimed, "My siege is finished!" when he received certain enlightening documents. 8. A translator of Byron and Scott (1795–1877). Pichot may have awakened Nodier's interest in Scotland.

cependant à s'évanouir. Je n'avais pas écrit quelques pages sans retomber dans les allures sentimentales du roman passionné, et j'ai grand-peur que cette malheureuse disposition de mon esprit ne m'empêche de m'élever jamais à la hauteur du conte de fées, non sur la trace de Perrault (mon orgueil ne va pas si loin), mais sur celle de mademoiselle de Lubert et de madame d'Aulnoy. Je prends le ciel à témoin que je n'ai pas de plus fière ambition. Il me reste à dire quelques mots pour ceux qui m'écoutent, et pendant que je cause. Le talent du style est une faculté précieuse et rare à laquelle je ne prétends pas, dans l'acception où je l'entends, car je ne crois pas qu'il y ait plus de trois ou quatre hommes qui la possèdent dans un siècle, mais je me flatte d'avoir poussé aussi loin que personne le respect de la langue, et si je l'ai violée quelque part, c'est par inadvertance et non par système. Je sais que cette erreur est plus grave et plus condamnable dans un homme qui a consacré la première partie de sa vie littéraire à l'exercice du professorat, à l'étude des langues et à l'analyse critique des dictionnaires, que dans un autre écrivain; mais j'attends encore ce reproche, et je comprends mal que *Trilby* m'ait valu, comme *Smarra,* un anathème académique dans le manifeste d'ailleurs extrêmement ingénieux de M. Quatremère de Quincy contre ces hérésiarques de la parole que l'école classique a si puissamment foudroyés. C'est depuis ce temps-là qu'on ne parle plus de Byron et de Victor Hugo.

En y regardant de près, j'ai trouvé qu'il y avait dans *Trilby* quelques noms de localités qui ne sont ni dans Horace, ni dans Quintilien, ni dans Boileau, ni dans M. de La Harpe. Quand l'Institut publiera, comme il doit nécessairement le faire un jour, une édition définitive de nos meilleurs textes littéraires, je l'engage à ne pas laisser passer sans corrections la fable des *Deux Amis* de la Fontaine, où il est parlé du Monomotapa . . .

age that was meanwhile beginning to disappear. I had written only a few pages before finding I had lapsed into the sentimental patterns of love stories, and I greatly fear that this unfortunate cast of my mind will always prevent me from reaching the high level of the pure fairy tale, not in emulation of Perrault (my pride isn't so great), but of Mlle. de Lubert[9] and Mme. d'Aulnoy.[10] I call heaven to witness that I have no prouder ambition.

There only remains for me to say a few words to those who are listening to me while I chat. A talent for style is a precious, rare gift to which I lay no claim, in the meaning I give to it, because I don't think that there are more than three or four men in a century who possess it, but I flatter myself that I have gone as far as anyone else in my respect for our language, and if I have ever used it incorrectly, it was inadvertently and not intentionally. I know that this error is more serious and more blamable in a man who devoted the first part of his literary life to teaching, language study, and the critical analysis of dictionaries, than in another writer; but I still await that reproach, and I fail to understand why "Trilby," like "Smarra,"[11] won me an academic anathema in the manifesto (otherwise extremely ingenious) by M. Quatremère de Quincy[12] against those heresiarchs of literature whom the classical school has so mightily blasted with its lightnings. Ever since then, no one has ever mentioned Byron or Victor Hugo!

Examining "Trilby" more closely, I found that it contained some place names that are neither in Homer, nor Quintilian, nor Boileau, nor M. de La Harpe.[13] When the French Institute, as it some day must, publishes a definitive edition of our best literary texts, I urge it not to leave uncorrected La Fontaine's fable of "The Two Friends," in which he mentions Monomotapa . . .[14]

---

9. Marguerite de Lubert (ca. 1710–ca. 1779).   10. Marie-Catherine Le Jumel de Barneville, comtesse d'Aulnoy (ca. 1650–1705). 11. Nodier's story "Smarra; ou, les Démons de la nuit," 1821. 12. The nom de plume of Antoine-Chrysostome Quatremère, archeologist and philologist (1755–1849). 13. Jean-François Delaharpe (1739–1803), a minor writer and critic. 14. Monomotapa, an old kingdom in southern Africa, is wittily cited as being too exotic a name for Nodier's critics; his suggestion about correcting such an unassailable classic as La Fontaine is ironic in the highest degree.

A CATALOG OF SELECTED
DOVER BOOKS
IN ALL FIELDS OF INTEREST

A CATALOG OF SELECTED DOVER
BOOKS IN ALL FIELDS OF INTEREST

CONCERNING THE SPIRITUAL IN ART, Wassily Kandinsky. Pioneering work by father of abstract art. Thoughts on color theory, nature of art. Analysis of earlier masters. 12 illustrations. 80pp. of text. 5⅜ x 8½. 0-486-23411-8

CELTIC ART: The Methods of Construction, George Bain. Simple geometric techniques for making Celtic interlacements, spirals, Kells-type initials, animals, humans, etc. Over 500 illustrations. 160pp. 9 x 12. (Available in U.S. only.) 0-486-22923-8

AN ATLAS OF ANATOMY FOR ARTISTS, Fritz Schider. Most thorough reference work on art anatomy in the world. Hundreds of illustrations, including selections from works by Vesalius, Leonardo, Goya, Ingres, Michelangelo, others. 593 illustrations. 192pp. 7⅛ x 10¼. 0-486-20241-0

CELTIC HAND STROKE-BY-STROKE (Irish Half-Uncial from "The Book of Kells"): An Arthur Baker Calligraphy Manual, Arthur Baker. Complete guide to creating each letter of the alphabet in distinctive Celtic manner. Covers hand position, strokes, pens, inks, paper, more. Illustrated. 48pp. 8¼ x 11. 0-486-24336-2

EASY ORIGAMI, John Montroll. Charming collection of 32 projects (hat, cup, pelican, piano, swan, many more) specially designed for the novice origami hobbyist. Clearly illustrated easy-to-follow instructions insure that even beginning papercrafters will achieve successful results. 48pp. 8¼ x 11. 0-486-27298-2

BLOOMINGDALE'S ILLUSTRATED 1886 CATALOG: Fashions, Dry Goods and Housewares, Bloomingdale Brothers. Famed merchants' extremely rare catalog depicting about 1,700 products: clothing, housewares, firearms, dry goods, jewelry, more. Invaluable for dating, identifying vintage items. Also, copyright-free graphics for artists, designers. Co-published with Henry Ford Museum & Greenfield Village. 160pp. 8¼ x 11. 0-486-25780-0

THE ART OF WORLDLY WISDOM, Baltasar Gracian. "Think with the few and speak with the many," "Friends are a second existence," and "Be able to forget" are among this 1637 volume's 300 pithy maxims. A perfect source of mental and spiritual refreshment, it can be opened at random and appreciated either in brief or at length. 128pp. 5⅜ x 8½. 0-486-44034-6

JOHNSON'S DICTIONARY: A Modern Selection, Samuel Johnson (E. L. McAdam and George Milne, eds.). This modern version reduces the original 1755 edition's 2,300 pages of definitions and literary examples to a more manageable length, retaining the verbal pleasure and historical curiosity of the original. 480pp. 5⁵⁄₁₆ x 8¼. 0-486-44089-3

ADVENTURES OF HUCKLEBERRY FINN, Mark Twain, Illustrated by E. W. Kemble. A work of eternal richness and complexity, a source of ongoing critical debate, and a literary landmark, Twain's 1885 masterpiece about a barefoot boy's journey of self-discovery has enthralled readers around the world. This handsome clothbound reproduction of the first edition features all 174 of the original black-and-white illustrations. 368pp. 5⅜ x 8½. 0-486-44322-1

CATALOG OF DOVER BOOKS

STICKLEY CRAFTSMAN FURNITURE CATALOGS, Gustav Stickley and L. &
J. G. Stickley. Beautiful, functional furniture in two authentic catalogs from 1910. 594
illustrations, including 277 photos, show settles, rockers, armchairs, reclining chairs,
bookcases, desks, tables. 183pp. 6½ x 9¼.   0-486-23838-5

AMERICAN LOCOMOTIVES IN HISTORIC PHOTOGRAPHS: 1858 to 1949,
Ron Ziel (ed.). A rare collection of 126 meticulously detailed official photographs,
called "builder portraits," of American locomotives that majestically chronicle the
rise of steam locomotive power in America. Introduction. Detailed captions. xi+
129pp. 9 x 12.   0-486-27393-8

AMERICA'S LIGHTHOUSES: An Illustrated History, Francis Ross Holland, Jr.
Delightfully written, profusely illustrated fact-filled survey of over 200 American lighthouses since 1716. History, anecdotes, technological advances, more. 240pp. 8 x 10¾.
                                                                            0-486-25576-X

TOWARDS A NEW ARCHITECTURE, Le Corbusier. Pioneering manifesto by
founder of "International School." Technical and aesthetic theories, views of industry, eco-
nomics, relation of form to function, "mass-production split" and much more. Profusely
illustrated. 320pp. 6⅛ x 9¼. (Available in U.S. only.)   0-486-25023-7

HOW THE OTHER HALF LIVES, Jacob Riis. Famous journalistic record, expos-
ing poverty and degradation of New York slums around 1900, by major social
reformer. 100 striking and influential photographs. 233pp. 10 x 7⅞. 0-486-22012-5

FRUIT KEY AND TWIG KEY TO TREES AND SHRUBS, William M. Harlow.
One of the handiest and most widely used identification aids. Fruit key covers 120
deciduous and evergreen species; twig key 160 deciduous species. Easily used. Over
300 photographs. 126pp. 5⅜ x 8½.   0-486-20511-8

COMMON BIRD SONGS, Dr. Donald J. Borror. Songs of 60 most common U.S.
birds: robins, sparrows, cardinals, bluejays, finches, more–arranged in order of
increasing complexity. Up to 9 variations of songs of each species.
                                          Cassette and manual 0-486-99911-4

ORCHIDS AS HOUSE PLANTS, Rebecca Tyson Northen. Grow cattleyas and
many other kinds of orchids–in a window, in a case, or under artificial light. 63 illustrations. 148pp. 5⅜ x 8½.   0-486-23261-1

MONSTER MAZES, Dave Phillips. Masterful mazes at four levels of difficulty.
Avoid deadly perils and evil creatures to find magical treasures. Solutions for all 32
exciting illustrated puzzles. 48pp. 8¼ x 11.   0-486-26005-4

MOZART'S DON GIOVANNI (DOVER OPERA LIBRETTO SERIES),
Wolfgang Amadeus Mozart. Introduced and translated by Ellen H. Bleiler. Standard
Italian libretto, with complete English translation. Convenient and thoroughly
portable–an ideal companion for reading along with a recording or the performance
itself. Introduction. List of characters. Plot summary. 121pp. 5¼ x 8½. 0-486-24944-1

FRANK LLOYD WRIGHT'S DANA HOUSE, Donald Hoffmann. Pictorial essay
of residential masterpiece with over 160 interior and exterior photos, plans, elevations, sketches and studies. 128pp. 9¹/₄ x 10¾.   0-486-29120-0

THE CLARINET AND CLARINET PLAYING, David Pino. Lively, comprehensive work features suggestions about technique, musicianship, and musical interpretation, as well as guidelines for teaching, making your own reeds, and preparing for public performance. Includes an intriguing look at clarinet history. "A godsend," *The Clarinet,* Journal of the International Clarinet Society. Appendixes. 7 illus. 320pp. 5⅜ x 8½. 0-486-40270-3

HOLLYWOOD GLAMOR PORTRAITS, John Kobal (ed.). 145 photos from 1926-49. Harlow, Gable, Bogart, Bacall; 94 stars in all. Full background on photographers, technical aspects. 160pp. 8⅜ x 11¼. 0-486-23352-9

THE RAVEN AND OTHER FAVORITE POEMS, Edgar Allan Poe. Over 40 of the author's most memorable poems: "The Bells," "Ulalume," "Israfel," "To Helen," "The Conqueror Worm," "Eldorado," "Annabel Lee," many more. Alphabetic lists of titles and first lines. 64pp. 5$\frac{3}{16}$ x 8¼. 0-486-26685-0

PERSONAL MEMOIRS OF U. S. GRANT, Ulysses Simpson Grant. Intelligent, deeply moving firsthand account of Civil War campaigns, considered by many the finest military memoirs ever written. Includes letters, historic photographs, maps and more. 528pp. 6⅛ x 9¼. 0-486-28587-1

ANCIENT EGYPTIAN MATERIALS AND INDUSTRIES, A. Lucas and J. Harris. Fascinating, comprehensive, thoroughly documented text describes this ancient civilization's vast resources and the processes that incorporated them in daily life, including the use of animal products, building materials, cosmetics, perfumes and incense, fibers, glazed ware, glass and its manufacture, materials used in the mummification process, and much more. 544pp. 6⅛ x 9¼. (Available in U.S. only.) 0-486-40446-3

RUSSIAN STORIES/RUSSKIE RASSKAZY: A Dual-Language Book, edited by Gleb Struve. Twelve tales by such masters as Chekhov, Tolstoy, Dostoevsky, Pushkin, others. Excellent word-for-word English translations on facing pages, plus teaching and study aids, Russian/English vocabulary, biographical/critical introductions, more. 416pp. 5⅜ x 8½. 0-486-26244-8

PHILADELPHIA THEN AND NOW: 60 Sites Photographed in the Past and Present, Kenneth Finkel and Susan Oyama. Rare photographs of City Hall, Logan Square, Independence Hall, Betsy Ross House, other landmarks juxtaposed with contemporary views. Captures changing face of historic city. Introduction. Captions. 128pp. 8¼ x 11. 0-486-25790-8

NORTH AMERICAN INDIAN LIFE: Customs and Traditions of 23 Tribes, Elsie Clews Parsons (ed.). 27 fictionalized essays by noted anthropologists examine religion, customs, government, additional facets of life among the Winnebago, Crow, Zuni, Eskimo, other tribes. 480pp. 6⅛ x 9¼. 0-486-27377-6

TECHNICAL MANUAL AND DICTIONARY OF CLASSICAL BALLET, Gail Grant. Defines, explains, comments on steps, movements, poses and concepts. 15-page pictorial section. Basic book for student, viewer. 127pp. 5⅜ x 8½. 0-486-21843-0

THE MALE AND FEMALE FIGURE IN MOTION: 60 Classic Photographic Sequences, Eadweard Muybridge. 60 true-action photographs of men and women walking, running, climbing, bending, turning, etc., reproduced from rare 19th-century masterpiece. vi + 121pp. 9 x 12. 0-486-24745-7

CATALOG OF DOVER BOOKS

ANIMALS: 1,419 Copyright-Free Illustrations of Mammals, Birds, Fish, Insects, etc., Jim Harter (ed.). Clear wood engravings present, in extremely lifelike poses, over 1,000 species of animals. One of the most extensive pictorial sourcebooks of its kind. Captions. Index. 284pp. 9 x 12. 0-486-23766-4

1001 QUESTIONS ANSWERED ABOUT THE SEASHORE, N. J. Berrill and Jacquelyn Berrill. Queries answered about dolphins, sea snails, sponges, starfish, fishes, shore birds, many others. Covers appearance, breeding, growth, feeding, much more. 305pp. 5¼ x 8¼. 0-486-23366-9

ATTRACTING BIRDS TO YOUR YARD, William J. Weber. Easy-to-follow guide offers advice on how to attract the greatest diversity of birds: birdhouses, feeders, water and waterers, much more. 96pp. 5³⁄₁₆ x 8¼. 0-486-28927-3

MEDICINAL AND OTHER USES OF NORTH AMERICAN PLANTS: A Historical Survey with Special Reference to the Eastern Indian Tribes, Charlotte Erichsen-Brown. Chronological historical citations document 500 years of usage of plants, trees, shrubs native to eastern Canada, northeastern U.S. Also complete identifying information. 343 illustrations. 544pp. 6½ x 9¼. 0-486-25951-X

STORYBOOK MAZES, Dave Phillips. 23 stories and mazes on two-page spreads: Wizard of Oz, Treasure Island, Robin Hood, etc. Solutions. 64pp. 8¼ x 11. 0-486-23628-5

AMERICAN NEGRO SONGS: 230 Folk Songs and Spirituals, Religious and Secular, John W. Work. This authoritative study traces the African influences of songs sung and played by black Americans at work, in church, and as entertainment. The author discusses the lyric significance of such songs as "Swing Low, Sweet Chariot," "John Henry," and others and offers the words and music for 230 songs. Bibliography. Index of Song Titles. 272pp. 6½ x 9¼. 0-486-40271-1

MOVIE-STAR PORTRAITS OF THE FORTIES, John Kobal (ed.). 163 glamor, studio photos of 106 stars of the 1940s: Rita Hayworth, Ava Gardner, Marlon Brando, Clark Gable, many more. 176pp. 8⅜ x 11¼. 0-486-23546-7

YEKL and THE IMPORTED BRIDEGROOM AND OTHER STORIES OF YIDDISH NEW YORK, Abraham Cahan. Film Hester Street based on Yekl (1896). Novel, other stories among first about Jewish immigrants on N.Y.'s East Side. 240pp. 5⅜ x 8½. 0-486-22427-9

SELECTED POEMS, Walt Whitman. Generous sampling from Leaves of Grass. Twenty-four poems include "I Hear America Singing," "Song of the Open Road," "I Sing the Body Electric," "When Lilacs Last in the Dooryard Bloom'd," "O Captain! My Captain!"—all reprinted from an authoritative edition. Lists of titles and first lines. 128pp. 5³⁄₁₆ x 8¼. 0-486-26878-0

SONGS OF EXPERIENCE: Facsimile Reproduction with 26 Plates in Full Color, William Blake. 26 full-color plates from a rare 1826 edition. Includes "The Tyger," "London," "Holy Thursday," and other poems. Printed text of poems. 48pp. 5¼ x 7. 0-486-24636-1

THE BEST TALES OF HOFFMANN, E. T. A. Hoffmann. 10 of Hoffmann's most important stories: "Nutcracker and the King of Mice," "The Golden Flowerpot," etc. 458pp. 5⅜ x 8½. 0-486-21793-0

THE BOOK OF TEA, Kakuzo Okakura. Minor classic of the Orient: entertaining, charming explanation, interpretation of traditional Japanese culture in terms of tea ceremony. 94pp. 5⅜ x 8½. 0-486-20070-1

FRENCH STORIES/CONTES FRANÇAIS: A Dual-Language Book, Wallace Fowlie. Ten stories by French masters, Voltaire to Camus: "Micromegas" by Voltaire; "The Atheist's Mass" by Balzac; "Minuet" by de Maupassant; "The Guest" by Camus, six more. Excellent English translations on facing pages. Also French-English vocabulary list, exercises, more. 352pp. 5⅜ x 8½. 0-486-26443-2

CHICAGO AT THE TURN OF THE CENTURY IN PHOTOGRAPHS: 122 Historic Views from the Collections of the Chicago Historical Society, Larry A. Viskochil. Rare large-format prints offer detailed views of City Hall, State Street, the Loop, Hull House, Union Station, many other landmarks, circa 1904-1913. Introduction. Captions. Maps. 144pp. 9⅜ x 12¼. 0-486-24656-6

OLD BROOKLYN IN EARLY PHOTOGRAPHS, 1865-1929, William Lee Younger. Luna Park, Gravesend race track, construction of Grand Army Plaza, moving of Hotel Brighton, etc. 157 previously unpublished photographs. 165pp. 8⅞ x 11¾. 0-486-23587-4

THE MYTHS OF THE NORTH AMERICAN INDIANS, Lewis Spence. Rich anthology of the myths and legends of the Algonquins, Iroquois, Pawnees and Sioux, prefaced by an extensive historical and ethnological commentary. 36 illustrations. 480pp. 5⅜ x 8½. 0-486-25967-6

AN ENCYCLOPEDIA OF BATTLES: Accounts of Over 1,560 Battles from 1479 B.C. to the Present, David Eggenberger. Essential details of every major battle in recorded history from the first battle of Megiddo in 1479 B.C. to Grenada in 1984. List of Battle Maps. New Appendix covering the years 1967-1984. Index. 99 illustrations. 544pp. 6½ x 9¼. 0-486-24913-1

SAILING ALONE AROUND THE WORLD, Captain Joshua Slocum. First man to sail around the world, alone, in small boat. One of great feats of seamanship told in delightful manner. 67 illustrations. 294pp. 5⅜ x 8½. 0-486-20326-3

ANARCHISM AND OTHER ESSAYS, Emma Goldman. Powerful, penetrating, prophetic essays on direct action, role of minorities, prison reform, puritan hypocrisy, violence, etc. 271pp. 5⅜ x 8½. 0-486-22484-8

MYTHS OF THE HINDUS AND BUDDHISTS, Ananda K. Coomaraswamy and Sister Nivedita. Great stories of the epics; deeds of Krishna, Shiva, taken from puranas, Vedas, folk tales; etc. 32 illustrations. 400pp. 5⅜ x 8½. 0-486-21759-0

MY BONDAGE AND MY FREEDOM, Frederick Douglass. Born a slave, Douglass became outspoken force in antislavery movement. The best of Douglass' autobiographies. Graphic description of slave life. 464pp. 5⅜ x 8½. 0-486-22457-0

FOLLOWING THE EQUATOR: A Journey Around the World, Mark Twain. Fascinating humorous account of 1897 voyage to Hawaii, Australia, India, New Zealand, etc. Ironic, bemused reports on peoples, customs, climate, flora and fauna, politics, much more. 197 illustrations. 720pp. 5⅜ x 8½. 0-486-26113-1

THE PEOPLE CALLED SHAKERS, Edward D. Andrews. Definitive study of Shakers: origins, beliefs, practices, dances, social organization, furniture and crafts, etc. 33 illustrations. 351pp. 5⅜ x 8½. 0-486-21081-2

THE MYTHS OF GREECE AND ROME, H. A. Guerber. A classic of mythology, generously illustrated, long prized for its simple, graphic, accurate retelling of the principal myths of Greece and Rome, and for its commentary on their origins and significance. With 64 illustrations by Michelangelo, Raphael, Titian, Rubens, Canova, Bernini and others. 480pp. 5⅜ x 8½. 0-486-27584-1

CATALOG OF DOVER BOOKS

PSYCHOLOGY OF MUSIC, Carl E. Seashore. Classic work discusses music as a medium from psychological viewpoint. Clear treatment of physical acoustics, auditory apparatus, sound perception, development of musical skills, nature of musical feeling, host of other topics. 88 figures. 408pp. 5⅜ x 8½. 0-486-21851-1

LIFE IN ANCIENT EGYPT, Adolf Erman. Fullest, most thorough, detailed older account with much not in more recent books, domestic life, religion, magic, medicine, commerce, much more. Many illustrations reproduce tomb paintings, carvings, hieroglyphs, etc. 597pp. 5⅜ x 8½. 0-486-22632-8

SUNDIALS, Their Theory and Construction, Albert Waugh. Far and away the best, most thorough coverage of ideas, mathematics concerned, types, construction, adjusting anywhere. Simple, nontechnical treatment allows even children to build several of these dials. Over 100 illustrations. 230pp. 5⅜ x 8½. 0-486-22947-5

THEORETICAL HYDRODYNAMICS, L. M. Milne-Thomson. Classic exposition of the mathematical theory of fluid motion, applicable to both hydrodynamics and aerodynamics. Over 600 exercises. 768pp. 6⅛ x 9¼. 0-486-68970-0

OLD-TIME VIGNETTES IN FULL COLOR, Carol Belanger Grafton (ed.). Over 390 charming, often sentimental illustrations, selected from archives of Victorian graphics–pretty women posing, children playing, food, flowers, kittens and puppies, smiling cherubs, birds and butterflies, much more. All copyright-free. 48pp. 9¼ x 12¼. 0-486-27269-9

PERSPECTIVE FOR ARTISTS, Rex Vicat Cole. Depth, perspective of sky and sea, shadows, much more, not usually covered. 391 diagrams, 81 reproductions of drawings and paintings. 279pp. 5⅜ x 8½. 0-486-22487-2

DRAWING THE LIVING FIGURE, Joseph Sheppard. Innovative approach to artistic anatomy focuses on specifics of surface anatomy, rather than muscles and bones. Over 170 drawings of live models in front, back and side views, and in widely varying poses. Accompanying diagrams. 177 illustrations. Introduction. Index. 144pp. 8⅜ x11¼. 0-486-26723-7

GOTHIC AND OLD ENGLISH ALPHABETS: 100 Complete Fonts, Dan X. Solo. Add power, elegance to posters, signs, other graphics with 100 stunning copyright-free alphabets: Blackstone, Dolbey, Germania, 97 more–including many lower-case, numerals, punctuation marks. 104pp. 8⅛ x 11. 0-486-24695-7

THE BOOK OF WOOD CARVING, Charles Marshall Sayers. Finest book for beginners discusses fundamentals and offers 34 designs. "Absolutely first rate . . . well thought out and well executed."–E. J. Tangerman. 118pp. 7¾ x 10⅝. 0-486-23654-4

ILLUSTRATED CATALOG OF CIVIL WAR MILITARY GOODS: Union Army Weapons, Insignia, Uniform Accessories, and Other Equipment, Schuyler, Hartley, and Graham. Rare, profusely illustrated 1846 catalog includes Union Army uniform and dress regulations, arms and ammunition, coats, insignia, flags, swords, rifles, etc. 226 illustrations. 160pp. 9 x 12. 0-486-24939-5

WOMEN'S FASHIONS OF THE EARLY 1900s: An Unabridged Republication of "New York Fashions, 1909," National Cloak & Suit Co. Rare catalog of mail-order fashions documents women's and children's clothing styles shortly after the turn of the century. Captions offer full descriptions, prices. Invaluable resource for fashion, costume historians. Approximately 725 illustrations. 128pp. 8⅜ x 11¼. 0-486-27276-1

HOW TO DO BEADWORK, Mary White. Fundamental book on craft from simple projects to five-bead chains and woven works. 106 illustrations. 142pp. 5⅜ x 8.
0-486-20697-1

THE 1912 AND 1915 GUSTAV STICKLEY FURNITURE CATALOGS, Gustav Stickley. With over 200 detailed illustrations and descriptions, these two catalogs are essential reading and reference materials and identification guides for Stickley furniture. Captions cite materials, dimensions and prices. 112pp. 6½ x 9¼. 0-486-26676-1

EARLY AMERICAN LOCOMOTIVES, John H. White, Jr. Finest locomotive engravings from early 19th century: historical (1804–74), main-line (after 1870), special, foreign, etc. 147 plates. 142pp. 11⅜ x 8¼.
0-486-22772-3

LITTLE BOOK OF EARLY AMERICAN CRAFTS AND TRADES, Peter Stockham (ed.). 1807 children's book explains crafts and trades: baker, hatter, cooper, potter, and many others. 23 copperplate illustrations. 140pp. 4⅝ x 6.
0-486-23336-7

VICTORIAN FASHIONS AND COSTUMES FROM HARPER'S BAZAR, 1867–1898, Stella Blum (ed.). Day costumes, evening wear, sports clothes, shoes, hats, other accessories in over 1,000 detailed engravings. 320pp. 9⅜ x 12¼.
0-486-22990-4

THE LONG ISLAND RAIL ROAD IN EARLY PHOTOGRAPHS, Ron Ziel. Over 220 rare photos, informative text document origin (1844) and development of rail service on Long Island. Vintage views of early trains, locomotives, stations, passengers, crews, much more. Captions. 8⅞ x 11¾. 0-486-26301-0

VOYAGE OF THE LIBERDADE, Joshua Slocum. Great 19th-century mariner's thrilling, first-hand account of the wreck of his ship off South America, the 35-foot boat he built from the wreckage, and its remarkable voyage home. 128pp. 5⅜ x 8½.
0-486-40022-0

TEN BOOKS ON ARCHITECTURE, Vitruvius. The most important book ever written on architecture. Early Roman aesthetics, technology, classical orders, site selection, all other aspects. Morgan translation. 331pp. 5⅜ x 8½. 0-486-20645-9

THE HUMAN FIGURE IN MOTION, Eadweard Muybridge. More than 4,500 stopped-action photos, in action series, showing undraped men, women, children jumping, lying down, throwing, sitting, wrestling, carrying, etc. 390pp. 7⅞ x 10⅝.
0-486-20204-6 Clothbd.

TREES OF THE EASTERN AND CENTRAL UNITED STATES AND CANADA, William M. Harlow. Best one-volume guide to 140 trees. Full descriptions, woodlore, range, etc. Over 600 illustrations. Handy size. 288pp. 4½ x 6⅜. 0-486-20395-6

GROWING AND USING HERBS AND SPICES, Milo Miloradovich. Versatile handbook provides all the information needed for cultivation and use of all the herbs and spices available in North America. 4 illustrations. Index. Glossary. 236pp. 5⅜ x 8½.
0-486-25058-X

BIG BOOK OF MAZES AND LABYRINTHS, Walter Shepherd. 50 mazes and labyrinths in all–classical, solid, ripple, and more–in one great volume. Perfect inexpensive puzzler for clever youngsters. Full solutions. 112pp. 8⅛ x 11. 0-486-22951-3

PIANO TUNING, J. Cree Fischer. Clearest, best book for beginner, amateur. Simple repairs, raising dropped notes, tuning by easy method of flattened fifths. No previous skills needed. 4 illustrations. 201pp. 5⅜ x 8½. 0-486-23267-0

HINTS TO SINGERS, Lillian Nordica. Selecting the right teacher, developing confidence, overcoming stage fright, and many other important skills receive thoughtful discussion in this indispensible guide, written by a world-famous diva of four decades' experience. 96pp. 5⅜ x 8½. 0-486-40094-8

THE COMPLETE NONSENSE OF EDWARD LEAR, Edward Lear. All nonsense limericks, zany alphabets, Owl and Pussycat, songs, nonsense botany, etc., illustrated by Lear. Total of 320pp. 5⅜ x 8½. (Available in U.S. only.) 0-486-20167-8

VICTORIAN PARLOUR POETRY: An Annotated Anthology, Michael R. Turner. 117 gems by Longfellow, Tennyson, Browning, many lesser-known poets. "The Village Blacksmith," "Curfew Must Not Ring Tonight," "Only a Baby Small," dozens more, often difficult to find elsewhere. Index of poets, titles, first lines. xxiii + 325pp. 5⅝ x 8¼. 0-486-27044-0

DUBLINERS, James Joyce. Fifteen stories offer vivid, tightly focused observations of the lives of Dublin's poorer classes. At least one, "The Dead," is considered a masterpiece. Reprinted complete and unabridged from standard edition. 160pp. 5³⁄₁₆ x 8¼. 0-486-26870-5

GREAT WEIRD TALES: 14 Stories by Lovecraft, Blackwood, Machen and Others, S. T. Joshi (ed.). 14 spellbinding tales, including "The Sin Eater," by Fiona McLeod, "The Eye Above the Mantel," by Frank Belknap Long, as well as renowned works by R. H. Barlow, Lord Dunsany, Arthur Machen, W. C. Morrow and eight other masters of the genre. 256pp. 5⅜ x 8½. (Available in U.S. only.) 0-486-40436-6

THE BOOK OF THE SACRED MAGIC OF ABRAMELIN THE MAGE, translated by S. MacGregor Mathers. Medieval manuscript of ceremonial magic. Basic document in Aleister Crowley, Golden Dawn groups. 268pp. 5⅜ x 8½. 0-486-23211-5

THE BATTLES THAT CHANGED HISTORY, Fletcher Pratt. Eminent historian profiles 16 crucial conflicts, ancient to modern, that changed the course of civilization. 352pp. 5⅜ x 8½. 0-486-41129-X

NEW RUSSIAN-ENGLISH AND ENGLISH-RUSSIAN DICTIONARY, M. A. O'Brien. This is a remarkably handy Russian dictionary, containing a surprising amount of information, including over 70,000 entries. 366pp. 4½ x 6⅛. 0-486-20208-9

NEW YORK IN THE FORTIES, Andreas Feininger. 162 brilliant photographs by the well-known photographer, formerly with *Life* magazine. Commuters, shoppers, Times Square at night, much else from city at its peak. Captions by John von Hartz. 181pp. 9¼ x 10¾. 0-486-23585-8

INDIAN SIGN LANGUAGE, William Tomkins. Over 525 signs developed by Sioux and other tribes. Written instructions and diagrams. Also 290 pictographs. 111pp. 6⅛ x 9¼. 0-486-22029-X

ANATOMY: A Complete Guide for Artists, Joseph Sheppard. A master of figure drawing shows artists how to render human anatomy convincingly. Over 460 illustrations. 224pp. 8⅜ x 11¼. 0-486-27279-6

MEDIEVAL CALLIGRAPHY: Its History and Technique, Marc Drogin. Spirited history, comprehensive instruction manual covers 13 styles (ca. 4th century through 15th). Excellent photographs; directions for duplicating medieval techniques with modern tools. 224pp. 8⅜ x 11¼. 0-486-26142-5

DRIED FLOWERS: How to Prepare Them, Sarah Whitlock and Martha Rankin. Complete instructions on how to use silica gel, meal and borax, perlite aggregate, sand and borax, glycerine and water to create attractive permanent flower arrangements. 12 illustrations. 32pp. 5⅜ x 8½. 0-486-21802-3

EASY-TO-MAKE BIRD FEEDERS FOR WOODWORKERS, Scott D. Campbell. Detailed, simple-to-use guide for designing, constructing, caring for and using feeders. Text, illustrations for 12 classic and contemporary designs. 96pp. 5⅜ x 8½. 0-486-25847-5

THE COMPLETE BOOK OF BIRDHOUSE CONSTRUCTION FOR WOODWORKERS, Scott D. Campbell. Detailed instructions, illustrations, tables. Also data on bird habitat and instinct patterns. Bibliography. 3 tables. 63 illustrations in 15 figures. 48pp. 5¼ x 8½. 0-486-24407-5

SCOTTISH WONDER TALES FROM MYTH AND LEGEND, Donald A. Mackenzie. 16 lively tales tell of giants rumbling down mountainsides, of a magic wand that turns stone pillars into warriors, of gods and goddesses, evil hags, powerful forces and more. 240pp. 5⅜ x 8½. 0-486-29677-6

THE HISTORY OF UNDERCLOTHES, C. Willett Cunnington and Phyllis Cunnington. Fascinating, well-documented survey covering six centuries of English undergarments, enhanced with over 100 illustrations: 12th-century laced-up bodice, footed long drawers (1795), 19th-century bustles, 19th-century corsets for men, Victorian "bust improvers," much more. 272pp. 5⅝ x 8¼. 0-486-27124-2

ARTS AND CRAFTS FURNITURE: The Complete Brooks Catalog of 1912, Brooks Manufacturing Co. Photos and detailed descriptions of more than 150 now very collectible furniture designs from the Arts and Crafts movement depict davenports, settees, buffets, desks, tables, chairs, bedsteads, dressers and more, all built of solid, quarter-sawed oak. Invaluable for students and enthusiasts of antiques, Americana and the decorative arts. 80pp. 6½ x 9¼. 0-486-27471-3

WILBUR AND ORVILLE: A Biography of the Wright Brothers, Fred Howard. Definitive, crisply written study tells the full story of the brothers' lives and work. A vividly written biography, unparalleled in scope and color, that also captures the spirit of an extraordinary era. 560pp. 6⅛ x 9¼. 0-486-40297-5

THE ARTS OF THE SAILOR: Knotting, Splicing and Ropework, Hervey Garrett Smith. Indispensable shipboard reference covers tools, basic knots and useful hitches; handsewing and canvas work, more. Over 100 illustrations. Delightful reading for sea lovers. 256pp. 5⅜ x 8½. 0-486-26440-8

FRANK LLOYD WRIGHT'S FALLINGWATER: The House and Its History, Second, Revised Edition, Donald Hoffmann. A total revision–both in text and illustrations–of the standard document on Fallingwater, the boldest, most personal architectural statement of Wright's mature years, updated with valuable new material from the recently opened Frank Lloyd Wright Archives. "Fascinating"–*The New York Times.* 116 illustrations. 128pp. 9¼ x 10¾. 0-486-27430-6

PHOTOGRAPHIC SKETCHBOOK OF THE CIVIL WAR, Alexander Gardner. 100 photos taken on field during the Civil War. Famous shots of Manassas Harper's Ferry, Lincoln, Richmond, slave pens, etc. 244pp. 10⅝ x 8¼. 0-486-22731-6

FIVE ACRES AND INDEPENDENCE, Maurice G. Kains. Great back-to-the-land classic explains basics of self-sufficient farming. The one book to get. 95 illustrations. 397pp. 5⅜ x 8½. 0-486-20974-1

A MODERN HERBAL, Margaret Grieve. Much the fullest, most exact, most useful compilation of herbal material. Gigantic alphabetical encyclopedia, from aconite to zedoary, gives botanical information, medical properties, folklore, economic uses, much else. Indispensable to serious reader. 161 illustrations. 888pp. 6½ x 9¼. 2-vol. set. (Available in U.S. only.) Vol. I: 0-486-22798-7 Vol. II: 0-486-22799-5

HIDDEN TREASURE MAZE BOOK, Dave Phillips. Solve 34 challenging mazes accompanied by heroic tales of adventure. Evil dragons, people-eating plants, bloodthirsty giants, many more dangerous adversaries lurk at every twist and turn. 34 mazes, stories, solutions. 48pp. 8¼ x 11. 0-486-24566-7

LETTERS OF W. A. MOZART, Wolfgang A. Mozart. Remarkable letters show bawdy wit, humor, imagination, musical insights, contemporary musical world; includes some letters from Leopold Mozart. 276pp. 5⅜ x 8½. 0-486-22859-2

BASIC PRINCIPLES OF CLASSICAL BALLET, Agrippina Vaganova. Great Russian theoretician, teacher explains methods for teaching classical ballet. 118 illustrations. 175pp. 5⅜ x 8½. 0-486-22036-2

THE JUMPING FROG, Mark Twain. Revenge edition. The original story of The Celebrated Jumping Frog of Calaveras County, a hapless French translation, and Twain's hilarious "retranslation" from the French. 12 illustrations. 66pp. 5⅜ x 8½. 0-486-22686-7

BEST REMEMBERED POEMS, Martin Gardner (ed.). The 126 poems in this superb collection of 19th- and 20th-century British and American verse range from Shelley's "To a Skylark" to the impassioned "Renascence" of Edna St. Vincent Millay and to Edward Lear's whimsical "The Owl and the Pussycat." 224pp. 5⅜ x 8½. 0-486-27165-X

COMPLETE SONNETS, William Shakespeare. Over 150 exquisite poems deal with love, friendship, the tyranny of time, beauty's evanescence, death and other themes in language of remarkable power, precision and beauty. Glossary of archaic terms. 80pp. 5³⁄₁₆ x 8¼. 0-486-26686-9

HISTORIC HOMES OF THE AMERICAN PRESIDENTS, Second, Revised Edition, Irvin Haas. A traveler's guide to American Presidential homes, most open to the public, depicting and describing homes occupied by every American President from George Washington to George Bush. With visiting hours, admission charges, travel routes. 175 photographs. Index. 160pp. 8¼ x 11. 0-486-26751-2

THE WIT AND HUMOR OF OSCAR WILDE, Alvin Redman (ed.). More than 1,000 ripostes, paradoxes, wisecracks: Work is the curse of the drinking classes; I can resist everything except temptation; etc. 258pp. 5⅜ x 8½. 0-486-20602-5

SHAKESPEARE LEXICON AND QUOTATION DICTIONARY, Alexander Schmidt. Full definitions, locations, shades of meaning in every word in plays and poems. More than 50,000 exact quotations. 1,485pp. 6½ x 9¼. 2-vol. set. Vol. 1: 0-486-22726-X Vol. 2: 0-486-22727-8

SELECTED POEMS, Emily Dickinson. Over 100 best-known, best-loved poems by one of America's foremost poets, reprinted from authoritative early editions. No comparable edition at this price. Index of first lines. 64pp. 5³⁄₁₆ x 8¼. 0-486-26466-1

THE INSIDIOUS DR. FU-MANCHU, Sax Rohmer. The first of the popular mystery series introduces a pair of English detectives to their archnemesis, the diabolical Dr. Fu-Manchu. Flavorful atmosphere, fast-paced action, and colorful characters enliven this classic of the genre. 208pp. 5³⁄₁₆ x 8¼. 0-486-29898-1

THE MALLEUS MALEFICARUM OF KRAMER AND SPRENGER, translated by Montague Summers. Full text of most important witchhunter's "bible," used by both Catholics and Protestants. 278pp. 6⅝ x 10. 0-486-22802-9

SPANISH STORIES/CUENTOS ESPAÑOLES: A Dual-Language Book, Angel Flores (ed.). Unique format offers 13 great stories in Spanish by Cervantes, Borges, others. Faithful English translations on facing pages. 352pp. 5⅜ x 8½. 0-486-25399-6

GARDEN CITY, LONG ISLAND, IN EARLY PHOTOGRAPHS, 1869–1919, Mildred H. Smith. Handsome treasury of 118 vintage pictures, accompanied by carefully researched captions, document the Garden City Hotel fire (1899), the Vanderbilt Cup Race (1908), the first airmail flight departing from the Nassau Boulevard Aerodrome (1911), and much more. 96pp. 8⅞ x 11¾. 0-486-40669-5

OLD QUEENS, N.Y., IN EARLY PHOTOGRAPHS, Vincent F. Seyfried and William Asadorian. Over 160 rare photographs of Maspeth, Jamaica, Jackson Heights, and other areas. Vintage views of DeWitt Clinton mansion, 1939 World's Fair and more. Captions. 192pp. 8⅞ x 11. 0-486-26358-4

CAPTURED BY THE INDIANS: 15 Firsthand Accounts, 1750-1870, Frederick Drimmer. Astounding true historical accounts of grisly torture, bloody conflicts, relentless pursuits, miraculous escapes and more, by people who lived to tell the tale. 384pp. 5⅜ x 8½. 0-486-24901-8

THE WORLD'S GREAT SPEECHES (Fourth Enlarged Edition), Lewis Copeland, Lawrence W. Lamm, and Stephen J. McKenna. Nearly 300 speeches provide public speakers with a wealth of updated quotes and inspiration–from Pericles' funeral oration and William Jennings Bryan's "Cross of Gold Speech" to Malcolm X's powerful words on the Black Revolution and Earl of Spenser's tribute to his sister, Diana, Princess of Wales. 944pp. 5⅜ x 8⅜. 0-486-40903-1

THE BOOK OF THE SWORD, Sir Richard F. Burton. Great Victorian scholar/adventurer's eloquent, erudite history of the "queen of weapons"–from prehistory to early Roman Empire. Evolution and development of early swords, variations (sabre, broadsword, cutlass, scimitar, etc.), much more. 336pp. 6⅛ x 9¼. 0-486-25434-8

AUTOBIOGRAPHY: The Story of My Experiments with Truth, Mohandas K. Gandhi. Boyhood, legal studies, purification, the growth of the Satyagraha (nonviolent protest) movement. Critical, inspiring work of the man responsible for the freedom of India. 480pp. 5⅜ x 8½. (Available in U.S. only.) 0-486-24593-4

CELTIC MYTHS AND LEGENDS, T. W. Rolleston. Masterful retelling of Irish and Welsh stories and tales. Cuchulain, King Arthur, Deirdre, the Grail, many more. First paperback edition. 58 full-page illustrations. 512pp. 5⅜ x 8½. 0-486-26507-2

THE PRINCIPLES OF PSYCHOLOGY, William James. Famous long course complete, unabridged. Stream of thought, time perception, memory, experimental methods; great work decades ahead of its time. 94 figures. 1,391pp. 5⅜ x 8½. 2-vol. set. Vol. I: 0-486-20381-6 Vol. II: 0-486-20382-4

THE WORLD AS WILL AND REPRESENTATION, Arthur Schopenhauer. Definitive English translation of Schopenhauer's life work, correcting more than 1,000 errors, omissions in earlier translations. Translated by E. F. J. Payne. Total of 1,269pp. 5⅜ x 8½. 2-vol. set. Vol. 1: 0-486-21761-2 Vol. 2: 0-486-21762-0

MAGIC AND MYSTERY IN TIBET, Madame Alexandra David-Neel. Experiences among lamas, magicians, sages, sorcerers, Bonpa wizards. A true psychic discovery. 32 illustrations. 321pp. 5⅜ x 8½. (Available in U.S. only.) 0-486-22682-4

THE EGYPTIAN BOOK OF THE DEAD, E. A. Wallis Budge. Complete reproduction of Ani's papyrus, finest ever found. Full hieroglyphic text, interlinear transliteration, word-for-word translation, smooth translation. 533pp. 6½ x 9¼. 0-486-21866-X

HISTORIC COSTUME IN PICTURES, Braun & Schneider. Over 1,450 costumed figures in clearly detailed engravings–from dawn of civilization to end of 19th century. Captions. Many folk costumes. 256pp. 8⅜ x 11¾. 0-486-23150-X

MATHEMATICS FOR THE NONMATHEMATICIAN, Morris Kline. Detailed, college-level treatment of mathematics in cultural and historical context, with numerous exercises. Recommended Reading Lists. Tables. Numerous figures. 641pp. 5⅜ x 8½. 0-486-24823-2

PROBABILISTIC METHODS IN THE THEORY OF STRUCTURES, Isaac Elishakoff. Well-written introduction covers the elements of the theory of probability from two or more random variables, the reliability of such multivariable structures, the theory of random function, Monte Carlo methods of treating problems incapable of exact solution, and more. Examples. 502pp. 5⅜ x 8½. 0-486-40691-1

THE RIME OF THE ANCIENT MARINER, Gustave Doré, S. T. Coleridge. Doré's finest work; 34 plates capture moods, subtleties of poem. Flawless full-size reproductions printed on facing pages with authoritative text of poem. "Beautiful. Simply beautiful."–*Publisher's Weekly.* 77pp. 9¼ x 12. 0-486-22305-1

SCULPTURE: Principles and Practice, Louis Slobodkin. Step-by-step approach to clay, plaster, metals, stone; classical and modern. 253 drawings, photos. 255pp. 8⅛ x 11. 0-486-22960-2

THE INFLUENCE OF SEA POWER UPON HISTORY, 1660–1783, A. T. Mahan. Influential classic of naval history and tactics still used as text in war colleges. First paperback edition. 4 maps. 24 battle plans. 640pp. 5⅜ x 8½. 0-486-25509-3

THE STORY OF THE TITANIC AS TOLD BY ITS SURVIVORS, Jack Winocour (ed.). What it was really like. Panic, despair, shocking inefficiency, and a little heroism. More thrilling than any fictional account. 26 illustrations. 320pp. 5⅜ x 8½. 0-486-20610-6

ONE TWO THREE . . . INFINITY: Facts and Speculations of Science, George Gamow. Great physicist's fascinating, readable overview of contemporary science: number theory, relativity, fourth dimension, entropy, genes, atomic structure, much more. 128 illustrations. Index. 352pp. 5⅜ x 8½. 0-486-25664-2

DALÍ ON MODERN ART: The Cuckolds of Antiquated Modern Art, Salvador Dalí. Influential painter skewers modern art and its practitioners. Outrageous evaluations of Picasso, Cézanne, Turner, more. 15 renderings of paintings discussed. 44 calligraphic decorations by Dalí. 96pp. 5⅜ x 8½. (Available in U.S. only.) 0-486-29220-7

ANTIQUE PLAYING CARDS: A Pictorial History, Henry René D'Allemagne. Over 900 elaborate, decorative images from rare playing cards (14th–20th centuries): Bacchus, death, dancing dogs, hunting scenes, royal coats of arms, players cheating, much more. 96pp. 9¼ x 12¼. 0-486-29265-7

MAKING FURNITURE MASTERPIECES: 30 Projects with Measured Drawings, Franklin H. Gottshall. Step-by-step instructions, illustrations for constructing handsome, useful pieces, among them a Sheraton desk, Chippendale chair, Spanish desk, Queen Anne table and a William and Mary dressing mirror. 224pp. 8⅛ x 11¼. 0-486-29338-6

NORTH AMERICAN INDIAN DESIGNS FOR ARTISTS AND CRAFTSPEOPLE, Eva Wilson. Over 360 authentic copyright-free designs adapted from Navajo blankets, Hopi pottery, Sioux buffalo hides, more. Geometrics, symbolic figures, plant and animal motifs, etc. 128pp. 8⅜ x 11. (Not for sale in the United Kingdom.) 0-486-25341-4

THE FOSSIL BOOK: A Record of Prehistoric Life, Patricia V. Rich et al. Profusely illustrated definitive guide covers everything from single-celled organisms and dinosaurs to birds and mammals and the interplay between climate and man. Over 1,500 illustrations. 760pp. 7½ x 10⅛. 0-486-29371-8

VICTORIAN ARCHITECTURAL DETAILS: Designs for Over 700 Stairs, Mantels, Doors, Windows, Cornices, Porches, and Other Decorative Elements, A. J. Bicknell & Company. Everything from dormer windows and piazzas to balconies and gable ornaments. Also includes elevations and floor plans for handsome, private residences and commercial structures. 80pp. 9⅜ x 12¼. 0-486-44015-X

WESTERN ISLAMIC ARCHITECTURE: A Concise Introduction, John D. Hoag. Profusely illustrated critical appraisal compares and contrasts Islamic mosques and palaces–from Spain and Egypt to other areas in the Middle East. 139 illustrations. 128pp. 6 x 9. 0-486-43760-4

CHINESE ARCHITECTURE: A Pictorial History, Liang Ssu-ch'eng. More than 240 rare photographs and drawings depict temples, pagodas, tombs, bridges, and imperial palaces comprising much of China's architectural heritage. 152 halftones, 94 diagrams. 232pp. 10¾ x 9⅞. 0-486-43999-2

THE RENAISSANCE: Studies in Art and Poetry, Walter Pater. One of the most talked-about books of the 19th century, *The Renaissance* combines scholarship and philosophy in an innovative work of cultural criticism that examines the achievements of Botticelli, Leonardo, Michelangelo, and other artists. "The holy writ of beauty."–Oscar Wilde. 160pp. 5⅜ x 8½. 0-486-44025-7

A TREATISE ON PAINTING, Leonardo da Vinci. The great Renaissance artist's practical advice on drawing and painting techniques covers anatomy, perspective, composition, light and shadow, and color. A classic of art instruction, it features 48 drawings by Nicholas Poussin and Leon Battista Alberti. 192pp. 5⅜ x 8½. 0-486-44155-5

THE MIND OF LEONARDO DA VINCI, Edward McCurdy. More than just a biography, this classic study by a distinguished historian draws upon Leonardo's extensive writings to offer numerous demonstrations of the Renaissance master's achievements, not only in sculpture and painting, but also in music, engineering, and even experimental aviation. 384pp. 5⅜ x 8½. 0-486-44142-3

WASHINGTON IRVING'S RIP VAN WINKLE, Illustrated by Arthur Rackham. Lovely prints that established artist as a leading illustrator of the time and forever etched into the popular imagination a classic of Catskill lore. 51 full-color plates. 80pp. 8⅜ x 11. 0-486-44242-X

HENSCHE ON PAINTING, John W. Robichaux. Basic painting philosophy and methodology of a great teacher, as expounded in his famous classes and workshops on Cape Cod. 7 illustrations in color on covers. 80pp. 5⅜ x 8½. 0-486-43728-0

CATALOG OF DOVER BOOKS

LIGHT AND SHADE: A Classic Approach to Three-Dimensional Drawing, Mrs. Mary P. Merrifield. Handy reference clearly demonstrates principles of light and shade by revealing effects of common daylight, sunshine, and candle or artificial light on geometrical solids. 13 plates. 64pp. 5⅜ x 8½. 0-486-44143-1

ASTROLOGY AND ASTRONOMY: A Pictorial Archive of Signs and Symbols, Ernst and Johanna Lehner. Treasure trove of stories, lore, and myth, accompanied by more than 300 rare illustrations of planets, the Milky Way, signs of the zodiac, comets, meteors, and other astronomical phenomena. 192pp. 8⅜ x 11.
0-486-43981-X

JEWELRY MAKING: Techniques for Metal, Tim McCreight. Easy-to-follow instructions and carefully executed illustrations describe tools and techniques, use of gems and enamels, wire inlay, casting, and other topics. 72 line illustrations and diagrams. 176pp. 8¼ x 10⅞. 0-486-44043-5

MAKING BIRDHOUSES: Easy and Advanced Projects, Gladstone Califf. Easy-to-follow instructions include diagrams for everything from a one-room house for bluebirds to a forty-two-room structure for purple martins. 56 plates; 4 figures. 80pp. 8¾ x 6⅜. 0-486-44183-0

LITTLE BOOK OF LOG CABINS: How to Build and Furnish Them, William S. Wicks. Handy how-to manual, with instructions and illustrations for building cabins in the Adirondack style, fireplaces, stairways, furniture, beamed ceilings, and more. 102 line drawings. 96pp. 8¾ x 6⅜. 0-486-44259-4

THE SEASONS OF AMERICA PAST, Eric Sloane. From "sugaring time" and strawberry picking to Indian summer and fall harvest, a whole year's activities described in charming prose and enhanced with 79 of the author's own illustrations. 160pp. 8¼ x 11. 0-486-44220-9

THE METROPOLIS OF TOMORROW, Hugh Ferriss. Generous, prophetic vision of the metropolis of the future, as perceived in 1929. Powerful illustrations of towering structures, wide avenues, and rooftop parks—all features in many of today's modern cities. 59 illustrations. 144pp. 8¼ x 11. 0-486-43727-2

THE PATH TO ROME, Hilaire Belloc. This 1902 memoir abounds in lively vignettes from a vanished time, recounting a pilgrimage on foot across the Alps and Apennines in order to "see all Europe which the Christian Faith has saved." 77 of the author's original line drawings complement his sparkling prose. 272pp. 5⅜ x 8½.
0-486-44001-X

THE HISTORY OF RASSELAS: Prince of Abissinia, Samuel Johnson. Distinguished English writer attacks eighteenth-century optimism and man's unrealistic estimates of what life has to offer. 112pp. 5⅜ x 8½. 0-486-44094-X

A VOYAGE TO ARCTURUS, David Lindsay. A brilliant flight of pure fancy, where wild creatures crowd the fantastic landscape and demented torturers dominate victims with their bizarre mental powers. 272pp. 5⅜ x 8½. 0-486-44198-9

Paperbound unless otherwise indicated. Available at your book dealer, online at www.doverpublications.com, or by writing to Dept. GI, Dover Publications, Inc., 31 East 2nd Street, Mineola, NY 11501. For current price information or for free catalogs (please indicate field of interest), write to Dover Publications or log on to www.doverpublications.com and see every Dover book in print. Dover publishes more than 500 books each year on science, elementary and advanced mathematics, biology, music, art, literary history, social sciences, and other areas.

Study page 114
on the moon